1964 年 5 月 31 日，刘少奇、周恩来、朱德、邓小平等党和国家领导人与国防部第五研究院首届党代会代表合影

1966 年 10 月 27 日，我国发射导弹核武器试验成功

1970 年 4 月 24 日，长征一号运载火箭发射我国第一颗人造卫星——东方红一号

神舟七号船箭塔组合体垂直转运

国庆50周年阅兵式上的导弹方阵

长征三号甲火箭发射嫦娥一号探月卫星

国庆50周年阅兵式上的导弹方阵

内部

航天歲月

中国航天科技集团公司离退休干部工作部　编

中国宇航出版社

·北京·

图书在版编目（CIP）数据

航天岁月/中国航天科技集团公司离退休干部工作部编.
—北京：中国宇航出版社，2008.11
ISBN 978-7-80218-377-3

Ⅰ.航…　Ⅱ.中…　Ⅲ.①回忆录—作品集—中国—当代
②诗词—作品集—中国—当代　Ⅳ.I217.1

中国版本图书馆CIP数据核字(2008)第171404号

策划编辑　石　磊　　**责任校对**　祝延萍
责任编辑　黄　莘　　**装帧设计**　03工舍

出版发行　中国宇航出版社

社　址　北京市阜成路8号　　**邮　编**　100830
(010)68768548
网　址　www.caphbook.com/www.caphbook.com.cn
经　销　内部发行
发行部　(010)68371900　(010)88530478(传真)
(010)68768541　(010)68767294(传真)
零售店　读者服务部　北京宇航文苑
(010)68371105　(010)62529336
承　印　三河市君旺印装厂

版　次　2008年12月第1版
2008年12月第1次印刷
规　格　787×960
开　本　1/16
印　张　25　　**彩插**　4面
字　数　383千字
书　号　ISBN 978-7-80218-377-3
定　价　50.00元

中国航天科技集团公司党组书记、总经理题词

《航天岁月》记载了老一代航天人的奋斗足迹，为新一代航天人作出了榜样。

马兴瑞

2008年8月

中国航天科工集团公司党组书记、总经理题词

学习老一代航天人的优秀品质，

再创航天事业新的辉煌。

许达哲

二〇〇八年九月

《航天岁月》编辑组

（中国航天科技集团公司机关离退休干部文化小组）

序

在航天科技集团公司领导的关怀支持下，在离退休老同志的共同努力下，经过离退休干部文化小组全体同志一年的辛勤工作，《航天岁月》一书正式出版了。我谨代表离退休干部工作部表示热烈的祝贺！

胡锦涛总书记在党的十七大报告中，提出了要“推动社会主义文化大发展大繁荣”、“建设和谐文化，培育文明风尚”的要求，这对于我们的老同志来说，就是要开展内容丰富、形式多样、适合老年人特点的文化活动，提高老同志的精神文化生活质量。我们提倡老航天人写写回忆录，因为这是一个有益于离退休干部身心健康的活动方式，既能挽救许多航天创业、发展的历史资料，也体现了“老年群体是党和国家的宝贵财富”，有利于发挥他们的特长和优势，再为航天事业的发展和航天文化的繁荣作出新的贡献。

中国航天科技集团公司党组2008年1号文件指出：要重视老干部工作，做好老干部工作。这是对我们做离退休干部工作的同志提出的明确要求。我们要创造条件充分发挥老同志的主观能动作用，在身体允许的情况下，做到“老有所为、老有所乐”，继续做一些有益的工作。集团公司机关离退休干部文化小组，热心组织老同志撰写回忆录，完全义务地做编辑工作，做了一件十分有意义的事情，这种奉献精神值得赞扬。

这本《航天岁月》，收集了88位老同志撰写的回忆文章和诗词。这些文章和诗词记录了航天事业各个时期的重大历史事件，总结了许多航天工程研制试验的经验教训，反映了航天人勇于创新、拼搏奉献的精神风貌，为我们留下了一笔宝贵的精神财富。

航天岁月，战斗时光，挥之不去，永志不忘。让我们从老同志撰写的《航天岁月》中受到启迪，吸取力量，大力弘扬老一代航天人的创业奋斗精神，书写祖国航天腾飞和振兴的新篇章。

中国航天科技集团公司
离退休干部工作部部长
潘中权
2008年8月15日

前言

《航天岁月》一书经过近一年征稿、编选、审定工作，终于同大家见面了。航天战线上的许多老同志把他们航天人生中难以忘怀、值得纪念的工作或事件回忆记录下来，组成了一部难忘的颂歌。这是中国航天科技集团公司机关离退休干部文化小组开展活动以来的一项富有意义的成果。

我们这个文化小组是为落实国家倡导的“老有所学、老有所为、老有所乐”和谐、健康的生活方式而成立的老年学习组织。文化小组活动的宗旨是：学习党的方针政策，讨论研究大家感兴趣而有意义的问题，为离退休老同志提供一个有助身心健康、轻松和谐的园地，同时发挥老同志余热，组织老同志撰写一些发扬航天精神、关注航天事业的文稿，在力所能及的范围内，为推进航天事业跨越发展再献一份力量。为了起好步、打好基础，文化小组经讨论决定，从组织编撰一本老同志回忆录开始，做好一件有意义的工作。

2007 年 6 月 21 日，文化小组向离退休干部工作部写了第一个报告，说明文化小组成立的意义、任务、宗旨和活动方法，并特别说明，把组织编撰老同志回忆录，作为文化小组的第一项活动。2007 年 12 月 18 日，文化小组又写了第二个报告，明确提出回忆录的名称、做法、步骤及完成的条件。航天科技集团公司领导和离退休干部工作部领导都表示支持。集团公司党组书记、总经理马兴瑞指示，由离退休干部工作部认真帮助落实这项工作。2008 年 1 月 25 日，集团公司主管老干部工作的党组成员、纪检组长李金生在报告上批示：“很有意义。请离退休干部工作部提出意见，要帮助把好质量关和保密关。”离退休干部工作部部长潘中权当天批复：“我们积极配合，协调有关事宜”，并在2008年3月3日机关离退休干部大会上作了部署，希望老同志积极参加这项活动，量力撰稿，为把航天创业历史和航天精神传承下去、发扬光大，作出新的贡献。

2008年3月13日，文化小组向机关离退休老同志和少数下属单位的老同志发出了“关于编撰《航天岁月》一书的征稿信函”。2008年4月2日，《中国航天报》第二版刊登了“集团公司重视老同志撰写回忆录”的消息，机关离退休干部各支部在4月份党日活动中部署了撰写回忆录的工作。广大离退休干部认真准备，精心构思，纷纷拿起笔来，把自己经历的航天研制试验工作、航天重大发射的壮举、航天发展的重大事件、航天人艰苦奋斗的精神风貌一一记录下来。截至6月5日，经讨论和研究，选取文章90篇、诗词33首、联一副，汇编为《航天岁月》一书出版。

本书的作者有担任过航天历届领导职务的离休老同志，有身为中国科学院和工程院院士的航天老专家，有离退休的各级领导干部、专业技术人员、行政管理人员、党务政工人员和后勤保障人员。他们撰写的文章和诗词，反映了航天事业各个发展时期的历史事实，记述了各个历史时期许多鲜为人知的故事，讴歌了航天事业发展进程中航天人的精神风貌和取得的辉煌成就，诠释了“自力更生，艰苦奋斗，大力协同，无私奉献，严谨务实，勇于攀登”的航天精神。可以说，这既是一种难得的活的航天历史档案，又是一部航天传统教育的好教材。

今后，我们文化小组将在集团公司和离退休干部工作部的领导和支持下，在编撰《航天岁月》工作的基础上，扩大活动内容，创新活动方式，继续开展和组织一些有意义的活动，让我们的离退休生活更加和谐，更加丰富，更加精彩。

中国航天科技集团公司

机关离退休干部文化小组

2008年11月

目录

中国航天事业迈出的第一步

任新民

1955 年，我在哈尔滨军事工程学院担任炮兵工程系教育副主任兼火箭武器教授会主任的职务，全力以赴从事着教学工作。我和周曼殊等三人完成了《对我国研制火箭武器和发展火箭技术的建议》的论证报告，报告中提出了我国应尽速发展火箭与导弹武器的问题。11 月 25 日，我受委派接待钱学森到哈军工参观，钱学森饶有兴趣地同我们讨论了火箭技术问题。

1956 年 3 月，我参加了新中国第一个远大的规划——《1956 年至 1967 年科学技术发展远景规划纲要》（简称 12 年科学规划）制订的会议。在钱学森的主持下，沈元、王弼和我共同合作起草了《喷气和火箭技术的建立》一节，提出：“喷气和火箭技术是现代国防事业的两个主要方面：一方面是喷气式飞机，一方面是导弹。没有这两种技术，就没有现代的航空，就没有现代的国防。”该规划明确了发展目标，即“本任务的预期目标是建立并发展喷气和火箭技术，以便在 12 年内使我国喷气和火箭技术走上独立发展的道路并接近世界的先进技术水平。”规划中还明确了完成任务的大体进度：“1956 年至 1967 年，依靠中国自己的研究力量，独立设计并制造国防上需要并达到当时先进性能指标的导弹。”这是我国最早关于火箭技术发展的蓝图。

一、参加筹建国防部五院

根据钱学森《关于建立我国国防航空事业的意见书》的建议，1956 年 4 月 13 日国家成立航空工业委员会（简称航委），聂荣臻任主任，他代表航委提出了关于《建立我国导弹研究工作的初步意见》。中央军委扩大会议批准由航委负责组建国防部导弹管理局（国防部第五局）和国防部导弹研究院（国防部第五研究院）。这一年 8 月，我奉调从哈尔滨进京，参加国防部五院的筹建工作，开始了神秘而陌生的火箭与导弹的研究工作。

万事都是开头难，筹建工作中最大的难题是选调科技人员。我受指派参加国防部五院选调科技人员的工作。我实事求是，权衡利弊，着眼于我国新兴导弹事业的发展，从专业技术的角度为五院选调科技人员提出了参谋咨询意见，并亲自去做选调人员的工作。工作是艰巨而复杂的，但很快就从全国各有关部门和高等院校选调了 30 多名科技专家，还从应届大学毕业生中挑选了 156 名有关专业的毕业生，组成了最初的火箭研制队伍。

1956 年 10 月 8 日，国防部五院成立大会隆重举行。我怀着激动而兴奋的心情参加会议，聆听了聂荣臻元帅的讲话，聂帅铿锵有力地说：我们要以自力更生为主，力争外援和利用资本主义国家已有的科学成果，一定要艰苦奋斗，发愤图强，把我国的尖端事业搞上去。我暗下决心，决不辜负重托与信任，竭尽全力贡献于这一崭新的伟大事业。

二、接收 P－1 导弹

1956 年 11 月 23 日，聂帅批准国防部五院下设总设计师室等 10 个研究室，我被任命为总设计师室（导弹总体技术研究室）主任。国防部五院院长钱学森提议，开办导弹技术知识训练班，采用能者为师，互教互学，边讲课、边讨论的办法，培养人才。钱学森等人带头讲授《导弹概论》、《导弹制导原理》、《电子计算机》等课程。我一方面参加讲课，另一方面也认真学习新的知识，提高掌握导弹技术的水平。

1956 年 12 月，我接受一项紧急任务，命我带队乘专列前往满洲里接收苏联援助的两发液体近程弹道导弹（P－1 导弹）及其辅助装备。时值北国的隆冬季节，我们冒着 －30~40℃的严寒，一次次到车站查看现场，为接苏援导弹做好各种准备。为了保密，调换卸装只能在晚上进行，我也加入到卸装导弹及其配件的行列中，在同志们的努力下，两发 P－1 导弹及其配件、备件如期顺利运回北京，圆满地完成了任务。1956 年 12 月 29 日，中苏双方在北京举行P－1导弹交接及签字仪式，我作为中方代表在交接协议上签了字。

中国有了两发 P－1 导弹，其中一发是供教学用的解剖弹，另一发是完整的可供拆装的导弹。导弹总体技术研究室承担拆装、测绘和有关的反设计练兵工作。我作为研究室主任，具体领导与组织科研人员开展导弹的拆装和测绘。我同研究室结构组的科技人员反复研究讨论，制定了拆装的工艺流程，拆卸工作只用了 10 天，测绘工作用了半年，尔后又用 10 天的时间进行了重新装配。工作进行得紧张有序，零组件不缺也没受损，连螺钉、螺帽和垫圈也一个没少，只是一根约 2 米长的细空气导管因调整形状时断裂。重装后的P－1导弹仍然是油光锃亮，被干干净净地放到库房。

这两发 P－1 导弹在我国导弹事业创建史上确实是发挥了特殊的历史作用。中国导弹科技队伍开始从感性上认识导弹，并学习了有关的导弹基础知识。

这两发 P－1 导弹在国防部五院完成历史使命后，又派上了新的用场：教学用的 P－1 解剖弹于 1958 年运往哈尔滨军事工程学院，另一发 P－1 导弹运到北京航空学院，继续为我国培养新一代的导弹与航天科技人才发挥作用。

三、仿制 P－2 导弹

1957 年 11 月，经聂荣臻元帅批准，国防部五院在原来 10 个研究室的基础上成立一分院和二分院，我被任命为一分院四室（发动机研究室）主任。1958 年 4 月，一分院四室改组为一分院第三设计部（液体火箭发动机设计部），我仍担任三部主任。我一方面紧张地筹建设计部，制定设计部的组织机构方案，选调科技人员；另一方面开展业务工作，忙碌极了。

根据中苏签订的协定，苏制 P－2 液体近程弹道导弹及其装备于 1958 年 1 月运抵北京。国防部五院根据聂荣臻元帅的指示，开始进行P－2 导弹的仿制。1958 年 5 月 29 日，聂帅亲自向国防部五院部署了导弹的仿制工作。我被任命为液体火箭发动机总设计师。1960 年 3 月 3 日，国防部五院任命我为仿制导弹的副总设计师。我按照聂帅和国防部五院的要求，带领科技人员虚心向苏联专家学习，要把苏联专家的导弹技术全面系统地学到手，我带领技术骨干向苏联专家对口学习，并要求及时整理学习笔记。苏联专家虽只在华工作了一年半，但对我们的仿制工作和科技队伍的培养、提高都起到了积极作用，特别是发动机专家组组长施尼亚金更是给了我们积极热情的帮助。我要求我们的科技人员不仅要以主人的身份热情接待和关照苏联专家，而且要虚心地向他们求教，弄清楚技术图纸和技术资料中的各种技术问题，并与苏联专家一起下厂，具体了解和解决各种技术问题。

我与政治委员吴之真、马云涛等一起，积极主动地与苏联专家交朋友，并与苏联专家建立了友好的情谊。一些苏联专家不仅工作认真负责，而且主动地将一些设计与生产中的经验教训告诉我们。施尼亚金在1960年8月奉命撤走前向我们倾诉衷肠："我是苏共党员，组织的决定我必须服从，但我个人在思想上是不愿意在这个仿制即将完成的时候撤走的。"施尼亚金在华期间真诚地帮助过我们，我们非常感谢他。

在仿制中，我组织各研究室的领导与设计人员，赴沈阳410厂、111厂和西安的114厂等单位，与厂里的技术人员一起协调和解决各种技术问题。

我们硬是凭着蚂蚁啃骨头的精神，潜心致力地去研究和试验，终于解决了一个个技术难关。在发动机仿制中最为突出的是材料问题，我们没有一味依赖进口外国材料。聂帅为此专门批示："我意外料未到，应用国料试制，不要专赖外援。在试验过程中，可能遇到失败，决不可怕。只有在不断试验中才能取得经验，材料也可能在实验中找到出路。"我从心底里拥护聂帅的意见，就材料的国产化问题做了大量的艰苦细致工作。1959年11月，国防部五院一分院根据导弹特别是液体火箭发动机的研制需要，先后与冶金部101厂、鞍钢、抚顺钢厂、大连钢厂、沈阳苏家屯有色金属加工厂、钢铁研究院等单位签订了155项金属材料的研制协议，还与石油部、化工部、建工部、轻工部所属的20多个单位签订了87项非金属材料的研制协议。这些协作单位的工作成果不仅保证了导弹仿制工作的顺利进行，还为后续航天事业的发展发挥了重要作用。

1958年8月，正当结束P-2导弹图纸、技术资料翻译和复制工作时，我们愕然发现：竟然没有发动机试车台及试车规程等资料。当时的现实是，要想从苏联引进试车台及试车的有关技术图纸与技术资料已经不可能了。这只能逼着我们走自力更生之路——自己设计、建造试车台，自己摸索液体火箭发动机的试车与试验技术。我们经过一段时间的研究和摸索，正式开始试车台的设计与施工。1958 年冬季和 1959 年初春，天气异常寒冷，我下定决心，要在一年多的时间内建成我国第一个大型的液体火箭发动机试车台。第三设计部组成了试车台任务书编写组，我担任组长，从学习和消化 P－2 导弹特别是与发动机有关的技术资料入手，查阅和参考国外试车台的技术资料，废寝忘食、夜以继日地工作，经过两个多月的分析、计算和研究、讨论，终于完成了试车台的设计任务书，提出了建台的具体技术要求。

1959 年夏天，当时称为三号试车台（1961 年 5 月改称为二号台）的施工全面开始，我深入工程设计与施工现场，协调和处理有关的技术问题。广大的干部、科技人员和工人心往一处想，劲往一处使，加班加点，日夜奋战，1959 年年底土建和设备安装、调试按期完成。在既没有专用资料，也没有试验经验的情况下，我带领验收组人员同试验站的科技人员、工人一起摸索、讨论和实践，从设备安装的质量、技术安全保证、系统调试、操作规程的制订与完善，直至考台试车的方案与组织实施等，都进行了反复的讨论、反复的研究，并同时进行补建和修改。1960 年 3 月，终于诞生了我们自己的大型液体火箭发动机试车台，并经受了发动机试车的考验。这座试车台为 P－2 导弹的仿制和后续液体弹道导弹的研制立下了汗马功劳。

1960 年 10 月 17 日，进行仿制发动机的 90 秒的典型试车，这是中国第一次大型地面试验。聂荣臻元帅、陈赓大将、张爱萍上将等领导，亲临现场指挥这次试车，试车取得了圆满成功！1960 年 10 月 19 日，国防科委和国防部五院领导听取了仿制的第一发导弹的出厂汇报。

10 月 22 日，经国防科委和国防部五院批准，将总装与测试合格的两发仿制导弹运往发射靶场。一分院第三设计部由我带队，随行的还有李伯勇、夏云辉、章本立等 9 人。

1960 年 11 月 5 日，我国仿制的第一发液体近程弹道导弹一举发射成功。聂荣臻元帅在发射基地举行的庆祝宴会上发表了热情洋溢的讲话，高度赞扬了这次成功的发射。聂帅在祝酒时激动地说："在祖国的地平线上飞起了我国自己制造的第一枚导弹，这是我军装备史上一个重要的转折点。"

四、自主研制中近程导弹

在液体近程导弹 P－2 的仿制工作取得可喜进展的时候，聂荣臻元帅适时地指示国防部五院：要突破从仿制到独立设计这一关，并迅速地发展、提高，建立我国自己的高技术水平的导弹技术体系，用我们自己的双手设计和制造出我国自己的导弹。

早在 1959 年 12 月，国防部五院一分院第一总体设计部就提出，要在仿制 P－2 近程导弹基础上设计一个射程增加近一倍的中近程弹道导弹的方案设想。我参加了自行设计中近程导弹的所有技术活动。9 月，中近程导弹设计委员会成立，我被任命为副主任委员。中近程导弹的发动机被命名为 5D60（后改为 YF－60），我是发动机的总设计师，领导和主持了这一发动机的研制工作。

我同主任设计师刘传儒、副主任设计师于龙淮、王桁等，多次与有关设计人员、试验人员、工人反复进行研究和讨论，确定了几项重大的改进设计：采用压力调节器调整推力，将涡轮工质过氧化氢输送系统改为泵压式、燃烧室喷管尾段改成半管结构，燃料主导管采用钢丝橡胶软管等。然而，在一段时间里，5D60 发动机的试车连续出现故障，分解后发现发动机的部组件损坏得十分严重。

就在攻关处于最艰难的时候，国防部五院常务副院长王秉璋给我打来电话："任新民同志，聂帅很清楚发动机的研制情况，他让我转告你一句话，最困难的时候也就是快要成功的时候。希望你注意身体！"

聂帅的理解与支持比什么都重要，给我以巨大力量和鼓舞。我带领有关的科技人员、工人，经过反复的研究、讨论，终于找出了不稳定燃烧这一故障的根源，并采取了相应的措施。不久，在 1961 年 11 月 28 日，5D60 发动机通过了主机工作 125 秒的试车，额定推力、比冲等参数均符合设计要求，取得了自行研制发动机的第一个胜利。

1962 年 3 月 21 日，我国自行设计的第一发中近程导弹进行首次飞行试验，起飞几秒钟后导弹即出现较大的摆动和滚动，18 秒时发动机起火，69 秒时导弹在发射台不远处坠毁，飞行试验失败。我和所有的参试人员一样，心情十分沉重，感到万分痛惜。但我们在失败面前并没有气馁。3 月 21 日和 22 日，钟赤兵、王秉璋和钱学森等先后传达聂荣臻元帅的亲切慰问与鼓励：“不要追查责任，要总结经验教训。”聂帅还安慰说：“既然是试验就有失败的可能，吃一堑长一智，通过总结经验教训，以利再战。”4 月 9 日，聂帅在国防科委办公会上又指出：“中近程导弹试射未达到目的，不要泄气。这不是什么意外的事，作为试验，这是正常现象。”我向同事们传达了聂帅的这些指示，并一起重温了聂帅不久前充满哲理的教诲：最困难之时就是快成功之时。我想：“不要追查责任是领导对我们年轻的导弹队伍的关心和爱护，但不等于我们没有责任。我作为三部的主任，我应负责。”接着，我就带领有关的科技人员重整旗鼓，步调一致地开始了紧张的故障分析工作。经过艰苦而细致的分析、计算和研究、讨论，症结终于找到了：一是在导弹总体设计中，没有考虑到细长弹体在飞行中的弹性，弹体在飞行中的弹性振动与导弹姿态控制系统发生耦合，导致导弹飞行失稳；二是弹体与发动机结构强度存在薄弱环节，导致飞行中结构破坏而起火。针对发动机的问题，我带领科技人员重新审查设计方案，并举一反三，不放过任何疑点、难点和薄弱环节。我们将修改设计的重点放在解决可靠性问题上，采取多项有针对性的和综合治理性的措施，并抢建了大型的试验设施，包括全弹试车台、全弹振动试验塔等。我们对采取改进措施后的发动机及导弹进行了飞行试验前的四类 17 项试验，主要是：结构静力试验、导弹稳定系统模拟试验等鉴定或验收试验；综合测试等系统与系统间协调性的综合试验；发动机热试车和全弹试车等试验；弹体横向振动特性的测定等振动试验。仅发动机，我们就采取了 27 项改进措施，主要是燃烧室辅助冷却系统采用了气动活门方案，对燃烧室焊缝结构采取了多处局部加强措施并将发动机额定推力降到 40.5 吨，这样就消除了薄弱环节和隐患，从根本上解决了发动机的结构强度问题。

1964 年 6 月 29 日，改进后的中近程导弹再次进行发射试验。导弹按预定程序飞行，试验取得圆满成功。这证明了改进后的设计方案是正确的，生产质量和发射操作是优良的。7 月 9 日和 11 日，又连续发射两发中近程导弹，均获得圆满成功。我同年轻的中国导弹科技队伍初步掌握了自行设计导弹的技能，迈出了独立研制、独立设计的坚实的第一步。

我和同事们还将发动机故障分析、采取改进措施和进行必要试验的实践感知上升到理性认识，牢固地树立了“一切通过科学实验”、“地面试验要做充分”、“不带疑点和隐患上天”等理念。还总结出了发动机试验、试车的规律：发动机各组合件未经过各种试验（水力试验、热试验、介质试验、强度试验、振动试验、绝缘试验、高低温试验等），就不能参加发动机试车（包括冷试车、点火试车、研究性试车、工艺试车、典型试车、可靠性试车、全弹试车等）；发动机试车和全弹试车未通过就不能参加飞行试验。这一条规律一直指导着后续液体火箭发动机的研制和试验。这样做之后，我国常规推进剂的大型液体火箭发动机参加飞行试验和发射卫星，一直保持着百分之百的成功率。

（作者：中国航天科技集团公司、中国航天科工集团公司
高级技术顾问，原七机部副部长，中科院院士）

缅怀宋任穷同志

鲁之洙

宋任穷同志是1977年10月调到七机部工作的。虽然早在革命战争年代我就在他的领导下，聆听过他的教诲，但真正了解他的党性原则、道德品质、领导风范和团结同志以及和蔼可亲的上下级关系，则是在他来七机部工作之后。当时，党中央决定任命宋任穷同志为部党组书记、部长，主持七机部的全面工作。我当时还未恢复工作，他亲自找我谈话，要我出来工作。我接受了这位老领导的安排与嘱托，主持部政治部的工作。从此，开始了我们一年多时间的共事，使我与这位老革命家有了更直接、更密切的接触。

宋任穷同志具有丰富的领导经验，善于团结干部、使用干部，善于做思想政治工作，是国防尖端科研部门的一位德高望重的老领导。20世纪60年代，我被调到国防部五院工作，没想到"文革"搞了那么长时间，七机部成了"重灾区"。粉碎"四人帮"后，他来七机部工作，当时正值全国揭批"四人帮"挽回损失之时，我们欢欣鼓舞地迎接宋任穷同志的到来。他到七机部之后，坚定地领导七机部的广大干部和群众，对"四人帮"进行了深入揭批，并号召七机部的同志积极参加真理标准的大讨论，对拨乱反正起了积极的促进作用。他特别强调要消除派性，团结大多数人。他指出："要尽最大的努力去团结一切可以团结的人，如果我们不能把最大多数的群众团结在自己周围，将一事无成。"他非常注重按照党的政策办事，领导我们做了大量平反冤假错案和落实政策的工作。他强调，要充分肯定七机部的干部职工是好的，知识分子队伍是好的，是完全可以依靠和信赖的。他直接找干部谈话，恢复了一些干部的职务，并安排他们适合的工作。他对科技干部特别重视，不但技术工作方面的问题同他们商量，尊重他们的意见，而且亲自主持研究，并提拔了一批技术干部的职务。

在深入揭批“四人帮”的同时，由于七机部是“文革”的“重灾区”，存在许多急待解决的问题，他以过去一贯坚持的工作作风，深入基层调查研究，到群众中去，到科研生产基层单位去，掌握第一手材料，掌握最实际的情况，用以指导工作。他在下基层时，随行人员只有一个秘书、一个业务工作人员，不要别人陪同；到任何单位，事前不做通知，为的是了解真实的情况。他去了许多工厂、研究所，看望工人、科技人员和干部，他不顾身体不好，节日、假日也要工作，很少休息。他抓工作胸有全局、重点突出并且计划性强。他根据中央军委决定的型号任务，通过深入的调查研究与商讨，提出了一个时期的全盘工作安排，经党组讨论后作出决定。当时确定的是中央批准的“三抓”任务，他带领党组一班人，大抓组织、动员和落实工作，同时明确提出以科研生产为中心的方针和要求。经过几年的努力，各项研制工作进展顺利，这些任务都按期顺利地完成了。他在七机部工作虽然只有一年多，但是，在那个转折的关头，起到了关键的、重要的作用。从那时起，七机部逐步走上了安定团结的轨道，恢复了科研生产的正常秩序，步入了快速发展的道路。

1978 年 12 月，宋任穷同志调离七机部到中组部工作，他在七机部一年又两个月的工作，为我国航天事业的振兴和发展奠定了良好基础，他为航天事业作出的贡献将载入史册。

（作者：原七机部副部长）

珍藏的记忆

黄纬禄

一、今非昔比看二院

中国的航天技术从1956年起步，至今已有52年的发展历程，取得了辉煌的成就。

二院成立以前我是在上海的一个研究所工作，搞无线电，解放以后要把这个研究所搬到北京来。当时王诤到上海了解到这个所要解散，觉得很可惜，就动员所内的主要研究人员到北京。一开始我担心北京太冷，王诤告诉我北京冬天有暖气，比上海暖和。我刚到北京时，先在一家无线电公司工作，主要是搞一些收音机、收发报机等通讯兵部需要的设备。国防部第五研究院成立后，抽调了一批人，当时我没有被抽去，感到很遗憾。后来，五院考虑按技术专业成立分院。1957年成立的二分院是由通讯兵部的一个研究所和邮电部研究所合并而成。这个时候我就来到了二分院，当时科技人员仅数十人，主要的专业是通讯和无线电，对导弹控制系统的知识掌握不多，所配备的工厂也只是模样车间的规模，技工和徒工不足百人，装备的机床是多年陈旧的老古董，虽然称为研究院，实际也只是一个普通研究所的水平，图书资料、仪器设备、科研生产能力都极为匮乏，这种状况要想研制导弹控制系统实在是令人难以置信。

我们的院址是一个财务学校的旧址，几座办公楼和教室就是我们的研究试验室。为了便于开展工作，中央领导同志决定与苏联政府协商以得到他们技术上的援助。最后我们先行仿制“543”地空导弹和“1059”地地导弹，由于有苏联援助的实物、图纸，并有专家进行指导，我们较快地掌握了研制导弹的基础知识和技术。这一环节非常重要，这也是聂帅再三要求我们一定要把仿制工作学好做好，向专家学习，向资料学习，过了仿制这一关，我们就有了自行设计的本领。那时大家的学习劲头简直不可想象，晚上图书馆和办公楼灯火通明，每一次都是领导动员大家回去休息，可领导一转身回去，大家又回来学习，后来领导干脆就守在那里。

地地型号我们开始了“东风二号”、“东风三号”的研制并取得了成功，地空型号进行了“红旗”型号研制并以此击落了美制 U－2 高空侦察机，大挫了美帝的霸气。

后来我们又研制固体潜地型号，成立了一个总体部四部。四部本来在内蒙古，后来钱学森认为那里没有搞导弹的经验，就把四部的同志调到北京。当时户口落在北京是很困难的，是周总理亲自批准，才有很多同志到了北京。我也从 12 所调到四部搞固体潜地型号。搞导弹各方面进度要协调一致，如果有一个地方进行不下去，整个进度就要受到影响。针对研制过程中出现的问题，在一次设计师的扩大会议上，我把有关的单位都召集过来进行协调，提出了“有问题共同商量，有困难共同克服，有余量共同掌握，有风险共同承担”的研制原则。1979 年，这个型号转到二院后进展很快。经过大家的共同努力，1982 年固体潜地型号试验成功，使我国成为世界上第四个能自行设计和发射潜地导弹的国家。当时这一消息传出后，震撼了世界，中央、国务院和中央军委特发来贺电祝贺。接着陆基机动固体型号相继完成并定型装备部队。这两个中近程第一代固体型号的成功，也为以后远程第二代固体型号的研制打下了基础。

“两弹一星”的成功对国防力量有举世瞩目的震动，对综合国力有无可估量的提升，中国在国际上的地位大大提高。但“两弹一星”每一项任务都是复杂的系统工程，在研制过程中需要大量的管理干部、后勤人员，不是靠航天部一个单位，需要全国科研单位、大专院校等各方面的支持。在整个试验过程中，还有大批解放军协助，在海上试验，几百条舰艇上万人参加。功勋不是个人的，它代表整个群体的光荣。但荣誉已成过去，我们还需要继续努力，奋力拼搏，赶上世界先进水平。

现在的二院已从一个破旧的财务学校变成装备现代化的研究院，技术人员、技术工人、管理干部、后勤保障人员从建院初期的一百多人到现在已达一万多人，而且人员素质大大提高，仪器设备的数量大大增加，性能大大改善，图书资料大大充实，生产能力大大加强。型号研制从仿制到自行设计，新型号逐年增加，定型后大量装备部队，使国防力量不断提高，为国家统一大业和保卫世界和平起着重要作用。

风雨兼程的永定路，已得到全面修整。如今的二院高新技术不断发展，民品从无到有，种类多，质量好，技术含量高，群众生活得到不断改善。总之，一切的一切都大有改观，今非昔比。在新的体制改革后，二院的前途必将更加光明，事业更加繁荣，环境更加优美，人们的生活将更加幸福。

二、怀念张爱萍同志

“昔人已乘黄鹤去，此地空余黄鹤楼”。转眼间，张爱萍同志于2003年去世，已经离开我们5年了。5年来，我时常想起爱萍同志，想起那些在他的领导下，我们所经过的难关，取得的胜利，想起那些我和他一起度过的日子。他的音容笑貌，他的精神，他的功勋和业绩，还宛然呈现在我的眼前，活在我的心里，像从前一样使我感到温暖并深受鼓舞。

1. 善于掌控大局的好领导。“文革”后，张爱萍同志主抓七机部的工作，他不顾身体的病痛，一心扑到工作上。他召集七机部的有关人员了解工作进展情况，亲自督促各方面的工作尽快从“文革”受到干扰和破坏的状态中恢复过来。

对于航天事业来说，人才是一个非常重要的因素。当他了解到有些重要岗位的干部、工人在“文革”时被清出七机部，送到外地，他就亲自安排把这些人调回来。他认为这不是件小事，这些人才的流失对于我们的事业是个损失，对于这些同志本人也是不公平的，他鼓励同志们一切要从工作的大局出发，把七机部的工作作为自己的首要任务。

他非常关心七机部的远景规划。七机部当年重点搞地地型号，在他的领导下，确定了“八年四弹”的远景规划。他还在七机部确定了“三抓”任务，即洲际导弹、潜地导弹、通信卫星，对每一项任务他都亲自抓。当年我担任潜地导弹的型号总师，亲身感受到了他对潜地导弹的关心，不但重要的技术环节、时间节点他要亲自过问，包括一些具体的事关全局的细节和人员，他都要亲自关心并作出指示。正是在他的正确领导下，潜地导弹从无到有，克服了一道又一道难关，实现了一项又一项技术突破，取得了举世瞩目的重大成就。

2. 既敢于负责又善于发扬民主。张爱萍同志是一个敢于负责的好领导，同时又非常善于发扬民主，注意调动各方面的积极性。

他担任国防科委主任时，每次到下面检查工作，都带着几位副主任一道去，有关重要的计划、进度，都和副主任商量好了以后再做决策。“巨浪一号”上岸等许多重大事项都是按照这样的程序批准的。

作为具体负责型号的技术人员，我们也深切地感受到了张爱萍同志这种良好的工作作风。“巨浪一号”是在公海上试验，需要通知各国，并公告禁海时间。很不幸，第一发试验失败了。当时的情况是，如果我们不能在禁海时间范围内迅速找到原因，并打完第二发，那么再要试验就又得再一次实行禁海。技术人员开动脑筋，想尽一切办法，很快找到了失败原因，并采取了各种措施，力求错误不再重复。当时张爱萍同志坐镇北京指挥所，北京一些同志的意见是再等一等，准备得再充分一些时再打。但是我和在基地的海军有关领导、科委副主任根据当时的实际情况都认为应该立即打第二发，并把意见反映到了北京。在这种情况下，张爱萍同志没有坚持自己的意见，当即拍板：“尊重一线同志的意见。”遵照张爱萍同志的指示，我们按时打了第二发，并取得了成功。

对待工作，对待下属，张爱萍也有着和周总理类似的风骨：“你们就放心大胆地干！成功了，成绩是你们的；失败了，责任是我的！”

3. 平易近人的处世风格。曾在七机部工作过的许多普普通通的工作人员，回忆起张爱萍同志的平易近人，心里依然十分感动。

作为党和国家领导人，张爱萍同志非常平易近人。他经常深入基层，深入一线。“巨浪一号”进行第一次海上飞行试验时，他深入现场，和潜艇的操作人员谈话，向他们了解情况，询问有什么问题，以及解决问题的途径。他和他们谈话时，是那样的平易近人，和一个普通人没什么两样，丝毫没有居高临下的架子，这些操作人员一点都不感到紧张。

第一次潜地导弹海上试验成功之后，很多单位的群众请他题词，他都来者不拒。

张爱萍同志还由衷地关心技术人员的身体健康与各种困难，对于这一点我也有着切身的感受。在进行潜地导弹的第一次海上飞行试验时，我负责技术工作的抓总，爱萍同志到基地，看到我工作非常紧张，工作压力很大，就劝我去休养一段时间，但当时任务那么紧张，我不可能离开。任务完成后，爱萍同志在大连休养，特意也把我叫到那里，让我和他一起休养了一段时间。在“巨浪一号”发射成功之后，他还曾经亲自给我题词“雷震海天”。

在邓稼先同志的追悼会上，爱萍同志亲致悼词，其中殷殷之情谊使所有在场的人都深受感动。从中我们看到了张爱萍同志对于科技人员最真挚的感情、最深切的关心与爱护。

4. 多才多艺的儒将。所有熟悉爱萍同志的人都非常敬佩他的文韬武略和多才多艺。

给我最初印象的是他在二院礼堂为七机部的干部、职工宣讲毛泽东思想，当时他没用稿子，总共讲了三个小时，非常生动，台下听众听得聚精会神，时常报以热烈的掌声，场面异常热烈。

爱萍同志的字写得好，在书法界很有名气，同志们都以拥有爱萍同志的真迹而感到自豪。

爱萍同志的文采也极好，每次重要的事件发生后，他都要以诗寄怀，诗文充满了革命的浪漫主义。我记得在“巨浪一号”发射成功之后，他为此题诗：“体态天工巧，玲珑一代骄，蓦地冲天起，神力震海魈！”展现了他作为老一代无产阶级革命家战天斗地的豪情与多彩多姿的精神风貌！

张爱萍同志虽然已离我们而远去，但他的精神是永存的，他的伟大功勋和革命风采是不朽的，爱萍同志永远活在我们的心里！

（作者：中国航天科技集团公司、中国航天科工集团公司
高级技术顾问，中科院院士）

航天精神的孕育与形成

马云涛

我长期在国防部五院一分院、四川七机局、陕西七机局、七机部和航天部政治部工作。在党中央、国务院、中央军委的正确领导下，在周恩来总理和聂荣臻、张爱萍等同志的指挥和关怀下，我国航天事业不断取得巨大成就。各级党委和党政干部坚持和发扬党的思想工作的优良传统，把思想政治工作渗透到科研、生产和试验中去，对科技人员，政治上信任他们，工作上依靠他们，生活上关心他们，培养锻炼和造就了一支又红又专的航天科技队伍和能攻善战的航天产业大军。在这支队伍和大军中，涌现出了一大批先进模范人物。20 世纪 60 年代国防科研战线上的标兵以张履谦为代表，80 年代以优秀党员、老专家黄纬禄和全国劳模、中年科技人员罗健夫为代表，在他们身上集中地体现了为社会主义现代化事业艰苦奋斗、拼搏奉献的革命精神。

1984 年 10 月，航天部胜利完成了研制发射洲际导弹、潜地导弹和通信卫星的“三抓”任务，决定召开劳模庆功大会。在部党组书记、部长张钧的倡导下，部政治部总结了航天战线广大干部职工为发展航天事业作出的贡献，特别是孕育和形成了一种伟大的精神。在劳模大会上，我在报告中把这种精神归纳为自力更生精神、艰苦奋斗精神、大力协同精神、万无一失精神、勇攀高峰精神、锐意改革精神、为人民服务精神。后来，我在全国思想政治工作研究会上介绍了航天行业这七种精神的孕育和意义。1986 年，在纪念我国航天事业创建 30 周年的时候，我和政治部的同志把航天精神概括为“自力更生，艰苦奋斗，大力协同，严肃认真，勇于攀登，献身事业”，并写了题为《航天精神永放光芒》的文章，讴歌了我国航天的辉煌成就，阐述了独具特色的航天精神。经过30年的锻炼和培育，在我们面前巍然屹立着一座精神丰碑，那就是航天战线广大科技人员、工人和干部心灵深处闪耀的航天精神。

我离休后的1986年，部党组书记、部长李绪鄂也十分重视总结、传承和弘扬在航天事业30年发展中创造的航天精神。他要求政治部进一步总结提练、丰富充实，把航天精神更加严格、科学地表达出来，使之成为能体现航天文化的核心内容。经过反复酝酿，认真讨论，斟酌推敲，政治部把航天精神表述为"自力更生，大力协同，尊重科学，严谨务实，献身事业，勇于攀登"24字。1986年底，航天部党组在《关于贯彻党的十二届六中全会决议，加强思想政治工作的决定》中，正式公布了这24字的航天精神。在部党组的《决定》中还指出："振兴航天事业，实现航天事业发展的奋斗目标，必须大力发扬这种航天精神。"后来，根据聂荣臻元帅提出倡导的"自力更生，艰苦奋斗，大力协同，无私奉献"精神，部党组结合航天战线的特点和实践，最后把"自力更生，艰苦奋斗，大力协同，无私奉献，严谨务实，勇于攀登"的航天精神表述确定下来。1990年聂帅又题写了24字的航天精神。

现在回想起来，这24字概括的航天精神，与后来中央提出的"两弹一星"精神、载人航天精神一起，体现了航天人的群体形象和精神风貌，成为我们创造航天奇迹的强大力量。这是老一代航天人留下的宝贵精神财富，只要我们不断地弘扬航天精神，我国的航天事业就一定会继续创造新的光辉纪录。

（作者：原航天工业部党组成员、政治部主任）

沧桑往事忆将军

卢晨征

“文革”中张爱萍将军坐牢多年，从狱中释放不久，叶帅、聂帅根据中央军委的决定，说服他再次督率国防科技大军，执行党中央毛主席关于研制洲际导弹的重大战略决策。这种国家大事，那时我们这些一般人自然全然不知。

1975年初，我因连续胃出血，被一机部“五·七干校”送回北京，身体平复后，奉派带队到胜利油田调研。出发前，就有调我到七机部工作的消息，我唯恐是真，决定先躲开再说，于是即日打包启程。

一个月之后回到北京，我希望调动我的事已成为过去。想不到回京第二天，七机部“专人”就把我“请”走了。

汪洋部长态度和蔼地“埋怨”说：“你怎么现在才来呢？张主任调的人早已全部到位了，你迟迟不来，张主任很着急，多次询问，知道张主任是谁么？是解放军副总长、国防科委主任，现在我部蹲点。”我正想说自己的那些原委时，电话铃响了。汪部长一边放下电话一边催促我：“快去，快去！张主任在京西宾馆等你，咱们的话以后再说。”

在会客厅里，张主任脸色沉重，面壁而坐，见我进来，开口便问：“我调你到七机部，你为什么不来？”厅内静悄悄，我感觉到气氛紧张，看看四周，只见两位参谋都目不斜视，端坐严肃，我赶快平静了一下自己的心态，却莫名其妙地冒出了一句：“张主任是问我吗？”“我不问你问哪个！”不容回避，我只能放胆直言：“我不愿意到七机部去。”

“为什么？”

“第一，七机部是搞尖端武器的，应该调好人，我身体不行。前不久我刚一次输了1700cc血，体重只剩90斤。第二，我水平低，又已年过50，重新学习也困难多了。第三，我去年才‘解放’，真不愿意卷到派性斗争里去，七机部打派仗在北京是出了名的，我去以后，要工作，处理问题总得论是非、说长短，不能回避矛盾，这就很难不被卷入。”

张主任这时才把脸转向我，面色似乎缓和些，慢慢说道：“我看过你的档案，老同志，当过兵，是共产党员嘛；刚才你讲了三条道理是吧，我只讲一条，”说到这儿，张主任停顿了一下，看着我，提高声音道：“明天上午10点钟到230厂去上班。”接着他又转头指着旁边的一位参谋说：“你明天上午9点45分到230厂去等，看他到没到。”

那些年，我始终在被批斗中辗转，当听到了张主任提到我的共产党员身份时，一股暖流涌过全身。我一方面感受到被信任的力量，同时对未来的工作又确实心中忐忑。我还想说两句意见，旁边的一位同志拉了一下我的衣角，低声告诫：“你不看（张主任）上火了么，还说！”高山大河在前，我也只能往前闯了。

张主任至此才和颜悦色，关切地询问我胃病的情况，并说：“我给你配辆车，跟着你，方便工作。”

“你拿出本子来，记，现在说230厂的事。闹派性，打派仗，七机部上上下下都有这个问题，230厂是重灾区。舒龙山是部里的派头头，他就是从230厂起家闹出来的，这就是230厂的问题不孤立不一般之处。”

“怎么办？总的讲，我们是讲党性，反派性，抓任务，抢时间，求团结。”

张主任说到此停了下来，我理解这就是230厂抓革命促生产的总体方针。接着他具体地着重分析了哪些人是哪个派的代表人物，应该怎样着手一步步做工作，争取他们站到党性的立场上来。我边听边记，心里感到：张主任对230厂的派斗内幕情况能掌握到那么细微，像他这样大的干部实在难能可贵。

张主任把身子向前倾了倾，非常认真而严肃地叮嘱我：“首先你自己做人处事要坚持党性的原则。如果一出手就站歪了，你的脚就会接着往下滑。第二，还要记着脚踏实地，你踏到230厂的实地了吗？要一步一步地走，不能着急，要和双方都能说得上话，切忌不能拉偏手，不能是帮助打偏架的人。”

不知不觉间，谈话已过去了几个小时，时间已到了下午两点半，已不年轻的张主任也和我们一样没有吃午饭，没有休息。

当我走出宾馆时，张主任为国防科技那样敬业对我深有感染。他对我的工作从原则方针到具体步骤、方法都给了清晰细致的指教，对派性及派性代表人物做了认真的剖析，我对以后的工作开始有了信心，发生了兴趣。第一次谈话我已经意识到，站在我身后的是一位坦言无哗，用你，信你，成竹在胸、指挥若定的年长智者。

出了宾馆大门，张主任说给我配的那辆车已经在门口停车待发，明天我将去迎接新挑战。

第二天早晨进厂前我心里想，到230厂以后人生地生业务生，一切从零开始。白天要去干自己完全陌生的工作，晚上还需要请位厂里的同事天天给自己说点导弹知识，黑夜只能不动窝儿住办公室，争取多一点睡眠时间。自己胃又不行，身体不作主，真不知道能不能闯过这一关。

进厂以后，按照张主任的指示精神，决定首先把派性斗争的火势、火种尽快扑灭。我有计划地与两派群众组织的主要成员分别谈话，又找两派组织有影响的人多次交换意见，使大家尽快认识到：争斗的两派都是革命群众；当前的国际形势并非天下太平；我们被包围其中，人家都用中、远程导弹瞄准着我们，而我们自己则无相应的防御手段。毛主席提出备战备荒，研制成功我们自己的洲际导弹，准备应付任何来犯者，这才是当前的最大政治。

我又分别找两派组织中曾经受过较大伤害的人做工作，让他们想到对立派内的很多人其实原本都是自己工作上的同事、生活上的邻居、相处中的朋友，不要把对方在派性恶斗中一时一事的过火行为抓住不放，上纲上线。在派性斗争中，对立派伤害过自己，我们自己一方也伤害过对方，双方都多一些理解，多一份宽容，仇就会化解。不然，派仗何时是尽头。现在毛主席要我们研制出洲际导弹，任务如此之重，时间如此之紧，大家只有团结一致，奋力拼搏才能完成重任。

我没有拉一派打一派，也不去在具体事件中当裁判，只是反复耐心地进行各种形式的说明、沟通，以完成1977年的任务目标来讲党性、反派性、抓任务、抢时间、求团结。

几天之后，我向张主任汇报了进厂后做工作的情况。汇报后，张主任说：

"好！就举着军委要求1977年研制成功洲际导弹这面大旗，往前走！"

我一手努力解决派性问题，一手紧抓生产任务不放。

厂里打了多年派仗，人们都散漫惯了。当时生产事故接二连三，生产材料备不齐，人员调不动，工序废品多，关键部件漏检等不一而足，甚至连指挥生产的调度会都开不起来。按说，出席调度会的人都是掌管生产指令，保障物资供给，负责质量控制，进行人事分配、财务调节以及保证安全保卫的领军大员，是厂里承上启下重要的中层干部群体。但是开会时随便迟到乃至不到的现象不止一人，不止一次。同时，每处理一件事，仅仅统一思想认识这一项工作就费尽周折。

执行中央军委指令时间紧迫，整顿工厂秩序已成当务之急。企业被梗死，天天头疼医头、脚疼医脚地疲于奔命也无济于事，抓整顿秩序这个牛鼻子来改变230厂瘫痪局面已是刻不容缓。经再三商议，我下定决心，抓紧这个时机进行整顿，这是党性的实际行动，也是反对派性的具体步骤。

我在调度会上宣布：从下一次会开始，凡是未经批准应到会而未到会的人，都要写书面检讨，在下次会上由调度科长当场宣读，不论何人没有例外。同时，我把生产任务扎扎实实地布置给各工种、各机组，把生产任务分解到各岗位、按工时计量到人，按责任赏罚分明，严格计量、赏罚及时。从此以后，工作日趋规范。

任务满了，上班的人多了，操作面积相对小了，在制品周转位置也不够了。张主任请工程兵调来了工程帐篷。施工的那一天，230厂简直像办喜事一样。国防科委萧向荣副政委、七机部陆平副部长、一院院长和书记都来厂里搬砖做基础。我们几个厂领导赶快跑去劝各位年长的领导："你们来就给我们添了力量，千万不能再搬了。"萧政委、陆部长说："我们是真来搬砖的，可不是来做样子的。"

作为洲际导弹研制成功的前奏，也作为230厂检验自己企业整顿的成效，我们根据一院一部的总体要求，按照13所的设计方案，精心施工，一丝不苟地研制成功了新的平台，装在中程导弹上。国防科委陈彬副主任亲自挂帅，导弹在大山深处密林丛中待机发射。经长时间的期盼等待，却忽然传来消息说，230厂的平台可能有问题，叫马上派人去测试、调整。我们即日组织好应急人员，我带队火速赶往基地。

我平生第一次在发射现场的观察台上，近距离地看见中程导弹这个庞然大物。当听到点火的倒计时口令读到5、4、3、2、1时，发射架下喷着火，卷着烟，响着巨大可怕的燃烧声，突然间山崩地裂导弹冲霄而上，只见满天火海弥空遮月，只听群山回响震耳欲聋。我激动兴奋地赶快把发射成功的喜讯告诉了厂里，让大家分享这来之不易的快乐。这是230厂整顿后初试锋芒、初见成效的一箭成功之举。

成千上万人的航天企业，没有规范将遗患无穷。现在厂里的生产任务完成得紧张有序，派性也压得无地自容。正如张主任要求的，我们已经脚踏到230厂的实地上，正一步步向前走去。

230厂的状况已经有了改变，形势正在大步向好的方面转化。张主任说：现在该抓一抓生活了，不然，生产就会受到影响，职工谁不关心自己的生活呢。生产和生活这一对矛盾，互为促进，也互为制约。张主任从政治经济学的角度，又从哲学的视野给我们讲该抓一抓生活的道理。在关心职工生活问题上，他自己就走在前面，率先垂范。

230厂有个生产镜面的光洁度标准要求很高的车间，对设备的维护保养也非同寻常。此外，高精度陀螺的组装岗位，需要操作稳定能力特殊高超的人才能胜任。这种人是百里挑一的技术尖子。张主任对这些人和有关的设备特别重视，他为这些特殊的人办了特殊的医护手续。

有一天张主任问我："你当过连长么？"我说："没有，当过指导员。"

"创建先进连队，抓伙食的事还记得吗？"

我说："我明白了。"

张主任的意思是要我们从抓伙食入手，这关系到职工在岗位上每天的两顿主餐再加一顿夜餐，要解决这个问题就必须迈粮、油、肉这个门槛。而那时是"票证年代"，少了粮票、油票、肉票，巧妇也难为无米之炊。想办法吧，这是我们的责任。

我们跑到北京前门外沙子口屠宰场，对该厂领导讲：有没有洲际导弹关系着中国的生死存亡，人家有，我们也要有。但这是个高科技荟萃的东西，不是一日之功一己之力所能成全的。全国各行业、各方面都需尽其所能。七机部也不打派仗了，职工们日夜加班工作，解放军副总长张爱萍将军也废寝忘食地在我们厂蹲点抓这件事。厂长说：你们是干的大事，我们帮不上忙。我们只能每天给同志们拿去150斤“下水”调剂一下伙食，叫你们见笑了，我们只有这个权。

有此收获，我们的炊事员同志们特别高兴。食堂每日都把这些“下水”加工成各种美味的卤菜，又多又便宜，摆出来让大家随便买。在那个物资匮乏的年代，这是叫人意想不到、喜出望外的事。

食堂里的桌椅也陆续添置整齐，继而主食上的花样也多了起来，不仅有面包，偶尔还有蛋糕卖，给车间加班送的夜宵也讲究有滋有味了。

人是铁饭是钢。职工们说：吃好了干活有劲。

幼儿园增加了接送孩子的班车，张主任还亲自检查接送班车沿途的停靠站是否安全，布局是否合理。

厂里有一些老工人的家属户口多年来得不到解决，厂里几次筹措实在无能为力。我向张主任做了反映，没有想到张主任竟亲自为这些老职工去跑户口。这是张主任在那样特殊的年代，仍然心系着普通百姓、关心群众生活的历史见证。

适逢我犯病期间的一天清晨，大约5点多钟我正在楼道慢慢拖地。因胃不合适，白天有些工作处理未果，常常睡不着觉，就早起拖拖地以求舒缓身心。忽听远处有人喊我。这么早谁会来？我心里琢磨。

“张主任叫我给你送药!”

“什么药?”

“‘乐得胃’。上一次你不是说这个药还有效，北京不好找吗，张主任知道了，这是请总后从荷兰进口的。”

立刻许多往事一齐涌上心头，泪水夺眶而出。他那么忙，肩挑大事重任，头绪繁多，日夜不宁，我一个普通干部这么点小事，他还记挂着。人说“士为知己者死”，在我们这个世界里何尝不是这个道理。

生活抓上去了，生产秩序也进一步规范了。

各大、小工具仓库，各备品、备件仓库，都按定量横平竖直码放；清洁卫生检查验收全厂性的统一行动已经做过数次。各车间普遍开展的班前（点评）

会，班后擦机床、仪器的规范成为自觉的习惯。

质量是230厂出厂产品的生命线。全厂上下学习质量管理小组的活动经验正蓬勃开展。

230厂的工作正走上轨道，好一段时间听不到张主任的消息了，从当时国内的风向看，总叫人日益不安。

有一天，厂里平常表现很好的一位同志悄悄跟我说："在301医院，我看见张主任了。""看管得很严吗?""我有个关系，得便的话能看到他。""如果能看见的话，捎句话行吗?""行，得看机会。""就说咱们厂的人惦念他，只捎一句话：'留得青山在'。"有很长一段时间我一直提心吊胆那位捎话同志的安全。

周总理逝世10天之后，"四人帮"组织了一次号称万人（实际上只有五六千人）对张爱萍的批斗大会。台上呼口号的人声嘶力竭，台下应声者却寥寥无几。忽然张主任在后台出现，好久不见了，全场鸦雀无声。张主任一步步往台前迈行，有一位白衣天使抱氧气瓶扶持，他脸上瘦了许多，但一如往昔仍然是那个嫉恶如仇、宁折不弯、志怀霜雪、刚强正直的张爱萍。他从整整齐齐的军装口袋里拿出一张纸片，安详沉稳地照本宣读"台词"。"台词"很短（事后知道一共73个字)，我当时只记了个大意，即："假如我工作有错误，由我个人负责，与别人无关。""检讨"之后，他把纸片重新放入口袋，转身从容走回后台去了。铆足了劲要批斗张爱萍的一个号称万人批斗大会就这样草草收场了。这到底是谁斗谁?"四人帮"气数已尽，他们兴师动众地批斗别人，到头来却为自己掘了墓。

今天已是阳光灿烂，但张主任已经离我们远去，人去而魂却在。他严肃认真、关心群众、兢兢业业、勇担责任。他手把手地教给你怎样关心人，体贴人，用现在的语言讲，这就是"以人为本。"

他的党性品德，让人尊崇。他的宽广襟怀使从者无不奋力，唯恐有负信任。我怀着深深的思念，舍不得他已远远离去。

（作者：原航天工业部管改办主任）

王诤同志对老五院器材工作的关怀

张　锋

航天系统的物资部门，前身是国防部第五研究院器材部。这个部门肩负繁重艰巨的物资保障任务。这支物资工作队伍，是一支训练有素、适应航天事业特点、具有好的传统和作风、能够排除万难完成任务的好队伍。老五院主要领导人之一的王诤副院长，为组建、培育这支队伍，倾注过很多心血。他经常从百忙中挤出时间（大多是假日和夜晚）听取器材部门的汇报，不厌其烦地给以具体指导，帮助解决实际困难。他那严谨细致的作风、诲人不倦的态度，使器材部的同志无不为之感动，深受教益。

王诤同志对航天物资保障工作极为重视与关怀，是基于他对其作用与意义的深刻理解。有两次谈话，足以说明这一点。

一次是1959年盛夏的一个晚上，王诤同志通知到任不久的器材部副部长亓子宜同志到他住所谈话。当时我任器材部综合计划处处长，有幸得以随同参加。刚坐好，王诤同志便笑着说：先提个问题，听听你们的看法。为什么要成立器材部？传统的部队后勤工作，放在院务部管。为什么器材工作不放到院务部，也不放到科技部，而要建立一个单独的部门？这一下子把我们给问愣住了。稍停了停，亓子宜同志说：说明这项工作重要嘛！“巧妇难为无米之炊”，要搞尖端武器，没有器材保证就搞不成。我也讲了些类似的看法。他听了后笑道：你们的看法都对，但还缺乏更深的理解。于是他就这个问题作了很详细、很精辟的阐述，使我们至今难忘。他说了以下几个重点：

——我国的经济技术比较落后，工业基础比较薄弱，而我们却要在国家现有条件下研制国防尖端武器。把这个最基本的情况想清楚了，你们就会明白自己肩负的任务多么艰巨了。

——我们的建院方针是自力更生为主，力争外援为辅。资本主义国家在封锁我们，我们也不能依赖苏联的帮助，只能立足于自己的力量研制尖端武器。

——研制尖端武器耗资巨大，国家能够拨给我们的经费却很有限，我们只能精打细算，勤俭办事，钱要花得少，事还要办得好。

——当今世界是谁落后谁就要挨打。所以我们绝不能慢慢来，必须力争高速度完成任务。在边研究、边设计、边试验的条件下，如何主动争取备料的依据和周期，绝非易事。

——我国所需的各种器材均需按规定的时间和渠道报请国家列入计划才有供应的保证。而我们所需的东西，有的事先提不出来，有的在试验过程中需要变更，要给研制工作创造较宽的选料范围和变动余地，是个很大的难题。

——研制国防尖端武器，不仅要攻克从总体到各个系统的许多技术难关，而且所需的各类原材料、推进剂、元器件、配套的机电产品、加工与测试用的仪器设备、大型专用的试验设施等，因有特殊要求，往往没有现成的东西可供选用，只能提请国家各有关部门安排研制。研制这些东西，又会连续地提出二次以至多次协作，包括向我们提出反协作的条件，以及为解决需要与可能的矛盾而进行反复多次磋商、调整技术指标要求等，真是错综复杂得很啊！

——国防尖端武器不是简单的单件武器，是一个非常庞大、复杂的系统，研制工作必须按统一的计划协调进行。各个部分所需的各类器材，都必须品种齐全、规格对路，在数量、质量、时间方面都要有保证。任何环节上出了问题，都会给总体带来不利影响。有时甚至一个元件、一根导线出问题，也能造成一次大的试验失败。

把上述种种综合起来，可以看出你们承担的物资保障工作，是件多么浩繁、复杂、艰巨的组织工作。不建立一个坚强的、单独的部门，这样的工作，无论是谁，都是难以胜任的。同时也可看出，这个部门配备的人员一定要强，要有各有关专业的大学生、中技生，并且要求他们不仅要懂业务、懂技术，而且要懂政策、懂经济，能任劳任怨，克勤克俭，千方百计，排除万难，保证完成任务。要反复作宣传教育，务必使同志们不要轻视这项工作。

另一次谈话是在苏联公开毁约之后。1960 年 8 月，苏联公开撕毁协议，撤走全部专家，已签合同应供我方的特殊器材和关键设备，也被卡住不给。我们的研制任务遇到了很大的困难。1961 年 5 月 21 日，聂荣臻同志对王诤同志说："要加速发展国防尖端技术，首先要狠抓开门七件事：新型材料、电子元件、仪器仪表、精密机械、特殊设备、测试技术和计量基准。这七件事抓好了，尖端技术的发展才有保证。"王诤同志回来后，随即向器材部领导亓子宜、马振岭等同志作了认真传达，并着重指出：聂帅提出的这七件事有多么重要，你们一定能理解。七件事的实质是新型器材。你们器材部的主要任务就是千方百计努力解决这方面的问题。已经从苏联订购的东西，苏联已撕毁合同，拒绝供应了。怎么办？不能存丝毫指望了，只能立足于国内——自己干！要清醒地认识，真正先进的技术，人家是不会给我们的。特别是同国防尖端技术相关的东西，拿钱是买不来的。器材部要当促进派，排除万难，狠抓这方面的落实。不要因为这些新型器材拖了我们研制任务的后腿。要协同各院物资部门深入第一线，配合研制单位把各项研制任务所需的关键器材摸清楚，尤其是国内还不能生产的器材，要专门列出清单，注明用途、技术要求、需要的数量和时间，经审核后分类汇总报请国家有关部门安排研究、试制。并要组织需用单位派出专人配合有关部门一项项狠抓落实，直至完全解决。

王诤同志的这两次谈话，高瞻远瞩，对问题分析得非常透彻、深刻，给我们印象很深，收益甚大。我们经常据此指导工作。

王诤同志对物资部门的关心是全面的，既严格要求，又具体帮助。他从不满足于原则领导，也不全靠最后把关，而是在工作进行过程中，具体指导帮助解决问题，并借以教育、培养干部，使之能很快学会以正确的观点、态度和方法去解决问题。他充分信任器材部门，鼓励和要求同志们在职权范围内大胆放手执行任务。对重要问题，在布置任务时都有明确要求。对关系重大的事项，不论多忙，都要亲自逐项审查，或组织有关技术指挥员会审确定。例如：须提请国家有关部门安排研制的新型器材，他特别重视，反复强调，研制尖端武器所需的器材，关键不在国内已能生产供应的东西，而在于国内还不能生产的新型器材。要求各研制单位尽可能早地把这些东西弄清楚、提出来，以便早作安排，争取早日解决。对于这些新型器材，在器材部审核汇总成计划草稿后，他便召集有关技术指挥员会审，逐项审核确定。计划上报后，他特别注重狠抓落实。的确，落实是件难度很大的事。在技术指标、测试标准、进度、数量以及研制所需的条件（包括研制过程中发生的问题），都须同承制单位反复磋商、协调，才能解决。最后的“硬骨头”，以及有关部门也无法解决的难题，王诤同志总是亲自向国家计委、经委直至国务院领导汇报，甚至请主管的副总理召开会议解决。在他的重视与直接关怀下，1960~1964 年期间，全院共安排解决了新型器材近四千项，保证了各项研制任务得以进行与完成。

王诤同志对非标设备设计加工任务的安排，也是非常重视的。他强调这些设备是我们研制、试验的必要手段，特别是风洞、试车台等重大试验设施，如不能按时建成，便会影响总的研制任务的进程。但如不认真从严审核、控制，便可能给国家造成很大浪费、损失。因此，布置任务时，就提出了严格的要求：要充分论证其必要性；尽量选用标准设备或其中的可用部分；尽量自行设计；自己不能设计的，再申请有关专业单位设计并尽可能联合设计；本单位或院内能加工的不向外提；必须外单位加工的，要有设计图纸或详细的技术要求。同样，在计划上报前召集有关技术领导逐项审查定案。1960 年 10 月 7 日的专用非标准设备审查会议，从当日上午开到深夜，直到全部审核完才结束。计划上报后，王诤同志专门请李富春副总理签发了致有关省市委第一书记的函件，请他们指示有关单位认真负责落实。

对于必须提请外贸部门设法从国外采购的特殊器材——主要是国内一时间不能解决的稀有金属、工程塑料、特种橡胶等以及少量精密机械、仪器。在苏联毁约后，周总理专给老五院批拨了一部分美元外汇额度解决急需。王诤同志亲自抓专项工作，他召开专门会议，要各单位在限定的外汇额度内按真实急需提报国外订货单。器材部审核汇总后，他又召集有关技术负责人逐项审定，然后报送外贸部。为了保证落实，他亲自同外贸部李强副部长商定，由我们器材部外订组派一得力的同志到李强同志处担任秘书，专门利用外贸部门各种可能的渠道落实采购。这些东西到货后，均按规定检验，不合格的交涉索赔；管理使用，均有严格的审批制度。

在尖端武器研制过程中，经常出现关键缺料，有的是未赶上列入计划的，有的是研制过程中新出现的，有的是经试验需要改变的，也有承供部门有困难未能按期供应的。这些缺料的解决，对我们器材部来说，几乎成了经常性的重要工作。王诤同志对关键缺料的解决非常重视，常常亲自参与这项工作。有时由他出面邀请相关部门领导来我院参观，乘机提请解决相关的缺料；有时亲自给相关省市领导写信，请他们协助督促有关单位解决；有时亲自带队赴各地联系安排；在缺口很大、需要很急时，他多次亲自向国家计委、经委直至国务院领导汇报，请求召开专门会议动员解决，李富春、薄一波等领导同志曾数度召开过这种会议，动员安排解决。没有他的重视与亲自参与，要解决这么多难题，实在难以想象。

王诤同志关怀我们器材部门的事例很多，难以一一列举。他对党的事业的极端负责的态度，深入细致、不厌其烦的作风，言传身教、率先垂范的风范，以及对问题深刻精辟的理解、诲人不倦的精神，使我们深受感动、获益匪浅。

我回忆以上情况，一方面是表达对王诤同志的缅怀与敬重之情，另一方面，也为年轻的同志们了解历史、吸取前人的精神遗产提供素材，也许能为他们更好地服务航天事业有所裨益。

（作者：原航天工业部物资局局长）

忆谷广善同志与航天基本建设事业

王　平

国防部第五研究院北京基地的建设开始于1958年，1960年大上。为了迅速建成北京基地并逐步向内地铺展，军委从空军调谷广善同志来五院任副院长，主管基本建设兼管后勤。谷老到职后，殚精竭虑，奋发工作，迅速扭转了五院基本建设管理上的被动局面，使工程步入快车道。几十年来，谷老不仅在基本建设管理方面成绩卓著，而且处处突显了一位老红军的高尚品德。他的业绩和精神，是我心中的一座丰碑。

我是谷老的秘书，整个20世纪60年代都在他身边工作。这座巍峨的丰碑，我至今仍记忆犹新、历历在目。

我先从谷老如何抓航天系统北京基地的建设说起。

1960年，五院北京基地新开工的面积达到40万平方米。但总的建设规划未定，设计图纸跟不上，施工力量不足，材料供应困难，设备加工不落实。这种局面，主要是国家处于经济困难时期，物资匮乏，苏方撕毁协议等原因造成的。与此同时，五院仿制和自行设计齐头并进，人员猛增，对基建形成巨大的压力。谷副院长面对错综复杂的矛盾，担子很重，工作夜以继日。他常说：要做好任何一项工作，不迷在里面是不行的。

他就是这样以对事业入迷的精神抓五院基本建设的。他来到五院以后，在中央“开绿灯”的支持下，举全院之力，狠抓落实。在他的组织领导下，五院同时委托11个设计院承担设计任务，现场有15000余人的施工队伍，以抢建的精神奋战严寒酷暑。经过四五年的拼搏，幢幢雄伟的科研大楼、硕大的厂房和宿舍群拔地而起，几座航天城耸立在北京的大地上。至1964年底，共新建各类建筑139万平方米（基建投资仅7亿元）。由于工程的迅速进展，及时满足了仿制和自行设计的需要，为三个分院及众多厂、所的建立提供了物质条件。五院北京基地的建成，为后来的“八年四弹”和“三抓”任务等规划的实施，为我国航天事业不断跨越提供了最主要的研制基地，大建设保障了大发展。

研制任务和生活保障要求北京基地的建设速度要快，但前提是要保证质量。谷老在空军工程部搞过机场建设，是工程技术和质量管理方面的行家里手。谷老抓质量，先从南苑工区1959年施工的五个厂房的质量事故入手。他于1961年6月，邀请建工部施工管理局等单位的专家组成检查组，对出现质量事故的建筑进行“会诊”，制定了翻建或加固的方案，坚决不留隐患。并举一反三，对全五院基建干部进行“百年大计，质量第一”的教育，对所有工程进行结构安全普查，并严把验收关。在他精细的管理之下，全院质量事故逐年减少，竣工面积逐年增多。目前，这批工程已使用了50多年，经受了时间的考验。

北京基地有高、大、精、尖的工程30多项，其建筑设计和施工技术难度都是空前的。如全弹试车台、超净厂房、大型风洞等。这些重点工程的质量，都达到了设计要求，运转一直良好。随着型号由小到大，不断改型、创新，许多建筑也不断改建、挖潜，至今仍发挥着巨大的作用。

1963年，聂荣臻元帅在谈到国防部五院北京基地的建设时指示说：“要认真总结这几年的建设经验。这样集中、这样丰富的内容在全国只有一个。因此，一定要总结这个建设经验。”他还说：“从总的方面看，我们的建设还是快的。”

我再回忆谷老在“文革”中的一些情况。

1965年后，七机部建设重点转向内地。摊子更大，问题更多。谷老一次次地累病了，还一次次地坚持到内地去解决问题。只要是工作，他就入迷。

1966年10月，谷老在黔北基地现场病倒了，王秉璋部长要他回京治疗。随后，谷老在兴城疗养。经过“一月风暴”，七机部大乱，许多领导干部不能工作了。王部长无奈，只好请谷老回部参与基建等业务工作。1967年5月，我奉命接他回京。这个期间，几个内建基地也发生停工等许多问题，他又多次率工作组深入内地去处理问题。

在内地，谷老常常受到造反派的围攻斗争，罚站弯腰；有的以厂址选点不当为由，提出要停工、回京闹革命等无理要求，要他表态。谷老是一位见多识广、无私无畏的人，他从容应对这种混乱局面。每到一地，他就宣传毛主席建设三线的战略部署，传达周总理的指示，耐心说理。在具体做法上，谷老有他的独到之处：到每个基地之前，他先拜访当地军区，取得军区在工程施工、运输、生活保障等方面的支持；他不顾花甲之年和疾病，不怕沟深路远，亲切看望和慰问内建的干部和群众，感动和教育了不少人；他深入调查存在的问题，和大家商量解决的办法。所有这些，收到了良好的效果。到 1970 年，七机部已有五六个基地投入使用。七机部的前后方人员，忘不了这位拖着病躯、忍辱负重、真抓实干的老领导！

“文革”期间，谷老是部的业务领导小组副组长。除了内地建设以外，还要应对运动和科研生产方面的活动。当他 1967 年抱病回京的时候，七机部群众已经分裂成对立的两大派了。两派头头不断找上门来，都想争取他支持。他明确宣布：“谁到我家串门都可以，但我不听派话，不参加派会。如果能商量，我就劝大家搞大联合，抓革命、促生产。”在七机部，谷老到处做团结工作，深受广大群众拥护。党的“十大”期间，周总理对谷副部长说：“听粟裕同志讲，就你在七机部还可以工作，说了话还管用。”

最后我举几个事例，谈谈谷老的高风亮节。

谷老是一位品德非常高尚的领导干部。在航天系统，谷老的资历最为丰富，但他从来不炫耀自己。他不喜欢受人访问，但还是不断有人找上门来。每逢这时，他反复叮嘱要实事求是，强调成绩是集体的。有些人的文章突出了他的事迹，他非常不安甚至反感，最怕将他说过了头。他的律条是：不上台、不上墙、不上报，默默无闻地干实际工作。

1998 年出版的《中共党史人物传》第 71 卷发表了《谷广善传》，有位同志想据此写成报告文学发表。我将这个意见对谷老说起后，他说：“我是一般干部，写这点就足够了，不要再写什么了。”

1999 年 6 月 28 日，是谷老的 90 华诞。《中国航天报》有两位记者登门祝贺，要对他采访，被他婉辞，不让登报。

“两袖清风”，对谷老来说不是赞美之词，而是真实的写照。在党风、党纪屡遭破坏的时候，更使我崇敬这位老前辈的清廉。谷老是位“老后勤”，经管的物资、钱财不计其数，他从来都是公私分明，不沾公家半点便宜，也不允许别人占公家的便宜。我跟随谷老工作期间，多次看到他用自己的工资招待、馈赠工作上的客人。对基建投资，他非常注意节省，经常告诫我们建筑设计要注意节约、朴实，建筑内部要讲实用，可以搞好一点，不搞“描眉画眼”的外装修。

谷老幼年只进过小学，但他钻研业务的精神和成效十分令人钦佩。他年少时在冯玉祥部队当看护，通过自学拉丁文和医药知识，三四年的工夫，成长为一名上尉军医。1931 年参加红军后，他更加钻研医术，在红军、八路军中救死扶伤，屡建奇功，成为一位“红医将领”。解放后，在长期的基本建设管理工作中，他作为一位高级干部，仍然是干一行、钻研一行，对工作抓得准、抓得深。

谷老的人品，也体现在他的和睦家庭上。1940 年，谷老与何莹同志在鲁南根据地结婚。60 多年来，他们夫妇志同道合、互敬互爱，是一对革命的、和善的、模范的伴侣，处处令人羡慕。热心帮助别人而总是怕麻烦别人，是他们一贯的脾气。谷老逝世，丧事办得十分简单。

他们有一个儿子、一个女儿。儿子初中毕业后到首钢当了工人，女儿在农村插队。儿女们都是做一般工作的。他从不利用自己的地位、关系而让子女特殊，全靠孩子自己努力。

谷老的平易近人、态度和善是有目共睹的。他无论到哪里，总是与警卫、司机或一般干部谈得亲热，借机会了解下情，询问基层的生活和工作情况。

可以毫不夸张地说，谷老是航天系统初创时期领导集体中的优秀代表，他的创业精神和高风亮节永远是我们学习的榜样。

（作者：原航天工业部 708 所科技委副主任）

中国特色航天事业发展之路

鲍克明

一、高决策，打基础，谋发展

中国航天事业是由海外甫归的著名科学家钱学森向党和国家最高领导提出建议，党中央、国务院、中央军委高度重视、迅速决策，由聂荣臻元帅直接领导而发展起来的。

1956 年 10 月 8 日，国防部第五研究院——中国第一个导弹研究机构正式成立，同时确定“自力更生为主，力争外援和利用资本主义国家已有的科学成果”为五院建院方针。

我 1959 年 2 月毕业于苏联莫斯科航空学院，回国不久就到北京马神庙五院总部报到。刘佩荣、史成章同志接见了我，说院里正需要我这样专业对口的留苏生，希望我立刻去三中队投入工作，勉励我虚心学习，大胆工作，把党和国家多年培养和学到的专业知识成果，用于国家急需的导弹事业。刘佩荣副主任知道我曾在一野当过通信员，笑嘻嘻地说：“我们还是战友哩，现在又走到一起了。”刚进五院大门，我就感到了革命队伍的亲切和温暖！

0038 部队三中队的建制名称是国防部第五研究院空气动力研究所。当时在北京航空学院南区建了一个高速风洞，作为“8108”工程的预先项目，以使五院的空气动力研究试验和冲压发动机研究能及早展开。三中队的政委是严文祥同志，技术领导是庄逢甘博士，下分四个研究室：一室、二室搞空气动力研究试验，三室、四室从事冲压发动机研制试验。四室主任沈世绵同志热情地欢迎和帮助我进入工作，他是空军派往苏联茹科夫斯基空军工程学院的留学生，在莫斯科我们两个院校是邻居，见过面。沈主任说，当前任务繁重，苏联专家柯索夫帮助我们设计4倍音速的冲压发动机，同时加速设计一个地面试验发动机的简易试车台。钱学森院长很关心这项工作，说我来的正是时候，能直接与专家交流，一道抓紧做好这些工作，以便尽快走过一个超音速冲压发动机的设计、研制、试验全过程。

这时，五院创建还不到两年半，在建院方针指引下，国务院和中央军委领导亲自出面对外谈判，“力争外援”取得重要成果；以我为主，“利用资本主义国家已有的科学成果”，院内的建设和型号研制也取得很大进展。五院已发展成为：总院（0038 部队）辖一分院——火箭导弹总体院（0038 部队一大队），二分院——火箭导弹总体控制系统院（0038 部队二大队），空气动力研究所（0038 部队三中队），火箭导弹武器装备使用维护培训部（0038 部队四大队）和生产试验厂、基地等近两万人的规模。

1957 年聂帅率领，由陈赓、宋任穷、李强、方毅、钱学森、刘杰、王诤等领导同志组成的中国政府代表团，与由苏共中央主席团委员兼部长会议第一副主席别尔乌辛为首的苏方代表团，在莫斯科经过谈判达成了“国防新技术协定”，也称：“10 月 15 日协定”。其中有关五院的“8102”、“8103”、“8108”、“8109”四个大型项目上马建设，使五院有一个相对配套的导弹研制、设计、试验的基础设施和手段；而 P－2、C－75、П－15 和 C－2 四类型号样机，则提供一个初期研制的参照实物和仿制对象。一批设计和使用专家陆续到院为我们提供了一个导弹工程设计、生产、试验和使用实践的学习机会。

五院的领导力量也大力加强，王秉璋、刘有光、钱学森、王诤、刘秉彦、谷广善、王文轩等解放军将领和火箭专家，走上尖端武器研制大型工程的领导岗位，五院上下斗志昂扬地投入了全面打基础、谋发展的关键时期。

聂帅统领全局、细致周到的思路和钱学森系统工程理论的创造性应用，使五院的基础工作既符合航天大系统工程的特点和需要，又切实可行，按期实现，避免了有些领域和部门发展中顾此失彼不配套、“一条腿长、一条腿短”的缺憾。

聂帅在五院建立初期就强调指出，试验设施、测试仪器、生产试制工厂和试验设备以及原材料器件对导弹研制具有不可或缺的重要作用；缺此，再好的设计也变不成可靠的武器型号。在五院打基础中，由王诤、刘秉彦两位得力的副院长负责这方面的工作。我记得有一次王诤副院长来云岗 101 站和 8108 工地现场，检查基本建设和原材料器件保障工作。他找我向他当面汇报冲压发动机研制和耐高温材料、测量仪器、元器件设备情况、发动机研制情况。当讲到材料元器件时，我对规格、数量、牌号细节答不上来，使我汗颜。这次汇报给我上了深刻一课：我当时是年轻的一线科研人员，工作中天天接触具体事物，但还不如工作繁忙、统筹五院科技保障工作的王诤将军细致、清楚、确切，感到十分惭愧。从此以后，我在工作中不再只满足于理论、设计、计算，对于原材料的规格、质量、数量也力求熟知牢记，并养成习惯。

钱院长有一天叫我到他办公室说：高速冲压发动机的高能燃料和固体复合装药的高能组分很重要，需及早安排协作单位开展工作。他要我去科学院新技术局商谈。我和有关同志作了一些准备，去文津街找到科学院谷羽局长汇报，她很重视这件事，很快就安排落实。这也是一个大领导不忘细节的例子。

当时全国进入“大跃进”中，很多地方“敢想”有余，落实不足，这种趋势也影响到五院，一些科技人员只想搞全新设计，看不上仿制试制。

聂帅向五院提出：切实抓好仿制，“举一反三”，“爬楼梯”，“三步棋”，要弄清学习与创新关系，要切实抓好当前工作与下一步目标和长远方向之间的统筹循序渐进关系。这些重要要指示，避免了我们工作中由于空想、急燥、片面而对导弹研制可能带来的失误，使全院的研究、设计、仿制、试制、培训、基建、全国协作多方面工作都在统一的领导下，有机联系、协调开展。

二、自力更生，奋发图强，尊重科学，掌握规律

1959 年秋到 1960 年夏，发生了两件大事，影响了全国，更影响了刚刚全面展开的五院工作。

1959 年 7 月，中央召开了庐山会议，由原定调整“左”倾做法转为反右倾，错误地批判处分了彭德怀等同志，并开展批判清查右倾机会主义分子的运动，同时掀起大学毛主席著作的热潮。政治可以冲击一切，势不可挡。

这个大趋势必然波及五院，首先是层层传达、学习、批判占用了大量工作时间；其次，国庆10周年过多的迎宾活动和各种游行、会演、排练活动，要调五院各分院科研人员参加；更重要的是“不突出政治”、“白专道路”的帽子已经在一些科技单位和高等院校飞舞，在知识分子队伍中引起了思想混乱和恐惧。

聂帅得知这些情况对五院的影响，在1959年10月以后，接连向国防部第五研究院发出几次指示和要求：一是，五院每周要用五天时间搞科研、生产、建设，不能放松或占用，用一天时间进行政治学习和党团活动，讲实效，不搞形式主义。后来大家简称为5/6与1/6的规定。二是，要国防部和总政与北京市领导商量，以后各种迎宾、大型庆祝集会和会演操练，不调派五院人员参加，以使五院能专心致志，确保科研生产和基本建设。三是，在五院内部，尤其在各分院、设计部、试验室要“安安静静”、“干干净净”进行科研、设计、试验工作。

在聂帅要求五院重视仿制工作、防止虚浮的同时，钱学森院长也要求五院在科研工作中要树立严肃、严格和严密的风气，补充了当时流行的只讲“三敢”——敢想、敢说、敢干的不足。强调“三敢”与“三严”相结合才是科学有效的作风。

一波未平，一波又起。1960年8月，苏联单方面中止与中国的一切经济合作协定，撤走全部专家，企图以此压服我国，把两党之间认识上的分歧扩大到国家关系上。苏联领导人背信弃义的行动，受到我国上下的愤慨和反对，更加激发了我们团结奋斗、克服困难的精神。

“10月15日协定”执行不久，真正的设计试验工作尚未展开就立即收摊，对五院的发展影响很大。

王秉璋、刘有光等院领导，亲自带领大家做好即将撤离的苏联专家的工作，要求有关单位和人员抓紧时间尽量更多地向他们学习实际知识和了解原定下一步工作的路数和想法，继续关心他们。在五院的苏联专家们很受感动，向中国同志表示了他们对自己政府决定的不解和不满。沈世绵和我联系并共同工作的柯索夫，回国前还直接向王秉璋院长提出应尽快设计研制冲压发动机飞行试验器的建议。飞行试验对于高速冲压发动机研制至关重要，院领导采纳了这个建议，并很快组织安排了这项工作。

王秉璋、王诤等院领导，8月中旬专程到北戴河向聂帅汇报苏方中止协议撤回专家后五院的工作安排。聂帅说，党中央、毛主席、中央军委对五院很重视，希望大家为国家争气，尽快研制出自行设计的导弹，建立起强大的导弹研制技术基础。他希望我们自力更生，奋发图强，埋头苦干，急起直追，攻克导弹研制这个堡垒。这些指示和号召，传达到五院上下，深入人心。领导干部、技术骨干和年轻的生力军紧密团结起来，互相学习，互相帮助，一条心，化愤怒为力量。聂帅还对当时五院自行设计的三种型号工作安排，作了具体的指示。

1960年初，中共中央书记处决定，从全国各有关院校选调4000名应届大学生提前毕业，充实到五院各分院研究、研制和试验单位，加上9000多名大专生和其他人员，一次性向五院充实了13000多人。

由钱学森院长发起的五院新一轮学习导弹研制的理论和技术知识热潮，在五院和各分院、所属部、所、厂、站全面展开。五院主持全院各单位研究室以上的科技和军政干部学习，由五院领导和全国各有关单位领导和知名专家讲课。各分院在本院的专业范围内由分院人员和部、所、厂、站有关专家骨干讲课辅导。我被选定作导弹概论和冲压发动机讲课。钱学森院长亲自审定我们的讲课大纲和讲稿，并给予指正。五院还规定老专家带助手和培养年轻技术骨干，分国防科委、五院和分院三级管理。一时五院各单位，各部、所、厂、站都形成了浓厚的学习钻研热潮。白天努力工作，夜晚各研究室、办公楼灯光明亮，结合自己的专业工作，读书、钻研、讨论不止，以至于深夜动员大家回宿舍睡觉、休息，成为各级党政领导每日工作的一项任务。

为了实施五院自行设计的“东风”、“红旗”两种型号的技术领导和协调，成立了以林爽和钱文极为主任的两个型号总设计师室进行型号研制。沈世绵和我被定为“红旗”型号研制委员会成员，每月都到二分院，在钱文极主任主持下研究安排型号研制的分系统任务和进度。

随着型号研制的进展，型号委员会已不能适应日益深入细致和复杂的研制工作的需要。于是萌发了建立严格的技术责任制和确保型号研制各级技术领导的稳定性的想法。开始针对每个重要的研制型号设计，任命总设计师（导弹总体)、主任设计师（主要分系统)、主管设计师（部件、组件)，上下贯通组成总设计师系统和科研工作的各级技术指挥员系统。在总设计师和技术指挥员系统中集思广益，在发扬技术民主研究讨论的基础上，由各级设计师和技术指挥员集中决定，由其负责，所属下级认真执行。这样，决定正确，取得了预期效果，就由做出决定的设计师、技术指挥员负责总结经验上升为规律性认识；如决定错误，检验试验失败，也责任明确，再由作决定的设计师或技术指挥员负责分析研究，找出原因，改正后再试。

总设计师和技术指挥员制度极大地提高了各级研制人员的责任心和积极性，使每一级设计师，尤其是总设计师在研制工作中受到锻炼，一步一个脚印地加速成长为有经验、有能力、有魄力的设计师和技术领导。

型号研制中的行政指挥调度保障工作十分重要，很难由一个总设计师系统实施，需要与总设计师系统相应地建立强有力的行政指挥调度系统。一般由一个型号研究院副院长牵头，由分院、部所两级指定相应人员组成，围绕型号研制，与总设计师系统相辅相成地工作。这两套系统的制度化对于五院和以后七机部、航天部的多种导弹型号的研制成功起了重要作用，实践证明这是出成果、出人才的好制度，是党的民主集中制原则在科研和型号设计研制工作中的应用和发展。

1961 年，五院上下进行了“三定”、“五定”工作。在一般单位进行“定方向、定任务、定编制”；在科研、试验、试制单位进行“定方向、定任务、定岗位、定职责、定设备”。这是五院和所属单位、机关和科研设计、生产、试验实体走上科学制度化建设的重要一步，从而达到目的、任务、功能和效率的统一，至今也仍是先进的管理制度。

接着，在钱学森、王诤的领导下，五院又制定建立了技术领导深入第一线、研究与设计试验、型号设计与试制生产的相互关系和研制工作的计划管理等规章制度，使五院的科研、设计、研制、生产、试验等多方面工作的管理，有了经过实践检验而形成的相应的规章制度可循。

1962 年 2 月，在聂帅和张爱萍副总长的直接领导下，五院成立了科技委员会，成为全院技术决策咨询机构。委员会成员由院和分院技术领导和各专业领域的老中青专家骨干构成。委员会内分若干专门委员会，可聘任院外专家参加。五院由钱学森任科技委员会主任，负责集中科技委员会讨论研究有关五院发展和型号研制重要技术问题，形成建议交院党委和领导决策。在科技委员会成立的第一次全会上，由钱主任主持讨论认定了五院型号发展规划，液体战略弹道导弹可贮存推进剂选定，中、远程弹道导弹直径尺寸系列，对空和海防导弹发展问题和材料、强度、遥测等专业问题的研讨结果。这些讨论结果所形成的建议被五院领导确定后，对五院和后来七机部的导弹研制发展，起了重要作用。

这一系列的打基础、摸规律、建制度的工作得以顺序展开并成功推进的根本保障，是五院党委认真执行聂帅关于正确贯彻党的知识分子政策指示的结果。之后，又针对专家学者、中青技术骨干和广大年轻科技人员三种不同情况，确定了信任、重用、关怀、严格要求和培养教育的方针政策，并以具体的规定和措施来落实，从而充分调动和发挥了各级科技人员的积极性、主动性、创造性。王秉璋、刘有光、王诤等党政领导，坚决贯彻执行聂帅要求的五院思想政治工作要紧密结合国防科研工作的特点，围绕出成果、出人才的根本任务来进行，着重解决好政治与业务、“红”与“专”、领导与保证等关系。由于院领导现身说法，以身作则，坚持不懈的努力，使那些经过部队长期锻炼的军政干部对新的工作领域的特点，有了新的认识，统一了思想，实行了“两改”——在五院基层科研单位党支部领导改党支部保证、政委改指导员，从而使思想政治工作更加切实有效，让广大科技人员集中主要精力学习钻研科学技术专业知识，不断提高工作能力，努力达到胜任各种设计、研制、试验任务的要求，用加速研制出自行设计的导弹武器型号，为社会主义祖国服务。这样，全院党、政、军、技各类干部人员之间增强了团结，提高了进取精神。

1961 年 7 月，国防部五院在人民大会堂召开了全体干部大会，同时邀请科学院、二机部、三机部和一些大专院校的领导参加，听取聂荣臻副总理的重要讲话。聂帅结合五院的工作，讲明了党中央刚批准转发的《科技工作十四条》这一指导中国科学技术工作纲领性文件的精神和内容，其中针对建国后转入大规模经济建设的新形势，对党的知识分子政策作了新的充实和创造性发展，得到邓小平总书记、陈毅副总理等熟悉知识分子工作的领导同志的充分认同和肯定。这次万人大会和聂帅的讲话，既是对五院工作成绩的肯定和鼓励，也是对五院今后的发展和工作提出的更高要求。随着自行设计的东风导弹研制的加速进展，几种后续型号的预研和基础性科研试验工作也顺序展开，取得了进展。

1965年，党中央、国务院决定在国防部第五研究院的基础上组建第七机械工业部，成为国务院的组成部分，这标志着中国航天事业已具有了自主研究、设计、试制和生产导弹型号的能力。成立七机部不仅加强充实了导弹型号生产的配套能力，更重要的是以型号为纲、地区配套，在五院所属一、二、三、四分院的基础上，组建了七机部弹道导弹研究院、对空导弹研究院、飞航导弹研究院和固体火箭发动机研究院，即第一、二、三、四研究院和上海机电二局，同时相应地安排了三线建设，从而使中国航天事业走上了全面发展的快车道。

三、十年动乱的考验与磨炼

1966年的“文化大革命”打乱了全国发展的秩序和进程，中国航天事业的发展也深受其害。

在党中央、国务院、中央军委特别是在周总理和聂帅的亲自关怀下，在“文革”初期，七机部的各种型号研制还能基本按照计划进行，完成了东风二号与东风三号导弹的定型，导弹核武器试验成功，红旗二号地空导弹也定型批产，红旗六十一号导弹试验成功，海鹰一号、二号导弹完成了地面研制等。还在国防科委牵头下，调整机构，加强领导，推进了人造卫星的研制和发射准备。1968年初正式组建了中国空间技术研究院（新五院）。1970年4月，长征一号运载火箭还成功地发射东方红一号人造卫星。但是，随着“文革”的“深入发展”，国务院和中央军委的领导功能日益受限，“文革”本身也开始失控，陷入欲罢不能的境地，原定的导弹、宇航发展计划受到严重干扰。

七机部第三研究院在“文革”中划归海军建制。幸好海军先后派驻三院的军管领导杨国宇、桂绍彬、刘毅、赵晓舟等同志，对发展海防导弹武器装备有很高的责任心和积极性。他们与原三院的领导林毅、梁守槃、侯青久和后来的于笑虹等，齐心协力抓紧海鹰二号、海鹰三号、鹰击一号、鹰击六号和鹰击八号导弹的预研。他们尊重梁守槃技术副院长的知识和能力，支持他的创新建议和日常工作，使其在“海鹰二号”迅速定型、装备部队和其他型号的技术突破上，都起到了重要作用。“鹰击一号”和“海鹰三号”飞行试验成功，精确命中并击沉靶舰，是当时超音速、超低空飞航导弹的先进水平。“鹰击六号”的定型和装备海军航空兵，使我军拥有了空中远程打击敌舰的手段。以“小二黑”绰号起始的鹰击八号研制，使我军后来有了先进可靠的多用途反舰导弹系列。

三院之所以能发展成为能自主创新、高效研制各类飞航导弹型号的研究院，说明五院和七机部初期打好的政治思想、专业业务和研制保障基础是牢靠的，经得起考验的。在三院新老领导相互间理解、信任、支持、团结的共事当中，保护了广大科研人员和职工的积极性，正是他们这种迎难而进的精神，推进了导弹型号研制的向前发展。

七机部航天事业主力也在磨炼中前进，特别是在邓小平同志主持军委和国务院工作期间，张爱萍同志带病工作，促进了七机部秩序的恢复，抓紧了几个具有战略意义的导弹和卫星型号的研制，抢回了一些失去的时间。

四、改革开放，走出国门

1976 年 10 月，十年动乱结束。党的十一届三中全会重新确立了实事求是的思想政治路线，全国转向以经济建设为中心，实行改革开放，医治十年动乱的创伤，阔步走上了改革创新发展的新阶段。

在张爱萍副秘书长，宋任穷、郑天翔同志的得力领导下，七机部迅速整顿和恢复了科研生产秩序，加强了研制生产队伍团结，恢复健全了科研管理制度，特别是质量保障制度，集中精力投入到具有国家重大战略意义的以“三抓”为中心的航天研制生产任务中去。

经过 10 年磨炼，终于可以施展身手的各级领导干部，自觉地运用大系统工程管理方法，精心组织，各研制队伍也把多年的技术储备和新的技术关键攻坚相结合，思想动员与制度保障紧密配合，从而出现了上下团结、艰苦努力、突破难关、排除故障、战胜困难的可喜局面，很快地取得了丰硕的成果。“东风五号”、“巨浪一号”和“331”工程相继在 1980 年、1982 年和 1984 年取得成功，中华人民共和国拥有了洲际和潜射弹道导弹、地球同步通信卫星，加上早先研制成功的返回式卫星和一箭多星发射技术，使我国进入了世界航天大国的行列，显著地提高了我国的国防实力，极大地鼓舞了前进在改革开放大道上的全国人民的斗志和信心。

同时，我国的防空导弹和飞航导弹研制也取得了新的突破和进展。超音速飞航导弹取得飞行试验成功，鹰击六号、鹰击八号、红旗六十一号等一批先进战术导弹研制定型，批量装备部队，垂直集束发射对空导弹、巡航导弹和中远程导弹固体火箭发动机等预先研制，取得重要进展，中国人民解放军已拥有了各自的战术导弹武器装备，并不断更新换代。

1982 年国务院换届时，把曾被分散了的导弹航天机构，重新整合为航天工业部。我于 1984 年调往部里工作，作为张钧、李绪鄂主政航天部时期的部领导一员。他们主政航天部时期，是航天部对外走出国门，开展国际合作与交流，扩大影响，加速进步的阶段；对内，规划下一代航天型号研制，同时参加国民经济发展，实行军民结合，寓军于民，以己之长，发展民品，提升技术，取得效益。

“331”工程的成功和我国的运载发射能力引起世界的惊讶。1986 年，美国出现挑战者号航天飞机失事和火箭运载发射的暂时短缺，美欧大卫星公司休斯、洛克希德、波音、麦道、汤姆逊、马特拉、BAE、MBB 等都希望同我国合作，在我国卫星发展应用领域推销它们的整星或部件，寻求急需发射卫星的运载服务。在我国自力更生、奋发图强、取得实力后，多年对我实行经济技术封锁的围墙，被拆开了一个口子，先行一步的中外航天科技人员的学术交流也更加宽阔。

张爱萍同志、国防科工委领导积极支持航天部开展国际合作，进行国际平台上的观摩、交流，以利我国航天的发展。这与五院的建院方针也是一致的。

张钧、李绪鄂部长很重视这项工作，制定了以我为主、遵守政策、积极开展的方针。程连昌、刘纪原、孙家栋和我几位副部长也分别参加了有关工作，协调一致地为中国航天走出国门、求得更大的发展空间。

我带领中国航天代表团赴法参加法国航天和欧空局成立 25 周年纪念活动，与法、苏、美等国代表接触，了解到他们希望我国参加他们的空间站工程的想法和建议；同时与汤姆逊和马特拉公司总裁商谈，参观法国图卢兹卫星基地，他们想与我五院大卫星研制进行商贸和技术合作，这些为我自主选择技术合作对象提供了更广的范围和余地。

在驻美大使韩叙同志协助下，我和外事司同志与美国国务卿帮办和商业部长洽淡了中国火箭运载发射美国卫星事宜。部党组明确了发射服务是商业合作，我方要不卑不亢，表明我们在发射服务合作中只求得到对双方都有利的经济利益，并无获取卫星技术的想法；卫星到我发射场后，除了星箭机械电气对接需双方人员共同参加外，对卫星本身的管理和测试，都由对方负责。美方说我方的态度和逻辑令人信服，表示支持双方发射服务合作。

长城公司驻美代表黄作义在美工作期间深入了解波音和麦道公司都有一批带星本级（火箭）的卫星急于发射，但因美航天飞机在挑战者号出事后停止发射商业卫星，而找不到合适的运载火箭，建议我们用捆绑助推火箭的办法，将“长征二号”近地轨道运载能力提高到5吨至6吨以上，承揽这些大卫星的发射任务，并陪同我们参观了波音和麦道公司，他们确实急需发射服务。我们带回这个信息和建议，得到了国防科工委沈荣骏副主任和部领导的认同，并协同工作实现了对外发射服务方案。

1988年初，我和刘从军、于龙淮、韦德森、姚绍福、乌可力等同志出访阿根廷、巴西和秘鲁，在我国驻三国大使的帮助下，与巴西空间院达成了由巴方出资4000万美元合作研制地球资源卫星的意向，与阿根廷、秘鲁商谈了研制合作和贸易等问题。

在航天部和国防科工委协同努力下，实现了中国发射国外卫星和与发展中国家合作研制卫星的目标，开展了相应的贸易，锻炼了自己的队伍，求得相应的经济效益，补充了各院的科研开发资金。

航天部在这个时期的主要工作是按照“三步棋”原则在抓好在研型号和预研的同时，筹划规划导弹武器发展和卫星研制的后续任务。战略导弹动力固体化和机动发射型号，第二代潜地弹道导弹，战术和战略巡航导弹，“鹰击八号”多用途导弹的增程和改型，防空导弹的超低空全方位垂直发射和远程中高空两极发展，大卫星、多转发器、延寿和公用平台系列化等任务和目标，都是那个时期确定的，今天均已实现并走向新目标。

航天部的军转民，三线调整，在省会城市附近形成产业群，进入地方经济发展领域，都取得好进展，完成了任务，得到有关省的重视和支持。当时，有一批产品成为全国名牌，有的还供不应求。

五、进入新时期，迈上了新台阶，开始航天大国向航天强国的转变

度过50年，进入新世纪，中国航天迈上了新台阶。国防安全所需的各类导弹武器装备水平全面提升，性能日益精良；国民经济发展所需各类卫星，在规范平台系列上加速研制发展；神舟飞船系列的研制稳步前进；嫦娥绕月和探月工程顺利起步，正逐步开展。今天，中国航天事业发展的广度、深度和绩效，都非昔日可比，得到了党中央、国务院和中央军委的高度评价和热情鼓励，值得我们几十万航天科技人员、干部、职工和解放军指战员自豪和欣慰。正如胡锦涛总书记所指出的，中国航天是一支特别能奉献、能战斗的队伍。

航天成为一个国家综合实力的重要体现，航天事业从本质上要求永远开拓前进，要求不断以其基础科学技术的新发现、新进展，开辟创新的发展道路，不断以科学技术的新成就武装自己，研制出技术领先的航天型号和科技产品，才能适应国家安全和经济、社会、文化发展的需求。航天事业是一个国家自主创新能力最强、自主知识产业最丰富的部门，它需要得到全国多种科学技术和工业产业部门的支持协作。中国航天创建之初就把全国大协作作为自己发展的一项根本原则和力量源泉。航天事业也理应以自己的先进科学技术成果和知识产权向国民经济有关领域辐射，成为某种意义上的国家新科学技术成果装备供应部。

经过30年的改革开放和持续发展，我国总体经济实力已进入了世界前四名，中国航天发展已经有了更雄厚的经济基础。但另一方面，今日已有更多国家加入到航天竞争的行列，我们与那些先行者相比，差距还大，同行和后来者步伐逼人，的确是挑战严峻。

如何才能满足党、国家和人民群众对航天事业提出的更高要求？如何在激烈的国际竞争中继续攀登，缩短与美、俄的差距？总之，如何实现使来之不易的我国航天大国向航天强国转变，是向那些年富力强、知识全面、基础雄厚的

新一代航天人提出的挑战，也是他们面临的光荣而艰巨的任务。希望他们从中国航天走过的一条从无到有、迅速成长壮大的中国航天特色的道路中汲取营养，继承和发扬优良传统，坚持解放思想，改革开放，自力更生，并重视个人与团队的思想政治、科学技术和文化素质的全面发展提升；同时，要勇于创新，踏实攻关，重视实践，团结合作，使中国航天前进的势头不断发展前进，成为世界航天的强国之一。

中国航天创建和发展的一个独特特点是党和国家领导的直接关怀和有力支持，这是社会主义能在必要的领域集中力量办好大事的正确途径。

当年受党中央、国务院、中央军委之托，由统帅过千军万马又与党和国家主要领导人关系密切的聂荣臻元帅直接领导中国航天的创建，并和深受党和国家领导人重视的航空航天、系统工程科学家钱学森密切合作筹划，充分发挥其最高技术领导人的才智，使中国航天从开始就建立在坚实的思想政治基础和科学的构建框架上。一大批久经考验的军政领导干部和专家学者们，带领和培养广大科技、管理干部开创和发展了中国的航天事业。历史不会重复，现实不断发展。在向航天强国的转变中，创新能力被摆到更加突出的地位。如何才能使航天大系统工程在总体上高效可控，其分系统、组元中又充满向上的活力，是更高更难的课题，这对于个人、团队和领军人物，都提出了更高的要求。今天中国航天事业的最高领导和技术掌门人，认真学习领会聂荣臻和钱学森这两位榜样人物的精神、知识、能力、魄力和境界，或许是极为有益的。

（作者：原航天工业部副部长，中国航天工业总公司顾问）

第一代远程火箭的10年历程

屠守锷

我国第一代远程火箭是在1965年立项研制的。从1971年第一次飞行试验到1980年向太平洋发射，共发射了14枚。我参加了研制的全过程，多次去发射基地参与发射试验并主持技术领导工作。

为了达到较高的性能指标，我们在这个火箭上采用了一些新技术。虽然1966年开始的“文化大革命”破坏了正常的生产秩序，狂乱的政治运动干扰了研制工作，但是担负攻关任务的科技人员和生产工人，仍在各自的岗位上，凭着党性和事业心默默地工作着。到1969年底，初步满足设计要求的初样研制出来了，组成火箭的各个系统也分别做了联试，有条件向试样研制阶段迈进。本来在试样研制阶段需要做大量的地面试验工作，以进一步认识所采用的新技术还有什么薄弱环节和不协调的地方，有针对性地再做一些改进，以便为第一次飞行试验做准备。但在1970年3月，当时的七机部军管会领导要求争取在1970年国庆节前发射第一枚火箭，作为向国庆的献礼。我明知这个要求不容易办到，迫于形势，还是和大家商量修改了工作程序，减去了一些应做的地面试验。虽然经过几个月的紧张工作，但向国庆献礼已做不到了，只得放弃，时间也已经失去了。二级全箭试车用的火箭没有在总装车间测试合格就送往试车台，在台上补做了测试工作，总算在1970年年底前试车成功了。第一枚飞行试验用的火箭，在总装后，补做了本来应该在实验室做的控制系统综合试验和各系统的匹配试验，用了100多天，到1971年6月才勉强做到出厂时应达到的要求。如果在1970年3月没有提出献礼的要求，大家按计划比较充分地做好地面试验，然后全箭总装测试，合格后再出厂，火箭的质量应该可以更好一些。

当火箭准备出厂时，忽然上面传来不让出厂的消息，理由是火箭在地面折腾了这么久，不如另准备一枚去做飞行试验。我们在生产第一线的人员一致认为，这枚火箭虽然在地面测试时间长了一些，但各系统工作协调，测得的参数也在合格范围之内，可以用来做飞行试验。飞行试验是在更真实的环境下考验所采用的新技术能否正常工作，早暴露问题比晚暴露要好一些，所以力争出厂去发射基地。后来周恩来总理亲自听取了汇报，批准火箭出厂，最终火箭在1971年6月底运到了基地。

由于火箭采取的是串联式两级火箭的结构方案，结构尺寸又比较大，而我们研究设计人员缺少大型火箭的设计经验，心理没底，致使火箭竖立在发射台上测试时，发生较大的振动。这个问题在实验室和总装车间里都没有出现过。试验队的研制人员日夜奋战，在制导、推进、结构材料、发射试验技术等方面取得了重大的技术突破，排除了故障。当时“文革”的冲击正盛，在北京时，试验队的同志也因分派而在工作时不很协调，但一出北京，派性斗争自动停止了，大家都一心放在工作上，体现出了老五院的优良传统。在试验中，由于测试不很顺利，上级领导机关不时放出“要不要转移到发射阵地去”、“要不要发射”等传言，所以大家情绪很低落，最后还是周恩来总理听取了试验队的汇报，批准发射。

发射是在1971年9月10日进行的。火箭起飞正常，一、二级按时分离，只是二级发动机提前关机了，以至于火箭落点偏离了瞄准点。通过这次试验，证明火箭的各系统基本上能协调工作，发动机提前关机是因为飞行弹道是一种特殊弹道，弹上计算机所用的软件有缺陷，提前发出了关机指令造成的。周总理指出，飞行试验基本成功，不能认为是失败。这个结论给了试验队伍极大的鼓舞。但是，当时七机部的有关领导认为在飞行试验过程中，我作为试验队技术领导不听指挥，坚持要发射，决定回北京后组织试验队开会批判。幸而不久“9·13事件”的真相公布了，政治气氛改变了，批判也就不了了之。这样，我才能继续参加远程火箭的研制工作。

为进行远程火箭的第一批飞行试验，我们先后准备了6枚火箭。在1973年、1974年发射的两枚火箭都失败了。当时主持中央专委会工作的叶剑英同志要求我们："不要颓丧，要继续奋斗，再接再厉，一定要达到目的。"我们按照指示，开展了产品质量的整顿工作，努力使以后的飞行试验取得成功。就这样，在1975年到1978年间，我们3次成功地把返回式卫星发射入轨。

通过第一批6次飞行试验，证明这个远程火箭虽然总体的各分系统基本上能协调工作，但是产品的质量不够稳定，有些薄弱环节要设法加强。因此，在"文革"结束之后，我们采取了一系列措施，设法提高火箭各方面的性能和可靠性，重新生产了第二批试飞用火箭。在1978年到1979年间，连续飞行了6次，每次都顺利地完成了任务。因为在每次火箭开始总装之前，对所有部件和仪器我们都进行了严格的质量把关，所以在基地很少临时更换仪器，而发射前的测试工作，一般都能顺利地进行下去。这样就为1980年向太平洋发射远程火箭奠定了基础。

向太平洋发射火箭，需要做大量的准备工作。就火箭而言，应该在性能上达到规定的技术指标，并具有一定的可靠性。我们在完成第二批6次飞行试验后，到1979年底，准备好了4枚火箭待命去基地。1980年3月，试验队进驻基地，第一枚火箭发射前的测试工作进行得比较顺利，于5月18日发射，在预定目标区溅落。第二枚火箭在发射阵地测试时，曾发生箭体有强烈抖动的故障。这个故障在火箭恢复状态再次测试时没有复现，并且通过了总检查。当时我没有下决心停止发射这枚火箭，同意按原计划在5月21日发射出去。火箭起飞正常，级间分离正常，但第二级火箭发动机提前6秒钟关机了，没有打到目标区。这次失败和1971年首次试验时的情况不尽相同。事后分析，这次故障很可能是由于关机线路中有一个继电器误动作后引起的。继电器误动作，是不是和在阵地测试时发生过的箭体强烈抖动有关，说不清楚。事后我在线路设计中采用了冗余手段，以增加这类薄弱环节的可靠性。1980年底到1990年，曾10次用这种火箭发射返回式卫星，都取得了成功。

在10年间，通过14次飞行试验，不断地发现问题，解决问题，使所采取的技术逐渐成熟了，终于使我们有了一个可以信赖的火箭。在取得这个成果的过程中，锻炼了研制队伍，为进一步发展航天事业作了准备。取得这些成绩，是中央正确领导的结果，是全国大协作的结果。如果没有粉碎"四人帮"及以后种种拨乱反正的有效措施，研制工作是不能这样顺利地完成的。回顾往事，历历在目。一个火箭由开始研制到成熟，要有一个过程。研制中存在薄弱环节，只能通过时间，通过试验去发现和解决。最初的飞行试验，总会出现这样那样的问题，甚至导致试验的失败。出现问题后，作为领导，应该鼓励研制队伍总结经验，继续前进。不能像在“文革”时期某些人动辄横加指责，挫伤研制队伍的斗志。我们的队伍经历了成败的考验，始终团结一致，克服了一个个困难，最后为祖国提供了一个高可靠性的大型运载火箭。我相信，在这个基础上，再接再厉，我们这个队伍能为发展我国的航天事业继续作出贡献。

（作者：中国航天科技集团公司、中国航天科工集团公司
高级技术顾问，中科院院士）

对海防导弹初期发展的回忆

梁守槃

1958 年，苏联专家及一些导弹技术资料和图纸，先后来华。当时国防科委决定，把各类导弹分别交给有关工厂，进行仿制。并由国防部第五研究院派遣技术人员到各工厂作为设计方的代表，通过仿制，吃透苏联产品的设计思路，了解其“所以然”。以便在仿制成功后，自行设计水平更高的产品，加强国防。当时海防导弹的仿制任务交给三机部 320 厂负责，设计技术队伍除厂中原有技术干部外，还由五院一分院第四设计部派人参加。

1964 年，在第一枚自行设计的弹道导弹试射成功后，各个仿制导弹部件的工厂，都提高了自己开展新产品设计的信心，酝酿新产品设计的方案。1965 年初，国务院决定在国防部第五研究院的基础上，建立七机部，负责各种导弹的研制发展工作。七机部决定，将五院原有的三个分院，改为导弹研制的三个研究院。海防导弹的研制任务，由三院承担，并将原来的五院一分院第四设计部划归三院建制，改称为第三设计部。三院重组后，召开了党代表大会，讨论了海防导弹的发展方向以及第一个自行设计的海防导弹的主要战术技术指标，和当前的改建任务，报七机部审批。

新设计海防导弹的基本思路，是加大苏制舰舰导弹的射程，并把它改为岸舰导弹，配以在陆地上行走的各种专用车辆，以满足测试、瞄准和发射的要求。三院提出指标时，三机部 320 厂也提出类似思想，国防工办决定，在 4 月下旬开会，对两单位的设计方案进行评比审查。会议开始后，发现三院和 320 厂所提方案惊人地相似。因此，导弹设计以谁为主，成为争论的核心问题。最后，国防工办赵尔陆副主任拍板说，七机部是国务院指定的导弹发展的主管单位，因此，这一武器系统应当以三院作为总设计师单位。但三院过去没有仿制经验，当时也没有试制车间，而320厂已将近完成仿制苏制导弹的工作，可以较方便地开展新品的试制。因此，第一发海防导弹的弹体设计，可由320厂牵头进行。三院作为总设计师单位，可负责全武器系统的配套工作，并派人到320厂，在320厂党委统一领导下参加设计工作。1965年5月8日，赵副主任在会议上宣布了这一决定，新导弹的代号定为“海鹰一号”。

会议结束后，三院作为总设计师单位，召开了“海鹰一号”的设计师会议，讨论导弹与各车辆的联系对接问题。大家经讨论后同意，对接方式基本按苏制导弹在快艇上的方式，具体数字（尺寸、电气信号）由第三设计部与有关单位商定。但有两点改进：

1. 原来艇上的发射架上装有导槽，导弹的支撑片在槽内滑行。现在将发射架上的导槽改为导轨，以便在战争中发射架受伤时易于修补。导弹上的支撑片则改为槽形，在滑行时跨在导轨上。

2. 苏联资料规定，为了保证弹上的滑块与导轨互相配合，弹体总装厂应提供“对接量规”，并每3年与发射架复核一次，以免导弹在滑动中卡死。现改为由各厂按总设计师单位制定的尺寸，用块规保证尺寸精度。

各单位商定，争取在1966年11月完成生产任务，交付对接协调。

会议后，三院党委书记郁文率领梁守槃、杨晋及有关设计人员到320厂，与厂领导商谈设计合作问题。320厂领导态度非常客气，欢迎三院派人到厂参加工作，但又说厂内房屋有限，只能容纳20余人，而且按照工办规定，一切设计工作由厂党委统一领导。

郁文和梁守槃考虑，当时三部已有200多人，如果只派20人到厂工作，则还有很多人将无事可做。所以决定向七机部反映，要另搞战术技术指标稍高的导弹（射程比原方案加大40%），自行设计而且不改动原已规定的各项协调内容。王秉璋部长在听取汇报后认为，不能让人闲置无事，所以也向赵尔陆副主任提出。赵副主任经考虑后决定同意再加上这一型号，但又说：“两个导弹如此相似，将来成功后，只能看哪一个做得好，做得快，择优选用一个。到时候你（指王部长）不要怪我偏心。”这一段话，王部长全文传达给梁守槃，作为对三院人员的勉励和鞭策。这个导弹被命名为“海鹰二号”。

这时三院林毅院长由三线基地回京，当即召集技术人员开会，讨论如何落实。经群众广泛发言建议，认为要想“快”，必须充分考虑工作中的难点和解决方案，尽量要求一次成功。具体要点如下：

1. 为了加大射程又不大量增加油箱长度（否则无法与“海鹰一号”使用同一发射架），必须继承弹道导弹已有成果，把弹体与油箱合为一体，简称为承力箱体，以加大油箱容积。

2. 三部根据设计方案，确定有哪些部件可以借用苏制导弹的成品件，提出清单向320厂订购8架份的零件。

3. 在设计中，应注意新设计部分与所订购的成品件配合，力戒在收到订购成品后另行加工修改。

4. 立即派人到320厂参观学习，查明总装工作中所需要的机床设备，以及必须自制的桁架、模型，以改造三院已有的工厂车间。

5. 详细制定工作项目进度，密切检查督促，不要造成互相等待。

上述各项工作经群众讨论后一致同意。三院科技部制定了进度计划，预计1967年8月首次到基地打靶试验，上报七机部。在1965年11月各院向七机部汇报工作计划进度时，三院的计划在会场上引起了一片笑声，主要评语是“还不会走，就想跑”。这消息传到三院，更激励了全院人员的高涨情绪。

1966年，虽然爆发了“文化大革命”，但当时的口号是“抓革命，促生产”，而且毛主席说文化大革命要在半年内结束，所以有关单位的导弹系统工作仍在紧张进行。到11月，各项地面车辆陆续交货，进行合练，12月底，320厂的第一发海鹰一号导弹也运到发射基地。在发射后，弹上雷达发生故障，导弹飞毕全程，没有命中目标。当时在场人员一致认为，冬天太冷，雷达质量有问题。但1967年1月春暖花开后，两次发射，雷达的故障仍然出现，而且遥测数据表明，雷达的不正常信号都是在导弹开始离开发射架导轨时出现的。大家认为，雷达损坏，似乎与发射架的振动有关。为此，经国防科委召开会议，决定在基地进行发射架导轨部分的弹性试验，以求确定具体原因和补救办法。

1967年，“文化大革命”的冲击更加剧了，夺权、还权、军管次第发生，“造反派”之间，对立情绪也日益高涨，但在三院内一谈到海防导弹设计则大家合作。三院设计的海鹰二号导弹于9月初运抵试验基地。与此同时，发射架的弹性试验也开始了。我根据发射架弹性试验的数据和导弹助推器的推力数据，进行导弹在架上滑动时的运动计算，发现雷达损坏的主要原因，是导弹离架稍晚，引起雷达舱的振动。我把这一计算结果写成书面报告，建议把发射架导轨锯短 1.2 米，经讨论后执行。第四发“海鹰一号”的雷达工作正常，到导弹在离开目标数百米处俯冲入海。我根据这一现象，决定调整“海鹰二号”的雷达在弹上的安装角度，结果“海鹰二号”首发命中目标。如从“海鹰一号”第一发算起，则是第五发岸舰导弹获得成功。因为如果没有“海鹰一号”在前的试验，就没有人会提出发射架导轨和雷达安装角度问题。以后陆续发射，都比较顺利。1970 年通过了定型试验，装备海军岸防。

“海鹰二号”之所以比较顺利地成功，是和毛主席的《实践论》指导及党的群众路线分不开的。任何人都不是全能的，即使是基本正确的设想，也可能有未想到的问题。林毅院长在首次召集型号会议时，强调与会人员不仅要提出建议，而且要提出困难和疑点。并且说明，提反对意见绝对不是泼凉水，而是通过讨论使工作计划和设计项目更加合理，早日成功。在实践中出现意外现象，就应该进行理论分析，找出关键原因使理论计算结果与客观现象一致，得到改进方案。另一方面，赵尔陆副主任的“以好和快为准，择优选用”，也使群众在讨论中，建立客观态度，不计较采用“谁”的方案（实际上采用的是共同讨论的结论），也是避免在工作中各行其是，尽量取得一次成功的要素。

（作者：中国航天科技集团公司、中国航天科工集团公司
高级技术顾问，中科院院士）

自力更生攻克空间技术难关

闵桂荣

1970年4月24日，我国自行研制的第一颗人造卫星——东方红一号在长征一号运载火箭的运送下，准确地进入了预定的地球轨道，卫星工作正常，揭开了中国人民向太空进军的序幕。

中国第一颗人造卫星上天的时间比苏、美、法迟了几年，但我国第一颗卫星具有更高水平，并且是完全依靠自力更生完成的。

第一颗人造卫星飞行成功，并不等于我们已经全面掌握空间技术，只能说是万里长征的第一步。要发展航天事业，需要许许多多先进技术。我们面前是一片空白，接下去怎么办？实际上早在研制第一颗人造卫星的过程中许多专家就开始研究这个问题，中国空间技术研究院1968年成立之后，多次研究了后续的发展计划。应该提及的1971年至1975年是国家“四五”计划期间，当时遇到极左路线的干扰，有关部门刮起了一阵“大计划、高指标、瞎指挥”的歪风，提出了3年赶超世界先进水平、在“四五”计划期间把14种空间飞行器送上天的完全脱离实际的计划。这一冒进的计划出炉不久就宣告失败，之后航天计划在邓小平同志的正确指示下，重点发展急用实用的应用卫星，先后确定以返回式试验卫星和静止轨道试验通信卫星作为背景，开发相关的空间技术。

1971年至1984年，我们围绕这两种典型卫星攻克了一系列的关键技术，成功地进行了飞行试验。这许多关键技术不仅为后来的多种应用卫星的发展起到十分重要的作用，同时也为21世纪初实现我国载人航天、“嫦娥奔月”奠定了一定的技术基础。

回顾20世纪70年代历史，完全依靠自力更生、攻克和掌握的主要关键技术很多，下面列举其中的主要项目。

一、卫星总体设计

包括任务分析，卫星工程组成，卫星各分系统的技术指标分析，飞行环境及模拟试验等技术。

二、姿态控制技术

人造卫星在天上飞行，星体的指向有严格要求。根据任务的要求，卫星的姿态稳定方式有多种，其中最重要的两种：三轴稳定和自旋稳定。通过努力，中国独立自主研究开发了系统中的各项关键技术，包括各种敏感器、执行机构、控制计算机等。三轴稳定系统早在20世纪70年代就通过第一代返回式卫星得以完全实现。而自旋稳定系统通过实践二号和东方红二号卫星的发射试验取得了丰富的经验。

三、变轨技术

通过对返回式卫星和通信卫星的研制，中国掌握了两类卫星变轨技术。一类是从低轨道进行制动减速，使卫星安全返回预定的地球表面；另一类是将卫星从低轨道加速、改变倾角，进入地球同步轨道。变轨技术不仅要有高性能的变轨发动机（固体、液体两种形式），而且要有高精度卫星姿态控制等技术加以保障。在20世纪70年代和80年代初，我国已经完全掌握了这两种变轨技术。

四、热控制技术

卫星在太空飞行，经受冷热剧烈变化的空间环境。为保障卫星的仪器设备处于允许的温度之内，研究开发了多项先进的热控制技术，不仅完成了各种卫星在轨道上主动和被动温度控制任务，而且通过返回式卫星的研制，掌握了再入大气层的防热技术。我国热管技术、热控百叶窗、再入防热技术等早在20世纪70年代就处于世界先进行列。

五、电源技术

为保证卫星在轨长时间飞行的各种仪器设备的供电需求，卫星上的设备有特殊的电源系统。短期飞行的卫星使用化学电池，但对长期飞行的人造卫星则必须采用太阳能电池阵。我国有关单位早在20世纪60年代就研究硅光电池及太阳帆板技术，并在1971年发射的我国第二颗人造卫星“实践一号”上装配国产硅光电池及镍镉蓄电池供电系统，该系统在卫星上可靠工作达8年之久。

六、卫星结构与机构

卫星结构为人造卫星各分系统提供机械支撑，它还包括有关部件的展开机构，如天线、太阳翼等部件的活动关节。航天任务要求卫星结构不仅可承受严酷的飞行力学环境，而且要求重量轻。为此，我国卫星上不仅有轻型铝、镁、钛等合金结构，而且还从早期就注意采用复合材料结构，作为卫星的主要承力部件。

七、跟踪与测控技术

卫星的跟踪、遥测、遥控是保证卫星飞行的基本技术之一。在早期的工作中，中国依靠自力更生发展了不同类型的系统，包括短波、超短波、S波段和C波段的测控系统。第一颗人造卫星和返回式卫星、同步轨道通信卫星应用了多种无线电波段的跟踪、遥测和遥控技术。为了配合卫星工作，地面相应地建设了测控中心和台站。为了高轨道卫星的发射、变轨和测控工作，还建造了远洋测量船。

八、卫星回收技术

由于技术难度大，至今具有回收卫星能力的国家，只有苏联/俄罗斯、美国和中国。我国在20世纪60年代末开始研制返回式卫星，并于1975年首次回收 FSW－0 卫星，此后一直保持极高的卫星发射和回收的成功率。通过返回式卫星的研制和飞行试验，早在 20 世纪 70 年代中国就掌握了返回式卫星回收的各项关键技术。

九、有效载荷技术

遥感技术和通信技术是主要的有效载荷，对此中国在空间技术早期发展阶段就非常重视。结合卫星的研制，我们开发了多种有效载荷样机并进行飞行试验。其典型的技术有在返回式卫星上试验的胶片型大型光学相机和可见光 CCD 相机，以及东方红二号通信卫星的通信转发器及通信天线。除此之外，还有许多空间环境探测器和微重力科学试验装置，后者试验项目包括半导体材料、贵重合金、农业育种、微生物试验等。

此外，为了完成以上关键技术，在攻关过程中建立了许多实验室和制造车间，建立了三个卫星发射基地和卫星飞行测控中心。它们是依靠自力更生，由国内有关单位设计制造的。例如，1978 年建成的当时具有世界先进水平的 KM4 空间环境模拟试验设备，它的真空容器直径 7 米，高度 12 米，极限真空 5×10^{-6}Pa，热沉温度（90±5）K。大量实验室和制造车间的投入使用，为后来的多种应用卫星研制、试验、发射和运行管理作出了重大贡献。

这个时期完成的关键技术攻关过程具有如下几个明显的特点：

1. 完成的技术项目多，难度大，水平高，实用性强。

2. 全部依靠自力更生完成各项攻关，没有引进国外的产品、技术。

3. 发射试验卫星数量少，代价低，返回式卫星、试验通信卫星各 3 颗，比国外飞行试验次数少得多。

展望未来，我国航天事业将持续快速发展。为了满足未来航天任务的要求，应加强空间技术的预先研究工作；要自强不息，自主创新，攀登科技新高峰。

（作者：原中国空间技术研究院院长，
中国科学院院士、中国工程院院士）

国防部五院暂行工作条例产生前后

王道力

1960年，在航天事业发展史上是很不平凡的一年。这一年的2月，中央军委决定并经中共中央批准“以两弹为主，导弹第一，努力发展电子技术”为发展国防尖端技术的方针。2月中旬，党中央批准分配给五院当年暑期毕业的理工科大学生4000名。3月8日，邓小平总书记决定：“五院、二机部所需的人才、物资要尽量满足需要，有矛盾时，其他项目应该让路。有关院校必要的师资要留下，但不应留下过多，应尽量满足五院、二机部的需要；工业部门应抽调技术力量支援五院和二机部。五院、二机部的技术人员待遇要高些，工资要高些，生活安排要好些。”这一决定，充分体现了党中央对国防尖端事业的亲切关怀和极大支持。4月2日，聂帅宣布对五院领导班子进行调整：“空军司令员刘亚楼兼任五院院长、党委第一书记，但工作仍在空军。空军第一副司令员王秉璋兼任五院副院长、党委第二书记；亚楼不在五院，由秉璋执行院长、第一书记的职务。政委刘有光抓全院的思想政治工作。钱学森主管全院的研究设计工作，把行政工作免去，发挥科学家的作用；选几个助手协助工作，要有参谋，要加强五院机关的技术工作部门。王诤副院长主管试制、仿制、生产和技术教育工作。五院使用的设备和研制的东西都是很贵重的，要讲文明科研，文明生产。在这方面，你们应该成为模范。”随后，聂帅向五院提出建立干干净净、安安静静的环境和秩序，为有利于科学研究活动，有利于提高产品质量，有利于职工的身心健康创造良好的环境条件。

1959年12月21日，党中央批准成立国防部第五研究院基本建设修建委员会，由罗瑞卿（总参谋长）任主任，孙志远（国家经委副主任）、万里（北京市副市长）、刘秉彦（五院副院长）为副主任，杨成武（副总参谋长）、安东（航委秘书长）、范慕韩（国家计委副主任）、刘秀峰（建工部副部长）、徐德操（工程兵副司令）、刘有光（五院政委）等为委员。1959 年 12 月 18 日，安东秘书长通知五院：由沈阳军区调 3 个步兵团，兰州军区调 2 个汽车团，广州、南京军区各调 1 个工兵团，于 1960 年 1 月 20 日到达北京进驻五院，参加五院的基本建设；与此同时，建工部、北京市也调集了 15000 余人的建筑公司参加五院的建设。当年开工 72 万平方米，要求当年竣工交付 10 万平方米。这样多的高级领导干部主持一个单位的基本建设，并且调集那么多的施工部队和建筑公司参加工程建设，这在我们党的历史上是绝无仅有的。显然，党中央、中央军委的举措，是用最快的速度、最高的质量，为五院创造良好的科研生产条件，使五院由于大量人员的增加（当年五院增加 13000 余人，施工部队和建筑公司 26000 余人），而出现的拥挤、混乱状况很快得到缓解，并且安定下来。五院的专家和广大科技人员、工人、干部由衷地感谢党中央的关怀，深切地懂得自己肩上的重任，他们以高度的革命热情，忍受着酷暑严寒，在旧机库内、帐篷里，在十分拥挤的单身宿舍内，日夜奋战，用实际行动和工作成绩，回答党的关怀和期待。恰在此时，苏联赫鲁晓夫集团背信弃义、撕毁协定，并于 8 月 12 日撤走全部专家。赫鲁晓夫的背叛行径激起了中国人民的极大义愤、也激起了苏联专家的愤慨，他们纷纷谴责这是破坏中苏友谊的决定，称这是“棒子”（赫鲁晓夫提倡广种玉米，苏联人对他戏称为“棒子”）喝醉了酒作出的不负责任的决定。他们反对这种错误作法，表示要无保留地将技术上的问题传授给中国同志。这清楚地表明：任何破坏中苏两国人民之间的友谊的行为，是不得人心的。

五院的全体人员积极地搞好自己的工作，用实际行动响应党的号召，为搞出“争气弹”而尽一份力量。特别是老专家和青年科技人员纷纷向党支部写入党申请书，有的老专家当面向室、所政委提出加入中国共产党，以此来表示对党的热爱和拥护，表明为航天事业的发展、为祖国富强、为共产主义事业奋斗终身的决心。他们从 8 月 12 日苏联撤退最后一名专家起，夜以继日地处理设计和生产中的技术问题，处理生产中的代用材料问题，处理非标准设备的设计和制造中的问题。在处理这些问题中，他们互相支持，主动配合，在设计与设计之间，设计与研究之间，设计与工艺之间，看不到一点掣肘别扭的动作，听不到一点互相埋怨之声，拼搏、协作、团结、和谐已成为各项工作的高度自觉行动。正是这种高度自觉的行动，经过83个日日夜夜，在1960年11月5日上午9时“1059”导弹点火起飞，直上蓝天，按照预定的轨道飞行，9时10分，导弹命中预定目标区，试验圆满成功，试验场上一片欢腾。当晚，20基地举行了庆祝宴会，聂帅在宴会上举杯祝酒说：“在祖国的地平线上，第一次飞起了我们自己制造的导弹，这是毛泽东思想的胜利，是工人、技术人员、干部以及解放军指战员辛勤劳动的结果，这也是我军装备史上一个重要的转折点。”

1960年，在航天科技事业发展史上是开始转折的一年，即由仿制学习为主向自行设计为主的转变。五院按照聂帅指示的“三步棋”，即预研一个、设计一个、试制一个的步伐展开研究设计工作。王秉璋同志要求把“东风二号”作为转变的关键。将原定的“东风一号”，即后来的“东风三号”，作为预研型号，配套预研。“1059”即后来的“东风一号”列为生产项目。按这样的排列，把各项人员排开，各司其职，各负其责。要在思想上、组织上、制度上、作风上适应转变，要解放思想，大胆独创。各级领导深入第一线，全面地狠抓质量问题，做到高质量、高效率地完成各项任务，五院出现了欣欣向荣的局面。

然而，五院并非生长在真空中，当时的政治、社会环境，对五院的思想政治工作影响是十分巨大的。诸如：“大跃进”、“反教条主义”、“反单纯业务观点”、“插红旗拔白旗”、“反只专不红的‘白专’道路”，以及“四好连队”、“五好战士”、“两忆三查”，等等，这些名词对于今天的青年人来说，是遥远的、不知所云的词汇，而这些“运动”对于当时的科技人员却是巨大的冲击和压力。特别是林彪提出的“四个第一”、“政治可以冲击一切”，更加助长了随意侵占科研工作时间的风气，使科研人员不敢钻研技术、业务人员不敢钻研业务，严重地挫伤了科技人员、业务人员的工作积极性。聂帅曾亲自起草经国务院批准的《关于国防部五院工作时间安排的规定》，要求五院必须保证每周有40小时全部用于科学研究试验，不得被其他活动和各种会议侵占。并且多次指示：“党交给五院的任务，就是研究设计和试制新型导弹武器，培养中国导弹科学技术队伍，为我国国防现代化服务。这是我们的根本任务。如果这个根本任务完成得不好，造出来的东西上不了天，其他活动搞得再好，也没有用。”

1961年7月17日，五院在人民大会堂召开了干部大会，出席会议的还有中国科学院及有关工业部门的负责同志。会上，聂帅结合五院的情况，宣讲了国家科委和中国科学院党组向中央报告的《关于自然科学研究机构当前工作的十四条意见》。当说到政治工作时，聂帅说：“有些同志不知道科研机构的根本要求是出成果、出人才，为社会主义服务，不知道科学研究部门政治工作的目的是什么，科学研究部门的基本部分是科学家，是技术研究人员，政治工作的基本目的就是为科学研究服务，充分发挥所有科学研究人员的积极性，充分发挥他们的智慧。科研单位有工人、科学家、大学生，不同于军队，把‘两忆三查’、‘五好战士’、‘四好连队’等在科研单位搞，一切都按军队一套去搞，把工人当战士看待，把大学生当战士看待，把科学家当战士看待，军队搞什么运动，在科研单位也搞，这是不行的。有人说不红就白，乱戴‘白专’帽子，这是反马克思主义的，对自然科学工作者要求他专，是天经地义的，如果对专家不要求他专，则是毫无道理的。我们今天，专家不是太多，而是太少，专得不是太深，而是太浅，尤其是有杰出成就的著名科学家是太少了，把‘白’和‘专’联系起来，是一种严重的偏向，似乎愈不专愈保险。我们不开这种帽子公司。过去扣了这顶帽子的要去掉。”聂帅的话，如春风化雨，说出了大家想说而不敢说的话。会场上爆发出热烈的、持久的掌声。五院对聂帅的报告展开了深入的学习和热烈的讨论，使各项工作，特别是思想政治工作有了明显的变化，并对在“整风反右”和“反教条主义”、“反单纯业务观点”、“反成名成家”、“白专道路”等运动中斗错了的同志，进行甄别平反，赔礼道歉，对一些所谓出身、历史和社会关系复杂的同志，按照“重在表现”的政策，由政工人员或领导干部当面向其说清楚，使其轻装前进。这不仅使受到批判的同志摘掉了身上的“枷锁”，而且使其亲朋好友在精神上得到了解放，加强了各类人员之间的团结。正是聂帅以坚定的、鲜明的党性原则，以无产阶级革命家的胆略，以大无畏的实事求是的革命精神，指明了科研机构的根本任务和科研单位政治工作的基本目的，引导航天事业走上健康发展的道路，极大地调动起科技人员的积极性，使五院出现了人人意气风发、个个心情舒畅、工作效率极大提高、科研工作成果有了日新月异的变化。

1961 年 8 月 8 日，聂帅在北戴河听取王诤副院长汇报五院工作时，对五院的基本建设、工厂建设与调整，特别是二分院的精密机械加工车间建设问题，作了重要指示。聂帅明确指出：“重要产品完全靠协作，既不容易保证进度，也不是长久之计，要从计划上、措施上安排好。不然，五院的技术、生产力量是锻炼不出来的。为了解决这个问题，王秉璋要集中力量抓行政领导、规章制度等。”

根据聂帅指示，五院党委在王秉璋同志主持下，认真仔细地进行了研究讨论，一致认为，聂帅在五院干部大会之后 20 天，就要王秉璋集中精力抓行政领导和规章制度，显然是告诉五院在错综复杂的诸多事务中，先从哪里下手抓起，才能高屋建瓴地把其他工作带动起来。

经过反复研究和讨论，认识上很快取得一致。1961 年 9 月 4 日，党委作出决定，在五院普遍实行“五定”，即：定发展方向、定现实任务、定人员岗位、定职责制度、定仪器设备。并提出要建立有利于科研设计活动，有利于科研试验的工作环境，做到干干净净、安安静静。

这次会议，还决定由王秉璋、刘瑄、张怀忠组成工作条例编写领导小组，组织人员编写五院工作条例。9 月中旬，王秉璋、刘瑄、张怀忠率刘川诗、姜延斌、陈铮、耿青等院、分院两级业务部门的有关人员赴临潼空军疗养院，采取集中精力，前（在临潼的人员）后（在京的各有关业务部门）配合，反复研究，分工编写的方法，历时 40 天，制定出国防部第五研究院暂行条例（草案）。在条例制定之后，又以一年时间广泛征求意见，特别是吸取了 1962 年 3 月 21 日东风二号导弹试验失败的经验教训，明确了诸如局部与全局、民主与集中、改进与稳定、先进性与可能性、进度与质量、设计与工艺的关系等，以及建立总设计师系统的技术指挥线与畅通技术渠道，建立计划调度线（后改称为行政指挥线）的问题，即两条指挥线的相互关系等问题。这个条例共 10 个部分：总则，型号研制与设计工作，研究工作，试制工作，试验工作，科学技术队伍，技术责任制与科技委员会，组织计划与条件保证，政治工作，党的组织与工作，共 70 条。这个条例，系统地总结了五院建院以来的工作经验，集中地体现了那个时期航天工程科学管理的成果，特别是建立设计师系统的技术指挥线与计划调度（行政指挥）线；将工程项目的研制阶段，按照研制程序规定为方案阶段、初样阶段、试样阶段、试制试验阶段、定样阶段五个阶段，每个阶段转向下一阶段，都必须经过评审、鉴定、批准方能向下进行。这样既可以发扬民主，又能够适时集中，避免技术上的失误，并使各项工作都围绕着研制工作运行。事实证明，这个条例自 1962 年 11 月 8 日颁布试行以后，成为五院科学研究、科技管理、政治工作、行政工作的准则，使各项工作走上了正规化、法理化、科学化，大家欣喜地称誉这个条例是航天科学技术工作的根本大法。

钱学森同志将总设计师系统的技术协调同计划协调的密切结合问题，提炼升华为航天系统工程的组织管理。他说："国防科学技术所从事的都是大规模的科学技术工作，技术复杂，涉及面宽，参与的人多，协调性强，所以组织工作非常重要。要按系统、分层次，把各个环节严密地组织起来。现在科学试验的一个突出特点是大集体性。因此，首先要抓总体。一个武器系统，抓总是非常重要的；要有统一指挥，不能允许各个单位随意去干，那样非失败不可。这也就提出了组织纪律的重要性，指挥员的重要性。所以，要有技术指挥员，要有技术指挥线，与技术指挥线密切相关的，是行政指挥线，即组织调度工作。大规模科学实验的多变又交错关联，一个项目变了，可能牵动全局。因此，组织调度工作是非常繁重的，大规模科学实验的计划及调度比生产中的计划及调度还要繁重，这就是计划协调之类的技术是在大规模科学实验中产生，而不是在工业生产中产生的原因。"

几十年来，我们正是按照五院暂行条例和钱学森提出的系统工程理论，对航天科技各项工作进行了科学管理，使我们航天事业创造出花费少、成果丰的结果，从而在研究、设计、试制、试验以及基本建设、物资供应、行政管理等各个方面，获得了令世人瞩目的成绩。

（作者：原七机部党组成员、办公厅主任）

回忆 062 基地建设

姜延斌

为响应毛主席、党中央加强备战、建设大三线的战略部署，1965 年，国防工办、七机部决定在川北兴建“062”工程，为第一研究院全迁作准备。七机部、一院党委十分重视三线建设，一院院长刘瑄同志亲自主持，副院长周吉一同志为三线建设总指挥，院务部部长高文树同志、生产部部长冬春同志为副总指挥。院党委选调了一大批各级领导干部、工程技术人员、技术工人，各类政治、行政、后勤工作人员，组成了“062”工程指挥部以及各厂、所单位筹建机构。三线选点也经历了变迁，开始一院三线选定在甘南天水地区，后经地质勘测，该地区属于地震多发地带，经中央批准，一院三线基地定在川北、陕南地区。由于行政区划关系，在陕南成立了 067 基地，与川北 062 基地分别建制，但均属一院规划中全迁的三线基地，统一由一院领导，由一院所属各厂、所、部、站、医院及院机关各部负责对口包建。

对建设“062”工程，中央军委及国家各部委非常重视，特别是四川省委和地方政府给了很大支援，国家建委派了两个建筑公司、一个安装公司、一个洞工程公司，解放军总后勤部派了两个汽车团；为建设铁路专用线，铁道兵派了一个工程团；为抢修道路，达县、宣汉、万源县各派了民兵团。工程开始后，河南、山东、四川省还派汽车队支援工程的材料运输。近十万人的建设大军，在达县、宣汉、万源和白沙近 200 公里的大山沟里，劈山、开路、三通一平，为一院全迁三线并尽早为部队提供装备，展开了轰轰烈烈的三线建设热潮。

正当党政军民大团结、大协作、大干快上、情绪高昂之时，不料灾难深重的“文化大革命”运动开始了。“造反有理”、“停产闹革命”波及蔓延整个地区。1967 年上半年，“062”工程实行了军事管制。至 1974 年上半年，大约 7 年的时间中，不仅没有实现原计划 1969 年全部建成的任务，而且全线各个单位大部分处在涣散状态，各项工程处于停建状况。

1974 年二三月，由于国内外形势的变化，“062”工程的军管人员全部撤离，四川省委多次电报催促七机部速派人员组建新的领导班子，恢复并加快“062”工程的建设。1974 年 3 月，一院党委决定院党委副书记马云涛同志，院党委委员、科技部部长姜延斌同志赴“062”工程指挥部任职。七机部领导十分重视一院所采取的措施，即派军管会领导杨国宇、张凡副部长偕姜延斌等 13 位同志于 3 月中旬赴四川省委汇报，到达成都后，即受到四川省委秦基伟书记，谢正荣、许梦侠、杨超、杜心源副书记的接见。省委领导和机关听取了我们汇报，并讨论了我们为加强“062”工程所提的各项建议：为加强四川省对“062”工程的领导，建议改组“062”工程现场领导小组，现场领导小组党委书记仍请省委副书记、省军区司令员谢正荣同志兼任，现场领导小组组长改由姜延斌担任，以加强筹建单位与国家建委各个公司、总后勤部运输部队、铁道兵工程团、达县地区政府、达县军分区的联系与协调；建议成立 062 基地公安局，以加强对社会、工程现场的治安管理，保证“062”工程的顺利进展；关于“062”工程各筹建处的领导班子，建议到工程现场研究后提出方案报省委、七机部审批。经过反复酝酿、讨论后，四川省委领导批准了我们所提方案。

1974 年 3 月 30 日，部军管会领导杨国宇、张凡副部长、省国防工办蒋崇璟副主任、姜延斌及院机关领导一行到达“062”工程指挥部，立即召开了由杨国宇和张凡副部长主持，马云涛、姜延斌、张树培、王庭、李立参加的研究“062”指挥部机关和各厂、所、部、站以及医院领导班子组成方案的会议。尔后分别到各个单位调查研究，征求意见。又在万源 101 筹建处招待所，再次召开会议进行复议形成正式方案。杨国宇、张凡、马云涛、姜延斌一行于 4 月中旬又返回成都向省委汇报。

省委副书记兼军区司令员谢正荣和许梦侠、杨超、杜心源副书记以及省国防工办茹夫一主任、蒋崇璟副主任在锦江宾馆多次听取汇报，审查批准了现场领导小组以及四川省七机局（062 基地）及 062 基地各厂、所、部、站、医院领导班子，批准成立“062”工程系统公安局并建立五个派出所等方案。谢正荣书记在给我们讲话中说，各级领导班子恢复建立后，要组织动员各方面的力量，迅速、全面展开施工局面。要求在六个月以内改变“062”工程的面貌，力争在1977年完成为一院全迁以及正式生产出三发弹的光荣任务。谢书记的讲话，对“062”工程所有三线建设者鼓舞很大，对工程全面复工起了很大推动作用。

1974年4月下旬，在达县军分区招待所，由马云涛、姜延斌主持召开了062基地党委扩大会议。会议传达了四川省委、七机部领导对“062”工程的指示，要求各级领导迅速行动起来，配合建筑公司和运输部队加快施工进度。当与会者听到四川省委、七机部领导的指示要求后，都非常高兴，一致表示热烈拥护。尽管会议是在“四人帮”发动的“批林批孔”的风头上召开的，但并没有影响会议的顺利进行。大会提出了“抢三线，建三线，团结一致拼命干，大力协作争抢干，77年要出三发弹，艰苦奋斗拼命干，坚决反对坐等喊”等口号。鼓舞人心的响亮口号，得到了全线数万职工的热烈拥护。那些因故离开三线现场的同志，都纷纷返回，积极地投入抢建三线建设任务之中。

基地党委扩大会议之后，由现场领导小组组长姜延斌，副组长达县地委书记刘崇山、达县军分区副司令员曹宗奎主持，召开了“062”工程各筹建处负责人，国家建委各公司经理，总后勤部汽车25、26团团长，铁道兵工程团长等领导干部参加的会议。与会者听到四川省委领导要迅速为部队提供装备的各项指示，尤其是关于要迅速复工并掀起施工高潮的部署，限定六个月内要改变“062”工程面貌，1977年要完成工程建设、要出三发弹的号召，反映强烈，情绪高涨。刘崇山书记、曹宗奎副司令员在会上一再表示，地方上要充分给以支持。各成员单位纷纷表示要团结一致，互相支持，亲密合作，排除派性干扰，迅速行动起来。按照“773”的任务目标，计划要倒排。因此要求材料运输、非标准设备制造，要适应土建工程进度的要求。会议还要求各建筑公司、洞工程公司，组织力量突击各个型号的重点项目，以保证工程的平衡发展。现场领导小组会议之后，“062”工程全线的团结、协作气氛很高，迅速掀起了大干快上的施工高潮。由于各个工程地处达县、宣汉、万源、白沙的深山中，上千辆汽车往返在一条公路干线上，道路拥挤不堪；近十万人施工在狭窄的山沟里，生活供应十分困难，不仅吃不上肉，连蔬菜也供应不上，施工队伍常常是以盐水就饭。然而他们为了国家建设，为尽快给部队提供装备充满乐观精神，那种不怕累、不怕苦、坚韧不拔、坚持不懈的表现，十分感人。

在现场领导小组的推动下，全线工程进度发展很快。同期，指挥部迅速组织各厂、所、部、站、医院狠抓人员配备和设备、仪器配套工作；由于型号任务的需要，基地招收了当地大批知识青年，部内有关工厂也帮助062基地所属各厂培训了大批技术工作和工艺技术人员；指挥部抓住机会创办了一所技工学校。

"文化大革命"的干扰，各厂的大重型设备都滞留在离现场400多公里外的重庆、武汉、阳平关、西安等地的火车站。要将近百台大型设备运进现场，不组织专业队伍难以办到。加之公路狭窄，拖运设备的拖车长而宽大，还需要请地方政府配合戒严方可通行，否则势必阻碍交通。为此，指挥部调集了一批有丰富经验的司机和起吊师傅，配备了得力的领导干部，组成大重型设备运输专业队。在重庆市政府、达县地区以及西安、汉中地方政府和武汉军区的配合下，展开了设备运输工作。运输队驾驶着长而宽大、重达40吨的大拖车，冒着七八月的酷暑，翻越路窄、坡陡、弯多、山高的秦岭和大巴山。他们风餐露宿，征服了起吊、装卸、长途跋涉中所遇到的重重险情。不到三个月时间，终于将所有的重大设备，安全及时地运到了现场，给土建工程施工以及时的配合，为正式投产提供了保证。

国防科委、国家建委、四川省委领导十分重视"062"工程的建设，国防科委陈彬主任、钟赤兵副主任、国家建委谢主任，以及四川省委谢正荣、杨超、许梦侠、谭启龙书记先后多次到工程现场视察，解决了很多工程建设中的种种难题，国家商业部还多次批准给062基地大批冻鱼、黄豆等物品，这些都给基地工程建设以极大的推动。

1975年1月，四川省七机局在7102厂召开了"062"工程六个月改变面貌总结表彰大会。七机部军管会领导李光军、张凡副部长率机关负责同志，一院刘瑄院长及院机关有关负责同志，以及四川省国防工办、达县地委、达县军分区、国家建委各公司经理、总后汽车团、铁道兵工程团等领导同志出席了会议。会上，各个单位从不同方面就基地土建施工、运输工作、设备安装调试、生产准备、各类人员培训、后勤保障、中小学教育的开展，以及思想建设等作了汇报。与会者被各方面改变面貌的生动事迹和模范人物的典型事迹而感动，不少同志认为，在“批林批孔”运动之中，在工程战线长、规模大、山沟施工面积狭窄、材料运输十分困难的情况下，又是部内外众多单位参加，能很快组织起来，全面掀起建设高潮，从各方面改变了工程的面貌，真是使人感动，令人惊喜。

大会之后，整个系统逐步走向正常化、制度化。在基本建设全面展开施工的同时，各单位狠抓了生产准备工作，尤其是着重抓了试验弹的投产。在一院机关、211 厂、200 厂、811 厂以及 307 厂、519 厂，特别是在 211 厂大力协助与支持下，1975 年下半年基地工厂已部分投产，其中 7105 厂全部投产。

7102 厂在型号投产问题上曾发生了一场争论：是先投产生产试验件还是一步到位投产正式产品？部分同志为了稳妥，主张先生产试验件，有把握后再正式生产试验弹。经过反复讨论认为，由于 211 厂已正式投产并成功地进行了飞行试验，并且为 7102 厂提供了全套生产型号工艺装备和全套模具，在这样的情况下，若再从生产试验件开始，生产试验弹势必多走一个周期，拖长为一院全迁以及正式出产品的时间，会使原定 1977 年出 3 发弹的目标成为泡影，影响为部队提供装备的计划。因此，指挥部否定了先生产试验件而后再生产试验弹的意见，决定正式生产试验弹。后来的事实证明，这样做大大争取了时间，为部队早日提供了装备。

由于工程的战线长，工程量比原来预计大，参建单位做了很大的努力，但因洞库工程未如期完成，最后未实现“773”目标。但四川省委和七机部领导对“062”工程的重视，加之六个月改变面貌和“773”任务的要求，对全线工程的进展起到了推动作用，带动了全线各方面工作的迅速发展。

后来，根据国内外形势的变化，一院已不可能按期迁往三线，必须适时调整部署。我们向七机部建议：撤销总体部筹建处，基地指挥部从达县向一线生产基地靠拢，从达县迁到白沙与 7146 所合并。七机部批准了我们的建议。1978 年 5 月，指挥部迁往白沙后，除保留原有领导基建工程建设的机构外，还以该筹建处人员为主增设了科技（计划管理调度）、财务、劳资、质量、机动、技安、教育、通讯等处，以及情报、档案、设计和计算机等机构。这样，基地指挥部既能组织领导基建工程建设，又完全具备组织领导型号批生产的能力，同时又充分发挥了7146所科技人员的作用。在基地建设中，这也是一项及时的重要举措，当时若不果断采取措施，很难想象，062基地能够顺利地完成型号批生产任务。

一院在三线建设中，先后抽调了不少优秀领导干部、工程技术人员和生产骨干，各包建厂也抽调了配套生产工人。这些同志肩负建设三线的崇高使命，豪情满怀地从大城市来到穷乡僻壤的大山深处，从踏遍川北崇山峻岭，选厂定点，到参与艰苦的基地建设，投产准备，历尽了千辛万苦，忍受着家庭分居、生活艰苦和身体劳累的考验，贡献了人生中最美好的青春年华，他们真是奉献了青春献终身、奉献了个人也奉献了家庭子孙；一些先烈为了三线建设，青山埋白骨，长眠在巴山蜀水。对于这些建设三线的战友，人们应该永远铭记他们。

在三线建设的指导思想上，基地强调在部、院领导支持下发挥主动性，不能存有“等、靠、要”思想，要充分发挥自力更生的精神。在人力紧缺情况下，三线不能依靠一院再抽调更多的人员，为从长远着想，必须建设一支能扎根三线的队伍。经多方争取和下最大决心，基地建设了川北技校并在重庆创办职工大学，“自己造血”解决新生力量；争取部、地方领导支持，设法抽调了各类学生。为了解决职工后顾之忧和培养三线接班人，多次争取部领导批准，基地筹办了子弟高中。在三线地区要求转户口的过程中，四川省谢正荣书记给了很大关怀，不但没有将北京等城市职工户口转到三线，反而将已参加三线建设多年而年龄增长的职工，分批解决返回一线安排安置。这样既解决了一线援建职工的实际困难，也使三线新职工经受考验茁壮成长。

在三线建设过程中，曾提倡过“干打垒”精神，一切因陋就简，但实践证明，这种缺乏实事求是的做法，也给工业生产和职工生活带来了很多困难。所以，在建设中为满足生产的要求，必须要有百年大计的思想；在生活条件上，要争取上级的支持，尽可能在住房上解除职工的困难。当时，按照要求不能安纱窗，厕所不能在楼内，不能安装暖气取暖。但实际情况是当地蚊蝇多，卫生条件差，天气多雨低温，外出入厕很不方便，川北冬天阴冷难过，小孩手冻得像胡萝卜，很难正常读书。因此，我们在多方争取下，解决了安纱窗、室内厕所和小学校装暖气的问题，为职工解除一些难题，对职工队伍稳定，提升职工工作积极性，促进三线建设和争取早日投产，起到了积极作用。

1979年上半年，试验弹正式完成出厂并于当年进行了飞行试验，很快为部队提供了装备。至此，“062”工程算是基本上建成了。各个厂都正式投产，均一次投产成功，产品质量均为优良。同时全线各单位的组织建设、思想建设、生产管理、技术管理，以及教育系统、卫生医疗系统、商业系统、安全保卫系统等都健全起来，形成了良好的工作秩序。这是七机部、四川省委、国家建委、七机部一院对“062”工程领导的成功，这是062基地各厂、所、部、站、医院广大三线建设者以及国家建委各个公司、总后运输团、铁道兵工程团，达县、宣汉、万源民兵团所有参建者艰苦卓绝努力奋战的结果。为此，应当向在“062”工程建设中忠于祖国、为国捐躯的同志致以衷心的怀念并致以崇高的敬意。他们的献身精神永存！

（作者：原062基地党委书记兼主任，四川七机局局长）

不可忘却的纪念

程荣之

1959年秋，我在地空导弹营工作结束之后被分配到五院一分院第二设计部工作。该部是1958年9月正式成立的。它主要承担地空导弹总体和各分系统的研制任务，是地空武器系统中重要的设计部门之一。刚组成时，全部共有40余人，其中研究设计人员约30名左右，住在袁世凯时代的一个兵营里，破旧不堪，既不挡风，也不遮雨。设计部主任屠守锷同志是聂帅当时所称赞的国内高水平的科学家之一；政委程祖光同志是久经战场的老同志，长期在部队从事党的工作和政治思想工作，为人堪称师表。我所在的二室是设计部被认为人数最多的研究室，也只有20名左右的五七、五八两届大中专毕业生。二室的主要任务是承担弹体结构设计。室的技术副主任是杨国华同志，我任政委。到1960年左右，我们室的人员已有240名左右（设计部已有近千人），室的领导也有了加强和充实。从部队选调来的王守文、刘国恩同志分任研究室主任和副政委。

在这样的基础和条件下，如何开展地对空导弹的研制工作是当时我们面临的十分急迫需要明确的重要问题。

1956年10月，毛主席批准了聂荣臻同志提出的“自力更生为主、力争外援和利用资本主义国家已有的科学成果”的建院方针。1957年9月聂帅又亲自率代表团赴莫斯科谈判，签订了苏联在火箭技术和航空等新技术方面援助中国的协定，其中包括提供“543”地空导弹的实物样机及供生产用的图纸资料和派遣有关方面的技术专家等。

一、把重点放在仿制“543”导弹上

“543”武器系统在当时还是比较先进的防空武器。它能在13公里至29公里斜距、3公里至22公里高度范围内击落速度为420米/秒的目标。这对当时台湾国民党当局经常派遣美制RB－57高空侦察机对我进行侦察骚扰活动是一种有效的防御手段。当时我们已经用“543”导弹组建起了地空导弹部队，并且经过实弹演习已经掌握了整个武器系统的作战指挥和维护保养。但若单纯地依靠购买武器来装备部队，不但从数量上不可能满足我们的要求，而且一旦发生意外还会使我们部队处于“弹尽粮绝”的险境。因此，只有我们自己能够制造出导弹武器才能使我们地空导弹部队的发展、壮大建立在可靠的基础之上。为此，党中央、国务院、中央军委决定，我国地空导弹的研制和地空导弹工业的建立先从仿制“543”开始。

这样，我们刚组建不久的设计部方向任务就明确了，从仿制做起完全符合我们的实际情况。我们的队伍都是刚离开学校的大中专毕业生，大家对搞导弹设计都很陌生，基本上是从零做起。同时，研究试验设备等条件还都正在筹建过程中，也很难马上开展自行研究设计工作。

“543”弹体的仿制厂是沈阳112厂，是我们下厂参加仿制的对口单位。导弹样机和图纸资料已先于我们于1959年3月到厂，工厂已组织力量突击进行图纸资料的翻译复制和生产准备工作。

工厂领导对仿制“543”非常重视，从厂的领导到车间工段都专门组成仿制生产线（工厂代号3069），并抽调一批政治业务水平都比较高的同志从事这一工作。与我们刚刚组建不久的设计队伍相比，经验比我们丰富得多，在整个仿制过程中，对我们支持很大。

1959年底，我们第一批下厂人员在屠守锷、程祖光同志的带领下，共有45名同志到厂，主要由一批从苏联留学回来的人员及一些业务技术水平较高的技术干部及翻译组成。苏联来华帮助仿制的专家也和我们先后到达。设计图纸和设计专家由我们对口，工艺图纸和工艺专家由工厂对口。设计专家组组长为列宾。

112厂热情欢迎我们到厂里参加仿制工作，在住房、办公都十分拥挤的情况下还给予我们优先照顾。根据当时工厂仿制工作进展的情况，我们的工作主要是三个方面：

一是对工厂已经翻译复制的图纸资料进行审核校对。这是一项极其紧张繁重的工作，我们在很短的时间内共审校了图纸1333张、技术文件1011页，使图纸资料的正确性得到了保证。

二是组织学习。主要是消化设计图纸、技术资料，也学习工艺规程、工装图纸等。除组织自学讨论、答疑外，重点是组织向专家学习，一边请苏联专家讲课，一边组织一批技术业务基础较好的同志按专业配套对口跟班向苏联专家学习。在向苏联专家学习中，我们也发现专家中有少数人态度傲慢，盛气凌人，常借口以保密纪律相威胁。如我们有一个同志在保密手册上记录水平测量图被发现后，他即被提出要限期离开工厂。此外，我们的同志也有把苏联图纸文件过于神秘化，缺乏独立见解的偏向。但总的来讲，双方关系是融洽的，对我们是很有帮助的。

三是和工厂设计科一起，处理生产准备过程中提出来的有关设计方面的问题。这类问题由于生产还没有全面展开，总的讲问题并不多。

正当我们紧张繁忙准备全面开展“543”仿制生产的时候，苏联赫鲁晓夫领导集团背信弃义，并采取突然袭击的手法，撕毁合同，撤退全部来华专家，使我们仿制“543”的工作处于停顿状态。这引起我们极大的不满和愤慨。和我们对口的苏联专家，也于1960年8月全部撤离。尽管如此，我们根据党中央的指示，对苏联专家本人还是采取友好的态度。我们一些跟班学习的同志都到专家驻地告别并分别送些礼物以资留念，大家表达了依依惜别之情。

从“543”样机、资料到厂，我们去工厂参加仿制，到苏联专家全部撤走，可以说是仿制工作中的第一个阶段，也是仿制过程中的一个重大波折。这个阶段在工业部门和五院的正确领导下，所有参加仿制工作的同志态度是积极热情的，工作也是十分紧张而且卓有成效的。全国大的协作网点已经基本形成，设计、工艺队伍已经基本配套，生产准备工作已经基本就绪。但由于苏联援助的突然中断，不能不使我们认真面对仿制工作带来的新问题和面临的严峻考验。把仿制工作完全寄托在别人帮助的基础上是靠不住的，能否在现有基础上完全依靠自己的力量把“543”仿制出来，或者撇开仿制另起炉灶？这有待于高层领导对情况作出新的判断和新的决策。

苏联撤走专家在激发起我们全体同志无比义愤的同时，也一度对“543”的仿制工作造成了混乱。在为民族争光、为祖国争气口号的激励下，有的同志认为仿制是工厂的事，我们应该搞自行设计的新型号。1960年秋，我们集中了一部分同志（包括抽回一部分下厂的同志）进行新的地空导弹的研究并取名为“红旗一号”（后称为“老红旗一号”），其战术技术指标斜距为100公里，高度为30公里，比“543”要先进得多。参加“老红旗一号”设计的同志采取集中办公的办法，日夜奋战，群策群力，仅用了100天的时间就基本上设计出导弹的总体方案并提出了许多研究课题和攻关项目。

1962年，党中央提出“调整、充实、巩固、提高”的八字方针，在研制武器方面也确定了一条“缩短战线、任务排队、确保重点”的方针。五院党委按照中央的方针，认真研究了地对空导弹方面的任务：是全面铺开“老红旗一号”的研制，还是把重点仍放在“543”的仿制方面？“老红旗一号”虽然性能很先进，但技术要求特别复杂，缺乏预研基础，短时期很难研制出来。而当时“543”的仿制工作已经在全国铺开并打下了一个良好的基础，把立足点放在自力更生的基点上，是能够把“543”仿制出来的。因而作出决定，“老红旗一号”作为型号任务立即下马，重新明确把仿制“543”作为重点，而且提出了“学习543、摸透543、仿出543”的战斗口号。现在看来这个决策是非常正确而且是很及时的，这是仿制过程中一个小的插曲。假若当时一直按照“老红旗一号”的路子走下去，技术关键长期攻不破，仿制又中途停顿，必定会给我国地空导弹的发展造成长期的被动局面。

虽然“老红旗一号”下马了，但对当时提出的一些通用性的关键课题还在继续进行。如作为动力装置系统的冲压发动机、弹体结构方面的防热涂层、蜂窝结构等技术都已陆续突破。

地空导弹的重点重新明确仍为仿制“543”之后，五院党委立即召开各种会议反复地进行动员部署，统一思想，统一行动，反复说明仿制和自行设计的关系。五院刘有光政委在多次会议上传达聂帅关于把仿制形象地比喻为爬楼梯的指示，楼梯要一个一个阶梯地爬，过急了容易摔下来。这样就把赫鲁晓夫集团片面撕毁合同、撤退专家激发起来的强烈的义愤和为国争光、为民族争气的英雄气概，引导到用我们自己的力量"学习543、摸透543、仿出543"的正确轨道上来。

二、到实践中去锻炼

为了加强对仿制工作的领导，党中央、国务院采取了许多重大措施。其中重要措施之一就是"543"的设计技术问题由五院负责抓总，以五院为主成立总设计师系统，派一些同志到各仿制厂主管设计技术问题的处理，当时称之为总设计师驻厂工作组。"543"武器系统的总设计师为二分院的副院长钱文极，各驻厂工作组的负责人均由各主管单位技术负责人担任，这样就从组织上保证了整个武器系统技术协调的高度一致性。

我们第二设计部又第二次组织人员到112厂参加仿制工作，特别对"学习543、摸透543、仿出543"的号召进行了反复的讨论，既明确了三者之间的内在联系，又突出了设计部门的重点。保证仿制成功是工业部门和设计部门的共同任务，而吃透它，完全弄清原设计思想，对设计部门则更有其特殊的重要性。我们的最终目的是后者而不仅仅是前者。这是第二批下厂参加仿制工作总的指导思想和总的要求，当时是深入人心的，而且扎根很深。

第二批人员下厂时，正值三年自然灾害最困难的时期。工厂的同志都处于半饥饿状态，厂区周围的榆树桑树皮基本上都被剥光。我们那时定量虽然比厂里的同志略高些，但也是吃窝窝头、高粱米、瓜菜代，半饥半饱。许多同志是生平第一次尝受挨饿的滋味，住的是通铺而且是双层的。就是在这样的情况下，同志们情绪很高，没有叹息，也没有怨言，仍以积极紧张的姿态立即展开了工作。

第一，组织一部分同志承担总设计师驻厂工作组的任务，组长先后由杨国华、洪皖春同志负责。这部分同志业务水平比较高，具有能够独立处理工作问题的能力。根据总设计师条例，和工厂一起拟制了驻厂工作组条例和正确处理各方面关系的要求。一般问题由工厂设计科处理，我们参加，重要问题由工厂设计科提交驻厂工作组处理。112厂有一支人数很多、很有经验的设计力量，这是我们的靠山和后盾，我们必须很好地尊重他们并虚心地向他们学习。当然，对于涉及到全局性的问题也要勇于负责，反复商讨，按照保证质量的原则妥善处理。1961 年初，随着仿制工作的进展，工厂同志与总设计师驻厂工作组共同研究，明确提出了“543”导弹仿制中的八大技术关键。

驻厂工作组同志分别参加八大技术关键“三结合”的攻关小组，认真地消化俄文设计、工艺资料，边试制、试验，边研究，一步一步地解决生产中暴露出来的新问题。设计人员在参加试制与鉴定中要正确地解释设计图纸和文件，及时地解决设计技术问题，参加鉴定，并提出过关的项目是否满足了设计要求的意见。为了掌握地空导弹的生产技术，做出合格的产品，许多技术关键大都经历了多次反复试制和试验的过程。工作组同志参加主要的试验（包括重复试验）上千次，取得了大量的实际经验和第一手资料数据。我们和工厂共同处理的设计技术问题约 200 余项。

在处理这些设计技术问题中，我们的同志严肃认真、一丝不苟地虚心向工厂的同志学习，因此业务技术水平提高得很快。

第二，组织相当一部分同志下厂学习。当时我们中多数是刚从大学毕业的，主要以学习为主，对驻厂工作组来说可以起参谋作用，同时要把生产第一线的情况随时向工作组汇报，但不承担直接处理技术问题的责任。

学习方法除集中进行上课讨论外，主要是按照专业对口下放到车间工段跟班劳动，拜工人师傅为师，从零部件的生产准备开始一直走完产品制造的全过程，要熟悉和掌握所管部分的全部知识。产品制造合格后，要写出技术报告，并采用三结合的形式（吸收工厂师傅参加）考核答辩，凡是达不到标准的一律要补课，并不得参加新的工作。这个规定是严格的，每个同志都必须严格执行。

在跟班参加劳动和学习中，开始时有些同志“学生味很足”，为了多学点技术，在工人加工某些关键工序时，许多人在一旁围观，也有人夹个本子在一旁指手划脚，引起工人师傅的反感。我们及时总结经验，要求大家真正从思想上拜工人为师，并帮助做些具体的劳务和到工人家中进行家访等。这样就改善了关系，双方相处十分融洽，不仅学到了实际的生产知识，而且也学到了工人同志的优秀品质。

第三，对“543”进行反设计。反设计是摸透“543”的重要方法，在某种意义上说比自己设计还困难些，因为它处在被动地位，而且“老师”已不在了。反设计的主要要求就是弄清原设计图纸和一些参数的原始情况，这实际上是把在仿制中所处理的设计技术问题和跟班学习到的实际知识再加以理论上的提高。这部分工作有的是在工厂进行的，有的是回京后做的。此外，还提出了许多试验课题，进行了大量的试验工作。

为了交流、检查对“543”掌握了解的情况，第二设计部党委还决定在1963年年终总结表彰时专门组织反设计报告和其他学习心得的交流会、讨论会，并将所有的技术资料组织展览，这是全体同志参加仿制工作的重要成果。

“543”导弹的生产主要由工厂组织进行，在112厂，党委和厂领导充分发挥工厂同志的积极性和创造性，虽然也遇到过重重困难，但都被克服了。1963年两发模型弹飞行试验成功，1964年上半年开始，陆续进行战斗弹的飞行试验，1964年9月26日成功地击落了加有反射器的米格-15靶机。紧接着又在10月6日取得了射击U-2飞机模拟目标的成功。这标志着仿制“543”导弹的圆满成功，开创了用我们自己的力量制造地空导弹的新时期，这是一个重大的胜利。

综上所述，我们设计部成立后的第一堂课，就是到实践中去锻炼，第一项任务就是参加“543”仿制。从1959年底到1964年共经历了5个年头，收获是很大的，教训是深刻的，经验是丰富的。

三、仿制成功的体会

“543”导弹仿制成功，我们的主要体会有：

1. 必须全面地、正确地贯彻五院建院方针。自力更生为主应该是一条主线，是贯彻始终的重要原则。当然，仿制过程中所出现的波折和“543”导弹的仿制成功，正是我们在聂帅亲自指导下正确处理自力更生为主和争取外援为辅的方针的胜利。

2. 实践证明，在当时的情况下地空导弹的发展从仿制入手是完全正确的，它不仅对我国地空导弹的研制和导弹工业的发展起了起步的作用，而且还起了奠基的作用。

3. “543” 导弹的性能在当时还是比较先进的，整个武器系统的构成非常庞大，它不仅汇集了许多基础科学、技术科学的先进水平，而且要求有先进的工业基础，诸如材料、元件、工艺制造技术等与之相适应。因此，仿制导弹必须选择一批设施先进的工厂才能胜任。沈阳 112 厂是我国有名的飞机制造厂，无论从工业基础、管理水平方面，还是从技术能力方面都是比较好的。因此像 “543” 导弹这样复杂的尖端武器，在苏联断绝援助的情况下，他们能够在短短的两三年的时间内顺利地仿制出来，尔后还为我国整个导弹工业的发展发挥了支援、帮助和榜样的作用。事实证明，中国工人阶级是聪明的、有所作为的，是有能力自立于世界民族之林的。

4. 就我们设计部门来讲，在队伍刚刚组成的情况下，各方面都缺乏经验，到工厂去参加仿制，而且提出“学习543、摸透543、仿出543”的战斗号召也是完全正确的。

5. 在仿制过程中，我们党的思想政治工作是坚强有力的，我们认真地贯彻执行党的方针、政策，特别是《科技工作十四条》，对知识分子有一套正确的政策，如政治上信任，工作上放手大胆使用，并结合工作实践在知识分子中进行党的建设。思想政治工作根据流动分散的特点，有针对性地做好关心人、教育人、帮助人的工作。因而在仿制过程中虽然困难很多，特别在生活方面更突出，但整个队伍政治情绪非常高涨。团结友爱、朝气蓬勃、不计报酬、加班加点、刻苦攻关、忘我劳动的精神十分感人。这是我们能够战胜各种困难的精神因素，也是充分发挥思想政治工作保证作用的有力证明。

（作者：原航天工业部二院党委书记）

建设066基地

马振岭

我是一名1938年参加八路军的老战士。1959年由总参调国防部第五研究院任器材部副部长，1964年兼器材部党委书记，主持器材部工作。1965年国防部第五研究院改制为第七机械工业部后，任七机部物资局局长。1969年调任066基地指挥长，1974年任066基地指挥长兼党委书记。1979年调第三研究院任副院长。在航天系统工作了26年，于1985年离职休养。我将参与066基地（现中国航天科工集团公司第九研究院）建设的若干情况回忆整理如下。

20世纪60年代，国际反华势力甚嚣尘上，超级大国加紧对我国进行军事威胁和挑衅。面对这一严峻形势，毛主席发出了“备战、备荒、为人民”的号召。党中央作出了调整工业布局和人口布局的重大决策，为确保我国军事工业在战争条件下能够保存下来并形成强大的战略后方，国家开始了一场大规模的三线建设。

为抓紧海防导弹生产基地的三线建设，七机部于1968年4月8日决定以辽宁精密机械公司筹建处为基础组建“066”工程筹备处，并派出以我为组长，路忱、于大江为成员的工作组参与筹备工作。1969年8月11日，周恩来总理批准了国防工业军管小组、国务院国防工业办公室《关于在鄂西远安地区建设岸舰导弹生产基地的报告》。这标志着党中央、国务院对海防导弹批生产基地的三线建设作出了正式决定。这一天，也就成了066基地的诞生日。1969年8月25日，国防工业军管小组、国防工业办公室批准了066基地的生产规模、建设项目、建筑面积、职工人数和总投资。明确了七机部和各包建单位的任务，要求年前做好施工准备，1970年正式开始施工。

1969年12月22日，周总理签发了国务院、中央军委《关于鄂西生产基地建设的领导问题》的电报：（1）基地建设列入重点工程，力争1972年基本建成；（2）武汉军区、湖北省革委会、湖北省军区全面领导并负责地方劳动力、地方协作、地区建设物资和生活物资的供应等问题；（3）在武汉军区统一领导下，由海军、七机部及建设单位组成现场指挥部统一指挥和领导。

1970年5月，武汉军区、海军和七机部军管会的负责人在武汉召开了“066”工程建设有关问题会议，宣布了国防科委委派我为“066”工程指挥部指挥长，海军委派麻继先为“066”工程指挥部政治委员，组建了“066”工程指挥部领导班子。自此，066基地的建设由筹备阶段转入大规模基本建设和生产准备阶段。

根据周总理签发的（68）国发电15号文的精神，8个省市的包建单位先后进场。1970年7月1日，哈尔滨349厂包建的万山厂机修车间厂房作为第一个开工的工号，隆重举行了开工典礼，揭开了066基地大规模基本建设的序幕。随后，根据七机部下达的当年基建计划，以万山厂、万里厂、江北厂、江河厂为重点工程，由国家建委派出勘察、设计、施工单位，交通部派出公路修建处、湖北省派出民兵和包建单位等，组织了30000人的建设大军展开“大会战”。远安境内车水马龙，恬静的山乡沸腾了，呈现出一派抢建大三线的火热景象，并一直延续到1974年的调整时期。这时，已建成万山厂、万里厂、险峰厂、江北厂、江河厂、红林厂、基地机关、长征厂、计量站、医院、远征厂等11个项目。另有8个项目停建和缓建。4年来，竣工面积413634平方米，是基地规划总面积980000平方米的42.21%。这些成果，既为066基地的发展奠定了初步的物质基础，也给基地留下了极其繁重的待建任务。

在进行大规模基本建设的同时，指挥部抓紧了生产准备和技术队伍的建设。除规定由包建单位输送一定数量的技术干部和技术工人外，基地还从各方面招聘、引进科技人员、技术工人，逐渐形成一支由技术骨干为中心的技术队伍，这支队伍为后来生产出合格的导弹及其配套产品发挥了重大作用，作出了重要贡献。

我从1968年参与创建066基地到1979年调离，历时十多年，其间经历了筹备、建设和调整3个时期。当年的情景在我脑海中留下了深刻的印象，在建设过程中经历的若干重要事件和展现的革命精神，至今难以忘怀。

一、从实际出发、求真务实的科学精神

066基地的创建初期，在选址定点的问题上，就遇到了要不要实事求是的问题。1968年，根据布点要“靠山、分散、隐蔽”的要求，我们于1968年12月至1969年1月踏勘了湖北省2个地区的6个县城，并重点踏勘了其中的远安、南漳、谷城等3个县。根据“山、散、隐”的要求，踏勘小组提出了远安方案，在方案汇报会上得到武汉军区首长的认可，为066基地建在远安定下了基调。1969年6月至9月，我们又对远安县境内各建设点进行了选址复查，提出了建设项目的定点布局方案，并经武汉军区批准后上报国务院。选择厂址，既要符合“靠山、分散、隐蔽”方针又要考虑到科研生产试验等工作的顺利进行。尤其在高山、偏僻的地方，还要考虑到职工的生活、交通以及子女的教育等实际问题。因此包建单位进场后，必然会对原定厂址的可行性诸多方面进行考量。通过复查，各包建厂对原定厂址普遍予以否定而且反映异常强烈，要求重新选址定点。基地党委从实际出发，在认真听取意见后经过反复研究，充分肯定了意见的合理性。但是，已经上级批准的厂址，基地无权变更，于是决定由我去向七机部汇报。七机部军管会领导杨国宇、朱中新会同七机部领导钱学森、谷广善、曹光琳立即召集会议听取汇报。我在会上用大量事实和数据论证了原定厂址的弊端和重新选址的必要。首长们听后均表示意见合理，应适当调整，但无权决定，钱学森同志建议请海军周希汉副司令过问协调。为慎重起见，周副司令决定先到远安现场看看再说。经过查看，周副司令表示：“确应调整。”并感慨地说：“建厂为了什么？”言下之意：如建厂不利于科研生产，建厂的目的何在？他决定邀请武汉军区国防工办主任何运洪到现场，并让海军派飞机载考察人员在机上观察远安全境，最终得出结论：“进了远安就是进了山”，原定厂址确应调整。这既不违背周总理批示的精神，也符合科研生产的要求。经过协商，与武汉军区领导达成共识，在实践中原定厂址都作了较大幅度的调整，为后来的科研生产以及职工生活扫除障碍。在这件事情上我们党求真实务的科学精神得到了充分的体现。

二、艰苦奋斗、奋力拼搏的奉献精神

066 基地建设伊始，参与三线建设的广大干部职工，积极响应毛主席“要准备打仗”、“三线建设要抓紧”的号召，离开了繁华的都市，来到了鄂西山区投身三线建设。在环境极其艰苦的条件下，住席棚，吃咸菜，头顶青天，脚踏荒山，怀着一股巨大的政治热情，夜以继日地忘我工作。他们以“同帝修反抢时间，抢在战争前面”的大无畏精神，喊出了“宁可掉下几斤肉，也要建好 066”的口号，在全基地范围内掀起了建设 066 基地的热潮。1970 年 5 月，海军、武汉军区和七机部军管会领导在武汉召开会议，发出了“力争提前一年基本建成基地，尽快为部队提供成套装备”的指示后，066 基地的建设热情进一步升温。广大三线战士不畏艰难、不讲条件，以忘我的精神投入建设，材料供不上就自己动手就地取材建窑烧砖、烧灰；运输跟不上就翻山越岭、肩挑背扛，确保工地用料，真是“晴天一身汗，雨天一身泥”。为确保工程进度，他们“边勘察、边设计、边施工、边安装”，立誓抢在战争前面建成战略后方。正是这种可贵的奉献精神转化为巨大的物质力量，为 066 基地的建设以及基地的后续发展打下了坚实的基础。

三、不畏艰难、团结奋斗的创业精神

1974 年 9 月“749 会议”以后，066 基地的建设进入了大幅度调整的时期。这次会议决定的调整，对全局而言是必要的，但给 066 基地这个局部却带来了严重的困难。尤其是停建工程如红阳、红峰、险峰三厂原设计投资 1.6 亿元，实际只完成约 3000 万元，这等于在火热的建设激情上泼了一盆冷水。摆在工地上的是几幢空厂房和一些半拉子建筑物，既不具备配套条件，也极难单独发挥作用。科研生产和职工生活都处在严重的困难之中，纪律涣散，人心浮动。针对这一严峻的形势，基地党委和停建厂党委召开会议，分析形势，指明出路，安抚人心，稳定队伍。经过细致的思想工作，80% 以上的干部职工表示“愿干不愿散”、“不愿坐吃社会主义”、“要大干一场”，要利用现有条件，走一条自力更生、艰苦奋斗之路。他们喊出了“厂停建心不散，芦席棚里搞生产”的口号，并积极行动起来找米下锅，想方设法完成来之不易的科研生产任务。红阳厂在只有新旧机床各两台的条件下，自己动手安装设备，搭建简易工房，进行导弹测试车和附件车的试制，并于1976年底完成附件车二套的总装调试任务和运输试验任务。1977年5月，“海二”综合测试车和附件车试验获得成功。至1980年底共生产“海二”综合测试车和附件车20辆，装备了部队并出口外援。红峰厂停建时仅有各种机床10余台和少量仪器仪表，加工车间的条件极为简陋。他们自己动手，搭建芦席棚，没有设备自己制造，没有吊车肩抬手搬，硬是凭借这种精神于1975年试制成功“海二”自动驾驶仪测试设备并通过技术鉴定，至1980年生产出合格产品18套装备部队和出口。这种迎着困难上的精神感动了上级有关部门，又接着向他们下达了试制“鹰击一号”自动驾驶仪的任务。此项任务按时完成，性能完全符合原设计要求，并有所改进和提高，导致上级决定将原由一线厂试制生产的任务改由红峰厂试制和批生产。险峰厂同样本着这种精神，承担了研制和改进“海二”末制导雷达的任务，除圆满完成生产任务外，还取得了自行研制、改进的“海二”末制导雷达小3公分单脉冲抗5级海浪线路的科研成果，并荣获全国科学大会的奖励。从以上三个停建厂的事例看出，不畏艰难、团结奋斗的创业精神结出丰硕的物质成果，使基地的全体职工看到停建厂在非常艰苦的条件下尚能如此拼搏进取、开拓前进，其他厂没有理由不奋发图强。于是，在全基地范围内形成了一股“不厌其小不厌其杂，努力为国防建设做贡献”的热潮。凭着这股精神，066基地从创建初期开始，经过广大干部、职工特别是科技人员的辛勤劳动，到1981年8月，累计完成军品批生产任务14项、792台（套），研制、试制20项、234台（套），预研5项、15台（套），累计完成军品产值6363.92万元，取得了丰硕的成果。

四、未雨绸缪、勇于开拓的创新精神

我们在建设过程以及后来的调整过程中，还面临一个基地产品的方向问题，这是关系整个基地生存发展的重大问题。按创建初期上级的决定，066基地是海防型号导弹的批生产基地，建成后具有批生产岸舰导弹的能力。然而到1974年的调整时期，基地党委及部分骨干已开始意识到，一、三线海防导弹规划的生产能力过大，已定型和即将定型批产的海防导弹只有几种，任务有限，一线生产能力尚且不能吃饱，如果064、066两个基地建成，过剩的生产能力只能闲置起来，数万名三线职工将无用武之地，国家将蒙受重大的损失。面对这一严峻形势，基地党委经过广泛调研、深入思考，向主管领导部门提出了将066基地的产品方向改为地地战术导弹科研生产基地的大胆设想和抉择方向。在向上级反复曲折的建议和申辩过程中，我们组建了总体室，开始了战术地地导弹的艰苦探索。当时的总体室只有8个人，既不分专业，也没有办公室，挤在机关几间屋子里工作。没有经验就走出去向兄弟单位学习；没有科研经费就由基地自筹。后来为了加快发展，基地决定总体室进住基地下马的江天厂厂址进行筹备，开展工作，困难是可以想见的。到1979年，上级主管部门终于同意并支持基地开展地地型号战术导弹的预先研究。同年5月，上级主管部门派考察团，出国考察地地导弹武器系统。在13人的考察团中，066基地占有9人。回国后，提出了开展地地战术导弹研制的必要性与可行性方案。王震副总理明确批示："组织技术干部进行总体设计，在湖北基地进行工作。"至此，066基地完成了由单一的海防型号导弹产品科研、生产基地向海防型号、地地战术型号两型导弹科研生产基地的转变，初步奠定了基地承担多武器系统科研生产任务的基础，为充分发挥066基地的科研、生产能力展现了广阔的前景。后来066基地研制生产的型号参加了国庆50周年的检阅，研制的一种地地战术型号作为国家重点型号获得金奖，地面车获得银奖。改变基地产品方向的开拓创新，既扩大了基地的生存空间，增强了发展活力，激励了前进动力，又填补了我国战术武器导弹系统的空白。这对于完善我国全导弹系统的研制生产配置，具有重要意义。

以上记述的种种革命精神，成为"066"人的灵魂。正是凭着这种精神，在鄂西山沟创建了导弹科研生产基地；正是凭着这种精神，"066"人填补空白为地地战术导弹的科研生产作出了贡献；正是凭着这种精神，066基地由当初国家提供的约3.5亿元的投资，发展成为资产总额达14亿元的三线航天工业集团，并跨入了全国大型企业集团的行列。这些可喜的发展成果十分令人鼓舞。

时光流逝，自上级机关作出建设066基地的决策至今已过去了整整40年，而当年奋斗的情景还历历如在眼前。我作为开创066基地的一名老战士，对曾经工作生活了十多个年头的远安基地的一山一水依然眷恋，对曾经并肩奋斗的战友深切怀念，对基地40年来取得的基本建设和科研生产成果深感欣慰。我衷心祝福066基地在新世纪新时代不断开拓创新，取得新的更伟大的战绩，为祖国航天事业作出更大贡献！

（作者：原066基地指挥长兼党委书记、三院副院长）

忆研制第 13 颗返回式卫星

张　浩

1990 年 2 月初的一个下午，突然接到航空航天部办公厅的通知，要我当晚 8 时赶到五院第一会议室参加部召开的传达中央军委刘华清副主席关于限时研制成功新型返回式卫星的重要指示的会议。

当晚 8 时前我到达五院步入会议室时，见到林宗棠部长，刘纪原、孙家栋副部长和国防科工委、部机关领导人员以及五院闵桂荣院长和王和忠副院长等已坐满了会议室，我到会后，会议就开始了。林宗棠部长首先讲话，他说：今晚是一次重要会议，传达中央军委刘华清副主席关于限时研制新型返回式卫星的重要指示，并研究如何贯彻落实，为了保证这一任务的完成，要尚未到职的五院党委书记张浩同志也到会，以便明确责任，五院党委要保证型号任务的全面完成。这一任务的完成，技术上、指挥上由院长闵桂荣同志负责，两条指挥线要全面抓，但从领导责任制上来说张浩同志负总责。会议期间五院的有关领导汇报了研制情况并且提出了一些相应的建议，关于完成时间一致意见至少要 28 个月（原定 3 年时间），还有经费及时到位和元器件质量问题。会议结束时，刘纪原副部长重复强调，从院研制返回式卫星成功的经验和成功率来说，只要上下统一认识，真抓实干，从技术上来说是没有问题的，五院党委和行政领导必须统一思想，增强使命感，落实责任制，坚决按时保质保量完成任务。

会议结束后，林宗棠部长握着我的手，语重心长地对我说："张浩同志，这个任务就交给你了，希望你到职后根据五院的实际情况加上在一院抓型号任务组织管理上的经验，把技术难点和各个节点一个一个地理清楚，然后抓攻关、抓落实，希望你们五院党委和五院领导不要辜负中央军委的期望。"我因为没有思想准备，只是原则表示：我到职以后，一定尽力抓好，务求落实。

我到五院正式上班后，很快找王和忠副院长（总指挥）、林华宝总设计师、科研部潘维孝部长对新型返回式卫星的研制情况作了具体了解，他们提出要限时完成，困难不少。主要有三个：一是经费缺口太大，实际到位的资金只占总数的1/2；二是元器件不能按时到货，已到货的元器件质量还有很多不合格；三是有些技术难点还没有攻下，主要有508所的相机和513所的照片自动卷胶机。此外时间确实太紧，按原计划至少要3年，现在只有不到2年半的时间。根据大家的汇报，我和闵桂荣院长研究并一致同意虽然困难很大，但这是一项重要的战略任务，我们要千方百计坚决按照中央军委的指示办，并如实向部和有关上级领导机关反映情况，请求给予支持和具体帮助。属于我院的技术难关，我们要逐一抓紧时间解决。

此后，我们还专门召开了一次专题会议，我和有关领导做了思想动员和专题部署。在会上，我明确要求，研制周期只能提前，不能推后。我还着重提出要处理好四个关系：一是参与研制工作人员的思想问题和研制工作中的实际问题之间的关系。思想问题不解决，工作人员的积极性调动不起来，技术问题也难以解决，只有思想问题解决了，技术问题也会比较容易解决。二是重点型号与一般型号之间的关系。五院当时有三个重点型号，而新型返回式卫星还算不上重点型号。我们研究后明确表示，这个顺序是常规情况下确定下来的，现在中央军委决定要尽快拿出新型返回式卫星，关系重大，必须打破常规，抓紧研制，限时拿出成果。三是产品质量和研制进度的关系。一定要把质量放在第一位，进度服从质量，没有质量就没有进度，要做就要做好，做成功，研制成功才是第一位的，研制不成功一切都是空话。四是严格管理和关心职工生活的关系。越是型号任务重、时间紧，越要关心职工生活，各级行政后勤、政工部门一定要千方百计解决好职工生活中的一些实际问题和困难，要落实责任制，逐个解决，不能只要求职工无私奉献，不解决实际问题（如职工子女上学和住房困难等）。

会后，我和有关领导同志会同机关人员，逐个单位检查落实情况，并将发现的问题，逐个加以排除解决。特别是研制经费，一方面向部领导和机关积极反映帮助解决，另外一方面先从院内经费中调剂解决一部分，以应急需。应该说，会议以后，从上到下，各级领导对新型返回式卫星的研制是紧抓落实的，真正做到了上下一心，狠抓落实，攻克难关，确保成功。经过两年四个月的艰苦奋斗，终于在1992年5月底完成了总装测试任务，经过专家评审一致同意按预定计划出厂，运往酒泉基地准备飞行试验。经过酒泉基地两个多月现场测试，这颗新型返回式卫星（我国第13颗返回式卫星）于1992年8月9日下午3时许成功发射。卫星于1992年8月25日在预定地点安全返回。卫星的实际指标，得到了领导的高度赞扬。党中央、国务院、中央军委发来了贺电，祝贺这颗卫星达到了一个新的水平。

这颗新型返回式卫星自立下军令状后，在上级的正确领导下，经过全院同志的共同努力和各有关单位的密切配合，在预定的时间里圆满完成了任务，实现了对党中央、国务院、中央军委的承诺，这是难能可贵的。在回忆共同战斗的日日夜夜里，要感谢全体参试人员的忘我劳动，特别要提到的是卫星总设计师林华宝同志，他尽职尽责，默默无闻地战斗在科研生产的第一线，可以说哪里有问题，哪里有困难，他就出现在哪里，一个一个难点尽力设法加以排除和解决。他是一个有真才实学的技术专家，也是一位好党员，对卫星的研制成功他是作出了特殊贡献的，后来他当选为中国工程院院士，这是当之无愧的，我们将永远记住他无私奉献的精神和不朽的业绩。

（作者：原航空航天部五院党委书记）

我国防空导弹的早期发展

陈怀瑾

一、从无到有，艰苦创业，打好基础

我于1957年3月自防空军雷达兵部调到成立不久的国防部第五研究院工作。五院成立伊始，根据钱学森院长的建议，就把弹道式导弹、防空导弹和无人驾驶飞机列为带动建院的三大任务开展工作。我被分配到梁思礼同志任主任的控制系统研究室，分工从事防空导弹控制系统的研究。

五院建院之初，从四面八方调来的专家、军人和高等学校的毕业生谁都没有接触过导弹。当时苏联援助了2枚P－1（苏制德国V－2）弹道导弹样弹供学习参考，而防空导弹什么也没有，只能通过查阅国外公开的资料获取有关的基础知识。当时瑞士的奥利康防空导弹及美国出版《导弹丛书》的“制导”一书，就成为获取有关知识的重要来源，计算工具当时只有手摇计算机和计算尺，1957年下半年才进口了一台苏制电子管模拟计算机。

建院之初，聂荣臻同志就提出并经中央批准了“自力更生为主，力争外援和利用资本主义国家已有的科学成果”的建院方针，鼓舞着大家在简陋条件下努力学习有关知识，积极创造开展工作的条件。

1957年冬，情况起了重要变化。我国派出高级代表团与苏联进行导弹技术合作的谈判达成了重要协议，商定由苏方提供我国弹道导弹、地空导弹、飞航式反舰导弹等有关技术资料及装备，派出专家来华帮助我国掌握技术并建立研制机构。五院相应进行了重大调整和加强，成立了一分院、二分院。

首先从苏联运来我国的是P－2弹道式导弹，由部队及五院派人在数九寒天到满洲里迎接。我参加了接装队伍，当时气温达－37℃，一进食堂眼镜片上就结冰看不见东西。回京后在长辛店三院现址我参加了教导大队，由苏联专家对部队及五院干部进行培训，随后参加了一段“1059”导弹的仿制工作。

1959年下半年一、二分院都分别加强了防空导弹研制力量，我被调到一分院新成立的第二设计部作为屠守锷同志的助手回到防空导弹研制行列。队伍加强后的首次任务是自行设计“老红旗一号”高空巡航式雷达制导导弹，取得了一定进展，1961年为了集中力量，除冲压发动机继续研制外，型号暂停研制工作。

按协议，1959年苏军C－75防空导弹一个营，连同全套装备抵达我国，国内代号为“543”。由空军及五院在长辛店共同组织了“543”教导大队，培训地空导弹部队和五院科技人员。随后于1960年又运进了生产用的全部设计与工艺技术资料，并派出专家协助仿制。国防科委及国防工办决定立即组织仿制，命名为“红旗一号”，工厂代号“3069”，由三机部所属工厂承担仿制工作。五院为总设计师单位，派技术人员组成设计工作组，下厂参加仿制，负责处理有关设计技术问题。我被派到沈阳、成都有关工厂参加导弹的仿制。

当时正值全国经济困难时期，各地人民生活都很艰难，在聂荣臻元帅的关怀下，还给五院的科技人员以特殊照顾，下厂工作组另设食堂，令我们深感不安。1960年夏，苏方突然撤走了派来的全部专家，使仿制工作遭遇困难。各承制工厂在五院的支持下，克服困难，共同努力，一步一步在国内当时条件下把武器系统仿制出来了，为我国防空导弹事业的发展奠定了重要的物质及技术基础。

当时苏联虽给了我们多方面的援助，但一直不支持我国导弹事业走自主发展的道路。所提供的资料并不包括研制过程的任何分析计算资料和参数选择的依据，也没有提供遥测弹的图纸，使你只知道“是什么”，但不知道“为什么”。当就此问及派来的专家，他们的答复是：“你们不需要这些，今后如有需要可向苏联要更先进的产品。”这显然与我国独立自主发展导弹事业的思路不一致。当时在聂荣臻同志领导下，国防科委明确提出了“仿制－摸透－进一步发展”的要求。在这一方针指导下，五院又全面开展了“543”武器系统的

"反设计"工作，以便更深入地通过自己的努力，掌握整个武器系统及各分系统的性能、内在运行机理和规律、参数选择的依据等，并于1962年5月在二分院召开了一次由各研制单位及高等院校参加的"543"反设计工作报告会，交流成果，总结经验。

为了掌握导弹及弹上各分系统在实际飞行过程中的运动规律，获取导弹飞行中的第一手资料，我们提出了自行设计生产"红旗一号"遥测弹的任务，得到了领导的支持。由一分院第二设计部设计，在沈阳112厂安排了6发遥测弹的试制生产任务，以后又在上海机电二局安排了数发遥测弹的试制生产。

在地面制导雷达的仿制中，雷达扇形扫描天线的设计极为复杂，要求很高。工厂生产的产品合格率极低，陈敬熊等同志在吃透其设计原理的基础上改进了设计，使产品合格率大大提高。

随着仿制工作的进展，"红旗一号"逐步进入外场及飞行打靶试验。1963年首次进20基地成功进行了2发模型弹的飞行试验。当时靶场也属初建，条件比较艰苦，宿舍是干打垒式的，上厕都要跑到几十米外透风的厕所。1964年全武器系统进场进行战斗弹打靶试验，结果制导精度都合乎要求，但打实体靶机时，引信却没有适时引炸战斗部。定型试验暂停，撤场后通过大量引信低空绕飞试验及分析证明，靶机在不同相对角度对引信的有效散射面积起伏变化很大，在某些条件下小型飞机的散射电波可能不足以启动引信。在对引信及靶机采取相应的技术措施后，第二次进场一举成功地击落了靶机，实现了"红旗一号"定型，并开始装备部队。

继战斗弹试验后，又成功进行了高低空多种作战空域条件下的遥测弹飞行试验，获取了大量飞行试验中的实测数据，从中发现并验证了导弹弹性振动对控制系统工作影响等情况。

从上述情况看，在"红旗一号"的仿制过程中，在"仿出、摸透"的方针指导下，我们已在一些重大问题上跳出了依样画葫芦的框框，有所创新，提高了产品质量，并为今后走自行设计道路奠定了基础。

二、从实战需求出发，走向自行设计

在"543"教导大队完成培训任务后，空军即着手组建地空导弹部队，开始装备进口的“543”导弹系统，随后装备国产“红旗一号”导弹系统。随着我国防空力量的加强，台湾的轰炸机已不敢入侵大陆领空，但是在美国的支持下，利用美制高空侦察机 RB-57D 及 U-2 不断从高空入侵进行战略照相及电子侦察。由于其飞行高度很高，高炮和战斗机都无法对它拦截。红旗一号导弹成为能对它有效打击的唯一武器。空军地空导弹部队组建后，首战即在京郊击落 RB-57D 侦察机，以后又先于苏联击落了 U-2 飞机。但是台湾在美国的技术支持下又在 U-2 侦察机上加装了对我防空导弹雷达信号的侦察接收装置，一发现制导雷达信号，即采用机动飞行规避，随后进一步加装了欺骗干扰装置，把我方发射的导弹引偏。在这场斗智的竞争中，二院的专业技术人员与空军紧密配合，夜以继日、争分夺秒研究分析敌情，找出其薄弱环节，研究出相应的对抗措施及设施，并与空军的战术措施相结合，于 1967 年在浙江嘉兴上空再次击落了带有电子干扰装置的 U-2 高空侦察飞机，我与陆怡放同志一起赶赴现场看到了敌机的残骸，参加了空军召开的总结大会。这一战例，充分说明了防空导弹在对抗中发展的特点及研制部门与战斗部队紧密结合的必要性。在总结这些实战经验的基础上，我们充分挖掘潜力改进设计，形成了“红旗二号”的方案，很快研制定型并大量装备部队。

1965 年开始研制的“红旗二号”，是一个相当程度上自行设计的型号。它是针对 20 世纪 60 年代美国研制的 SR-71 高空高速战略侦察机的威胁研制的。SR-71 飞得比 U-2 更高，且以数倍于声速的速度飞行，成为冷战中的主要侦察手段。

为了提高作战高度和对高速目标作战，“红旗三号”加大了舵和翼的面积，采取了一系列加大作战威力和抗干扰的措施。当时主观上为了加快进度，在研制程序上跳过了独立回路阶段，直接进入闭合回路弹研制和飞行试验。

虽然在地面对气动外形进行了大量的计算和风洞试验，但是首次飞行试验在刚起飞不久即因舵锁机构承受不住气动力的作用而导致全弹破坏。回来总结后，我们加强了舵锁机构并决定退回到独立回路弹试验，然而再次进场试验又遭挫折，一级助推器分离后导弹即在空中解体。

试验队的同志们并没有因再次受挫而灰心丧气，20 基地三部的领导和同志们竭力鼓励并和我们共同分析问题，也得到二院后方的大力支持。经现场遥测数据的判读和分析，发现飞行中出现了反操纵现象，即舵偏后作用在舵面上的气动力矩不断增大舵偏角，使采用气动舵机的舵系统失稳，导致全弹破坏。基地全力配合在三部的仿真计算机上复现了破坏过程，通过仿真还证明只要把舵轴在舵面上前移 6 毫米，就可以避免反操纵。

怎么办？当时“文化大革命”已经开始，红卫兵全国大串联，铁路交通十分拥挤，我们进场时从兰州到基地的 17 小时就是站在列车的走道上过来的，有时甚至只能用一只脚着地支撑。后方的科研生产秩序运行也已不太正常。如果把在基地的第二发弹运回厂里返修然后再进扬，至少要花费两个月时间。为了争取时间，经与在北京和上海的同志们反复研究，决定由 20 所派技术人员和工人携带零部件和工具来基地现场改装。20 所车间的老李师傅到达后，在数天时间内就完成了所有舵面的改装工作。改装后第二发弹的飞行试验取得了完全成功，证实了故障分析和采取的措施正确。在这次试验以后，研制工作就较顺利地进行下去了。

走向自行设计这一步所遇到的挫折对我们的教训是深刻的：一是必须严格遵循科学的研制程序；二是在做好理论分析和地面试验的基础上必须通过飞行试验实践取得完整的试验数据，用于考核修正理论分析和地面试验的结果；三是仿真试验在防空导弹这样的复杂系统研制中起着不可替代的作用。

回顾国防部第五研究院成立后最初 10 年防空导弹的发展成长历程，我们通过学习和实践逐步掌握了研制防空导弹的基本规律，培养了一支能独立作战的队伍，并在国内创建了相应的物质技术基础。虽然当前防御武器的作战对象和所应用的科学技术基础和手段都已有了很大发展，但是我认为其中一些基本规律仍然适用并要重视其在新的条件下的发展。诸如作战对象和作战环境的多变性，牵引防御武器要适应多种复杂情况并在对抗中不断发展；防御武器的复杂性决定了其研制程序除了要遵循导弹系统的共性规律外，还要重视其特殊性；以及系统建模仿真，及目标、环境特性研究对防空防天导弹研制中的特殊重要作用等。

（作者：原航空航天部科技委副主任）

幸运的一生

宣　平

我1960年9月调来国防部第五研究院，光荣地参加了中国人民解放军，这是我一生中最值得骄傲的事。2003年10月我在航天科技集团公司退休，恋恋不舍地离开工作了43年的航天工作岗位。这43年中我们国家经历了很多大事件，但无论是在很困难的时期，还是在很乱的“文革”时期，以及在后来的改革开放时期，我和几十万航天人一起，心连心生死与共。在这个潮流中，我始终心潮澎湃、有滋有味地工作和生活，回忆起来的感觉可以用几个字来表达：幸福、骄傲和满意。我幸运的一生，当然首先归功党和国家对我的养育和教育，但我时刻不忘一位叔叔，他就是陈赓大将。我想借这个机会道出我对他的怀念。

一、调进国防部五院的故事

我1953年秋去苏联学习，1959年2月毕业于莫斯科航空学院飞机设计系。1957年在我读四年级的时候，有一件大事振奋着我们航院的同学——“我们国家要搞导弹了”。这一年10月15日，以聂荣臻为团长，陈赓、宋任穷为副团长的中方与苏联签订了“中苏国防新技术协定”。陈赓对留学生讲话时说：你们在航空学院学飞机设计的有的要改学导弹设计。大使馆指示我们系三年级以下改学，我已四年级，就不改了，好在功课相差不多。1959年2月我毕业回国，夏天才分配工作，听说争夺学生很激烈，原因是我们出国时已将学生分给各部，我们属航空部。这时国防部五院正在招兵买马。我的四哥金树望是国务院人事局主管领导，他正在邓小平总书记的领导下为五院调人，他说要调4000名学生，我听了觉得很动心，想请四哥帮我调进五院。但我母亲和我三哥坚持要我去外地下基层，这样我去了航空部飞行试验研究院。我最尊敬的导师奥斯托斯拉夫斯基是苏联试飞院院长，他享誉世界，所以我带着很大的兴趣去从事了飞机试飞研究工作。但我学的是设计，我还是想试试搞设计，一次偶然的相遇实现了我的梦想。1960年春天的一个星期天，在周口店陈列室参观时，我惊喜地与陈赓夫妇相遇。陈叔叔的第一句话就问我为何不去看他，他说我的情况他都知道，并直截了当地问我愿不愿意到五院工作，他去和赵尔陆说一声，我当然欣喜若狂。当年9月我就到五院报到了。我还没来得及感谢他，他已把电话打到我三哥家里，我在电话里感谢了他，但他只说了“你的事给你办了”。后来我去看他，他到上海治病，1961年3月16日他与世长辞，没见到他最后一面是终身最大遗憾。陈叔叔对党和国家的贡献，他的军功、他对国防建设、他对导弹事业的建设和发展的功绩以及他的性格品德等，人人皆知。可他的为人，我体会最深。我父亲宣侠父1938年7月31日被国民党特务杀害后，陈叔叔一直关心我们母女。听母亲说，我父亲和陈叔叔相识颇具传奇，是在去广州的船上，他们俩人还与胡宗南同一个船舱，后来同为黄埔军校第一期的学生，当时父亲和陈叔叔都已是共产党员。“西安事变”和平解决后，奉周恩来、叶剑英“速来西安”的指示，父亲1937年2月赶到西安。因我父亲是黄埔一期，日本留学，更重要的是浙江人，是协助周、叶做国民党上层统战工作的好人选。为此，组织上给父亲（母亲带我和弟弟随后也赶到）租了条件较好的房子，也供我党一些领导同志居住。周恩来在南京国民党监狱直接带出三位女红军（张琴秋、吴中廉、陶婉容）时，对她们说：“到西安后，我安排你们到一个老同志家去住，他们会很好地照顾你们。”果真她们和我妈成了好朋友。来的同志很多，陈叔叔4月份也来了，革命的洪流把他们又涌到一起来了。陈叔叔比我父亲年轻3岁，叫我妈为“嫂子”。他性格活泼开朗，一张光着脚和我们全家的照片就是写照。我父亲被害时我和母亲等家人已在延安。在前方打仗的陈叔叔给我们捎回一些高级战利品，如鸭绒被、毛巾被，都是延安见不到的东西。抗战胜利后，母亲带着我参加林枫同志率领的干部队伍赴东北开辟根据地，一路上扔了很多东西，这两件一直留在身边。后来又南下到杭州，我又把毛巾被带到北京，因已破了个大洞，出国前才没带出去。1943 年底陈叔叔从前方回到延安，进入中共中央党校一部，参加整风运动，他把一些战友的孩子们叫到自己的窑洞里，请他们吃饭，为他们买日用品。陈叔叔的爱人傅涯带我去小卖部，几乎每一样东西都买了，我不好意思，没有要牙刷，回来后还受到了陈叔叔的责怪。后来，连续几周我都去陈叔叔那儿吃饭，最后我实在不好意思了。当时我已是个 10 岁的女孩，很害羞，不好意思表达谢意，但陈叔叔给我的温暖和爱护永远地铭记在我的心里。

二、我成了导弹设计师

1960 年 9 月，我以高度的兴奋心情到五院干部部报到，林康部长和张秀峰同志接受我并将我分配到 701 所冲压发动机室弹道和空气动力组，35 岁的庄逢甘是我们的所长。五院真是国之骄子，它在党中央、毛主席、周总理的亲切关怀下，在聂荣臻老帅的直接领导下，高水平的决策，高水平的政策，有条不紊地创建我国的航天事业。我能在这样的单位工作，真光荣，真幸福，真振奋，我要努力，我要奋斗。分到组里后，我马上参加了和一院二部协作的“红旗一号”的设计工作，轰轰烈烈地搞了半年多，但因困难时期的调整，最终下马了。1965 年 9 月，我荣幸地被梁守槃副院长点名调往第三设计部总体室负责冲压发动机试验飞行器的设计，我开始担任设计师的工作了。我带领 20 多人的设计队伍到上海 20 所协作，经过一年多的努力，3 发试验弹即将出厂，可以运往靶场了，突然爆发了“文化大革命”，它像地震一样，瞬间震碎了我们的型号梦，只一句话任务就被取消，几十人几年时间的辛勤劳动和投入的巨额经费就打了水漂。我个人则和大多数干部一样，做检查挨批斗下放劳动，一晃就是 5 年，损失了 5 年的黄金岁月。1971 年 8 月从“五七”干校回来，设计部副主任曹伯桢征得一位宽容的军管领导王日升的同意，分配我负责“海鹰二号”收尾和改型工作。“9 · 13 事件”后，三院出现了半无政府主义状态，很多型号工作陷入半瘫痪。因我的型号在我接手前已定型，改型工作牵扯面小，主要协作单位是天津 58 所，还有一些厂和所。在“文革”中，我已没有什么雄心壮志，但我们这些志同道合的同志不甘心搞无政府主义，想干活。在三院计划部的领导下，半官方半民间地干起来。改型任务是将“海二”的雷达制导头改为红外制导头，动一发牵全身，也差不多要走型号的全过程。经过几年同心协力的努力，3 发“海二”红外弹 1975 年秋天运往海军试验基地，100 多人的试验队，我是技术负责人之一。曹伯桢副主任让我在技术阵地代表设计方发表意见。这次试验很成功，按海军要求 3 发有 2 发命中目标即为成功。三院开表彰大会，我戴上了大红花。1977 年又是 3 发 2 中，成功了，三院又开了庆功会。1980 年 8 月，我们带着七发弹奔赴基地，进行设计定型飞行试验。海军基地综合全过程的情况，评定我们以 6 发 5 中的优异成绩通过设计定型。我们进靶场时穿着短袖衬衫，离开时则穿上了皮大衣，历时 103 天，终于凯旋而归。1981 年设计定型被正式批准。至此，我作为三部总体室副主任，从技术上负责了 14 发海鹰二号红外导弹的研究试制、生产和飞行试验工作。这是我一生中最宝贵的收获，这项任务在 1985 年第一批荣获了国家科技进步一等奖。

三、进入政协，参政议政

1976 年“四人帮”被打倒后，1978 年迎来了科学的春天，召开了全国科学大会。这年的 9 月还召开了全国第四次妇女代表大会，三院推荐我为三院的妇女代表。因当时三院直属海军，所以我成为解放军代表团的一名非军人代表。在会上我见到了很多老一辈革命家，尤其受到康克清同志那朴实、亲切、要干一番事业的情绪感染，回到三院，到处汇报大会精神，我成了“名人”。虽很不愿意，但从此我也从事一些社会活动。1980 年中共中央决定为 500 名革命烈士撰写传记，我父亲被列为其中。三院三部领导特例批准我一年假，让我参加这项工作，在此我真诚地感谢他们。在这项工作中，我收获很大，为写“传”，采访了很多老革命家和老前辈，他们的革命经历和精神给了我很大鼓舞。在这个过程中，我结识了一位藏族前辈——黄正清。他当时是甘肃省副省长、省政协副主席、全国政协常委。1925 年我父亲受李大钊同志派遣到甘肃省兰州市建立中共特别支部，并在少数民族中发展党员，这期间他结识了甘南拉卜楞寺活佛嘉木样五世的哥哥黄正清。黄率领了一个 12 人的代表团，向甘肃代督办、国民军第二师师长刘郁芬告状，状告甘边宁海镇守使马麒（回族）

派兵进犯甘南藏民聚居的拉卜楞地区，抢夺牛羊、焚烧寺院、杀害藏民、无恶不作。但刘郁芬不敢得罪拥有武装力量的马家势力，而把此事搁置。当时藏民在社会上被称为“蛮子”，很受歧视。黄正清当时不大懂汉文，汉语说得也不大流利。我父亲和特支的其他同志首先帮他们成立了“藏民文化促进会”，学汉语，学唱“打倒列强”等革命歌曲，讲革命道理，讲“民族平等”和“民族团结”等。黄正清他们第一次听到这些话语，耳目一新，非常振奋。经过一段时间工作，我父亲介绍黄正清加入国民党和中共外围组织“少年同志会”，并为他争取当选为国民党兰州市党部检查委员。在大革命的洪流中，经过甘肃特支的努力，又经我父亲在国民党元老于右任处的斡旋，黄正清的官司打赢了。嘉木样五世和黄正清等回到了甘南拉卜楞寺。黄正清感谢共产党，心向共产党，在十多年后的1949年解放战争中，光荣起义，1955年被授予少将军衔。就是这么一段渊源，我和黄叔叔成了忘年交。他总对我说：“没你父亲，就没我今天。”1993年他90岁大寿时从全国政协常委的位置上退下来，他的态度使中央统战部的领导和同志们很受感动。而他的唯一要求是“让宣侠父的女儿宣平接我的班。”一份推荐书到了航天部，我荣幸地被推荐为第八届全国政协委员，接着又成为九届委员，担负起了参政议政工作。

从1960年我进五院至今，我一生一帆风顺地走了过来。我是个非常幸运的人，当然这是党的培养和航天部领导及周围同志、朋友的帮助，再加上自己一点点努力的结果。“自强不息、不断进取”是我的座右铭。

（作者：原中国航天科技集团公司科技委副主任）

培养航天人才的有效途径

曾庆来

航天技术是现代科学技术和基础工业成就的高度综合，是庞大的系统工程，它几乎涉及国民经济所有生产部门和各个科学技术领域。因此，从事航天领域的科学研究，具有多学科交叉融合的特征。缺乏协作攻关意识和多学科的基础知识，没有科学严谨的工作作风和勇于攀登的精神，就难以成为优秀的航天人才；没有一流的航天人才，航天事业就不可能有跨越式发展。所以，从国防部五院成立开始，就制定了培养人才的政策措施。

下面就我亲身经历，对一些培养人才的途径分述如下。

一、强调老老实实地学习

1960 年 3 月 8 日邓小平总书记决定："五院、二机部所需人才、物资要尽量保证满足需要，有矛盾时其他项目应该让路。有关院校必要的师资要留下，但不应留下过多，应尽量保证五院和二机部的需要，并向工业部门抽调技术力量支援五院和二机部。五院和二机部的科技人员，待遇要高一些，工资要高一些，生活安排要好一些。"在这一精神指引下，老五院进入大发展时期，当年从全国各理工科毕业生和留学毕业生中，选拔优秀学生四千多名，相当当年毕业生总数的11%左右，充实研究、设计、生产、管理第一线。我们从学校分配到五院之后，从家门到学校门再到研究设计部门的被称之为“三门”的学生，尽管都是满腔热情、干劲十足地急于投入到工作中去，但不知从何下手。当时一分院一部刘川诗政委找我们谈话，要求我们安下心来好好学习，当前就是要不走样地学习苏方提供的“1059”导弹资料，不但要学习设计资料，还要学习工艺资料和使用资料。现在回过头来看，这一步是非常重要的，因为只有把别人成功的技术吃透了，不但知其然而且知其所以然，才能在工作中为我所用，运用自如，才能在此基础上不断改进创新。

二、到导弹使用部队去锻炼

当时我国还没有组建导弹部队，只有培养导弹部队的炮兵学校。为了使新来的研究设计人员体验使用部队的生活，了解导弹的使用情况，尽管当时研究设计任务很忙，一部领导还是决定抽调几十位同志到西安炮校学习，和炮校的士兵实行“三同”，即同吃、同住、同工作。看到了士兵们紧张的工作和生活以及熟练操作“1059”导弹的全过程，我看在眼里，记在心上，部队有时还让我们亲手进行操作。经过一段时间的操作后，大家的动作都非常熟练了。记得一天晚上，天早就黑下来了，部队紧急集合的号声吹响，我们和士兵们一样按照各自的岗位坐上车，鸦雀无声地待命出发。不多久学校领导一声令下：出发！一时间几十辆绿色军车在静静的夜空下向秦岭山中急速行驶。几个小时后，队伍来到了预先选好的秦岭山中一块不大的凹地里，看上去四面都是山，只有一条小路让我们的车队通过。到达目的地之后，大家都紧张地工作，首先把导弹地面设备按顺序展开，然后把一发“1059”导弹竖立在发射台上，再加注一定的推进剂，然后在进来的唯一的路口处发射几枚烟幕弹，在当时的条件下，除了我们这些人之外，别人再也无法看到里面的任何东西了。指挥员按照程序指挥各个岗位，一步步把工作做完，直至最后下达点火口令。当发动机尚未达到额定推力的时候，就进行了关机，导弹仍然安全地耸立在发射台上，原来这是一次真刀真枪的点火系留试验。

通过这次学习，我们在实践中体会到了许多从书本上、从资料中学不到的感性知识，加深了我们对设计工作一定要考虑使用性能和操作方便的认识，增强了为部队服务的观念。

三、在实际工作中培养

五院成立初期，聂帅就指示，要按“三步棋”组织队伍部署工作，即预研一个型号、研制一个型号、批产一个型号。

研制工作的思路和目标十分明确，就是从仿制“1059”导弹入手，培养研制队伍，掌握技术，建立配套的协作单位，然后转入自行研制。

1960 年初我分配到第一设计部的时候，办公楼内每天很晚都是灯火通明，一部分同志在忙于掌握仿制“1059”导弹的工作，一部分同志在开展自行研制的新型号。我被分配研制新型号，和一些老同志一起搞设计，而且是承担导弹的一个大部段的设计。这种放手大胆地让一批新同志在学中干、干中学的方法，确实是“出成果、出人才”的捷径，也增强了每个同志的光荣感和使命感。

四、三结合的工作方法

从一张张设计图纸到一个个零部件都要靠工人师傅加工出来，再好的设计如果工艺性不好，工人师傅不能生产成零部件，就不是一个好的设计，其使用价值就等于零。记得 1989 年底我带领一个商贸团到苏联洽谈 PД－120 液氧煤油发动机交付等问题时，苏联专家告诉我们，他们对设计图纸的工艺性是非常重视的，如果工艺审查通不过就要修改图纸，设计员要下厂和工人师傅一起处理生产中的技术问题。

现在回想起来，老五院时期一分院一部比较好地执行了称之为“三结合”的工作方法，如“老、中、青三结合”、“干部、工人、技术人员三结合”等。记得当时我们这些连自行车都不会骑的技术人员，不管是严冬腊月还是夏日酷暑，都能主动地步行到工厂，帮助解决生产中的问题，还向工人师傅学到了许多高尚品质。通过下厂还摸清了工厂的设备、设施能力和工厂的技术、工艺水平，丰富了生产知识，为提高设计水平打下了良好的基础。

以上仅仅是我的一点体会，而且是从某些具体事例来说的。老五院培养人才还有很多方面，如作风的培养，有三严作风：严肃的态度，严格的要求，严密的方法；还有要求搞科研工作的时间；还有强调在科学研究和型号研制中“出成果，出人才”，以及周总理亲自提出的每个参试人员一定要做到“严肃认真，周到细致，稳妥可靠，万无一失”等等。正是这些要求，培养出一支具有“自力更生，艰苦奋斗，大力协同，无私奉献，严谨务实，勇于攀登”的航天队伍。正是这支队伍在党中央的正确领导与英明决策下，获得了外国人预想不到的一个又一个丰硕成果，使中国的航天事业跻身于世界航天的先进行列。

（作者：原中国航天工业总公司总工程师，科技委副主任）

我所在的五院作战研究处和教导大队

高雁翎

一、五院作战研究处

1957年6月1日，我从军委防司战斗训练部受命来国防部第五研究院报到，不久被任命为五院作战研究处副处长。

来前，我与“导弹”和“运筹”两词虽有书面之交，然从未想过二者有何关联。来后，才听刘秉彦副院长与组织计划处王道力处长讲：“作战研究处是钱院长倡建的运筹学研究单位，他对这个处极为重视。五院拟报上级从军科院调一名少将或大校来，担任处长。”听后，我既感自己幸运，也深知这副处长一职自己实难胜任。不过既已来之，只好勉强为之。

起初，该处只有张振羽、葛荣、金常政、唐津安和我5人，稍后又来了李毓芳、石文涛、胡吉照同志。鉴于同志们的文化程度参差不齐，钱院长就指点我们从头作起，先学运筹常识与优选案例；接着听七室主任庄逢甘等同志讲空气动力学等有关飞行器知识；而后有条件的同志再学《数理统计》、《概率论》和《火箭技术导论》等。这一切，既是我们起步工作的起码学业，也使我们开始感悟到钱学森院长为创建我国航天事业的良苦用心。

半年后，根据中苏“10·15协定”，苏军P－2和C－75两个导弹型号营相继到位，院首长即指示我们到教导大队兼职学习。用一年半时间，学习了这两个型号系统的有关理论、操作与维护保养知识，填补了我们这方面的知识空白，也增强了我们开展工作的信心。

1959年6月，我们学习回来，五院已经迈上快步发展的黄金时期。两级院机关都改为“四部一办”制，各单位都有新人新事呈现。作战研究处划归科技部，新调进十几名经过战争锻炼或有某种专长的同志。五院全体指战员，在党与上级的正确领导和新形势、新任务的感召下，基于对党、对人民的无限忠诚和对强化国防的高度责任感、紧迫感，旋即形成一个崇尚科学、争取“又红又专”的学习热潮。钱院长等领导同志提出的“学科学”、“学科学管理”的倡议，为绝大多数指战员所由衷赞同，努力学习的典范层出不穷。

其时，还有一事给我留下了深刻印象，即为使同志们进一步认同在一定条件下弹着点的散布规律，我们拟向部队借挺机枪或掷弹筒，进行射击试验。第二天上班时恰遇钱院长，我当即汇报请示，不料钱院长竟说：“做这种试验，用‘钢笔滴水’的办法也行，不必非用武器不可……”我一时有点犹豫。可是实验结果表明，这办法不仅操作简便，节省人力物力，而且效果并不亚于实弹射击，与书本所讲规律完全吻合。此事虽小，却足见钱院长既学识渊博，又善于深入浅出。同时使我们意识到，不同实验方案的选择就是运筹课题，运筹学经常就在我们身边。

1960 年，空军王秉璋副司令员兼任五院副院长，对作战研究工作备加关怀，又从全国各名牌大学数学系和部分中专院校为我们挑选了 50 余名优秀毕业生，并于 1961 年批准作战研究处新的《三定（定编制、定岗位、定任务）》报告，作战研究处人员增加到 78 名。

二、炮兵教导大队

1957 年 12 月，中央军委为实现中苏“10·15 协定”决定，由军委炮兵和国防部五院共同组建炮兵教导大队。该大队建制上隶属炮兵，训练业务归五院领导，后勤保障由五院一分院负责，番号为“0038 部队四大队”。其首要任务，是通过与苏军 P－2 导弹营官兵按职对号包教包学，使我方指战员将该型号系统的兵器原理、作战使用与维护保养技能学到手，培训自己的研制、创新和教学、实验队伍，为组建我军地地型号战斗部队与发展我国航天事业做准备。

第一期学员 533 名，编成一个 DF 型号大队。其中来自炮兵的大队长孙式性、政治委员宋杲等大队干部与指挥、发射、技术、运输等各连指战员，共448名。来自五院的有副大队长梁思礼、葛林，副参谋长高雁翎以及谢光选、唐津安、范士合、张继庆、丛树国、李一鸣、蒋通、李同力、陈怀瑾、戚发轫、沈辛荪、王德臣等科技干部共85名。另有总参、哈军工见学人员150名。

1958年1月1日开学，炮兵参谋长陈锐霆、五院院长钱学森到会讲话，勉励同志们克服困难，同苏军官兵团结协作，把先进技术吃透、消化好；同时一定要把安全、保密工作搞好。航委秘书长安东、五院副院长刘秉彦、一分院副院长林爽参加典礼。

经过484小时理论学习、操作教练和两次“初级点火”合练，全体学员考试都取得优良成绩。其间3月15日“合练”时，贺龙、陈毅、聂荣臻三位元帅和黄克诚总长、张爱萍副总长亲临视察。4月6日至8日，中苏双方指战员在北京市昌平县南口地区进行首次战术演习，苏军上校布里奥·伯列任斯基对我方部分指挥员进行了现场口试，对同志们的回答予以肯定，并表示坚信“都能胜任所学职务”。4月15日，苏军官兵完成任务回国。

5月16日，教导大队举行首期结业大会。宋杲政委代表大队党委向大会作了《训练总结》报告，得到全体同志的赞同。

我们用一年时间，完成了一个队、两个营、三期培训班，共有1943名DF型号人员参加培训，为我国自行研制地地型号、组建第二炮兵与发展航天事业创造了有利条件。

三、五院教导大队

为组织实施C－75地空型号人员训练，1958年8月21日，军委命令撤销炮兵教导大队称号，改称五院教导大队，归还五院建制，番号仍为“0038部队四大队”。

五院对教导大队的人事、体制作了第二次调整。孙式性、宋杲仍分别为大队长、政治委员，副大队长为空军探照灯指挥部主任张伯华和五院的张岐南。大队设司令部、政治部、训练部、后勤部与技术处。我被任命为训练部副部长。炮兵和五院部分同志回原单位工作。

五院教导大队学员235名，主要来自空军与五院二分院，编成两个HQ地空型号营。一营营长张建华，政治委员张思聪，副营长邵殿奇、赵登龙，副政委程荣之，参谋长崔永维。二营营长岳振华，政治委员许甫。每营辖雷达、发射、技术三个连。另有国防科委20基地、空军15航校和哈军工见学人员233名。

从1959年1月开始，双方官兵按职对号包教包学。苏军只负责包教一个营，另一个营同见学人员一样听课。经过三个月兵器原理、战斗使用与维护保养训练，考试结果优良，双方认同。随即按预定方案，于4月初由大队长孙式性、政治委员宋杲、副大队长兼演习总指挥张伯华与苏军指挥官卢热茨京、斯辽斯基、阿发西耶夫率领双方部队，开赴宁夏自治区中卫地区打靶。

一周后，领导根据预案结合现场实际，决定4月19日打靶。总参张爱萍副总长、装甲兵许光达司令员及宁夏自治区杨静仁主席、五院钱学森院长到场指导，国防科委、空军和五院数十名同志前往观察。指挥员下令发射导弹，共发射3发，2发准确命中伞靶，另1发因助推器脱落后液体发动机点火失效坠毁，落点距发射阵地约8公里。全体同志胜利完成打靶试验任务。

4月21日部队依次撤离演习地区，23日抵京。28日欢送苏军指战员回国。后来，还开办了两期HQ型号短期班，学员主要是空军、20基地和五院的机关干部，共130余名。时间虽短，效果尚好。

据粗略统计，五院教导大队共培训HQ型号人员598名，为我国自行研制地空型号和为组建地空型号战斗部队作出了应有贡献。

（作者：原航天部一院12所党委书记，湖南省七机局局长）

211厂的“三结合”二三事

刘长滨　郑德晃

211厂的前身是1910年清朝政府创办的中国第一家飞机修造厂。1951年定名211厂，隶属老二机部四局。1956年国防部五院成立，为了加强研制力量，于1958年划归五院一分院管辖，成为中国第一家火箭研制总装厂。

刘长滨于1956年到211厂工作，1987年离开，从技术员干到厂长，对“三结合”深有体会。

1958年开始仿制“1059”近程导弹时，由于飞机和火箭的工艺完全不同，所以工艺装备更新量特别大。一靠自制和协作，二对一些高、精、尖和大型设备申请国外订货。如当时生产用的直径1.65米锻造大框，就要用当时东德制的“RW－75”滚弯机先成型，再在1500吨水压机上用模具校正。这些设备国内厂家都没有，订货需3年后才能到货。怎么办？厂试制领导小组就召开了“三结合”的现场会。组织干部、工人和技术人员一起研究，集思广益，终于找到了土洋结合的办法。先用100吨的卧式液压机将毛坯加热锻弯成初型，再在平台上用夹具人工弯成圆，最后由工人师傅用大锤手工校正，终于造出了合格的锻造大框，满足了仿制的需要。这种书本上学不到、现成的工艺方法找不到的技术创新，正是苦干加巧干，蚂蚁啃骨头的精神在“三结合”中得到的成果。在整个“1059”仿制过程中，这样的事例很多，贯穿于全过程。在现在看来不可思议的东西，当时却促进了技术创新与进步。不到两年的时间，仿制出的“1059”即于1960年11月5日首飞成功，成为中国造的第一箭。

1958年，一位清华大学毕业的高才生分配到五院工作，参加了“1059”仿制工作。他在体会中写到：“向专家学习，向车间老师傅学习，向资料学习，向实践学习，向老同志学习，我真是高兴万分。只要你去吸取，营养丰富极了，尽力去吸吮理论知识和实践知识的乳汁吧！”这段发自内心的真实写照，正是我们从事航天事业工人、技术人员、设计者的共同心声。

在研制某型号中，采用新的氧化剂和燃烧剂，箱体检漏成了关键工艺。查阅国内外资料，没现成的可利用，设计部门便和工厂一道，成立了以211厂七车间为主的“三结合”小组联合攻关。车间既是生产现场，又是试验室。试验一干就是连续十多个小时，甚至通宵达旦。平时被誉为“老黄牛”的工人师傅胡殿荣，患病刚出院，手脚还有些麻木，就立即投入攻关试验。在一次试验已进行了12小时之后，为了取得更可靠的参数，还需再观摩12小时。大家都等着留下，继续试验。他说：“我是组长我留下，身体有点小毛病不碍事，留下两个人继续试验，其他人回去休息，明天继续战斗。”就这样，他带病连续干了24小时。事后大家才知道他患的是脑血栓，真危险。这种为航天事业奋不顾身的精神，是多么可贵啊。

211厂经过两年的反复试验，取得了上万个数据，试验成功了一种新工艺，从定量和定性两方面都满足了新型推进剂的高精度检漏要求，实现了工艺技术上的重要突破，获得了航天部科技成果奖，这又一次证明了“三结合”的活力。

在研制远程火箭的攻关阶段，头部称重和测重心要求精度高、周期短、方法安全。这一工艺技术横在了研制进程的路上。翻看国内外大量资料，没有现成的可以参照。我们还是靠“三结合”，工厂、设计、院校三方面结合攻关，解决了这个拦路虎。调研阶段，大家披星戴月，早出晚归，饥一顿饱一顿是常事，严寒酷暑，风雨无阻。调研材料拿到手，大家身体却瘦了一圈。测量设备上的传感器，国产的指标达不到要求，买国外的价格昂贵，手续繁杂，工厂便与设计部、研究所结合联合研制。还有测量设备上用的一种应变片，用的胶含致癌物，大家全然不顾，争先恐后参与到试验工作中。有时需连续加班到深夜，赶都赶不走。就这样，经过7年的顽强拼搏，攻克了一道道难关，终于满足了型号研制的需要，保证了“580”飞向太平洋远程火箭试验任务的圆满完成，并获得国家发明奖。

“三结合”作为推动科技进步，攻克技术难关的手段，在长期的研制工作中从未间断，显示了它的顽强生命力。它不仅攻克了关键难题，还节约了大量费用，培养了人才。“三结合”将成为一种有效的机制和组织形式，不断改进完善，长期发挥重要作用。

（作者：刘长滨，原航天总公司总经理助理；
郑德晃，原一院211厂七车间主任）

对老五院初创时期的回顾

张彦朴

党中央为了加强和巩固国防，发展我国的导弹事业，1956年7月确定建立国防部五局（导弹管理局）和国防部五院（导弹研究院）。在聂荣臻同志为首的航空工业委员会（简称航委，主任聂荣臻，副主任黄克诚、赵尔陆）直接领导下，五局与五院于1956年8月和10月先后成立。1957年2月20日，局院合并。为了与以后类似的院名相区别，人们习惯把它称为“老五院”。

一、我初到国防部五局时的情景

1956年9月16日，我从总参队列部奉调到国防部五局工作。当时，国防部五局设在刚接收的地处北京西钓鱼台的原军委124疗养院（现总装备部情报所），工作人员住在一座1000平方米左右的简易三层楼房里。部分局领导干部和专家住在地处黄带子坟的原北京军区106疗养院（即现阜成路8号院）。五院在地处北京西郊车道沟的原北京军区空军466医院院址上筹建。这就是大家常说的老五院由两所疗养院和一所医院起家的由来。后来，124疗养院的院址划归国防科委，466医院交还给北空，106疗养院成为国防部五院机关的办公地点。当时，上述三处的周围都是田野和坟地，道路都是土路，周边一公里内只有马神庙有一个小杂货店可以买到一些日用品，进城主要靠步行，最近的公交车站是甘家口。遇到下雨天，黄土被水一泡，道路非常泥泞，穿胶鞋都很难走。1958年后这种状况才逐步得到改善。

我刚到五局时，全局只有50多人。局长是钟夫翔，副局长是钱学森、林爽。钟、林都是从邮电部调来的领导干部，钱学森同志还在科学院兼职，一些从地方调来的专家和分配来的大学生也都没有参军。有军有民，真是一支地地道道的军民合作队伍。航天事业的高级管理机构就是在这样的基础上开始筹建和发展起来的。

国防部1956年8月6日批准的国防部五局的编制是164人，下设二室十处，即局办公室、专家工作室、计划处、兵种处、技术处、技术合作处、基本建设处、器材处、财务处、政治处、干部处、行政经济管理处。到1956年底，各处室的干部才陆续任命到职。政治处主任边竹，副主任刘刚。计划处处长刘继明、基建处处长王道力、干部处处长史成章、器材处副处长徐继泉、专家工作室主任刘大祥、行政经济管理处处长罗光理。实际上，直到1957年2月五局与五院合并，有些处还没有建立起来。

我当时在专家工作室工作。到1956年9月底，整个五局机关从领导到公务人员总共55人，其中专家工作室就有34人，占当时全局总人数的61%。主任刘大祥同志是从国防部办公厅调来的，他是曾在苏联红军中工作过的一位上校。这个室一成立，就在边建边干的情况下做了大量的资料翻译工作。从1956年10月起，部分同志开始参加口译工作。

二、老五院的诞生和局院合并

1956年10月8日，是一个秋高气爽的晴朗天气。这天上午，在北京西郊466医院的食堂兼做礼堂内召开了五局和五院全体人员大会。参加会议约三百多人，其中近二百人是当年从各大专院校分配来的大学毕业生，其他是科技专家和工作人员。在这次会上，聂荣臻同志宣布国防部导弹研究院正式成立。到会的领导有航空工业委员会秘书长安东、外贸部部长助理李强、二机部四局副局长段子俊，以及北京航空学院和北京邮电学院的代表。局、院领导钟夫翔、钱学森、林爽、白学光均参加了会议。聂荣臻同志在讲话中强调，搞导弹要靠科学，要靠知识，要靠在座的专家和新毕业的大学生，要靠局、院全体同志的共同努力。希望大家要为导弹事业艰苦奋斗，为国防现代化作出贡献。那天，我们几十名从部队调来的同志都穿着整洁的军装，戴着军衔，扎着武装带，参加了这次隆重的集会。会场布置简单朴素，但气氛十分庄重。与会者都怀着自豪的心情，人人喜形于色，决心为祖国的尖端事业贡献力量。从这一天起，我国研制导弹的第一个研究设计机构正式成立了，我国的航天事业揭开了序幕。

按国防部的规定，由五局管理五院。经过一段实践，航委决定减少层次，局、院合并。1957 年 2 月 20 日钱学森同志宣布了局、院合并的决定，钱学森任院长，刘秉彦、白学光、林爽任副院长。院的日常工作由刘秉彦同志主持。稍后，又调来谷景生同志任五院第一任政治委员。同时，从防空军调来大批干部，充实了各级领导机构。各单位都迁到原 466 医院办公，124 改作宿舍。全院成立了总体设计室等十个研究室，着手开始地地导弹、地空导弹和无人驾驶飞机三大任务的研究和设计工作。

三、保密教育是走进五局、五院的第一课

1956 年 9 月 16 日，我一跨进五局的大门，便受到了干部处处长史成章同志的接待。他是从总参调来的，一见面，就开宗明义地提出要注意保密，强调在五局工作更需加强对保密重要性的认识，提出了三不准：不准向无关人员，包括家属和亲友暴露自己的工作性质；不准暴露机关的驻地；不准随便与外国人接触。我虽然在总参工作时已受过较为严格保密教育，此时也感到必须严肃对待。特别是 1957 年上半年对两起泄密事件的处理，大大提高了全院人员的保密观念，对刚组建的老五院加强保密工作起了重要的作用。从此，守口如瓶、严守机密，成了每个工作人员的准则。1956 年底，刘大祥主任叫我到一个单位找某人执行一项任务，但具体干什么没有告诉我。我当时很纳闷，觉得太神秘了。我到那个单位后，找到了某人，他问我来干什么？我说，我不知道，刘主任叫我来找你，听从你的安排。他笑着对我说，你们刘主任真是够保密的，叫你来办事还不告诉你内容。他当即把要办的事向我讲明，就是让我和他一道去接待护送 P－1 导弹的苏军官兵，并安排工作日程。后来，我有一次问刘主任，为什么不交待我工作内容。他说，他当时也不太清楚，院领导只是告诉他派一个人去某单位联系一下对某项任务的执行准备情况。这说明院领导当时对保密也是卡得很严的，五院任何人都严格遵守保密规定。

四、对苏交往情况

建院后，在新技术方面主要是与苏联和东欧社会主义国家的交往。我当时作为一名俄文翻译，有幸参加了对苏交往的大部分活动。

在老五院筹建之初，我国即向苏方订购了两枚近程导弹。1956 年 10 月 7 日苏联便派两名军事工程技术人员来到国防部五局，向我方传授有关导弹维护和存放方面的知识，并帮助我们准备接收第一批导弹的工作。这两个人在我国工作了 1 个月。

1956 年 12 月下旬，由 13 名苏联技术人员护送两枚近程导弹来我国。这两枚导弹是第二次世界大战时德国使用过的 V－2 火箭的改进型，命名为 P－1，由老五院负责接收。当时，导弹被存放在老五院所在地（即借用的北空 466 医院院址）临时修建的仓库内。一个整装弹，一个散装教学弹。从 1957 年 1 月 3 日开始，由 4 名苏联技术人员分别向我方领导和专家讲授导弹的结构、性能和维护知识。当时，专家工作室指定我和程鲁生、赵之林、张少柏 4 人担任翻译工作。讲课共两周，1 月 19 日结束。苏方人员于 1 月 20 日回国。在此期间，国防部长彭德怀曾于1 月 7 日上午亲临五院观看导弹实物，并接见了苏方 4 名技术人员。

1957 年 10 月 15 日，以聂荣臻同志为首的中国政府代表团同以别尔乌辛为首的苏联政府代表团在莫斯科签订了苏联在火箭和航空等新技术方面援助中国的协定（简称“10 月 15 日协定”）。当时老五院的院长钱学森、副院长王诤作为代表团成员参加了谈判。根据这一协定，苏联将援助我国建设火箭研究院和帮助我国仿制几种导弹。1958 年 10 月以苏振华同志为团长的中国政府专家代表团又前往苏联商谈新技术援助问题。五院以刘秉彦副院长为首的导弹组参加了谈判，组员有梁思礼、孙家栋、赵元亮、舒诚等同志，我担任翻译。经过几个月的谈判，于 1959 年 2 月 4 日签订了“二・四协定”，苏联在海防导弹的仿制方面给予援助。根据以上两个协定，从 1958 年 1 月至 1960 年 8 月，五院与苏方的交往十分频繁，仅我个人就参加了以下工作：

1. 参加重大的团组往来三次。第一次是 1958 年 1 月苏联政府派来我国帮助筹建五院 8102、8103、8108、8109 四个项目的专家代表团，共 32 人，在华工作一个半月，选定了五院一、二分院和试车台及 701 所的场址；第二次是 1959 年 4 月以五院政委刘有光为团长，一分院副院长林爽、二分院副院长钱文极为副团长的上述四个项目设备分交代表团，共 8 人，在苏工作历时四个月；第三次是 1960 年 4 月以五院政治部副主任刘佩荣为团长的上述四个项目第二次设备分交代表团，共 6 人，在苏工作两个半月。

2. 苏方供应我方五种导弹的实物和有关资料，派来了大批专家。我参与了签订合同和谈判等工作，据我在工作中的统计，这一期间，苏方派来我国进行新技术援助的各类专家和工程技术人员就有 876 人。

3. 为了执行“10 月 15 日协定”有关五院的内容，适应五院当时对苏工作的新形势，经聂荣臻同志批准，五院于 1959 年 4 月派遣了以耿锐同志为组长的工作组赴苏工作。我和程鲁生、夏邦煦为工作组成员。工作组设在我国驻苏使馆，耿锐组长和我一直工作到 1962 年 5 月底才撤回国内。这段时间仅我参加的与苏方的谈判就有 298 次，签定合同、议定书、补充书、设计图纸分交清册等共 58 个。苏方按协议向我方提供了大量设备，交付了相应图纸，派遣了技术专家。

从我亲身体验来看，在对苏交往中很多事项的落实，对五院初期的建设和航天事业的发展是起了促进作用的。正如聂荣臻同志在回忆录中所说，使我们争取了时间，缩短了差距。赫鲁晓夫领导集团 1960 年中断对中国的援助，也给我们五院的研究工作造成了严重损失和极大困难，但是这也激发了我们自力更生、发愤图强发展中国航天事业的决心。

（作者：原航空航天部办公厅主任）

开创中国航天纪元的一天

罗先业

1956年10月8日，国防部第五研究院成立了。这是中国航天事业载入史册的一天，也是中国航天人铸造辉煌的起点。建院大会是在车道沟原466医院职工食堂召开的。室内和室外一样，土质地面，墙上刷过一层白灰，有的地方白灰已经脱落，露出了砖头和灰缝。在正前方的土台上，摆了几把旧的靠背椅和一张旧三屉桌。台下左右两边摆着一排排粗糙的巴掌宽的旧长条木凳，中间留有1米左右宽的过道。从事火箭导弹尖端武器研制的国防部第五研究院，就是在如此简陋、朴实无华的地方宣告成立的。

大会开始前，大家鱼贯入场。面对土台，左边坐的是机关各部门的领导和工作人员，右边坐的是各门专业的专家、技术人员和全国各大专院校刚毕业分配来五院工作的大学生。大家静静地坐着，不时向门口张望，等待首长的到来。一会儿，聂荣臻元帅在钱学森等的陪同下走进礼堂，登上土台。全场起立，鼓掌欢迎。主持人宣布开会。聂荣臻元帅在讲话中宣布了五院的建院方针：自力更生为主，力争外援和利用资本主义国家已有的科学成果。话音刚落，全场响起经久不息的掌声。聂帅讲完话后提前退席，离开会场快出门时，聂帅见左边靠门最后一排坐的全是女同志，便停下来亲切地询问：你们是做什么工作的？她们回答道：我们是俄文翻译。聂帅说：我们要借鉴国外的先进经验，翻译工作大有作为，你们好好干吧！聂帅的话，使大家受到很大的鼓舞。

送走聂帅后，钱院长回到台上，给大家讲话。他讲了他如何克服重重困难从美国回到祖国的经过。他根据自己的成长经历，结合自己的亲身体验，用生动的事例，讲述攀登科学技术高峰的艰辛和乐趣，号召大家刻苦钻研科学技术，献身我国的火箭导弹事业。他希望刚出校门的青年学生，要先立业，再成家，不要过早谈恋爱。他告诉大家，他是在事业有成之后36岁才结婚的。钱院长的讲话，语重心长，亲切感人，寓意深刻，多次被热烈的掌声打断。现在回忆起来，还是回味无穷。

此次会议向五院全体同志发出了向火箭导弹技术进军的动员令，全院掀起了学习和掌握火箭导弹技术的热潮。大会开过的第二天，还是在这个地方，第一课就是钱院长讲“导弹概论”，接着由任新民、梁守槃、庄逢甘、梁思礼等专家分别讲火箭发动机、制导、空气动力学等专业技术。我们这些翻译人员和科技人员一起听课。

全院俄、英、日、德、法各语种的翻译人员一边努力学习，一边积极工作，投入到各语种的火箭技术文献资料翻译工作，工作任务很重，因为我们要为科技人员学习和专家讲课提供有关专业的参考资料。我们俄文翻译首次翻译的是专家庄逢甘指定的《风洞实验技术》。该书原著是英文的，我们是把它的俄译本译成中文。当时任务重，时间紧，手头工具书少，技术难度大。许多章节我们翻译出来了，但技术含义不懂，困难重重。为了我国火箭导弹事业的发展，想到专家和科技人员的急需，我们迎着困难上。大家以蚂蚁啃骨头的精神，分工合作，一句句地啃，一章章地译。每译完一章，就被研究室的同志取走。有时一章译完，来不及校对，就被取走了。全书译完后，为了保证译文质量，我们又对照英文原著复校了译文。在庄逢甘的亲自关怀和指导下，经过多位专家审校，这本书后来正式出版了。

回首往事，我引以自豪的是，从1956年起我就一直在航天战线工作，直到1990年离休。我一直听从党的安排，把一生贡献给祖国伟大而壮丽的航天事业。

（作者：原中国航天报社国际信息编辑部主任）

鲜为人知的翻译科

蔡风山

在原国防部第五研究院，提起一分院、二分院、三分院，可以说无人不知，无人不晓。但是，在五院曾经有个翻译科，就鲜为人知了。根据1957年中苏签订的新技术协定，苏联有关方面向五院派遣大批专家。为此，在五院正式成立前后，从全国各地、各部门调来数十名俄语翻译，组成了专家工作室，后改为翻译科，科长是白惠全同志。翻译科的同志大多20多岁，生龙活虎，血气方刚。

当时从成都军区调来的有李立、张少柏、陈浩等同志，从济南军区调来的有孙连惠同志，从南京军区调来的有杨佩松等同志，从广州军区调来的有徐万邦、李若珊等同志。张彦朴同志来自总参队列部，程鲁生同志来自总参装备部，我来自总参动员部，陈国泰、王根伟、戴彦璋、罗先业等同志来自训练总监部，赵之林同志来自总参测绘局，吕克信、陈兆刚同志来自总参通信兵部。从空军调来的有额尔登昌、张景耀、张金生等同志，从海军调来的有刘一德、庄福臣等同志，从防空军调来的有王献、王学枫等同志，白惠全同志来自中国人民解放军大连俄文专科学校。此外，从上海外语学院还调来几位同志。遗憾的是，由于时间太久，这些同志，还有其他一些人的名字已经记不清了。

后来，由于工作需要，翻译科的人员被逐步调走了。额尔登昌和陈国泰同志先后被派到外贸部李强副部长办公室工作；张彦朴、程鲁生同志被派到中国驻苏联大使馆五院驻苏工作组工作；杨佩松、孙连惠、李立、张少柏、陈浩等同志调到一分院工作；吕克信、陈兆刚、王学枫、徐万邦、李若珊等同志和我调到二分院工作；赵之林同志分配到当时的教导大队，之后调到一分院工作；

王根伟夫妇等分配到四分院工作；白惠全、王献、张景耀、庄福臣、张金生等同志留在五院工作。原来翻译科的人员，在新的工作单位基本上都成了那里的翻译骨干。调到二分院的吕克信任“1059”翻译组组长，我任“543”翻译组组长。1960 年 4 月我也被调到了中国驻苏联大使馆商参处工作。

1960 年，苏联赫鲁晓夫领导集团撕毁向中国供货和派遣专家的合同，于是，苏联专家包括在航天系统工作的苏联专家，都撤离了我国。苏联专家撤走之后，这些翻译同志当中有的又学了英语，改做英语翻译。有的改做情报资料工作，有的改做科研工作，有的改做秘书和行政管理工作。在程鲁生、张彦朴同志和我先后从中国驻苏联大使馆调回国后，1964 年白惠全同志调到该处工作。

随着时间的推移和在工作岗位上的历练，原来翻译科的不少同志都走上了一些单位的领导岗位或担任了骨干工作，为航天事业的发展作出了自己的贡献。

（作者：原长城工业总公司副总经理）

忆东风五号首发太平洋遥测技术攻关

史长捷

我于1957年开始投身于导弹研制事业，曾长期担任一分院遥测研究所副所长。在长达40多年的工作历程里，我主要从事我国导弹和卫星遥测系统的研制工作。

最令我难以忘怀的是，我参加东风五号洲际导弹首发太平洋全程飞行试验的遥测研制任务。我记得接受任务是在“文化大革命”期间，当时我正在接受审查，每天干的是挑粪种菜、担土烧砖的体力劳动。正当我为自己的前途迷茫时，接到军管会负责人的口头通知，恢复我的职务和组织生活。更意外的是，让我参加首发飞向太平洋的洲际导弹遥测系统的研制任务，负责全部组织、领导工作。当时，我的心情是一方面希望尽快给我一个明确的文字政审结论，澄清强加在我身上的一些不实之辞，使我能放下包袱，轻装上阵；另一方面，我觉得发射洲际导弹，是祖国的需要，我的政审结论虽然悬而不决，但能给我布置任务，也是从侧面对我政治面貌的一种肯定。因此我决定排除忧患，毅然承担起参加并组织领导东风五号洲际导弹首次飞向太平洋遥测系统的研制任务，深入到第一线，到最艰苦、最危险的地方和群众打成一片，组织和带领科研人员不遗余力地投身工作。

我国飞向太平洋洲际导弹是从东风五号开始的。我当时接受的是发射导弹的遥测任务，射程很大，要求落区是船载站。为了完成这一目标，我组织全体同志先后发动了三个技术攻关战役。

第一个战役是攻克微波、光波合用船载站关。当时在长辛店试飞场地，用直升机进行试验。由于离原来工作地点南苑较远，工作人员的吃住要靠自己克服困难，重新安排；业务上解决双频段合用和解决适合船控问题都是从头开始，完全靠技术、靠时间摸索拼搏，同志们不得不长时间加班加点，日夜兼程进行试验，最辛苦的是总体设计师张立余同志。节假日我也得留在现场看摊，安排下一步工作，得不到应有的休息。由于共同的战斗生活，我和张立余同志结下了深厚的友谊。完成双频段合用和适合船控问题以后，张立余同志的身体一直不好，直到最后去世。我总觉得他的去世和他那一段艰苦工作劳累过度有关。直到现在，每逢节假日我都打电话给他爱人表示慰问和怀念。

第二个战役是攻遥测设备关。这一阶段的工作远离北京，在正值夏天的重庆289厂进行。重庆是有名的“火炉子”，夏天气温可达40℃，同志们一时难于适应，终日汗流浃背，还要日夜加班。这一阶段的工作重点是发射机抗高温试验，热上加热，有时感到脑力、体力支出已达到了极限。但为了更好地完成任务，全体人员做到了坚守岗位，勇不言退。设计人员程莉莉在任务完成以后，一病不起，一直卧床到现在。

第三个战役是攻耗尽机传载器关。这是用以保证导弹安全全程发射的工具。这个战役又分两个阶段进行。第一阶段是我和宋永泉同志在北京试验室研制剩余量传载器。因为它既是测量工具又是控制元件，对我们来说是个创新，只能是靠自己动脑筋、拼体力，从无到有开发研制，最终胜利完成了任务。第二阶段是监测导弹加注燃料。这项任务是我和余殿军同志在东风靶场发射阵地上在笔立的导弹旁边的遥测车上进行的。这一项试验随时有爆炸、燃烧的可能，冒有生命危险。但我们都将其置之度外，坚守岗位，直到下达“发射前10分钟准备”的口令之后，才撤离到观测阵地。直到导弹顺利落在太平洋的信号传来之后，我们才算真正松了一口气。这时更觉得我们的攻关战役是十分有价值的。

“东风五号”成功发射之后，我为此获得了国家科技进步一等奖和劳动模范的光荣称号，并光荣地参加了“两弹一星”庆功会，这是党对我在政治上的又一次肯定和正式结论。

我于1982年调离遥测研究所，短期留任测控公司总经理，随即调入航天工业部科学技术委员会任常委，继续推动全部的遥测工作。

（作者：原航天工业部科技委常委、测控公司总经理）

导弹研制工作从这里开始

谭丽英

1956年10月成立国防部第五研究院，院部在北京西直门外的车道沟空军466医院。来自国内科研单位的技术专家和应届毕业生以及从各单位抽调来的干部约200多人，在这里开始了我国导弹的研制工作。我于1956年11月13日到五院资料室工作。当时的资料室，有关导弹的资料一点都没有，只好到军内的科研单位收集一些有关航空和通信方面的参考资料。直到1957年，苏方送来一套苏制P－1近程导弹的说明书和插图，就这一点极其简单的资料，技术人员都当成宝贝不断翻阅学习。

1957年9月，聂荣臻元帅带团访问苏联，与苏方签订了“10月15日协定”（即新技术协定）。根据这个协定，苏联在1957年至1961年底供应我国四种导弹的样品和技术图纸资料、一个防空导弹营的全套技术装备，并派遣技术专家帮助我国仿制几种导弹。

为了开展导弹研制工作，国防部第五研究院于1957年11月6日成立了两个研究分院：一分院和二分院。一分院负责导弹总体、发动机的研制，二分院负责控制系统的研制。一分院最初在长辛店云岗地区的一座封闭的大院内（即后来的701所大院），二分院在永定路总后勤部的财务学校旧址上建立，另有一个空气动力研究室（三室）搬到了北京航空学院。

根据中苏协定规定，苏方于1957年底提供我方导弹实物，并派部队为我方培训干部；1958年上半年提供P－2地地导弹（代号“1059”）全套生产技术资料。为了迎接苏联资料的到来，1958年4月，一分院成立保密检查处，负责资料接收的准备工作，包括资料库房和保密设施的准备、配备懂俄语的干部、进行保密教育等。当时保密工作十分严格，云岗地区是一个封闭的大院，四周有较高的围墙，在办公区内不同区域用不同的证件，互相不能串联；大家都住在大院内，只有周末才能回到城里的家，但证件却不能带回家，离开前换小卡片，回来时凭卡取证件；办公室电话不能告诉家人。那时云岗地区不通公交车，周末回城都是用班车接送。

一分院将云岗大院内的西工字楼一层划给保密检查处。我们加装了铁门铁窗，购置大量带保密锁的保密柜。苏方多次派保密专家来检查保密情况。除设施准备外，还制订了一系列规章制度，对人员进行培训。1958 年 6 月 7 日，一分院召开了接收“1059”产品图纸资料准备会议，讨论《接收图纸资料实施计划》，明确分工，并就有关问题做出具体的规定。

6 月中旬，保密检查处派员随同国防部代表团赴满洲里接收押运首批到达的“1059”图纸资料。运送资料的列车于 1958 年 6 月 28 日凌晨到达一分院内的长辛店专线站台，在林爽副院长的组织指挥下，检查车厢密封完好后，开始卸车。院内工作人员男女齐上阵，林副院长亲自搬箱子，不到两个小时，于 7 时 30 分就将 542 箱资料全部卸完入库。后来又陆续补充了六批，最后一批于 1958 年 11 月到达。接下来便开展了紧张的分发工作，翻译打印出装箱单，请有关单位提出分配意见。这批资料中的有关部分分别给了二分院、一机部、211 厂等单位。

一分院随即开展紧张的工作。从 7 月 2 日开始进行“1059”资料的翻译复制工作，技术人员、翻译人员夜以继日地翻译、校对，保密检查处负责印制分发，不到两个月就完成了大部分资料的翻译复制工作。

1958 年 7 月一分院陆续迁到南苑二营门到东高地地区，此处紧靠 211 厂，便于开展研制工作。当时条件很差，没有办公地点，就在旧机库、旧仓库里搞设计。没有宿舍，就住仓库，有的还得住帐篷。条件十分艰苦，可大家情绪很高。经过一年多的努力，在苏联撤退全部专家、断绝援助极其困难的情况下，我们的科研人员和工人发扬自力更生、艰苦奋斗精神，将我国自己制造的“1059”导弹于 1960 年 11 月 5 日发射成功。我国的导弹和航天事业从此进入自行研制、自我开发的新时代。

（作者：原航天档案馆处长）

忆五院一分院科技部的工作

姜延斌　宓世湘

20世纪60年代，国防部第五研究院一分院面临苏联撕毁合同停止援助撤退专家，从而使刚刚全面展开的“1059”仿制工作面临夭折的危险。当时，国家正处在三年经济困难时期，同时还要完成建院和紧张的基建任务。由于全国支援发展导弹事业，在短期内就有几千名部队干部和应届高校毕业生来院工作，因而使一分院各方面的工作面临严峻的考验。面对国内外的复杂形势和仿制、建院、基建等繁重任务，在五院党委的正确领导下，一分院党委以及当时分院的主要领导政委张钧，兼院长钱学森，后任院长刘瑄以及林爽、周吉一副院长，为使分院各方面工作都能够顺利开展，对分院机关建院初期的组织机构进行了改组和调整，使其能更好地起到应有的组织保证作用。

分院科学技术部的前身是技术保障处，当时的工作内容主要是器材供应、资料翻译和院图书馆的管理。1959年下半年，随着从长辛店迁到南苑地区和“1059”仿制即将开展，分院将原院办公室负责的计划管理和科技协作工作、原保密检查处的型号资料管理工作合并组建为院科学技术部。

当时一分院已进入紧张的型号仿制和庞大的基建工程建设，南苑地区形成了一个大工地，“1059”俄文资料图纸在紧张地翻译复制，工作任务非常繁重。在中央各部委和各大区、各省市的支持下，组成遍及全国的大协作网；新来的大学毕业生、留学苏联的学生、全军抽调的各类干部以及各工业部门支援的技术人员和生产工人，加入到一院的行列。211厂也于1958年划入一院建制，在短时间内由一个几百人的分院变成为一万多人的研究院，大部分人员是新成份，一切工作须从头开始。进入1960年，一分院科学技术部的工作就是在这样背景条件下开始的。

院科学技术部编制序列有组织计划处、科研处、标准化处、资料处和情报处（含图书馆）。其人员除少数是五院组建时的老同志外，绝大多数是1960年参加工作的院校毕业生。由于基础比较薄弱，工作没有经验，又缺乏可借鉴的管理制度，只能是在开展工作中摸索经验及时总结，在完成任务中锻炼培养队伍。总而言之，一切都是从零开始。

万事开头难。当时除仿制“1059”任务外，还要开展地空和海防型号的仿制，同时还要自行设计新的型号，工作面摊得很大。但是，由于多数人员都是新手，缺乏有效的计划调控和制约，工作形不成重点，力量不能形成“拳头”。例如，从事发动机仿制和研究的专家及技术人员，工作积极性很高，随时提出试车要求，但一次试车必须要有明确的试验目的，承担试车的单位也必须进行充分准备，物资及燃料也要事先安排，但由于大家都没经历过，因此在进行中出现一些矛盾，设计单位强调工作需要，承担任务的单位和保障单位有时措手不及，常造成工作被动。因此，我们参照空军管理工作经验，要求研究单位先提出试车任务书，明确试验目的和要求，技术负责人逐级审查批准，再由分院科技部会签，这样就使发动机试车任务进入有序管理状态，也使承担试验保障的单位有了准备过程。采取任务书的管理方法，不但不会影响研制任务的需求，反而使研制试验工作得到了有力的组织保证。又如，有的研究所为了开展工作，未能针对我们研究单位的性质和任务，而把一些基础性研究也列入工作内容，还引进了一些基础性研究的设备仪器。如果任其发展，会使研究所成为包罗万象的大研究机构，难以实现为型号服务的应用研究特点。这样做是非常不现实的，必将造成大量人力物力的浪费。为此，我们认为开展研究工作必须建立“立项”制度，研究项目必须与型号“挂钩”，也就是让使用研究工作能紧密结合型号研制的任务，使研究工作有明确的任务目标，避免出现为研究而研究的倾向。这些认识，现在可以说是“常识”性的问题，而在当时并不能为一些专家所理解，反而认为是机关在干预研制业务工作，让一些领导有时也左右为难。之后，随着工作的不断深入才逐步在这方面取得了共识。

机关要及时为领导提供全院的综合信息，才能便于领导对信息分析采取对策。为此，经征得领导同意，我们将院基本建设和协作工作、物资供应的信息，纳入科技部综合计划内容，分别从基建部和器材部抽调人员到计划处工作，从而使院领导能及时全面地了解工作的进度和存在的问题。随着工作的开展，又将院务部财务处有关科研财务工作和军务处（后改为劳资处）合并到分院科技部，这样就把管理要素有机地综合在一起，有利于实现在部门内协调，便于分院领导正确指挥，机关也就起到了参谋助手作用。

随着211厂承担的“1059”仿制任务逐步展开，分院内各单位在完成任务中出现了许多需要协调解决的问题，仅依靠行政领导和机关已不能适应工作需要，而且解决问题的及时性也成了问题。于是，我们吸取211厂生产调度工作的成熟经验，从工厂抽调一批生产调度人员，并结合分院的实际情况，逐步建立起了调度会的制度。调度会一般分例行和专题调度，由分院首长主持，科技部有关人员会前做好充分调研，制定调度预案，会后再检查落实调度会决定问题的执行情况。由于这样做能够及时解决工作中存在的问题，明确任务和责任分工，规定完成的期限，既使行政首长摆脱了事务性工作的干扰，也使机关发挥了组织协调的作用。分院还专门组织建立了“五定”办公室，即定编制、定岗位、定任务、定协作、定课题，从而使各有关单位也明确了责权划分，使分院研究管理逐步从杂乱无章的状态转变为有序的工作状态。

我们从接收苏联提供的“1059”技术资料中，初步认识到标准化在导弹研制中的重要作用。因而分院科技部从一开始就组建了标准化处。初期，主要是引进几个仿制型号的资料，来自不同的工业部门和专业，标准也各自不同。我们的工作是要对翻译后的资料进行技术校对，统一格式完善会签，再整理汇编提供给设计和生产人员使用，并协调解决使用中的问题。自行设计型号工作开始后，标准化工作更突显其重要性。设计人员来自全国不同院校，又包括不同的专业分工，开始工作后发现设计的图纸五花八门，表达混乱，甚至无法安排正常生产，设计工作也无法正常进行。我们认为问题的关键在于需要有统一的标准化规范，从语言、技术表达到程序必须一致。为此决定安排设计人员进行岗前培训，要求从基础抓起，从最基本的机械制图、电气图的画法、公差配合的选用、技术要求的表达、图纸格式的选用入手，还明确规定，必须练习并通过仿宋字体的书写。对于如何选用标准和技术文件会签的审核制度，也进行了深入的宣传教育，使设计人员能全面掌握基础知识的运用和设计技能，并通过技术文件的审核、标准化审查和工艺会签程序，来保证设计图纸的质量和完整。

随着自行设计的全面开展，我们参照苏联炮兵总技术条件，编制自己的图样管理制度，与第一设计部规划制定出了设计文件的绘制、更改、编号、审核会签等一系列办法。由于工作中存在研制技术状态多变、生产周期压缩等情况，我们在总结经验的基础上，又拟定了试验件和试制件的技术管理办法以及生产现场技术问题的处理办法，从而更好地配合研究工作进展。1963 年 8 月，五院院长王秉璋率领一分院院长刘瑄、二分院院长张怀忠和五院科技部长耿青，以及从五院机关、一分院、二分院抽调的 40 多名领导骨干、专家，在陕西临潼空军疗养院集中，经过一个多月的研究讨论，制定出了五院工作条例，明确区分了不同的研制阶段，正式建立了设计师制度。1963 年，我们组织有关部门修订建立了不同研制阶段的图样管理制度，例如图纸编号能反映出型号、部段、组件及何种技术状态，有无更改、凭证等信息。在具体设计工作中，认真坚持对设计图纸进行标准化审查，具体到一个线条是否清晰，一个箭头标记是否到位，技术要求是否完整，书写是否合乎标准，编号是否正确，审批签署是否完整等细节，使设计图纸能准确表达设计意图，在生产中不会产生误解。我院自行设计工作所以能顺利推进，标准化工作起到了重要作用。型号常用的螺钉等紧固件不同于一般民品要求，也制定了院标准并统一组织生产。

建院初期，我们非标准设备制造的工作量非常繁重，成为开展研制工作的难点之一。这种情况的出现，一方面是由于大量试验室的建立，需要配备数量大、种类多的非标准设备，而我们的生产能力有限；另一方面是一套试验设备就提出一批活门、开关等组件，使生产紧张状态雪上加霜。为了理顺供求关系，我们要求对一些非标准组合件的生产必须要通用化序列化，从而避免了一套非标准设备就生产一套组件，既造成人力、物力浪费，也延误生产周期。为此，组织专门班子，制定了通用化管理办法以及产品出厂交付部队图纸、产品附件、非标准件配套等管理办法。还在河北宣化建立了专业生产点，使难点问题迎刃而解。

人才培养是事业发展的关键。早期对技术骨干的选拔培养是由科技部门为主、政工部门配合共同完成的。1961 年 11 月，分院科技部文件上报五院，王秉璋院长当即提出尖子当“长”的指示，分院党委即从全分院各专业领头人中选拔了 72 名技术“尖子”进行培养，在培养计划中列出承担的重点课题、培养方向、指导人员等。并明确对培养对象要委以重任，以便早出成果、早出人才。实践证明，这些重点培养对象逐渐都成为了航天事业的骨干人才。

针对建院方针中提出的“利用资本主义国家已有的科学成果”的精神，我们对全院2289名技术人员的外语水平进行了摸底，其中能阅读外文资料的只有596人。为此，我们制定了由分院、所共同承担的分批培训计划，抽调专家和有关人员组成教研组，并参照北航的教材，改编成适合我院特点的英语教材，并根据工作需要，开展了法语、德语和日语培训。

对大量来院的高、初中毕业生，专门成立了技术学校，将他们培养成为技术辅助人员。以后又在南苑和永定路地区成立了半工半读学校，培养技术工人，提高职工的素质。

机关要起到组织协调的作用，既要为分院领导当好参谋助手，也要认真为基层服务，为科研生产服务。提高机关人员的素质，树立良好的工作作风，是完成机关工作的必备条件。当时机关人员绝大多数是刚参加工作的院校毕业生，对机关工作不熟悉，工作不知从何做起，进入工作岗位后一切要从头学起，派人出差前都要对他们从工作到生活做仔细交代，起草文件也要从公文格式、内容、语法上反复说明。但当时大家热情高涨，都积极认真地投入到工作中去。为使这批新生力量及早成长起来，我们要求他们要到研制工作第一线去，向基层学习，并从中了解情况，增长知识，还要求下去的同志做到“下去一把抓，回来再分家”，机关不要只强调分工而忽视为基层服务，服务要渗透在管理中，避免出现“上面千条线”，给基层增加负担的现象。当时五院科技部部长耿青同志也带领机关人员定期深入一院，对一院的科技管理办法进行研究，并帮助一院进一步完善各项管理办法。针对机关有些同志存在对工作缺乏紧迫感的表现，我们提出了对机关工作要有“遇事就办，一办到底，风雨无阻，马不停蹄”的工作态度；院领导也一再强调机关要深入基层，为基层服务，对下面存在的问题不能不求甚解，要有“打破砂锅问到底”的精神。从实践来看，一些年轻人特别是受过高等教育的机关人员，可塑性很强，只要从思想上加强教育，工作中放手使用，对业务能力和作风注重培养，很快就能成为机关管理工作的骨干。这样做的结果确实为一院以后的发展，培养出了一批强有力的科技管理干部。

（作者：姜延斌，原国防部五院一分院科技部长；
宓世湘，原国防部五院一分院科技部协理员）

回忆我国第一个导弹训练基地

张继庆

国防部五院于1957年底组建并领导的炮兵教导大队和五院教导大队，是我国第一个导弹武器训练基地。大队各期训练自1958年1月开始，至1959年6月结束，历时一年半。我国导弹武器的研制人员和战斗使用人员在教导大队接受了航天技术和导弹武器的启蒙教育，从苏联友人手中学到了导弹的基本知识，这对我国航天事业和导弹武器的发展，起到了重要作用。

我曾亲身经历过该大队的训练。

一、教导大队的建立和任务

1957年底，根据当时中苏两国政府间的协定，苏联决定派遣苏军一个缩编的近程地对地导弹营前来我国，并提供两发P-2（即“1059”）导弹、一套地面设备以及地空导弹“543”、“542”等，帮助培训我方参加导弹研制的技术人员和操作使用的战斗人员，使其迅速掌握导弹的基本原理、结构、使用操作和保养维护知识。根据总参的指示，国防部五院会同炮兵在北京长辛店原马列主义学院二分院（后为航天部三院）组建了炮兵教导大队，由五院党委领导。大队和各连的领导干部大部分由炮兵派遣，个别的从五院调来。

二、教导大队的建制及人员

教导大队党委由宋杲、孙式性、任国瑞、黄迪菲、高雁翎、黄毅、穆洪军、罗殿英等8位同志组成，其中宋杲任书记、孙式性任副书记，由宋杲、孙式性、任国瑞、黄迪菲、高雁翎组成常委会。

教导大队的建制基本按苏军的建制。全大队（421 人）下辖三个连：发射连（102 人）、技术连（71 人）、运输连（37 人）。另外大队司令部（64 人）、直属通信兵主任（1 人）、指挥连（59 人）、工程兵排（20 人）、气象排（17 人）、基础诸元准备科（14 人）、翻译科（32 人）。技术副大队长直辖车辆修理所（18 人）、装卸排（9 人）、野战化学实验室（3 人）、燃料仓库（6 人）、技术装备仓库（3 人）。

被任命的教导大队连以上领导干部为：上校孙式性为大队长，上校宋杲为政委，上校郭升允、少校葛林为副大队长，中校黄迪菲为技术副大队长，中校魏梦笔、少校高雁翎为参谋长，少校李甦为副参谋长，中校罗宗铭为指挥连长，中校齐振兴、少校苏晨为发射连长，中校黄毅为技术连长，少校陶守玺为运输连长。

以上干部除高雁翎来自五院外，余皆来自炮兵。

在上述大队所辖队列中，以发射连和技术连技术要求较高，任务比较重要，故五院又派出上尉唐津安为发射连副连长，大尉陈怀瑾为技术连副连长，上尉张继庆为发射连发动机排排长。

苏军导弹营官兵 102 人及两发 P－2 导弹、一套地面设备，在营长布里奥伯列任斯基上校率领下，于 1957 年 12 月乘火车抵我国边境城市满洲里。教导大队长孙式性上校率领大队干部 50 余人前去满洲里迎接和接收。当地寒风凛冽，气温低达－40℃，官兵齐集车站月台上迎候苏军及装备至午夜。有的同志不堪寒冷，冻伤了手足，笔者就是其中之一。

苏军和装备与教导大队官兵会合交接后，于 12 月 25 日同车抵长辛店大队部。随即开始了苏军官兵对照导弹实物，对全大队学员进行一对一的教学。

三、教导大队的训练

教导大队于 1958 年 1 月 13 日举行了隆重的开学典礼，五院和炮兵领导及各军兵种首长，大队全体干部和学员，苏军导弹营全体官兵出席了典礼。五院钱学森院长、炮兵参谋长陈锐霆少将及苏军营长布里奥伯列任斯基上校先后在大会上讲话。

教导大队第一期学员训练自1958年1月15日开始，至4月15日结束，历时三个月。参加学习的人员共计683人，除五院人员外，总参、炮兵、军械部、军事工程学院均派人参加。

3月15日，陈毅元帅、聂荣臻元帅和各军兵种首长等莅临大队视察和参观，并接见大队和苏军领导，号召中国学员虚心向苏军学习，将导弹武器知识尽快学到手，以增强我军的国防实力。这大大鼓舞了大队全体干部和学员的训练热情。

教导大队的训练，基本上按苏军院校规定执行，由苏军官兵担任教员，按连排单位对中国官兵学员进行对口教学。一般分三个阶段：第一阶段，由苏军在课堂进行导弹各诸元的理论教育；第二阶段，在导弹现场对照实物进行直观教育；第三阶段，中国学员自己接触导弹武器，进行实际操作，以巩固理论教育的成果。

教导大队由大队首长直接管理，要求比较严格，作息制度按军事院校规定执行。每天早晨各连以连为单位进行队列训练，由各排排长轮流担任教练领操，主要是队列的行进和变换，要求军容正规，步伐整齐，动作协调一致。严格的队列训练也促进了课堂纪律的良好和学员学习的专注，精神面貌也有很大改观。

连的政治指导员很重视对学员进行思想工作。发动机排有一位调干生军官学员由于纪律松弛，学习不努力，还满腹牢骚，指导员就对他进行耐心的说服教育，并发动全排学员进行帮助，终于使他端正了态度，投入到正常的学习。教导大队第一期训练于1958年4月15日结束后，全体苏军官兵回国。教导大队的第二期训练由五院自行组织并更名为五院教导大队。

军委决定，教导大队第二期训练要完成五项任务：一是培养五院试验站部分技术人员，二是为军事工程学院培养有关部分人员，三是为炮兵培养一套火箭系教员及练习部队，四是为20基地培养一个示范部队和部分技术干部，五是为中等技术学校培养一部分教员与技术干部。

为此，大队进行了整编，将原大队变成一营，大队部设办公室、政治处、训练处和行政经济管理处。另设立训练一队，培养“1059”专业学员。大队仍以孙式性为大队长，宋杲为政委，罗宗铭任办公室主任。苏军人员回国后选调大队第一期部分学员担任教员。

大队调集的学员有：五院50名、五部17名、哈军工5名、炮兵15名、

0029部队108名。后来又进行了第一教导营、第二教导营干部训练队及第三教导营靶场试验大队的训练。

第二教导营由空军高级防空学校的技术系和技术营抽调235人组成，由高级防校技术系主任张伯华上校负责。张建华中校任营长，张思聪中校任政委，邵殿奇少校、赵登龙大尉任副营长，程荣之少校任副政委，崔永维大尉任参谋长，组成营部、雷达连、发射连及技术连。

二营的训练任务是学习苏军支援的地空导弹“543”的技术和操作使用知识。1958年11月、12月，大队和二营首长孙式性上校、张建华中校等去满洲里接回了地空导弹“543”及技术装备和苏军以卢热茨京和斯迈斯基为首的95名官兵。

第二教导营于1958年10月11日至11月20日进行了四周预科训练，之后，11月21日至1959年4月25日由苏军直接任教，进行地空导弹“543”的训练。五院派出一分院第三设计部技术骨干颜子初参加了此次训练。

除此以外，教导大队还先后进行了四期（每期三周）的短训班，训练五院各分院、炮兵、国防科委、靶场及大队机关的在职干部。

1959年1月22日，大队又去满洲里接收了苏军支援的“542”导弹，随即进行了相关的训练。

大队的保密工作要求十分严格，对院外，对亲友，任何干部和学员均不得透露任何有关训练和苏军的信息，否则将以严重泄密论处。全大队对这一规定执行较好，没听说有任何泄密现象。

至1959年6月30日，教导大队结束了全部训练。大队各级干部基本上都调返原来单位。

四、火箭发动机排的训练

苏军发射连发动机排的排长是彼得诺夫上尉，技师是伊凡诺夫中尉和维什尼亚柯夫中尉，另有一号手巴波夫等士兵。中方发射连发动机排排长是张继庆上尉（五院）、副排长是张延良中尉（炮兵），技师是龚伊凡中尉和丛树国中尉（五院），一号手是王沏少尉（五院）、郭家聪少尉（炮兵）。另有来自五院的高思秘和来自炮兵的约十位中尉、少尉担任技师和各号手。

彼得诺夫上尉和伊凡诺夫中尉担任发动机排的主任教员，先进行课堂讲授，由中方译员翻译。上课程序完全是按苏军院校的规定执行的。

讲授的第一阶段，主要是地地导弹的工作原理和结构，特别是液体火箭发动机的组成、原理和工作过程，并配以各种图表讲解。教员要求学员不仅要听懂所讲课程，还要求能熟记能背诵，尤其是发动机从初级点火状态到主级、末级状态，如何点火，各种自动器、涡轮泵、燃烧室如何按程序协调工作，推进剂如何燃烧，如何产生推力，要求学员都能熟记。

五院来的学员由于过去已经学过导弹和火箭的基本知识，而且接触过苏联早先支援的 P－1 导弹实物，故领会起来比较容易，但在短时间内要熟记甚至背诵很多内容，也不是件容易的事。由于大家勤学苦练，课后加班，最终仍然达到了要求。炮兵来的学员大部分是第一次接触导弹，有的还不具备大专文化水平，领会就比较困难，笔记也记不完整，我们五院的学员就对他们进行课后辅导，使他们最后也能跟上进度，有的还掌握得并不比我们差。

发动机排的每个成员都有专职，教员要求每个学员对自己的专业更要精通。排长要熟悉发动机全面知识，各位技师都要掌握发动机的主要技术知识，而第一号手至第八号手则分别侧重掌握点火、减压器、各种推进剂、高压压缩空气及火工品等专业的知识。

第二阶段是在导弹停放现场，对照导弹实物，巩固理论学习的知识。苏军发动机排各级官兵一对一带领中国学员，分批爬上弹体，打开工作窗口观看各部件实物，仔细分辨各组合件的外部形状、所在的位置，以及各种管道（液氧、酒精、过氧化氢、压缩空气、电路）的形状、走向和标志。然后，根据理论课学习的发动机工作原理，辅导大家观察发动机舱里的真实部件，并建立起发动机的整体概念，有助于大家牢记整个工作过程。后来是进行实际点火训练。各号手学习如何加注推进剂（液氧、酒精、过氧化氢），如何充压缩空气，如何安装电爆管，如何操纵点火系统。最后由苏军官兵实际示范发动机点火，进入初级工作状态。点火前后不过几秒钟。当橙红色的火焰从燃烧室喷管轰隆喷出时，煞是壮观。这是中国学员有生以来首次亲眼见到火箭发动机点火，人人欢呼雀跃，激动不已。

第三阶段是现场实习。在苏军指导下，全排学员亲自动手进行了一次点火训练。因为各级人员都掌握熟悉了各自的专业知识，同样获得成功，从而开始了中国人自己掌握使用导弹武器的新时代。

为保持武器良好的战备状态，苏军还对中国学员讲授了维护保养知识。如在武器库中防尘、防潮（特别是对火工品）、防鼠（特别是对导线）；在发射场点火前，检查发动机各组合件的测试工作，观察各组合件是否处于良好的工作状态，是否有多余物和可疑物等。

为提高各号手对故障的判断和排除能力，苏军还在各组合件和附件上人为埋伏一些隐患和故障，让中国学员去寻找和排除。埋伏故障最多的部件是燃烧室内壁和减压器，有的学员发现不了，最后再由苏军当场示范排除，加深了学员的印象，提高了操作和使用维护能力。

五、训练的成果

通过三个月的发动机专业训练，无论是来自五院或炮兵的学员，基本上都初步掌握了导弹武器特别是火箭发动机的原理、结构、工作程序和使用、保养维护知识，为今后的设计、制造和使用维护打下了初步基础。

全体中国学员由于肩负全面学习和接收导弹武器的任务，故学习都很努力。笔者被五院派来，委以重任身居一排之长，处处更要以身作则。除本人勤奋学习外，还要帮助全排的后进学员共同进步，需要花费更多的时间和精力。

训练队没有任何现成的教材，所有课程全靠自己专心听，记笔记。为了尽可能多的得到有关资料，笔者以极大的努力速记笔记，并绘制图表。课堂上往往来不及记，来不及画，就夜以继日，加班赶记赶画，终于将所有组合件的内容和图表，特别是发动机工作过程的图表绘制到手，为以后帮助其他同志提供了较好的保证。如今，这些资料的技术价值虽已过时，但仍能唤起我们对初创时期的珍贵记忆，它们在当年都是金钱难买的无价之宝。

笔者从教导大队结业后，先分配到教导大队担任第二期发动机教员，后返回一分院第二设计部，为新分配来部的设计人员（主要是1959年及以前毕业的大中专生）担任短期教员，把从苏军手中学到的关于液体火箭发动机的基本技术知识，传授给后来的火箭发动机设计师。之后，笔者就参加了仿制生产工作。

（作者：原航天工业部外事司司长）

为“1059”导弹筹集燃料

刘厚德

1958年初，我从空军领导机关调到国防部五院院务部军务处工作。那时五院机关人员少，没有明确的分工，加上组织机构又不很健全，一旦来了任务，都是不分党政干部、技术干部或职工大家一起干，只要能有人去干就行。1960年秋天，有一天，我刚从外地出差回来，刘大祥副部长就朝我急急地走了过来，小声、神秘地对我说：“快！上面又来了一项很重要的新任务，我找不到适合条件的人了，我让你快去参加一个会议，快点！我也去。咱们几个人一起研究一下，看怎么完成好，听说任务很急！”

听领导这么一说，我赶快把身上带的东西放在立柜里，拿起办公包就随他直奔开会地点。屋里有丁风歧和技保部的马孝先同志在那里，还有炮校大队来的一位技术干部。我们两人一进门立刻把屋外的门关上了。会议一开始就宣布了一条纪律：可以做记录，但不能写“1059”和几种燃料的名字。

会议内容是关于试射代号为“1059”地对地导弹前的任务。我们的具体任务是，到总参装备部等几个单位联系筹集“1059”导弹发动机用的燃料，这是我国首次在导弹上使用的燃料，它的保密性很大，一点儿都不能对外泄露。任务很重要，时间很紧迫。实际上，我们要筹集的神秘燃料是几种国产的液体推进剂组分，即液氧和酒精。面对这么重要的任务，我们这几个人从未接触过，心里都没有底，担心的是，这样重要的燃料我国目前能不能生产。但是，我们几个人早都暗下决心：就是再难也要完成这项重要而光荣的任务。

事后得知，我们的担心是完全没有必要的。当我们怀揣聂荣臻元帅亲自签署的国防科委介绍信及所需火箭发动机燃料的清单分别来到总参装备部、防化兵部、化工部等单位时，这几个部的领导一听我们是0038部队派来的，他们都表示热情地欢迎。当我们向他们介绍情况、说明来意后，所有单位都很重视，领导都表示大力支持我们的工作。

在我们筹集急需的几种燃料中，这些单位大多都有，只是个别品种从未生产过，或者已生产过但目前无货，或存货不多。但是，对发展祖国国防科技事业，特别是对发展祖国现代化尖端科学技术都有共同的愿望，大家都充满了热情。在几个兄弟部门积极、大力配合下，很快就筹集到“1059”所需的燃料，我们圆满地完成了任务。

（作者：原航空航天部办公厅处长）

在老五院军务处工作的一段经历

杨林生

军务处隶属于老五院院务部建制，1958 年成立。张达同志于 1958 年由广西军区干部部副部长调任五院院务部军务处处长。我是 1958 年 5 月由总参军务部调到军务处工作的，是较早来此工作的几位同志之一。军务处主要负责全院军务方面的业务工作，其内容是：

（1）组织编制、拟订、修改常规装备的申请、调拨和军事实力统计，以及五院各单位、机关各部门的印信管理、刻制等工作；（2）兵员的接收、调配；（3）有关军队三大条令的贯彻，行政管理和警卫安全工作；（4）在编职工的工资福利工作；（5）全院通讯建设和管理工作，并直接管理院直机关的通讯业务工作；（6）负责全院军用物资和有关设施如铁路运输和常规车辆的管理工作。

在军队中，军务部门历来是军队司令部的组成部分。在军事院校则由院务部门管理，其工作职责明确，隶属关系正常，工作中不存在争议。而老五院是科研性质的机构，既非作战部队，又非单纯的研究教学单位，这样就给军务部门的设置和工作带来许多特殊性。在老五院（包括分院）执行司令部职责的是科技部门，而军务工作归院务部建制（总院、分院均如此），因而在工作中存在一些因工作职责交叉又难以分清而造成的争议，需要通过协商处理。这成为五院建院初期，军务处同其他部门在执行任务中经常遇到的问题。当时老五院军务处工作任务重，政策性强，涉及面广，既要贯彻总参谋部的指示要求，又要符合五院的特点。工作伊始，我们就遇到一些难题。例如，有关军事训练、条令贯彻等，在和科技部门协调过程中，往往颇费心思，还不能尽如人意，甚至产生一些误会和争议。但是，我们在张达处长的带领下，通过沟通、协商，较好地解决了军务工作中遇到的难题，得到上级领导的肯定和表扬。

我的老领导张达同志，作风深入善于领导，工作从严要求，重视思想教育，对下属高度信任，支持下属大胆工作，听取他们的意见和建议，肯定成绩、纠正不足，带领全处同志既完成了上级交办的任务，又较好地正确处理了与其他单位的关系。我记得 1962 年全军面临缩编精简的任务，老五院也不例外，当时约需精简 3 万余人。院直机关的精简工作，由军务处直接负责，工作难度很大，阻力不小。有的部门强调本单位的情况特殊，个别领导不愿按照上级领导关于缩编减员的要求压缩人员，而且在军务处同志与他们协商中，态度还比较生硬，争执很大。张达处长能据理力争，客观地分析情况，明辨是非，积极贯彻院领导指示精神，同时教育处里同志以坚持原则、实事求是的精神，确保了这项重大的缩编精简任务的顺利完成。现在回忆起来，这位良师益友还令我佩服和尊敬不已。

1965 年七机部成立后，原军务处的业务工作，改由部机关新设立的劳资司、行政司和通讯站等单位分别承担。特别值得我回忆和庆幸的是，我在张达处长的领导下，通过工作实践逐步成长为业务骨干，我一生难忘，受益匪浅。真的是实践出真知、任重长才干、信任鼓干劲、机遇出人才，我们原军务处的 22 名同志，通过实践锻炼都成长为业务骨干，共同为航天事业作出了应有的贡献。

（作者：原中国航天企业协会副会长）

老五院编制体制建立的回顾

杨林生

1956 年 10 月 8 日，国防部第五研究院正式成立。当时，五院自行拟订了一个暂行编制草案，作为过渡的基本依据。到了 1959 年，五院已进入大发展、大建设的新阶段。为适应新形势新要求，迫切需要制定正式的组织编制，全面有据地加强组织建设，按编制设置机构，从而合理地配备各类人员。同时只有明确各级机构的职责权限，建立健全规章制度，才能更加有效地开展工作，更好地培养干部，出成果、出人才。

制定我国导弹科研领导机关、科研单位的正式编制，在我军建军史上是史无前例的，既无经验可借鉴，又无样板可遵循，时间紧迫，工作量和难度都很大。对此，五院党委高度重视，分工由政委刘有光同志负责，并确定从院机关抽调有关人员，组成以刘政委为组长、军务处处长张达同志和政治部干部部副部长史成章同志为副组长的编制调研小组。我作为调研组成员参加了这项任务。从 1959 年 3 月初开始，由刘政委亲自带队，深入到分院机关、设计部（所）等基层单位，召集各级领导、科技、政工和行政管理人员，通过座谈、讨论，落实这项工作。编制调研小组认真听取大家的发言和意见，进行分析研究，集中群众智慧，逐步统一了认识，明确了对编制的指导思想、机构设置依据和编制原则。然后，根据上述精神和时间要求，拟定了具体编制的工作程序和工作内容，逐级上报。之后，由总院、分院有关领导和各部门会审初定，再提交总院讨论决定。经总院党委扩大会议几次研究，最后提交总院党委会讨论通过。

拟定编制的指导思想、依据和原则是：根据五院的任务、性质，博采众长，体现特点，自主创新，按照切合实际、精干、统一、效能的原则，拟定各级机构的组成；组织体制确定为总院、分院、设计部（所、站、厂）三级领导机关，研究、设计、试验室为基层单位。

1. 总院和分院机关设置，本着以我为主，博采国内相关院（校）机构设置之长，确定设一室五部。一室即办公室，五部即政治部、科技部、院务部、器材部和基建部。

2. 各设计部（独立研究室、所、站）的科研试验机构和科技人员，则是根据苏联为五院提供的有关设计资料，结合五院的具体情况而拟定的。根据我们的特点，为加强党对科研工作的领导和思想政治工作，各设计部、独立研究室和所、部、站均设有政工部门并配备政治委员。

3. 尽量合并工作近似的部门。总院、分院的机构设置，一般不超过三级。处以下一般不设科，科以下不设股。处、科一般只配一名副职。

4. 各机构根据任务和常规装备，编定员额，同时制定相应的职责和规章制度。

五院正式编制表的拟定，历经一个多月时间，于 1959 年 4 月 20 日完成了制订、印制和上报。由王诤副院长向总参谋部领导汇报，陈赓大将接见了王诤副院长，并听了王诤副院长关于五院拟订编制工作的简要汇报，审视了五院编制序列表的大挂图。最后指示：五院组织体制为三级领导、室为基础、兵团建制，干部任免执行大军区级权限，编制总定员为 24320 人。他明确表示同意五院所报的机构编制。总参谋部于 1959 年 5 月 19 日下发通知，批准国防部第五研究院的编制正式发布执行。

这里特别要说明的是，这个编制大约执行了五年多时间（1961 年、1964 年又先后组建了三分院、四分院），在老五院的组织建设方面发挥了历史性的作用。之后，适时总结了执行中的好经验，分析了存在的问题，该编制为老五院 1964 年调整各分院的任务（即由总体院、专业院变革为专业型号院的体制）奠定了基础。

（作者：原中国航天企业协会副会长）

我是一棵小草

颜永光

我1957年调国防部第五研究院工作。数十年来，就像一棵小草，栽到哪里就在哪里生长。下面谈一谈我经历的几件难忘的事。

一、一棵小草

1957年，我与爱人同进五院。夫妇二人，分居两地。我留云岗，搞营房管理，是教导大队营房科的一名助理员，分工维修和供暖，保证“1059”和“543”学员的学习和生活。教导大队的工作结束后我调到总院。建院工程要上马，谷广善副院长叫我跑基建。1959年9月分配我到五院基建工程部计划处，承办征地、移地和地上物处理工作。根据各工程项目的总图规划，向北京市规划局提出建设用地的申请报告。经批准后，承办地上物处理工作。如：可耕地、树木、坟地、应移民的人数等，并计算赔偿金额，同时确定移民的具体方案。这些事情办妥后，才能进行施工准备和队伍进场。我们首先是抓好三通（路、水、电）一平（场地）和移民逐户安置落实。各院分别安排移民建房计划，并与当地政府签订具体搬迁协议。一院东高地农业户迁到大兴的旧宫村；二院永定路地区的居民户安排到翠微路新建的单元住宅内，其农业户搬到石景山鲁谷村新平房内；云岗地区的农业户全部迁到丰台南宫村新建的平房里。至此，开始进场备料，搭建临时设施，进行施工前期的准备工作。当地材、资金、施工图都备齐后，即调来施工队伍：一个步兵师（180师）、两个汽车运输团、一个建筑公司、一个安装处，共计15000余人。全部到位后，工程建设进入高潮时期，全年施工、四季会战、昼夜不停、抢修抢建，一个个建筑物拔地而起，楼房林立、厂房成群，道路畅通、水电到位。北京地区的“8102”（一院）、“8103”（试验站）、“8108”（空动所）、“8109”（二院）四大工程项目如期竣工，全面投产。至此，已具备了风洞、试车台试验、天线测试、超净环境的精装和测试、环境实验、振动测试等科研试验条件。科研楼、特装库、动力站、部装、总装大厂房和各类生活用房共计完成建筑面积百万平方米，为科研生产和科研人员的正常工作和生活提供了可靠保障。

基建工程，见了实效。奉献航天，人还未老。若问我名和姓，金色大地一棵小草。

二、随专家去选点

十年动乱结束后，在党的十一届三中全会精神指引下，中国航天事业进入了一个新的发展时期。1977 年，中央决定集中力量抓东风五号、巨浪一号、“331”工程。这三项重点航天工程就是航天人通常说的“三抓”任务。

氢氧发动机的研制是“331”工程运载工具的难点之一。要解决低温材料液氢泄漏起火的关键难题，必须进行发动机的多次试车，才能够全面掌握低温高能推进剂的技术，因此需要修建氢氧发动机热力试验台。为此，老专家任新民副部长亲自带领部机关科研、基建人员，深入云岗地区，踏勘选点。我参与了此项工作。经多个方案比较后，确定建在 101 站北山坡，并立即进行建设准备工作。基建局组成“三抓”工程的工作小组，在傅恒一局长领导下，承担基建工程项目的落实工作。我是工作组成员之一。经研究决定，试验台工艺设计由 101 站负责，土建设计由七院承担，七建负责施工。专家亲临施工一线，研究建台方案，部署进度要求。为解决施工劳力不足，国家建委从山西省抽调施工队伍，抢建“三抓”工程有关项目。北京市国防一办派专人负责施工任务落实及地材供应保证。因此，工程进展顺利。“331”工程运载工具三级发动机试验台，当年建成，投入使用，保证了“长征三号”研制工作的顺利进行。

三、煤气进院

1985 年，北京市政府根据人大代表的要求，决定实施煤气工程。我参与了航天大院煤气工程的建设工作。

当时，在行政局张寿清副局长、李尚卿处长领导下开展工程建设工作。张副局长是阜成路地区各单位煤气工程集资办公室负责人。煤气供应指标分配、工程建设的设计与施工、各用户供气时间安排，均由集资办协调。航天大院的煤气工程由航天机关房产处负责完成。

遵照建设程序，首先进行全院的实地勘测，然后是施工图设计，预算核准后备料施工。为满足大院居民用气急需，机关房产处抽调一大批技术人员投入紧张施工之中。时处暑天，天气十分炎热，施工人员昼夜施工。土方开挖，钢管焊接，气密性试压，室内管道及炉灶安装、调试，均由机关房产处职工承担。最后我们又参加了通气点火的验收工作。在大家的共同努力下，终于在当年全部完工，投入使用。因此，航天机关居民和各食堂负责人都非常满意。我们按时完成了这项任务，我内心的快乐感油然而生。

（作者：原航天工业部服务中心副处级干部）

航天初创时期机关有线通信的建设

刘厚德

我1958年初刚来国防部第五研究院时，被分配在五院院务部军务处工作。

一天早晨，我刚进办公室大门，听见电话响了，便急忙跑去接电话。耳机中传来的是一位操南方口音的人的声音，他说："我找你们的领导讲话。"我说领导还没有来，他立刻就说："我是国防科委安东秘书长，有事要找你们。你们领导不在，找你说一下也可以。你能来我办公室一趟也行。"说完，他又改口说："不必找你们领导了，你来就行了。"我接此电话后，丈二和尚摸不着头脑，但听他说自己是国防科委的领导，也不便再追问什么，于是我犹豫了一会儿还是答应了，"我听从您的指示，请问您的办公室在哪个房间?"他立刻告诉了我房间号。我放下电话，马上跑到刘尔柏处长办公室向他简单汇报了情况就出发了。来到安东秘书长办公室，安东秘书长很客气地与我握手，并用手指了一下桌边的椅子让我坐下，他的样子很和蔼，但我的精神却很紧张。我坐下后拿出工作记事本听他作指示。他先问我叫什么名字，多大年纪，来国防部五院前都做过什么工作，来五院多久了等。他说："你不要紧张，今天找你来，主要说说你们单位的重要性，是干什么的，为什么找你来？主要是你们这样重要的单位又直接受聂帅领导，但你们的电话我们经常打不通，影响了我们好多事办不了。"秘书长又将他说过的话反复讲了多遍，并指示："立刻向你们单位的有关领导汇报，让他们想办法一定得将打电话的问题处理好，你们研究好后，再来这里给我汇报!"说完，又严肃地用劲拍了一下桌子说："你都听到、听懂了吗?"我立刻立正敬礼做了回答："都听懂了，都记下了，回去后一定按首长的指示办，请秘书长放心吧，我一定努力干好，保证处理好，以后再有问题，请首长处理我！”安东秘书长听我做了上述表态后，立刻说：“好，就看你们今后了，回去吧！”

我从安东秘书长处回来后，已是下午1点多了。我当时没有吃午饭，但我也不感到饿，立刻跑到办公室，看大家都在，刘尔柏处长急忙问我安东秘书长找我去有什么事，向大家讲讲。于是我就将安东秘书长讲的话向在场的所有人全面详细地做了汇报。

当时刘尔柏处长刚由院基建处到军务处兼职没几天，他和我一样，都对院里电话方面的工作情况一无所知，连电话总机安装在哪里，有几个电话员在工作都不了解。由于我在空军工作之前曾从事过一段通信工作，对通信工作有些了解。于是我告诉大家："让我先到咱们电话总机室现场看看，了解一下情况和现状后再说。"领导和处里的同志听了都同意我的意见。

我了解到，当时五院的电话总机业务是受总参通信兵部领导的。我去了总参通信兵部，找到通信处曹林参谋了解了情况，并把我们五院电话总机的现状向曹参谋进行了汇报和商量。回来后，我又抓紧时间根据调查的情况及我们总院的具体情况提出了改革整顿方案和落实意见。

我提出的国防部五院通信工作改革和建设方案分三步：

第一步，院军务处设通信助理员一人，专门负责总院和各分院通信工作业务。

第二步，总院机关电话工作，尽快做好以下三项工作。

1. 电话总机建设，调100门或200门电话交换机移到二部，安装在总院机关，并增加50部单机备用。

2. 建立昼夜电话总机室守机值班制度和请销假制度，发生问题及时汇报。

3. 请示总参通信兵部批准，从总参或国务院机关抽调4名电话守机员来五院总机室负责昼夜值班。

第三步，全面建设五院及各分院整个通信工作和通信业务。具体实施办法和步骤如下。

1. 业务领导关系从通信兵部通信处接收过来，总院和各分院的有线通信工作统由总院军务处统一管理，其业务工作由军务处直接处理和安排。

2. 军务处设一名助理员专管总院和分院通信工作业务。需要请示和汇报的业务事项，由军务处直接请示总参行政部业务部门批示办理。

3. 待五院通信工作业务扩大后，总院成立专门通信业务组织（或处、科），下设内线班（看守总机并安装修理各单位电话）和外线班（负责全五院电话线路建设）。设立技术室，配内线技师和外线技师各一人，负责总机和电话单机的维修及外线建设等有关业务。

4. 处或科设处（科）长一人，助理员两人，统抓通信业务和行政工作等事宜。

经了解，当时五院机关的电话总机只有两个人，一人负责看总机接电话，另一人还兼职总机和总院线路维修的事项。因总院是新建单位，白天和晚上来往电话较少，他们两人有时不在屋里，外出有事时，把两条外线中的一条接插在院办公室的电话上，一条接在院总值班室电话上，待外出回来后，再拔下线塞待命；晚上机关所有办公室都下班后，电话员下班前，再将电话总机的两个外线塞子分别接插在院办公室的电话上和院总值班室的电话上。总之，那时白天多数情况下总机值班室有人，晚上虽有一人在总机室睡觉，但无人值班。

我来到总机室后，找来两位电话员，我先自我介绍，主要把安东秘书长找我谈话的内容和要求向他们进行了传达，并向他们提出要求：立即（当天）恢复昼夜值班制度，坚持每天 24 小时两人轮流（暂时）值班；制定值班员职责和守机员守则；有事及时请假和向领导汇报（暂由我负责接受汇报）。白天两人无事也要保证有一人不能离开总机值班室。他们两人都表示同意我的安排，并当场做了保证，坚决认真执行这些规定和要求。

事后，我回到军务处向处长作了汇报，处长表示同意和支持。此后，我每天都到电话总机室跑两三趟，对总机室工作抓得很紧。

我除每天关心总机室之事外，主要任务是经常跑总参通信兵部，按照国防科委安东秘书长指示落实五院通信工作，包括筹集我院的电话总机、单机和其他方面缺少的器材的落实工作及催办选调电话员等。

由于我抓得紧，催得多，不久所要的机器和器材都拿到手了。我立即抽时间投入了配合来人对电话总机的安装和试机。还好，这项工作很快、很顺利地完成了。军务处领导得知新总机安装好了，也很高兴。

通信兵为五院选派了 3 名女电话员，她们是傅汝梅、姚桂兰、王凤英，都来自中南海机要局。

傅汝梅、姚桂兰、王凤英3名同志来后的第二天，我就带着她们去见了安秘书长。安东少将在百忙中接见了我们4人，特别是见到她们后很高兴，说欢迎她们来见他，并把第一次找我谈话的情况，即摇五院电话摇不通的事又重述了一遍，要求我们一定要搞好守机工作，一定不能再像从前那样子。这次谈话较简单，时间少，尤其主要是表扬鼓励多，给我们的教育和帮助很大。她们3人回来后，我连同原来的两人共5人在一起进行了座谈，总结了过去的工作，指出了今后的努力方向。大家表示，一定要遵照安秘书长的指示，把五院机关的昼夜电话总机值班工作抓好，决不辜负领导的关心与期望。

至此，我向领导提出的建设国防部五院通信工作的三步走方案，已完成了两步，只剩下最后一步了。这第三步的落实任务，完全是院务部领导和军务处领导的事了，由他们向五院干部部申请落实。

（作者：原航空航天部办公厅处长）

航天科技人才预测培养工作

陈　负

1952 年夏，沈阳检车段党组织保送我去大连工学院附属工农速成中学读书。我深知，这是党对一个贫农家庭出身孩子的深切关怀，我一定加倍努力感谢党的培育之恩。我完成了 3 年的速成学业并以优异的成绩考取了东北工学院，我珍惜这来之不易的大学学习生活。通过 5 年的大学生活，我的思想政治、基础理论和专业知识均得到全面地提高，立志学好本领，报效祖国。毕业前正在外地进行生产实习时，突然接到学院通知，要求我立即返校接受新的任务。返校后，经学院批准同意让我提前毕业选调到国防部第五研究院工作。

到五院报到后，第一印象是神秘、森严。在我们去五院小礼堂听从分配的路上，一位中校军官严肃地对大家说："你们不准东张西望，眼睛要向前看，不许交头接耳。"我们精神很紧张，感到国防尖端部门的保密性太重要了。我被分配到一分院。随后开始了为期一个月的军训生活，学习文件、资料，接受国内外形势教育，参加忆苦思甜、保密教育、军事训练等，其目的是树立在五院为我国尖端事业奉献青春的思想。后来，得知中共中央专门发出《关于迅速完成提前选调给国防部五院应届大学毕业生的通知》，有近百名技术骨干和 4000 余名大学毕业生迅速集中到了五院，这是创建五院的重大举措，意义深远。我为自己能成为五院的一员感到无比的光荣而自豪。我在一分院 211 厂冶金科搞型号工艺设计工作的 5 年时间里，体会最深的是，对于刚毕业的大学生从事航天技术工作，不仅要有扎实的基础理论知识，更重要的是要把书本上的知识和实际经验结合起来，具备创造性地解决实际技术问题、研制出合格产品的能力，其途径就是深入车间，实行设计、工艺、工人的三结合，向工人同志学习，培养劳动人民的感情，做到“又红又专”。

在航天事业创立和发展的过程中，已初步形成了一支高素质的航天科技队伍。但十年“文化大革命”造成了科技人才的断层，给航天事业带来潜在危机。许多领导干部和技术专家为此感到担忧，但一时又拿不出有说服力的数据和资料来。为此，20 世纪 80 年代初，在宋健副部长的倡议下，航天部党组决定，由教育司司长郭国正、二院专家于景元并借调华北航天工业学院两名讲师和我组成“部职工队伍现状调研组”，对各院、基地、厂所进行抽样调查与问卷调查。历经三个多月，通过对实地考察和问卷调查数据进行整理统计、图表描述，并采用人口预测方法和成果，用计算机进行模拟处理和未来动态分析，预测结果表明：航天科技人才队伍现状结构出现断层，面临青黄不接、后继乏人的局面。同时果断地提出了必须加速培养和补充高层次人才的结论。这一方法和成果率先应用到航天工业系统全面开展人才预测工作上，后来在全国高等院校、国家各部委亦得到了具体的应用。在国家教育部主持召开的全国高校人才预测工作会议上，介绍了航天部开展人才预测的指导思想、方法、成果和经验。在航天系统首先通过各种形式、途径和方法培养高层次人才，如给技术专家配助手、培养技术尖子带徒弟；高级技术人员带研究生；举办厂长所长进修班、高工研讨班，进行自修、总结、撰写论文，补充新知识；派人出国或到高校进修，吸取先进技术，培养技术骨干，提高队伍的专业知识水平。

1984 年，为加强航天高层人才的培养与管理，经国防科工委批复，航天部正式成立了研究生工作部。我被任命为副主任。研究生工作部的主要任务是负责对各院所和哈尔滨工业大学的硕士、博士研究生的培养与授予点的建立，导师的遴选与审定，以及博士后流动站的管理工作等，从体制上保障了高层次人才的输入和培养。后来通过人力资源的不断补充，航天高层次人才短缺得到了有效的缓解。

我从事航天教育事业 30 年，曾荣立部二等功、航天事业创业奖，为航天事业贡献了我一份力量。

（作者：原航天部研究生工作部副主任）

留下的不仅是难忘的记忆

沈世恩

1960年春天，在大学五年级下学期，我刚从外地实习完毕回到学校不久，学校学生处的负责人通知我，因为国家需要，提前毕业，到北京国防部第五研究院工作。

4月12日上午，我们到达北京，被接到一个部队大院。第二天我被分配到0682部队（国防部五院二分院）四支队（第四设计部）45分队（第五研究室）工作。支队召开迎新会，欢迎我们新来的战友，着重说明我们的工作性质和肩负的重任，号召我们要下定决心为国防科研事业贡献一辈子。后来，我负责某型号伺服机构的仿制任务。我暗下决心，一定要出色完成任务。

1960年，“大跃进”的余波还在冲击着我所在的二分院，各部门动辄“报喜”，红旗开道，队伍上街，敲锣打鼓，标语口号，热闹异常，影响了正常的科研工作。对此，聂荣臻元帅及时指示要求“安安静静、干干净净”，保证正常的科研工作秩序不被干扰，而且还要求办公室内不准张贴任何标语、口号和画像。接着聂帅又规定了要保证“六分之五”（每周六天中的五天）的科研工作时间，从此，五院的科研工作秩序井然，科研工作时间得到了充分保证，创造了良好的科研环境。

1961年7月16日，我有幸在人民大会堂聆听了聂帅给五院各级干部及广大科技人员做的报告。报告阐述了如何做到又红又专，对五院科技人员提出了“五定”要求。这个报告对进一步明确五院的工作方向起到了十分重要的作用。这段时间，聂帅对五院一系列的工作指示及五院对这些指示的落实，对五院加速出成果、出人才的进程起到了非常关键的作用。

聂帅还十分关心我们的生活。1960 年 12 月的一天下午，我们正在食堂就餐。我在打饭时，一位个子不高、身着便装的中年人向我走来，和蔼可亲地询问我粮食定量够不够吃？我回答说："我基本上够吃，但对大多数人来说还是不大够。"过了两个月，我们的定量由每月 32 斤增加到 38 斤，解决了"吃饱"的问题，这在当时可谓是一个重大举措。后来我才知道，那天向我询问定量的中年人，是国防科委秘书长安东少将，他是奉聂帅之命前来调查的。在三年困难时期，聂帅为了改善五院广大科技人员的生活，从各军兵种、各大单位"募捐"来的"科技豆、科技鱼"我都吃到了。当时，我们深受鼓舞。

聂帅十分尊重、爱惜科技专家，爱才如命，对于一般的科技人员也同样是非常关心、非常爱惜。记得 1961 年夏天，我们研究室的一名大学生得了重病，住进了医院。聂帅知道后，指示二分院领导要不惜代价全力救护。经过一个多星期救护，这位大学生终于转危为安。1962 年的春天，我们工程组里的一名同事身体不适，怀疑患了肝病，聂帅从聂力大姐（和我们在同一个工程组）那里得知后也非常关心。当这位同志排除了肝炎之疑后，聂帅也就放心了，但还是通过聂力向我们工程组送来了糖果（当时是非常珍贵的，在市面上买不到），以表慰问，我们非常感动。

1960 年 4 月，我工作的第一天，工程组长分配给我的工作任务是作为某型号总师组成员，负责该型号的电动伺服机构的仿制，并将附有翻译的一整套俄文图纸、技术条件资料交给我，要我阅读、消化。我们研究室绝大多数是新分配来的大、中专学生，实际工作中要靠自己去学习、去钻研。凭着大学的 3 年俄语基础，我按照原文，对图纸及产品技术条件逐一进行校对，对一些不够专业或不太确切的词句提出了修改意见。之后，更多的也是最重要的是看懂图纸，掌握产品设计的基本原理，"消化"技术条件。我从学习《导弹概论》入门，再一步步地认真学习其他有关基础理论和专业知识。不需要领导对我们提出任何要求，我和我的战友们都自觉地日以继夜地工作、学习。除了上班的 8 小时以外，在晚饭一小时后，大家都来到办公室或院里的专业阅览室工作或学习，每天几乎都要到晚上 11 点多，直至室政委下"命令"让我们离开办公室回宿舍。星期日也不例外，上午接着工作、学习，下午抓紧时间洗个澡，洗洗衣服，算是休息了。晚上接着工作、学习。

我们工程组有一套苏联提供的伺服机构样机及试验设备。有了较多的专业基础知识后，我对负责仿制的伺服机构进行“反设计”，目的是摸清产品设计思路，进行设计、计算。在“反设计”过程中，我在计算后发现产品图纸中的一个齿轮的“变位系数”是错误的。我在对照技术条件对产品逐条进行试验时，发现了技术条件中在产品试验时与测试设备连接安装位置不明确。我在进行了力学计算和对样机进行反复测试后，重新确定了与试验设备连接安装的状态。设计修改和试验状态的确定，均取得了领导的支持和确认，同时领导指派我直接向型号总设计师钱文极大校报告，得到了钱总的肯定。

作为总设计师组成员，1963 年我一个人驻厂负责该型号电动伺服机构仿制，其职责是负责仿制过程中有关产品设计问题的处理，包括设计图纸及技术条件的解释、更改，超差材料的处理等，直至保证产品生产定型。驻厂期间，我是产品技术文件的最终审批者，即对产品设计负全责。对于毕业于非导弹专业、而且刚工作不久工作实践经验不多的我来说，深感责任非常重大。

在产品仿制厂的厂长、总工程师都是参加革命很早的老同志，我十分尊重他们。有关技术的问题处理，我及时与他们交流。平时更多的与厂里的主管设计员、主管工艺员商讨技术问题，还经常下车间跟班生产，取得第一手材料，向车间工艺员及工人师傅学习。我还坚持写工作日记，详细记录所处理的各种技术问题，包括产生原因、处理依据及处理结论等。由于在设计部时对资料进行了较为深入的学习、理解，又及时进行了“反设计”，为指导和处理仿制中的技术问题打下了较好基础，使仿制工作进展的较为顺利。

为使仿制产品顺利通过定型生产，工厂决定先装 3 台先锋件。我不但一直跟着总装，而且还跟班参加了产品的验收试验、定型试验的实际操作，包括上深夜班，历时一个多月。先锋件顺利通过各种试验，接着进行试生产产品的装调、试验。此时，上级单位又任命我为该产品的军代表，参加该产品的定型验收。

1965 年 4 月，由于几年来扎实的工作，试生产的产品通过各种试验和生产定型，我在产品生产定型有关文件上签字。不久，该型号通过了国家定型。这是我走上工作岗位 5 年后完成的第一件大事，终生难忘。

1965 年 5 月，我回到设计部。由于有了仿制生产的技术基础，我们很快投入了新型号的电动伺服机构自行设计，我负责并成功地研制了其中一个控制元件——磁粉离合器。此后又将新型的“一齿差十零齿差输出”的齿轮减速机构成功应用于新设计的电动伺服机构中，不但提高了系统性能，而且也减轻了机构的体积、重量。我还负责完成了“磁粉离合器通用技术条件”航天工业部标准及国家标准的制定工作。

在此后的十余年里，我先后参加了5种电动伺服机构的研制，已成功地应用于5种型号。我先后获得全国科学大会奖1项，航天工业部科技进步二等奖1项、三等奖3项。

（作者：中国航天工程咨询中心原副总工程师）

35 年航天路　艰苦奋斗留足迹

冯天禄

我 1959 年从南京军事学院调到总参五部，接着又到国防部第五研究院工作。在各级领导的教导和同志们帮助下，我积极努力，克服困难，完成任务，为我国航天事业铺垫一砖一瓦做了一些工作，今择其主要，叙述十件事情。

一、参加第一支地对空导弹部队的培训工作

1959 年，我正在南京军事学院学习，突然接到命令到总参五部报到。王平政委为我们送行，谆谆嘱咐努力工作。我刚到总参五部不久，就把我介绍到五院来了。五院干部部副部长史成章同志把我分配到科技部作战研究处工作。处长高雁翎同志正在教导大队办“543”地空导弹训练班，我报到后就被分配到训练班边工作边学习，负责课程安排和课堂服务。这下子难坏我了，因为是一个既未见过也未听说过导弹的人要负责安排导弹课程。我听说还有一位同志是干课程安排工作的，就赶快找他商量，请他把课程安排全包下来，我跑龙套包课堂全部杂役都行。不料这位同志不由分说一定要按弹上和地面设备来分工，他认领弹上系统后，就不管我了。我想既然是办训练班，必然有教员，就去向教研组陈述情况，请教员帮忙。教研组很爽快地答应了，使难关得以渡过。理论课结束后，部队转移到酒泉靶场，上机实际操作。这时靶场的营房尚未建成，部队住帐棚，我们住在一个无顶无门窗的房壳子里，用一块蓬布遮挡风沙，早上起床口鼻耳朵里满是沙尘。蔬菜很难见到，经常以咸菜和黄豆佐餐。这些都难不倒我们。实弹射击后，训练班结业，部队立即投入实战，连连

击落 U2 侦察机，大长中国军民的志气。中国有了自己的导弹部队，这是多么值得庆幸啊！

二、参加制订导弹武器研制发展规划

1963 年我被调到科技部综合计划处工作。王道力是处长，处下设规划组和计划组。我是规划组组长，组里只有四个人。为了准备开展工作，首先搜集外军导弹武器的资料，从中学习导弹方面的知识，了解外国导弹的性能，研究分析它们发展导弹的思路和技术途径。1963 年着手制订我国 1963~1972 年导弹武器研制发展规划，首先必须了解中央和国务院的方针政策、军方的使用要求、国防科委的意图和部署以及五院党委的决心，还要熟知我院具有的实力以及国家可资利用的协作条件等。王道力处长亲自动手，我们做辅助工作，进行工程和资金计算以及必要的调查等。十年规划出来后反复征求意见、反复修改，直到 1965 年才搞出“八年四弹”规划。经中央专委批准实施，该规划对航天事业产生极大的推动作用。

顺便说一下我做辅助工作的体会。仅以计算工作为例，工作量是非常巨大的。那时没有电子计算机，仅有一台电动计算机、两台手摇计算机，打键盘摇摇把挺麻烦，并不比算盘快多少，所以主要靠算盘。为了争取时间，防止算错，计算时一个人报数字，两三个人同时打算盘，以便及时校正，如有一个人的结果不同就要复验。每次方案调整就会有很大的工作量，少则 10 天左右、多则 20 天，有时一个标准变动就会影响全盘调整。时间要求很紧迫，为了不误点，只能昼夜兼程。一天只能睡三五个小时，时间久了自然就撑不住了，听不见算盘响就是睡着了。喊醒之后，起来活动一下再继续干。特别是寒冬腊月，北风呼啸、雪花纷飞，同志们紧戴绒帽，紧裹棉大衣，穿着大头靴，也耐不住深夜的严寒，只能起来蹦跳几下取取暖。处长、协理员有时和食堂商议凌晨时分给做点热汤，让同志们暖暖身子。长期的艰苦工作，很多同志都消瘦了，有一次我去理发，理发师傅竟叫我老大爷，以为我已 50 多岁了，实际我才 35 岁啊。回头对着镜子看了又看，发现头发已经谢顶，看书也需戴眼镜了。科技部的同志看在眼里心痛不已，多次告诫我们要注意身体、劳逸结合。

三、参与组建七机部的工作

1964年，在“1059”地地导弹和“543”地空导弹仿制的基础上，我国自行研制的型号也已展开了，仅靠211厂和11厂两个试制厂，以及各部所模样车间的力量已远不能满足五院研制工作的需要。借助其他工业部的技术力量在协作厂投资兴建新品生产线，虽然能解决一些临时性问题，但这种关系很难长期固定下来。要加快型号研制进度，就必需解决院内的加工生产能力，把型号的主产品和主要配套产品的生产点固定下来。周恩来总理决定，以五院为基础，有关工业部支援，组建导弹工业部，即第七机械工业部，由国防工业办公室为主筹办。工办十局以李光局长为首、邢育彬处长参加的工作组立即进驻五院，由五院科技部副部长王道力及规划组配合，经过反复研究协商，决定接收上海机电二局和上海机电设计院，接收三机部、四机部、五机部十几个工厂和六个中技学校，组成第七机械工业部。并由二机部、三机部、四机部、五机部各抽调30~50名土建专业的技术力量，组成七机部的建筑设计院。我们起草的组建七机部的报告由王秉璋亲自修改审定。七机部的成立，标志着我国航天事业步入一个新的阶段。

四、从参与到主持基建局工作

1970年我从“五七”干校调部基建组任副组长，协助傅恒一同志工作。面对基本建设的规章制度和工作程序遭受“文革”的摧残冲击，不作整顿和恢复无法进行工作。必须从恢复初步设计制度开始，建立必要的工作程序。刚开始阻力很大，我们按照周恩来总理“七机部的工作不能受冲击”的指示，排除干扰，做好工作。建设投资是国家财政拨款，是全国人民的血汗钱，不能随意挥霍，建设项目没有正当的、充足的理由是不能批的。这不叫卡，是正当的管理。这样，顶一阵子后也就坚持下来了。下一步就是完善初步设计的内容和严格审查制度。为了纠正争项目、争投资、求洋求全、重复浪费、不注重投资效益的问题，决定编制我部第一部《初步设计的内容和深度的规定》，修订我部20世纪60年代的《基本建设若干费用的收费标准》，整顿设计秩序，纠正“文革”中不切实际地降低设计标准，解决施工收费产生的矛盾。经过调查研究，广泛征求有关方面的意见，《初步设计的内容和深度的规定》正式颁布实施。此后，我们运用典型推动工作，在“7413”工程初步设计报审时邀请各有关单位的专家和有经验的技术管理人员参加，对建设内容逐项论证答辩，而后确定建设规模，这样就进一步明确了该单位的任务与各有关单位的协作关系，依此核增核减设计中提出的建筑面积和仪器设备等。在确保研制需要的前提下，节省机床20多台，还节省一个发动机强度试验工位。参加评审的专家和技术管理人员一致评论说，如果我部的工作都能这样坚持下去，不要太久就能把我部的科研生产和协作关系调整得顺顺当当。

1982年我任航天部基建局长。我认为基建管理部门不仅要抓好定项目和设计前期的工作，还要组织本部门的施工力量，为科研生产和群众生活创建优良的设施和条件，更要依据国家的方针政策和规章制度，通过有效的管理，克服弊端，提高效益，节约资金，支援社会主义建设。

1984年，我们成立体改小组，走访国务院有关部委，到深圳实地考察，回来后认真总结工作，有针对性地提出把竞争机制引入到管理中来，采用招投标、各种形式的技术经济责任制、项目包干、投资包干、建立项目责任人等，纠正过去等靠要、铁饭碗等弊端，提高了职工的积极性和责任心，从而达到加快进度、提高质量、减少浪费和节约投资的目的。二院仿真试验室招标后，选择了施工单位，保证了质量，节约了投资310余万元。第七建筑设计研究院实行设计收费、企业管理，很快打开局面。

建立部工程质量监督检查体系，使这项工作经常化、制度化。除此之外，还多次开展京内外大检查，通过检查开展优秀设计、优质工程评比活动，调动大家的荣誉感和积极性，各单位中的许多项目既获得了国家、省、部、市级优秀奖或样板工程奖，也提高了设计、施工单位的市场知名度和信誉度。

坚持自力更生培养技术人才。1976年我部三线大规模建设基本结束，基建战线许多有经验的管理人员被转移到生产岗位上去，造成基建技术人员骤然减员，管理水平相对削弱，有的单位出现青黄不接甚至后继无人的状况。为了扭转这种状况，一方面号召各有条件的单位积极举办短期专业培训，不具备条件的送部内友邻单位或部外培训。基建局积极与成都建筑技术进修学院签约委托代培大专程度的技术人员 100 名。同时在教育局的支持下，在哈尔滨工业大学和华北航天学院设置工民建专业，培育大本、大专、中专人才。我们还注意创造条件，让专业技术人员出国参加工作或考察，开阔眼界、提高水平。

五、抢建 771 所铬板生产线

1981 年 771 所与瑞士谈判引进一套铬板生产线，这是制造多层印刷电路板，为研制弹上计算机和精密电子仪器极为重要的设备。工程的技术要求高，一百级超净、恒温、恒湿、防微震，原有的水暖电气均需改造，总面积 5000 多平方米。合同要求 1982 年 11 月底交瑞方安装设备，但工程进展不快。郑天翔部长指令我赴现场指挥，确保完成任务。我和惠柏树同志赶到临潼，召集工兵团、771 所领导及主管部门领导传达部长指示，明确任务分工，厂房范围的工作由工程兵负责，厂房以外水暖电气由研究所负责。由于时间紧迫，工程兵采用分班作业、昼夜兼程，严密组织确保按期完成任务。11 月，瑞方来考察时，见工程即将交付，表示惊讶。他们说，这样短的工期，即使我们机械化施工，完成任务也很困难。

六、奉命主持 801 厂整顿工作

1982 年张钧部长要我带队整顿 801 厂。临行前听说已安排人事部门给 801 厂选调书记、厂长，并参加工作组工作，提前介入，以便接替 801 厂的工作。

工作组在连家增、王学臣副组长的带领下，先我半年进厂开展工作，成员有王照明、常建忠、庞霄、刘文博和新书记、新厂长。我到厂后和工作组全体同志团结在一起，依靠工厂广大干部和职工，深入调查研究，排除干扰，澄清是非，经过集体讨论分析，取得一致意见。部党组批准工作组报告后，召开全厂大会，由我向全厂汇报工作组的工作和处理结果，宣布部党组批准工作组的意见，请新任书记、厂长与大家见面，要求全厂同志在新的厂领导班子领导下，团结一心，互相谅解，互相尊重，尽快把生产和各项工作搞上去，改善职工生活，为我国航天事业作贡献。经过此次整顿，全厂很快建立起正常的工作秩序，生产很快就上去了。这个厂生产的红缨五号导弹经过试制、试验、定型，投入了批生产。

七、奉命协助 067 基地抗洪救灾

1981 年 067 基地发生特大洪灾，洪水和泥石流给科研生产和群众生活造成极为严重的灾害。郑天翔部长指派办公厅主任杜鸣柯和我前往救灾。我们商定三条原则：第一，逐门逐户走访，代表部领导表示慰问，查看灾情，听取大家的意见和建议；第二，大力宣扬各单位救人、救物中的好人好事，动员大家向他们学习，团结起来、互相帮助，继续做好人员安置，使人人有饭吃有地方住，继续做好物资抢救，尽量减少损失；第三，尽可能帮助基地解决因灾造成的困难。首先向驻凤州的基建工程兵营下达任务，全力以赴协助基地安置群众、抢救物资；其次请部尽快申请电台，解决灾区通信联络问题。杜主任腿部有伤残，我们两人互相帮扶蹚着湍急的洪水和没膝深的泥石流逐家访问宣传，各单位抗洪救灾的英勇事迹使大家深受感动，特别是 11 所的领导、专家和广大技术人员如张贵田同志等都亲临现场救人、救物，成为大家的表率。访问结束准备回指挥部汇报，刚踏进门就听说试验站鹿母寺沟里的推进剂库出现滑坡迹象，那里库存 400 吨推进剂，一旦出现滑坡可能产生这两种推进剂接触就会发生爆炸，危及人员生命和试车台的安全。经部里请示国务院，李先念副总理答复不允许向嘉陵江排放，因为污染严重，影响太大。指挥部要我前往处理，此事刻不容缓，我马上带着赵永志等同志赶赴试验站。鹿母寺沟是红光沟里的一条支沟，试验站的试车台和推进剂库就建在这里。两个库一个建在山坡上，一个建在上一个库下方的平地上。上面的库没有滑动的迹象，下边的库因受上边土层和库重的挤压，库房内外的水泥地坪崩裂翘起，看上去确实令人担心。虽然下面的库已在平地无处可滑，但能否支撑住上面的压力很难料定，一旦上边库滑落砸破罐体，400 吨推进剂爆炸，威力相当大，这关乎职工和沟内百姓的生命以及试车台的安全，不得不防。最好的办法是将推进剂全部加注到试车台里去，虽然试车台和燃料库之间的加注管道已被泥石流冲断，但仍有修复的

可能，关键是起动加注泵的两台发电机，其中一台借到红光沟外去了，受泥石流阻隔无法运回。

为了应急，决定采取两项措施：一是组织人力利用稻草和试验站现存的珍珠岩把下面的罐体围起来，防止砸破；二是把鹿母寺沟里的人员一个不留全部疏散到外面去，晚上只留我一个人现场值班，一夜平安地过去了。我一个人呆呆地坐在库外草地上发愁，上午时分，试验站一位管维修的同志上来查看，我向他请教解决问题的办法，他说加注管道可以接通，发电机无法解决。我问他起动加注泵需要多大功率，用一台电机有无可能起动。他说过去每次加注都是用两台电机。我请他计算一下差距有多大，他心算之后说主要是起动时瞬时电压差一点。我请他回去商量一下，接通加注管，用一台电机进行试验。下午，管道接通了，拖拉机把发电机拉上来，我翘首望着天空，企盼好消息的降临。成功了！在场的人都鼓掌欢呼起来。千钧大石落下心头。

八、组建捆绑型火箭振动试验塔

1988 年前后，国家建委提出对公款投资项目立项要进行可行性评估、投产后进行投资效益评估，评估工作必须由独立的第三者承担。为此，部决定成立评估公司。刘纪原副部长要求成立航天工程咨询中心，决定由我负责组织筹建。我们只用了半年时间就把架子搭起来了。

工程咨询中心刚成立，就接受了对长征二号捆绑型运载火箭（简称“长二捆”）振动试验塔的评估和建设任务。“长二捆”是我国第一个自行研制的捆绑型运载火箭，虽然基础是“长征二号丙”，但增加 4 个助推器后对全弹的影响，尤其是分离时的影响没有经验可循。计算机模拟的方法是可行的，但“长二捆”不作地面试验，一旦发射失败，影响太大。经过反复征求设计师以及专家们的意见，为了“稳妥可靠、万无一失”，最后统一意见，由部领导决定建振动试验塔。

这时“长二捆”试验火箭即将完成，急待振动试验。为了以最短时间完成振动塔建设，我们采用施工网络图的管理方法，排出工程的全部工序，在摸清每道工序的工作量，找出重要矛盾点后，制定网络图交叉作业，确定各道工序的时间段，明确负责人，限期完成。依据网络图标示，地质勘探及基础处理、塔架订货、塔体施工图设计和施工准备，施工全面展开，井然有序，只用了一年时间就建成并交付试验，保证了“长二捆”发射澳星的成功。这项任务受到部领导的好评。

九、可行性评估工作取得可喜成绩

可行性评估是一项全新工作，无章可依。我部唯有基建管理工作中的初步设计可资借鉴。评审的重点在于建设项目的必要性、建设规模的大小、市场前景、投资效益、技术路线的先进性、科研生产设备的选型及数量、外部协作条件等。这些都要靠社会调查和评审专家在与建设单位商讨答辩过程中逐步统一认识，通过多个项目评审，不断总结经验，走出一条路子来。开始阶段阻力很大，谁都不愿戴这顶“紧箍咒”，必须有部领导的支持，用制度保证方能坚持下来。

仅以 1990 年一年为例，部全年共下达评估任务 19 项，当年完成 14 项。14 项总投资 34775 万元，评审后总投资 26025 万元，评估的直接效益为调减 9916 万元，调增 1166 万元，共计 11082 万元，占总投资的 31.86%。至于社会效益，更为可观。一年的效益如此显著，可见评估工作的重要性。为此，我曾书面向部领导建议，加强部科技委和咨询中心的建设，这两个方面的工作做好了，就可以有效掌握全部的型号研制和工程建设工作。

十、组织编制新一代型号研制文件

我国经过第一代航天型号的研制生产，在部内形成了较为完备配套的科研生产体系，在全国形成了配套的协作网点，培养出一支优秀的科研、生产管理队伍，积累起宝贵的研制经验，形成了一套行之有效的管理制度。为了把已有的经验、制度传承下去，多快好省地完成新一代航天型号的研制，使新加入航天队伍的成员迅速成长，部于 1989 年以 1397 号文件的形式，将这些经验和制度择要概括成 29 条，但有些条款阐述的深度不够，存在执行方法、步骤和要求达到的目的及标准概括不全或欠明确等问题，执行起来难以整齐划一。为此，部领导决定由咨询中心牵头，在 1397 号文件的基础上，按照型号研制和研制队伍建设两个方面，重新编制《关于新一代航天型号研制工作中若干问题决定的实施纲要》及其《宣传提纲》和《关于加强型号研制队伍建设若干意见的实施细则》及其《宣传提纲》两套文件。

这两套文件的编制，我们以部机关为主组织起草小组，邀请各主要研制单位和政工、人事、教育等单位的代表参加，组成文件研讨班。首先由各代表提出需要修改和补充的内容并提出修改补充的具体建议，在此基础上展开讨论，达成共同意见。然后再由起草小组汇集成文，请代表带回本单位征求意见，根据他们的意见再次整理成文，带给起草小组组织下次研讨。如此反复直到取得共识，报部领导审核批准。编制过程三上三下，部领导批准印发，共历时一年半左右。刘纪原副部长要求起草小组跟踪检查贯彻落实情况。我们对 30 个重点单位进行了检查。这两套文件对新一代型号研制工作和队伍建设起到了积极的推动作用。

（作者：原航空航天部基建局局长）

回忆我为航天计量工作的日子

张荫柏

1959年夏，我从北京理工大学毕业，由国家分配来到创建初期的航天二院工作。那时的我们风华正茂，意气风发。我被分配到23所张履谦任主任（后来他被誉为国防科研战线上的标兵）的研究室工作，与姬国梁、李波、张通等同志曾在一个研究室共事。那时，科研工业区座座大楼的灯光彻夜通明，我们为航天创业日夜奋战。不久，我就和很多二院人到西安、成都等地的工厂，跟苏联专家学习仿制“543”防空武器。1960年8月，风云突变，我们经历了全部在华苏联专家突然撤走的紧张岁月。此后，航天人在党中央领导下，发愤图强走上了自行设计的道路。为了更好地学习发达国家的先进科学技术，从1960年以后，我们这些在大学曾学过俄文的科技人员开始努力自学英语。为了解决我们二院科研大楼“8109”工程遗留的电磁屏蔽的问题，1961年从几个支队调来8位科技人员组成二院屏蔽技术专题工程组，我任组长。在当时的二院总工程师蔡金涛的亲自指导下，用两年时间完成预定任务后，我们这8个年轻人全部调入了二院203所的前身二院计量站工作。从此我在航天计量战线上奋斗了几十年。虽然十年“文革”动乱使我们损失了不少宝贵的时光，我们在1975年前的创业时期，还是完成了繁重的型号研制、机构建设、人员调配、科研大楼工程建设和技术基础的研发任务，为胜利完成国家航天三大型号工程任务奠定了良好的基础。

从1975~1984年10年间，我们这一代航天人都亲自参与了“飞向太平洋”（“580”工程）、“海上发射运载火箭”（“9182”工程）和“发射试验通信卫星”（“331”工程）三大型号工程的相关工作。我们二院计量站作为当时国防科工委的一级计量中心，曾先后多次派人到各个发射基地和部队的测控站，指导和协助完成了大量的现场统一计量工作。我在这段时间，曾先后去酒泉、太原等发射基地以及葫芦岛海军基地做过时间频率参数的统一计量工作，为三大型号任务的胜利完成作出了我们应有的贡献。同时，203 所多年建设起来的计量系统和人才也得到了实际的考验和锻炼，这一切又为航天事业进入大发展阶段做好了准备。这里，我要特别讲一点关于我们计量站已故副站长乔石琼的感人故事，她曾连任三届全国人大代表，是一名留美归来的计量专家。我在担任工程组长期间，接触乔站长的机会较多，我深深敬佩她那不计个人得失、一丝不苟的敬业精神，以及她对同志、对下级满腔热情的友爱精神和严以律己、平易近人、艰苦奋斗的作风。她提出并倡导了计量站“计量为型号服务”的指导方针，她身体力行，不顾自己年高体衰，多次与我们年轻人一起奔赴边远的发射基地。记得有一次，她乘坐一架小飞机从甘肃酒泉发射基地回京途中，由于飞机出现故障，不得不在临近延安的一个小型军用机场迫降。本来有关领导为了照顾她，让她改乘火车先行回北京，可是她坚持要和大家一起同行，辗转路经太原时，她还高兴地在饭馆里宴请大家，一路上她和大家谈笑风生，充分体现了她热爱航天、不怕艰苦和团结友爱的精神。

从 1984 年以后，中国航天进入了大发展的时期。我们二院 203 所作为航天部的一级计量站和国防科工委的无线电、微波和时间频率参数的计量中心，在努力为我院研制开发各类航天防御武器系统做好计量测试服务的同时，根据航天部和国防科工委对计量科学技术发展的需求，相继在“八五”、“九五”、“十五”期间开展了不少国防计量重点预研课题的研究工作。同时，我们这些 20 世纪 80 年代初被评为高级工程师的老同志，开始结合这些课题研究工作培养研究生，为航天事业发展培养接班人才。我先后结合课题研究工作培养研究生 5 名。1990 年，我作为当时国家教委公派的高级访问学者，曾去美国堪萨斯州州立大学进修。回国后，组织一方面让我继续带研究生搞预研课题，另一方面让我作为出国代表团英语口译翻译和技术负责人先后出访过俄罗斯、法国、瑞士和德国，做了联合的科学实验、技术交流、引进设备验收等工作。特别是 1995 年 203 所的出国代表团访问了国际时间局后，203 所的时间实验室从此开始了与世界各国时间实验室之间通过 GPS 信号的连续时间比对和数据交换，为203所的时间频率计量技术与世界先进水平接轨铺平了道路。此外，我们与俄罗斯时间计量中心和俄罗斯时间频率公司的交流与合作，也给我所的时间频率计量标准的建立和氢原子钟的研制起了促进作用。还有令我终生难忘的一件事：1990年2月15日在我即将启程去美国进修的前几天，乔石琼站长托人给我送来一本对我来说十分珍贵的《牛津现代高级双解词典》，并亲笔给我写了热情洋溢鼓励我珍惜出国进修机会的短信。多年来每次出国的机会，她总是让给其他人。使我们十分悲痛的是在1990年7月14日，我们的这位良师益友、我们深深尊敬和爱戴的老领导，在我还未回国之前就永远地离开了我们。她的音容笑貌、高风亮节一直留在我们的心中，不断鼓舞和鞭策我们为航天事业多作贡献。

我在二院203所长期从事的专业是"时间和频率的计量和测试"。为了给时间频率计量领域的后来人留点可供借鉴的文字档案，我和其他几位国内同事一起，在退休前的几年里，抓紧时间编写并出版了《计量测试技术手册》第11卷（时间频率），还先后写出了5篇《航天科技报告》，其中《关于利用GPS定时校频》这篇报告获得了部级一等奖。后来听说部队和航天系统二级计量站从事时间频率计量测试工作的年轻人，把我们编写的这本书当成工作中的"必读教材"使用，我们感到十分欣慰。回忆为航天计量工作的50年，我感到无比自豪。

我用我写的拙词一首《水调歌头·贺航天事业创建五十周年》，来表达我的心情：五十年过去，弹指一挥间。回首事业历程，心潮冲云天。不怕风云突变，自力更生苦干，赢得大发展。国强军威壮，航天有贡献！新世纪，新起点，加油干。力促中华振兴，目标要实现。载人飞船巡天，登月探索自然，奥运精神传。建和谐社会，大同世界现。

（作者：原航天部二院203所研究员）

大协作完成火箭发动机试验工程

王学臣

1960年，苏联援建的“8103”工程（火箭发动机试验工程）在苏联专家撤走后，我们自己的科技人员，发扬发愤图强、自力更生、为国争光的精神，展开了大规模的工程建设。当时，我在国防部第五研究院一分院试验站器材科非标准设备组负责非标准设备协作加工的组织协调工作。

“8103”工程有大量的非标准设备，例如，3号、4号试车台、制氧车间等工号就有几百项非标准设备需要外协加工。当时五院机关负责抓总的是工程部和器材部，我们首先将需要外协加工的非标准设备造册上报，工程部（后为器材部）汇总后，上报到第一机械工业部。一机部根据非标准设备的类型、技术要求等，安排到有加工能力的工厂。然后，我们派技术人员带图纸下厂“交底”，并签订合同生产。

1963年夏天，由一机部计划司副司长朱小乙（后调七机部）带队，五院以器材部部长亓子宜为首的工作组一同到上海，逐厂检查任务落实情况及存在的问题。据不完全统计，试验站非标准设备外协加工厂多达65个，其中上海市25个、杭州市1个、沈阳市6个、大连市5个、鞍山市1个、哈尔滨市2个、北京市15个、天津市5个、昆明市1个、南京市1个、武汉市1个。下厂工程技术人员先后有40多人，协作工厂加班加点为我们加工设备。我们的工程技术人员冒严寒、战酷暑，克服困难，坚守岗位，及时处理超差代料问题，保质量、保进度，为试车台按时建成作贡献。

当时金属材料是计划供应，非标设备的用料品种多、数量少，合同中明确带料加工，就是说非标准设备加工用料由我们负责供应。由于国内钢厂生产条件的限制，生产的品种不能满足图纸要求，因此，要派下厂人员及时处理代料问题，以保证加工进度。

为保证协作工厂的加工用料，我们向国家申请订货，组织仓库工作人员按工厂需要的品种、数量备料。非标设备的用料品种多、数量有多有少，如有的有色金属只需要几公斤、有的型钢又要几吨……备好料后，运到长辛店火车站托运时，每件材料上都要拴上标签，标签上要填写这批材料的件数、每件重量、发站、到站、发货单位、收货单位等。火车站为我们开绿灯，能及时发运。面对60多个外协加工厂，特别是开始阶段，忙得不可开交，从严冬到盛夏，从早到晚，常常不能好好休息，只要协作工厂需要，马上就行动。遇到仓库里没有所需的材料，一是同有关单位商量调剂，二是请设计人员考虑代料。我们工作虽然又忙又累，但为了早日建成火箭发动机试验工程，就是再难再辛苦，也心甘情愿。

我记得有一次我们的下厂人员，为保证第二天上午试车台安装急需的设备能按时到位，请211厂十三车间的工人师傅加班加点赶工，一直到晚上10点多钟，所需的设备才加工完成，两名下厂人员硬是用三轮车将设备从南苑运到云岗试验站。他们在雪地里整整走了近十个小时，汗水湿透了衣服，他们不但不说累，反而感到完成任务的喜悦。

1963年以后，外协非标准设备陆续完成，大大小小装着非标准设备的包装箱，源源不断地运回试验站。大的有燃料容器、压力容器、配电框，小的有专用仪器仪表、管路阀门等。由于全国的大力支援，3号双工位试车台、4号全弹试车台、制氧车间等都很快建成，为火箭发动机的研制成功提供了强有力的技术支撑。这真正是我们后来所总结的航天精神的真实体现。

（作者：原航天供销总公司党委书记）

我为航天事业做过的二三事

徐裕华

我于1960年7月1日由河南军区调国防部第五研究院器材部工作，1991年10月离休。下面回忆我为航天事业做过的二三事。

一、开创五院器材部财务工作

1960年前，院器材部没有财务工作建制，器材订购由院科技部主管财务的同志办理。为了改变财物管理脱节，完善器材部管理体制，适应迅速发展的导弹研制生产任务的需要，院党委决定器材部组建财务工作。我第一个到器材部报到，亓子宜部长与我谈话。他风趣地说："我可把财神爷请进来了。"他指示我尽快把器材部的财务工作接管过来。我过去学的、干的都是军队收支、按供给式报销的财务工作，现在要做国防尖端武器导弹研制生产所需器材的财务工作，自感不能胜任，有畏难情绪。我服从领导的工作安排，先干起来，边干边学，并向院科技部主管财务工作的许舜英同志请教如何开展财务工作。她负责任地向我介绍了情况，并建议我乘去一分院的班车，了解211厂器材财务工作管理的经验。我还通过在京做后勤财务工作的老领导、同学、战友，向他们学习财务工作管理经验办法。在这段时间里又有两名女财务学员和一位中尉财务军官报到，加我共4人，领导指定我负责开展器材部财务工作。我们先后去了总后勤部第二物资部、营房管理部、总参通信兵部、军械部和铁道兵后勤部等，学习财物管理工作经验和办法，并结合五院情况，我们草拟了器材部财务管理工作意见（草稿）。从此，器材部财务管理工作走上正轨。后来，我改做仓运管理工作，到陆海空型号导弹仓库做保管，并在工作中经常组织官兵积极配合仿制导弹的工程技术人员参观学习，热情接待有关方面首长和领导同志来参观导弹。

二、开展华北地区二、三类物资供销工作

1965年6月1日，老五院集体转业成立第七机械工业部。部机关设若干司局，并在华北、东北、华东、中南、西南和西北等6个行政区组建办事处，我被分配到华北办事处任物资订购科科长，负责七机部华北地区各院、直属厂、所科研生产、基建、办公和生活等所需地方二、三类物资供销工作。

为了完成此项任务，我多次召开科务会议，研究怎样做好地方二、三类物资供销工作。大家提出了很多好的意见、办法，走出办公室向国防口部委办事处学习，深入供需双方进行调研。

我们分别向国防科委、二机部、五机部北京办事处、三机部驻天津办事处、五机部驻太原办事处以及向地方学习二、三类物资供销工作经验，接着我们深入七机部华北地区各院、直属厂、所，了解科研生产、基建、办公等所需哪些品种、规格、数量的地方二、三类物资，我们带着所需物资清单分别走访了有关省、市归口管理物资主管部门、公司，了解地方物资供销政策、规定、渠道和供销方式方法。

通过学习调研，我们了解了情况，学到了做好地方二、三类物资供销工作的经验和办法。与此同时，我们掌握了供需双方基本情况，为开展办事处的工作打下了良好基础。为了便于人员分工管理，根据省、市归口管理地方二、三类物资规定和办法，把地方物资分为机电产品、五金交电、化工试剂和劳动保护用品等类别，按照这些物资类别进行分工专管，责任明确，职责清楚，确保了我部在华北地区各单位所需地方二、三类物资供销工作。

三、做好地面设备配套工作

1978年七机部工作是以科研生产为中心，集中力量搞“三抓”（“东风五号”、“巨浪一号”、通信卫星），各方都为“三抓”任务开绿灯，但在召开通信卫星工程或东风型号协调会上，凡涉及到地面设备（机械部分）问题时，因部里没有归口部门管理，会上总是互为推诿、踢皮球，成为一个“老大难”问题。

为此，由宋任穷部长主持召开了部党组会议，讨论通过了成立七机部地面设备成套局（对外称公司），呈报中央后，当时主持中央和国务院日常工作的邓小平批示同意。地面局组建以科研局五处为基础，分别从一院15所、二院206所两个地面设备设计所抽调技术骨干和技术管理领导干部，从部机关和直属单位调来若干名干部组成。局长刘华由七院调任，副局长季逊华由国家物资部调任，总工程师刘元由一院15所调任。下设办公室、计划处、技术处、地面设备配套处。

我是1978年5月被分配到地面局任地面设备配套处长，到1982年10月地面设备配套处撤销。四年半时间，我和处里的同志一道较好地完成了航天地面设备配套的工作任务，我被评为部机关1979年先进工作者。我做了几项有意义的工作：

1. 为了做好地面设备配套工作，我和处里同志深入部内外地面设备设计、研制、生产的厂、所调研学习，了解情况，遇到问题请示汇报，协商解决。如我部南京307厂为第二炮兵“832”、“319”工程研制生产的地面加注系统设备出厂验收时，二炮驻厂军代表奉命提出召开地面设备出厂鉴定会，而厂方认为没有必要开鉴定会，双方僵持半年之久，工作受到严重影响。我们了解这一情况后，及时向局领导作了汇报，并派主管加注设备技术的谢建生同志和我一起出差南京做该厂领导、计划生产和技术人员的工作，后来工厂同意召开鉴定会，与会人员在鉴定报告上签字，驻厂军代表验收付款发货。又如一院15所反映，五机部昆明光学仪器厂为东风型号研制生产的瞄准仪器不能按时交付，将会影响某型号任务发射，拟请部地面局过问。为此，经局领导同意，我和15所设计人员到该厂了解情况，知道是工厂领导不重视，研制技术和加工生产车床精度有问题。回京后我向局领导作了汇报，季逊华副局长亲自到昆明下厂落实研制生产，并拜见老首长、云南省委书记刘明辉，请他派人与工厂一把手打招呼。但我们还是担心工厂不能按时交付，并向部领导、国防科委、五机部主管部门作了汇报。经三部委协商决定，再次派人去该厂召开现场协调会，安排落实研制生产任务，会后形成一个会议纪要，由与会人员签字。后来该厂保质、按时交付了瞄准设备，确保了20基地发射使用。

2. 做好25基地地面设备配套工作。按照国防科委“7811”会议分工，我部负责提供给25基地7号发射塔地面设备设计配套的发射台，氧化剂、燃烧剂加注系统设备和氧化剂、燃烧剂泵车4辆地面设备。

地面设备分工明确后，我处人员分别深入厂、所了解情况，签订供货合同，落实生产任务，检查生产质量与进度。1979年八九月份，地面设备先后生产出厂，我们组织验收、包装、发货到基地，并协调厂、所派工程设计技术人员和工人去现场安装、调试，并参加7号发射塔建成合练和国防科委召开的现场验收会，于1979年10月18日在7号发射塔发射导弹一举成功。

在我们为该基地7号发射塔配套地面设备工作中，发现我部早已为基地8号发射井（建有固定加注设备）配套氧化剂、燃烧剂泵车各一辆，这次又要为7号发射塔配套两种泵车4辆，这是设计上的技术配套，但从实际使用上可减少两辆泵车。为此，经局领导同意，我和负责加注技术的谢建生同志奔走各方协商，做说服工作长达半年之久，终使各方同意撤掉两辆泵车，但工厂已投料生产，于是又说服二炮购买这两辆泵车，从而节约科研经费54万元。

3. 做好“331”工程地面设备配套工作。1981年，我参加国防科委在西昌召开的27基地建设现场协调会上，明确我部为“331”工程发射塔建设设计、配套三级火箭液氢加注系统设备、液氢铁路运输罐车和发射台等地面设备。

回京我向局领导作了汇报，由季逊华副局长请示部领导同意后，我处人员分别深入厂、所了解“331”工程地面设备设计、配套设备型号、技术要求、数量、科研生产工厂和地面设备报价等，根据上述情况我编制了“331”工程地面设备预算报告，由郑天翔部长批准，并将经费划拨到地面局。

地面设备经费到位后，我处多次组织召开“331”地面设备设计的有关领导、工程师和研制生产工厂的领导、工程技术人员现场协调会，协商解决生产过程中的有关问题，签订研制协议、订货合同等。如铁道部西安车辆厂承担了“331”工程液氢铁路运输罐车的研制生产任务，我们多次在该厂召开现场协调会，协商解决抽真空、加注液氢试验、生产质量、进度要求和铁路跑车试验等。1982年国庆节前，液氢铁路运输罐车生产出厂，转入化工部兴平化工厂加注液氢。与此同时，我们组织了七机部、铁道部、化工部、国防科委和27基地等有关部门参加的50多名工程技术人员、工人和使用官兵试验队，经过铁路运输罐车跑车试验，顺利完成了任务。

（作者：原航天部地面局设备配套处处长）

忆我在航天工作中的几件事

施裕源

我于1959年8月来到国防部第五研究院二分院，先后从事工艺技术和工艺管理工作，到1999年退休，整整工作了40年。其间亲历的几件大事，始终让我难以忘怀。

一、攻克“大套筒”

1961年春天，在仿制“543”产品时，有一个叫“大套筒”的零件，使用不锈钢材料，直径大于10厘米、长度超过直径的3倍、空芯结构、壁厚约1毫米，其尺寸精度、不圆度、不直度和表面粗糙度都有很高要求，成为一个关键零件。在当时既无精密设备又无恒温厂房的条件下，想达到设计要求真难！我作为一名工艺员，参加了由设计员、工艺员、多工种高级技工师傅组成的“三结合”攻关组的活动，没日没夜地奋战在大厂房。不知过了多少个星期天和夜晚，尽管想了很多办法，零件的尺寸精度和不直度以及不圆度等指标仍达不到要求，过不了精加工这一关。同志们的关心和领导的不断询问，更加剧了我们烦躁的心情。我们静下心来分析问题，抓住主要矛盾想办法，从革新刀具、细化工艺参数、改进胎模夹具、增加稳定处理等方面着手，终于攻克了尺寸精度要求高的精加工难题，其圆锥度和椭圆度也都逐一满足了设计要求。然而，筒体内壁的光洁度仍然达不到要求，因此攻关不能结束。我们又试图从电镀入手提高其内壁的光洁度，试验结果还是解决不了“大套筒”的变形问题，不得不放弃而另寻加工途径，同时又试验了“磨削”加工的方法，依然无法解决变形问题。后来，还是在车床上用珩磨法解决了这个难题，其中需要自制具有特殊用途的石墨砂轮及磨条，光配方的筛选和压制的工作量，就花了几乎半个月时间，就是在配制这个专用磨具过程中，我还受伤住院，在我的手指和肘部留下了终生不掉的疤痕。总之，经过夜以继日的数十天奋战，终于将原来望而生畏的关键零件——“大套筒”驯服了。在随后的两三年中，我们运用这种“三结合”机制，在革新和创新中陆续攻克了诸如波导管冷挤成型、电机定子和转子高精度冲裁、特型骨架塑压成型等技术关键，为此，我还获得了技术革新奖。

二、研制“气动特型喷嘴”

1972~1976 年，正值“文化大革命”的中后期。在这段日子里，我参加了由部直机关组织和领导的“精密切割技术研制组”活动，从事新工艺与新技术的研究、试验工作。我们来自基层的几个人，尝试把航天技术中某些独特优势转化为军民两用技术。功夫不负有心人，气动特型喷嘴及其精密切割技术的研制成功，终于实现了我们的愿望。

这项工作大致分为三个阶段：一是找寻可借鉴的对象和查找相关资料，进行初步设计；二是寻找加工地点和试验场地，进行切割试验；三是总结提高，进行扩大试验和推广应用。以气动特型喷嘴为主要零件的精密割嘴，就是我们应用航天技术转化为火焰精密切割工序的一个实用项目。我们借鉴火箭发动机喷管能够产生超声速气流，且具有较大冲刷力和气流挺直的特征，但须改进气流的形状和品质，扩大了其用途。当初，为了达到能够使钢材的切口质量良好的目的，我们曾在京区一院、二院、三院的有关厂所来回奔波了好几年，其间做过的风洞试验、喷嘴加工、现场切割不知有多少次。同时，经过无数次反复试验和改进，以气动特型喷嘴为特点的 CK 型精密割嘴才完成了定型程序。随后又通过一段时间的切割试验、工艺参数的调整与稳定以及扩大应用工作，火焰精密切割技术终于问世。这项工艺参加了“工业学大庆”展览和部内外的推广应用。

使用 CK 型快速割嘴对钢板进行优质、快速、成型切割时，其几何形状整齐、表面光洁、切断面的热影响区较小，可直接用于焊接坡口的成型，并可替代铣、刨等工序的粗加工和连铸坯材的快速切断。由于割口较窄，单位长度的氧气消耗量较低，能获得良好的经济效益。CK 型快速割嘴可使用乙炔、液化石油气、人工煤气和天然气等为可燃气体，氧气压力在0.5～1.4MPa之间均可采用，接头形式有30°、45°、60°和180°数种。经多年推广应用，实际效果较好。为此，我曾于1977年获得北京市科技大会先进工作者的光荣称号，1978年参加全国科学大会并获先进工作者称号。1980年，“气动特型喷嘴”获得国家发明三等奖，1990年，“火焰精密切割技术的推广与应用”获得机械工业部颁发的科技进步三等奖。

三、工艺技术管理工作

1978年初，我由二院工厂正式调入部直机关，具体负责“三抓”中潜地型号的工艺技术管理与协调工作。当时是百废待兴，要把十年动乱所耽搁的时间抢回来，因此到处都是繁忙景象。由于从无序到有序，许多环节都还不太适应，破旧还得立新，所以理顺关系和协调任务都比较繁重。记得“三抓”期间，因发动机的低压爆破、装药工艺的气泡和裂纹、部内生产的元器件的可靠性等问题，都需要组织工艺技术攻关和新材料、新工艺研究，故大多数时间都在基层了解情况、协调关系和抓落实工作。“三抓”任务完成后，总结当时的工艺管理工作时，大家都感到工艺管理不少环节十分薄弱，亟待加强。当务之急是确立“两手抓”思路：一手抓新工艺、新技术和新材料的研究与试验，另一手抓工艺技术管理制度的建立和健全，同时还要协调和协助有关司局抓好工艺装备的技术改造工作。前者，每年都要通过计划立项，组织实施；后者，主要是做好协调，督促落实，管理工作则是重中之重的一件大事。

从1983～1992年，工艺技术处的全体同志，通过调研、总结、实践和提高过程，建立和健全了《工艺工作条例》、《新工艺、新技术、新材料管理办法》、《型号工艺技术定型暂行规定》、《工艺评审办法》以及《总工艺师工作条例》等近十项规章制度，使航天工艺技术管理工作上了一个新台阶，步入了更加有序、更加规范的健康发展之路。在此基础上，我们组织编写了《工艺管理》一书，为部内各基层生产单位的工艺技术管理工作提供了借鉴，对航天工艺的管理具有一定的指导意义。

（作者：原航天经济研究中心正处级研究员）

值得怀念的3年

夏长珍

1961年11月初冬，我们一批从北京航空学院毕业的学生，被分配到0038部队即国防部第五研究院。我们先到接待站报到，经过几天的学习、保密教育，我们当上了技术兵种的军人。

一天下午，来了一辆大军车把我们接到北京南郊东高地——国防部第五研究院一分院的驻地。展现在我们面前的是4栋外形一样的4层大楼。在当时看来，这已经是很漂亮、很气派了，这4栋大楼就是一部、三部、703所、704所、15所等的科研办公楼。我们学发动机专业的，当然走进了三部的大楼。由于宿舍还没盖好，我们就被安置在办公室里住下，6个人一间屋。从此，踏上了为航天事业而奋斗的征程。

在1961~1964年三年多的时间里，我在老五院一分院三部（发动机设计部）工作。我被分到三部二室，室主任是夏云辉同志，副主任是王之任同志。还有一位副主任曹尚智同志因病早逝，时年才29岁，我们都感到十分痛惜。

二室的主要任务是负责火箭发动机头部、身部（燃烧室）以及尾喷管的设计、试验。按研制的型号不同，又分为若干小组。我们组的组长是褚祥生同志，副组长是王治军同志。我们组的主要任务是负责预研型号的研制。虽然刚参加工作，但周围一起工作的人，有不少都是校友，所以没过几天，大家彼此都很熟悉了，觉得生活过得很融洽、工作很顺心。那时也没有电视可看，想进城看场戏剧或是歌舞，又怕太晚了赶不上公交车回来，只好放弃。生活上虽然单调一点，但觉得和大学时生活差不多，也就习以为常了。每天晚上，办公室都是灯火通明，大家基本上都去办公室查资料或是看书，每天过得非常高兴。

星期天，有时与几人一起去南苑镇上逛逛，既散步，又调剂了生活。那时的南苑镇还是个荒野村落，泥土路，没有像样的店铺。部队生活，不愁吃穿，到镇上也就是看看，没什么需要购买的。有一次，在南苑照相馆照了一张全副武装佩带的军人照。虽然只是个学员，但那模样也还是够威武，令人羡慕，这些照片至今还是我们家不可多得的上乘纪念品。

1961年正是生活困难时期。但在部队工作后，由于定量高，每顿饭都可以吃得饱饱的。再加上中央军委对老五院工作的重视，聂荣臻同志多次指示，对科研人员要保证充足的副食品供应。所以在全国人民副食品供应紧张、限量极少的情况下，我们能经常吃到鱼、肉、蛋、豆类，人们将这些称为“科技鱼”、“科技肉”、“科技蛋”、“科技豆”等。有时部队还要派人专程到内蒙古捕捉黄羊，以补充科技人员的肉食的需要。大家从心里感受到党中央、国务院、中央军委对国防科技人员的关怀与厚望，我们只有一心一意地把工作搞好。新宿舍盖起来了，为了便于今后一家一户居住，都是带套间的。两室一户或三室一户，老式房子都没有客厅，我们入住的时候，配套设施还不齐备，没有热水，也喝不上开水。打开自来水管，流出来的是一些黄沙水，白衣服洗出来都变成淡黄色的了。渴得实在不行了，只好喝几口凉水。一次，我们几个女生偷着用电炉烧了一点开水喝，让室指导员在全室大会上狠狠批评了一通，说我们无组织无纪律。那时的电力资源还很紧缺，怎么能随便使用大功率电器呢！不过从那以后，喝开水的问题倒是很快得到了解决。

有一年春节，大家在一起聚餐。每人发一张就餐券，除了鸡鸭鱼肉每人限额一份外，其余豆制品类、炒菜都不限量，随便取用。毕竟像这样丰盛的食品，在那个年代，平时还是很少吃到的。

一天，褚组长的脸上既高兴又凝重，他告诉我们：上级决定要研制大推力液体火箭发动机了，代号为“东风三号”（后来更名为“东风五号”），研制周期为10年。20世纪60年代，我国的火箭发动机才刚刚起步。那时在苏制P－2发动机的基础上，仅仿制出了“1059”及“东风二号”的第一代火箭发动机。这些发动机头部喷嘴都是螺旋式喷嘴，燃烧性能及发动机推力远远达不到要求。这次研制的型号，要求发动机头部采用直流式喷嘴，以提高燃烧效率，增大推力。直流式喷嘴谁也没见过，也没有实物可借鉴，只有国外的几张照片作参考。很快，设计部、室里一起讨论了研制方案，决定先造出东－3发动机试验件，并冠名为“5D61A”。试验件的性能参数及结构尺寸与最终产品一样，也可以说是为了积累经验，先搞一次试生产。这次设计任务主要由我们组承担，我有幸参加了燃烧室头部主要零部件喷注器盘的设计。

在全组人员的齐心协力下，“5D61A”试验件仅用了三个月就出齐了全部图纸，并通过了工艺审查，正式投入生产。我和另一名同志被派到工厂，作为设计代表，随时处理加工过程中图纸出现的问题。这样，我们既能控制好产品加工质量，又增进了与工艺人员、工人师傅的感情，把历来认为“设计”、“工艺”是一对矛盾的问题，化解、处理得很融洽，从而缩短了研制周期。我在实践中也学到了工人同志身上许多优秀的品质，特别是他们在工作中，不怕苦、不怕脏，一丝不苟的敬业精神，深深感动了我，教育了我。一次，喷注器盘组合件装配完了后，要彻底清除工件表面上附着的油污。清洗剂是四氯化碳，这是一种无色液体，易挥发，呼吸久了会出现中毒症状，价钱比较贵，但是，它的去污能力很强。于是我们找来一个大容器，把喷注器盘组合件放进去，再灌满四氯化碳，浸泡二三十分钟。为了减少挥发，盛装四氯化碳的原装桶口径比较小，只有5~6厘米。而盛满四氯化碳的容器比较沉，搬不动。工件清洗好了后，如何收集四氯化碳成了问题。只见工人师傅拿来一根口径只有6~7毫米的细皮管，想通过虹吸管的原理，将液体吸出来。可是，在没有外力的作用下，四氯化碳无法先充满细皮管，也就无法产生虹吸作用。大家在一筹莫展时，只见工人师傅毫不犹豫地一头将细皮管放到容器中，一头放到自己嘴里，轻轻一吮，四氯化碳顺利地从容器中流进了原装桶里。工人师傅只是轻轻地吐出了吸进嘴里的四氯化碳，嗽了嗽口，继续工作去了。在场的人都为他的精神所感动。这件事虽然过去40多年了，至今回想起来，这位师傅的高大形象，仍清晰地浮现在眼前。

为了掌握一些重要零部件的生产情况，我们要经常加夜班。在一个冬夜的两三点钟，我下夜班后从211厂14车间回宿舍（61栋），路上空无一人。朦胧的路灯下，也看不清路面的情况，只是凭感觉，飞快地蹬着自行车向前冲去。由于这段路面上积水成冰，把我狠狠地摔了下来。我从地上爬起来，忍着疼回到了宿舍。第二天照常上班，直到晚上睡觉时，才发现自己浑身上下青一块紫一块的。至今的腰疼病也不知是否与这次摔倒有关。

大型运载火箭“长征二号”和“长二捆”采用的是“东风五号”发动机。“5D61A”试验件的研制为“东风五号”发动机的研制、生产积累了经验。3年来，我亲历了“5D61A”的设计、生产、试验全过程。在生产过程中，无论是秋去春来，还是严寒酷暑，我都与产品日夜相随。产品凝聚了我的汗水，饱含着我的苦与乐。3年的时间是短暂的，却是值得永远怀念的。

（作者：原航天部教育司处长）

从研究设计到技术管理

张宏昱

我 1963 年正式分配到国防部五院一分院第一设计部第四研究室工作。这时，科研、试验、生产、生活条件已基本具备。由于第一发自行研制的“东风二号”首发飞行试验失利，更促使广大科技人员发愤图强、刻苦钻研技术。在这种环境的熏陶下，我和所有的技术人员一样不分白天黑夜和节假日，除了完成工作任务外，把所有时间都花在学习上，努力争取在事业上多作出一点贡献。

1963 年，在中央专委领导下，五院一分院和二机部九院开始了“两弹结合”的研制。1964 年 4 月在钱学森支持下，我所在的研究室抽调专人组成“140”小组（即“两弹”结合小组）参与这项工作。

我刚参加工作不久，是“140”小组的外围辅助人员，具体技术、协调情况是不知道的，但是经常听到“140”小组的同志们议论，工作太困难了。导弹情况，我们是毫无保留地向九院同志交了底，而要了解原子弹的情况就难了。他们对我们态度非常好，虚心听取我们的介绍，不清楚就问。我们对他们提出的问题有问必答，但是我们提出的问题，他们只是非常认真地记录，就是不回答。

当时正好钱学森到 211 厂进行现场调研，每周四下午到我们室里来了解情况，进行座谈，研究弹头技术发展问题。我们便想把“两弹结合”中的管理问题向他反映。陪同钱学森来的五院机关的刘九皋同志是负责五院和一分院之间的联系工作的（后来知道他是七机部党组指定的二、七机部“两弹结合”的联络员）。他办事积极认真，了解“两弹结合”协调中存在的问题。他认为问题应该解决，因此建议向正在 211 厂蹲点的国防工办副主任赵尔陆反映问题，他认为赵尔陆能解决这个问题。老刘还表示：“如果你们给赵主任写信，我愿传递。”

大家同意这个建议，那么由谁来起草这封信呢？在大家的鼓动推举下，由我这个初出茅庐的人负责起草。信送上去以后不久，赵尔陆指派国防工办秘书长刘伯罗具体处理，他在三座门召集我们室有关人员开座谈会，听取具体意见。在会上我才知道九院原子弹密级比我们导弹高，九院的技术人员对我们提出的问题不知该怎么处理，也掌握不准怎么回答才不违反保密规定，只能认真记录，把情况反映上去，等待上级决定，他们也有难言之隐。

座谈会以后，情况有了很大的改善，而且越来越好。在上级机关的协调下，逐步理顺管理渠道，成立了两个院的总体部联合技术小组，在一定范围内打破保密界限，特批一部分“140”小组同志，可进入九院的核心单位原子弹总装车间，不仅见到了实物，还了解了总装过程。这对“两弹结合”工作起了推动作用。

“两弹结合”工作结出了丰硕的成果，1964 年 6 月、10 月，导弹、原子弹先后双双取得飞行试验成功。在此基础上，1966 年 10 月 27 日，世界上唯一在本国国土上进行的导弹核试验取得圆满成功，一举打破了超级大国的核垄断和核讹诈，提高了我国的政治地位，我国成为拥有导弹核武器的国家。

我从“两弹结合”初期就参与了两大研究部门的协作关系，不料这件任务关联到我以后的工作去向。

1980 年七机部组织人员在全国各地的有关单位进行了全面的规划调研，制定航天技术“六五”规划和后十年设想。我被单位委派参加了调研和会议。在会上提到和九院的协调问题时，点名要我发言。由于这次发言，部计划局提出调我到局里工作。这样，1982 年 7 月，我被调入部计划局规划处。

1986 年我开始参加载人航天工程的立项论证和具体实施管理工作。载人航天工程立项是非常曲折而漫长的，仅立项就花了 7 年时间，要求在六七年时间内完成我们从未研究设计过的有人航天器、产品研制、技术条件创造、技术引进、基本建设、物资采购供应、七大系统之间的协调等，时间紧迫，困难是可想而知的。但是，我们并未畏难退缩，在广大科技工作者的共同努力下，经过千辛万苦，克服重重困难，终于实现了“争八保九”（争取1998年，确保1999年）目标，1999年取得了第一次无人飞行试验圆满成功，使我国成为第三个独立自主实施载人航天的国家。我作为机关技术管理工作人员的代表还荣获了全国五一劳动奖章。

（作者：原中国航天科技集团公司
科研生产司副司长，“921”办公室主任）

我随固体发动机事业在艰苦创业中成长

王立法

我1963年5月从哈军工毕业，分配到国防部第五研究院固体研究所。我们专业共12位同学于1963年5月3日到达四川泸州高坝报到。

当时固体所组建不久，只有两个研究室，全所共约200余人。地点设在长江边上新接收的川南化工学校，地域狭小，办公楼、宿舍比较陈旧，但风景不错。我们4人一间宿舍，比在学校8人上下铺强多了。虽然三年困难时期刚过，供应还很紧张，但终究是天府之国，伙食也比哈尔滨好。我们6个总体专业的同学都被分到二室发动机设计组。人挤在20多平米的教室里，两个人共用一张二屉课桌。大部分人主要是学习积累资料，少部分人带着课题在西安845厂搞协作。在组里学习不到一星期，组长邢球痕就交给我一个课题：在100毫米直径容器上，验证薄壳理论和探索固体发动机后端盖的连接结构形式。我感到十分意外，因为这和我的专业知识对口内容极少，而且许多老同志都没有课题，却把课题给了我这个新来乍到的人。组长除给了一个题目，还给了我一张前任课题负责人留下的资料，我一看上面只写了个题目及半截前言，不到半页纸，真是大失所望。所幸，我手里有一本俄文版的结构力学，这就成了唯一的参考资料。

在设计阶段，我遇到的第一个问题，就是对固体火箭发动机在不同状态下的受力环境不清楚。我只有利用所学的总体知识，参照液体火箭不同状态下发动机受力环境，再结合固体火箭的特点“冥思苦想”。至于发动机后端盖的连接结构形式，只能根据所知的一点知识“闭门造车”。通过分析论证了各种方案的优劣，从中筛选了3种可行方案，再根据结构的受力情况推导出应力计算公式，开始了计算。当时组内只有 3 台手摇计算器，这是当时最先进的计算工具了。计算庞杂繁琐，稍不留神就会出错，会带来无穷的麻烦，每算一步，都如履薄冰。

开始画图了，二屉桌只能放下图板。设计的工艺性，能否适合现有的工艺条件十分重要，我们一边画图，一边下车间了解情况。当时的车间正在组建，200 多平米的厂房只有十几台车床、几台铣床和刨床，没有冲压设备，因此，容器的后端盖，只能用车床加工。可是又没有样板工，只好请其他钳工代替，与车间最好的钳工师傅一商量，他不敢画这么精确的模线，没有办法，只有硬着头皮自己动手画了。

设计图纸下到车间，首先碰上了样板加工问题。样板两次返工，总也达不到精度。车间要求降低精度标准，但因是关键尺寸，据理说服，坚持原则，把住了关。到加工容器后端盖时，又出现了问题，当时有些车工师傅是刚从流水生产线厂调进的。经过与工人师傅共同研究、共同劳动、共同克服困难，最终完成了加工任务。

在试验阶段，新组建的强度组第一次接受水压试验任务，只有一台手动水压机和两台应变仪，大部分参试人员都是新手。碰到的第一个问题就是如何在这么小的容器上贴应变电阻丝。由于容器直径太小，在一个径向方向上只能贴一个电阻丝，这意味着只能测一个点的应力，而试验要求径向方向最少测 7 个点，否则试验就毫无意义。经过苦苦探寻，集思广益，终于解决了这个难题。没有试验场地，逼得没法，只得到公共洗澡间试验。夏天泸州闷热，为了不影响职工冲凉，只能错开洗澡时间抓紧测。为保障安全，事先预想了各种可能发生的问题，制定了事故预想处理方案。水压试验刚开始，密封又出了问题，又着手解决密封结构和材料问题，费了许多周折，终于安全顺利地完成了试验任务。

经试验验证，试验结果与计算数据基本吻合，同时选择了可行的后端盖连接结构方案，经整理写出了试验报告。当时没有打字设备，为了试验报告的工整，只好用仿宋体抄写，最后，一份工整的试验报告送到工程组长手里。整十个月，圆满完成了课题任务。

这一年，我的图纸和试验报告在全所展览，获得一致好评。固体所在泸州三年多时间，创造了许多没有条件创造条件上的奇迹，如利用土地庙进行点火器热试车、用石蜡浇注固体装药模型等。短短三年，固体发动机就从直径 105 毫米发展到 770 毫米，并作为第三级火箭，赶上了用于发射第一颗人造卫星。我亲眼见证了航天固体事业在极端困难的条件下，因陋就简、艰苦创业、自力更生地发展起来。

（作者：原航天工业部保卫部副部长）

航天工业的设备管理

过煜清

1963年起，我在国防部第五研究院生产部机动技安处工作，参与和策划了航天工业在用设备的管理，时间达30年之久。我对这项工作怀有深厚的感情。

设备是航天科研生产的重要物质基础之一。设备质量的优劣，直接影响着航天工业生产的能力水平和工作效率。做好设备管理工作是保持设备优良状态的关键措施，是航天工业管理的重要组成部分。管好、用好、维修好各种设备，是保证航天产品科研生产顺利进行不可缺少的条件。

一、设立设备管理机构，把设备管理工作落实到人

20世纪60年代初，国防部五院决定院、分院和厂所三级管理机关设立设备管理部门。1963年五院生产部设置3人，1965年在七机部机动技安司设置了8名专职设备管理人员，编印了全系统统一的设备分类分型统计目录，对单台500元及以上设备逐台登记建账。1963年当年就建立了老五院第一份分类分型设备台账，弄清了家底，使设备管理有了对象。针对已发生事故的情况，组织开展了对电力设备、起重设备、工业锅炉、乙炔发生设备、固体推进剂生产设备等的安全检查。对查出的问题，及时进行维修、改造，并加强对管理制度的修订、健全，加强对操作人员的培训，减少或防止了事故的再发生，为开展正常设备管理工作打下了良好的基础。

二、改造工业锅炉，改善供暖状况

随着科研生产规模的逐步扩大，加上“文化大革命”对生产秩序的破坏，工业锅炉的供气、供暖普遍严重不足，影响了科研生产活动的开展和职工的生活。1966年年底，部在哈尔滨召开学习349厂锅炉改造经验现场会，提出将蒸气采暖工业锅炉改造为直接烧热水采暖锅炉。参加会议的代表们认为，349厂的实践是完全可行的。经过一院研究决定，于1967年先在211厂进行改造试点，试验结果完全成功。1968年在北京各院普遍推广了这个经验，基本解决了供暖不足对科研生产和职工生活的影响。这项改造节省了20%~30%的煤炭，深受领导和职工的欢迎。

三、围绕“三抓”任务，组织对相关设备的技术改造

为保证“三抓”任务中发动机试车的需要，部和三院设备管理部门及时组织了三院地区水源井设备的维修和新水源的开发，缓解了云岗地区供水严重短缺的局面。为适应“三抓”任务陀螺平台对超净环境提高的要求，部和二院设备管理部门及时组织第七建筑设计院对二院地区5号厂房的空调及制冷设备进行了改造。三级设备管理部门还积极会同计划、基建部门对“三抓”所需的专用工艺、发动机试车台、风洞、卫星温控设备、机床数显设备等进行改造和维修工作。这些技术改造对“三抓”任务的完成起了重要的保驾护航作用。

四、加强设备全过程管理，提高综合管理能力

20世纪80年代，航天工业设备管理、维修和动力设备运行队伍共达16000余人。设备管理工作转向到购买、安装、使用、维修、改造、多余设备调剂利用、报废、更新和备件供应与制造等全过程、全寿命的综合经济管理，其中，尤其注意在设备的购买、多余设备调剂利用和更新等薄弱环节开展工作。在设备购买方面，由过去只由物资部门进行分配，改为由物资、基建和设

备管理部门联合审查，避免重复购买。对单位内多余的闲置设备，除加强日常的调拨工作外，还适时召开部、院闲置设备调剂利用会议，互通有无，先后共调剂了3000台以上的多种设备。701所急需扩建与风洞配套的单个容量为40立方米、重30吨的一批储气罐，而064基地7304厂有此规格闲置的35个气罐，经部设备管理部门协调，701所节省基建费近千万元，还大大缩短了建设周期。在设备更新方面，加强了对老厂设备的更新工作。部设备管理部门与307厂商量后，特批该厂处理370多台旧机床，新买300多台新机床，提高了该厂的装备水平。部精密机床修理站、压力容器检查站的先后建成，修理队伍的逐步壮大，航天工业设备综合管理能力有了较大提高，这更有力地支持了军品型号的研制发展和民用工业产品的开发生产。

五、认真贯彻《全国设备管理条例》，提高设备管理水平

1987年，国务院发布了《全国设备管理条例》。航天工艺设备管理部门及时将原《第七机械工业部设备管理条例》修改为《航天工业部设备管理办法》，并组织部、地区机动分站、院（局、基地）三级设备管理部门的人员层层开展学习、贯彻《条例》和《办法》的活动。在学习贯彻中培养了部级设备管理骨干近十名、地区级设备管理骨干近五十名。根据国家经委的《设备管理优秀单位评选办法》，制订了《航天工业设备管理优秀单位、先进单位评选标准100分》，开展评选活动，每年评出国家级优秀单位5名、部级优秀单位15名、部级先进单位30余名。部每年拨款8万元用于奖励优秀、先进单位，使设备管理工作搞得很有生气。航天工业开展学习贯彻《条例》、评优标准细则100分和组织三级设备管理评优的做法，得到各单位的好评。经贯彻《条例》、《办法》，航天工业的设备管理工作上了新台阶。

回忆我参加航天工业设备管理工作30余年的实践，深深体会到要搞好设备管理工作，必须紧紧抓住三大要素：一是设备管理工作要紧密结合型号科研生产的需要；二是要组织和培养一批有高素质的骨干力量，把工作落到实处；三是要建立健全一套设备管理办法和工作目标，并有相应的管理费用保证。

（作者：原航天质量协会副理事长）

我参与了“三抓”任务

张宏显

中国航天的型号研制工作，自创建以来一直是依据五年规划和后十年设想这种模式滚动执行的。早在20世纪60年代我国自行设计的“东风二号”试飞成功不久，1965年2月，中央专委第十次会议后，周恩来总理委派国防工办副主任赵尔陆到七机部发动群众就制订地地导弹规划进行大讨论。在七机部部长王秉璋的主持下，广泛发动群众，充分发扬技术民主，组织2400名科技人员、干部和生产工人，对中国发展导弹技术途径进行了深入的研讨，集中大家智慧，制定了《地地导弹“八年四弹”规划》（1965~1972年8年间研制出中近程、中程、中远程和远程洲际导弹），并且把重点型号任务规划概括成通俗易懂、易记的形式，广为宣传，深入人心。比如第一个地地导弹规划简称为“八年四弹”、以后有“三抓”、“一箭三星”等。我们可以沿着这个思路大致领略中国航天型号发展的脉络。“三抓”是整个航天型号发展历程中一个重要环节。

由于“文化大革命”的干扰，虽然广大科技人员坚持研制，尽了最大的努力，但“八年四弹”研制计划的进度还是推迟了，质量也受了很大的影响。1975年张爱萍同志受邓小平同志和中央军委的委托，到七机部拨乱反正，抓远程洲际导弹的研制工作。

当时，我在弹头研究所总体室，主管远程洲际导弹“东风五号”（简称“东五”）的弹头设计。“东五”弹头研制中主要存在两个空气动力学方面的关键技术：一是洲际导弹弹头防热问题，二是洲际导弹弹头再入飞行稳定性问题。自“东五”研制开始，我们虽对这两个难题做了大量的研究工作，也确定了解决的途径和方案，但这毕竟是世界性的难题，决定着洲际导弹成败的关键，当时只有苏联、美国少数拥有洲际导弹的国家解决了，我们的方案、解决措施是否有效，尚无把握，心中无底。

这个关键技术同样引起张爱萍主任和国防科委、七机部的重视。1975 年 9 月 10 日，由钱学森挂帅、庄逢甘主持，组织、集中了全国各有关工业部门，科学院有关单位，高校的空气动力研究所、研究中心、实验室专家和技术人员，进行了一场攻克洲际导弹弹头再入防热和飞行稳定性的大会战。钱学森在动员会上称这是一次空气动力学界的“淮海战役”（代号为“910”）。会战采用系统工程的方法，把两个关键技术分解成若干项目，按空气动力学三大手段（理论分析、数学计算、风洞试验），项目下再设专题、课题，又照顾到气动计算、试验结果各家差异可能较大的特点，每个题目起码分别有两个以上单位同时承担，确保结论的正确性。对项目的进展、质量，及时检查、协调、总结和交流，然后再逐级综合集成，提出结论性意见，并组织专家评定。

经过一年多的共同努力，在粉碎“四人帮”后不久，又一次召开了“910”会议，钱学森再次拨冗参加会议，听取了一年来的工作汇报和结论。经过专家评议，一致认为两个关键技术基本突破。会议上虽然提出了一些建议和需要进一步深入开展的工作，但结论是这些工作和问题已不影响弹头参加专门为考核这两个关键技术进行的模拟真实再入条件的低弹道飞行试验，飞行试验结果才能最后确定关键技术问题是否真正解决。大家还认为弹头再入空气动力学是一门复杂的学科，有些理论和实验中的问题不可能一下子都能解决，有待今后逐步深入研究。这为以后连续多次召开“910”会议写下了伏笔。

为考核弹头再入环境的低弹道飞行试验，决定在 1977 年 9 月进行试验，靶场选择在新疆马兰附近的 935 场区。

1977 年 9 月 5 日，国防科委政委李耀文、副主任钱学森乘专机飞赴弹头落点，专程参加弹头再入低弹道飞行试验。弹头研究所有关科技人员随专机奔赴现场，我有幸一同前往。

专机起飞后不久，钱副主任从前舱来到我们陪同人员的座舱，问谁是七机部的同志，有些问题需要和他们商量。我们说这里大多数是七机部的，我们这几个是弹头所的。他说我就是要找弹头所的，想问你们能不能在没有遥测数据

(因为弹头再入段“黑障”，遥测数据要待飞行试验结束，落点找到硬回收装置取出磁带才能知道)、也没有去落点勘察，就凭目测，回答弹头经受再入环境的考验，飞行试验是否成功。我和在座的吴兆宗等弹头所的同志商量一下，回答可以，只要弹头在再入飞行过程中满足“三个一”，便可知试验是成功的。第一，在预定的再入时间空中再入轨道最前方只出现一个亮点（因为便于观察，飞行试验一般选择在晚上发射，弹头和弹体分离后，弹头飞行在最前方，再入烧蚀发出的光最亮)；第二，空中沿预定的弹道只划过一条亮线；第三，只听到弹头落地一声巨响。“三个一”证明弹头在再入过程中没有散架，弹头飞行姿态是稳定的。如果在白天，亮点、亮线是很难看到的，那么可以用另外“三个一”来判断：落点只见一股尘烟直上云霄；听到弹头落地一声巨响；直接进入落区只见一个大弹坑。钱副主任和我们讨论后，很满意地回到前舱。钱学森作为世界著名专家，不耻下问，使我们这些年轻科技工作者很受鼓舞，也很激动。

1977 年 9 月 14 日，“风暴一号”低弹道飞行试验达到预期要求，钱副主任凭着“三个一”及时向中央报告弹头低弹道飞行试验成功。1978 年 4 月 16 日，“风暴一号”第二发低弹道飞行试验又取得了圆满成功，空气动力学的“淮海战役”宣告胜利结束。这种集中力量应用系统工程的方法攻关的模式，在以后的载人航天工程飞船返回空气动力学的攻关中，同样取得了良好的效果。

我在“910”工作中主要负责课题的组织、分配、经费调配、进度质量的检查、总结、会务等科技管理工作，在广大科技研制和管理人员的支持、配合下，较好地完成了这一件本不应该由研究设计人员承担的工作，得到了领导和科技人员的好评。1978 年，所领导借调我到科技处协助气动和基础技术管理工作，为期一年，主要继续负责组织“910”的后续工作。

作为基层科技人员主要的职责是完成上级分配给自己的工作，不管是重点还是非重点都应做好。当时我并不清楚自己也参加了“三抓”，后来知道，1977 年，在中央军委主持下，重新制定了战略导弹和航天技术的新的发展规划。9 月，中央批准国防科委《关于 1980 年前战略导弹和人造卫星及其运载工具研制安排的请示》，确定 1980~1984 年向太平洋发射远程洲际导弹、由潜艇水下发射固体导弹和发射东方红二号试验通信卫星这三项任务，即“三抓”任务。

1980年5月18日，远程洲际导弹向南太平洋海域进行全程飞行试验获得成功，表明弹头攻关是有效的，中国在掌握现代精密科学技术的道路上前进了重要的一步，国防实力有了新的提高和加强。它标志着中国第一代战略武器结束了试验阶段，开始了新一代型号的研制。

（作者：原中国航天科技集团公司
科研生产司副司长，“921”办公室主任）

航天三线建设琐忆

张锡祁

1964年9月，毛泽东主席发出“要建设三线”的号召。那时正值我们前方科研生产基地基本建成，取得了一定的建设经验，把科研生产转向后方，不仅是“备战”的需要，也是进一步扩大科研生产能力的需要。

七机部的三线建设（也叫内地建设）在中央把三线大区域的布局定点确定下来之后，部内的基建班子、筹建机构也很快组织起来，各项规划、踏勘、选点及编写设计任务书等工作按基建程序相继展开。

我所在的基建局的工作，除了继续完成前方基地的配套收尾工程外，重点放在三线工程的组织、指导、协调等方面。为了便于与各基地指挥部的联系，部基建局在重庆设置了代号为“西南机械局”的临时办事机构，丁煦和我在那里做日常工作，每日用传真向北京报告各基地的工作过程及急需解决的问题。有时也到各工程指挥部实地了解情况，参与一些具体工作。后因“文革”冲击，业务、经济等渠道中断，被迫撤离，前后不到一年时间，在此期间有几件至今印象深刻的琐事，现记叙如下。

一、工程代号解疑

七机部的三线建设工程代号有“06X”等若干个，但其编序与前方一院、二院的排列并不相对应。刚开始时，有的同志不适应使用代号，误把一院的后方叫“061”、二院的后方叫“062”，所以有人问这个编序是怎么来的，能不能调整一下，使前后方的名标编序相对应。这一意见经有关部门向上级请示后回答说：后一个数字是按照选点报告的日期先后排列确定的，且已批准使用，难以更改。于是，各工程代号未作更动，沿用下来就渐渐习以为常了。三线工程代号是由物资代号而来，“06”是总后为我部确定的物资单位代号，工程代号借用了“06”，后面就是按定点报告的日期先后加序号，如“061”是最早定点的二院生产基地。

二、保密有策

我几次随基建局陆鑫局长进行三线厂址踏勘时，总是把吉普车停在公路边，然后步行进村，以免引起当地村民的猜测。我们约定相互对话时用南方家乡话，以防语言泄密。在向老乡询问当地土地、产量、人口、气候等自然情况时不作笔记，注意分寸，防止村民们意识到要建厂而对征地、移民产生心理上的恐慌。有一次访问乡民结束告别时，老乡认真地对我们说，前几年曾有找矿的人来过，还带走了一些矿样，问我们是不是同一单位的。他们真把我们当作地质勘探队的人了。

三、天门洞遇惊

1965 年“061”工程选点时，按规划设想拟建一座自备电厂，但按当时“靠山、分散、隐蔽”的三线建设方针，电厂的目标大、线网多，很难找到合适的地形。当地军分区的同志提出附近有个自然洞，叫天门洞，能不能利用它在洞内建厂。于是，我随江胜武副局长和工程指挥部领导，在军分区同志的带领下一起到现场实地踏勘。这个山洞在半山腰中，洞口宽大，洞内高不可测，深不见底。这个洞的局部地段装有照明设备。我们步入洞内时是漆黑一片，军分区的同志要我们慢走，有人去寻找电源开关。这时江胜武同志领头大步前进。等到照明一亮，只见江胜武已走到地下暗河的边沿，一股湍流伴着漩涡在薄薄的岩层下哗哗流动。如果晚几秒钟开灯，他就有可能坠入暗河的深底。众人见此，惊骇不已，稍事观察这条暗河的走向之后，加强了戒备，相互搀扶，缓缓而行。经过初步勘查，确认该溶洞处于岩溶地区，地质情况复杂，暗河难以处理，洞内渗漏滴水点多，室外运输困难等多种原因，不宜建厂。我们只得另拟供电方案。

四、探路受困

062基地地处大山区，当地没有任何建筑材料，全靠从外地甚至外省运入。建筑物资从铁路货站到工地有三四百公里，总后勤部拨给一个汽车团承担运输任务，但公路的路况很差，滑坡、塌方多，下雨后，过水路桥被冲，行车中断，战士被迫在途中过夜的事常有发生。为了改善运输条件，“062”工程指挥部着手寻找新路，力图开辟第二条运输线。当地政府提供消息说，有一段被废弃的战备公路，约50公里，如能加以修复，可以减轻主公路的运输压力。工程指挥部决定派人实地了解情况。于是，我随冬春同志，还有省国防工办的一位同志，准备了干粮、饮水、地图等必要物品，天未亮就出发，沿路徒步踏勘。一路上烈日炎炎，山石嶙峋，路途崎岖，行程艰难。中午时分，我行至一乱石堆畔，不慎跌倒，滑到约10余米深的沟壑之中，随身携带的干粮、饮水杯掉进了更远的山沟深处。省国防工办的同志解下裤腰带，卸下挎包带，连接起来投给我，终于把我拉了上来。我满脸尘土，一身透汗，继续上路。傍晚时分，我们终于按预定路线走完全程，指挥部的汽车在公路旁把我们接回到住地。现在，这段短短的公路已作为可通行的等级公路标明在国家出版的地图上。当我看到这条标示细红色公路的图标时，总要回忆起那次踏勘遇困的情景，那里曾经留下我们这些探路者深深的脚印。

（作者：原航天工业部基建局副局长）

一张珍贵的老照片

刘登锐

在航天档案馆保存着一幅十分珍贵的照片，那是“文化大革命”前刘少奇主席、周恩来总理等中央领导同志在人民大会堂宴会厅接见国防部第五研究院首届党代会全体代表的合影。我作为会议的一名工作人员，有幸站在被接见的行列里。每当我看见这幅合影照片，就会想起那次党代会的盛况及它在我国航天发展史上具有的里程碑意义。

我国航天事业从1956年10月8日创建到1964年5月，已经有了近八年的历史，从仿制转到自行研制的阶段。为了总结建院以来的工作，突破自行设计关，确定下一步任务，1964年5月21日至6月3日召开了中共五院首届代表大会。总政、国防科委、国防工办等上级单位的领导同志到会指导。大会正式代表353名（实际到会310名，部分代表在基地执行东风二号导弹发射的准备工作)，包括航天战线上各个方面的优秀人物，有各级党组织和行政领导干部、科技专家、中青年科技人员、战士和工人。可以说是第一次航天系统的党员群英大会。

会议代表集中住在前门饭店，大会在东交民巷空军招待所礼堂举行。参加会议的代表分为院直、一分院、二分院、三分院、四分院等五个代表团。代表选出的大会主席团由王秉璋、刘有光、王诤、钱学森等37位同志组成。大会议程主要有：一、听取并审查五院党委的工作报告；二、听取并审查五院党委监委的工作报告；三、选举中共五院委员会。最后选出31位院党委委员，包括屠守锷、梁守槃、张履谦等科技人员。与会代表在主席团的领导下，研究讨论了五院党组织在火箭工业发展中的任务。

在5月21日的开幕式上，刘有光同志向大会致开幕词。他在阐述了国内外形势之后，概括地回顾了五院建院近八年来的工作，指出：“这七年多时间是一个不断革命，不断前进，逐步提高认识，逐步克服缺点，逐步发展壮大的过程。在全国各有关单位的大力帮助、大力支持和大力协同下，已经初步建成了一个为社会主义国防事业服务的、具有相当规模的、有一定独立设计能力的导弹研制基础。无论在仿制方面或是自行设计方面，都取得了显著的成绩。围绕这一中心任务，各个方面、各个部门、各个行业都尽了自己的责任，作出了应有的贡献。”他在肯定了成绩的同时，也指出“我们工作中还有缺点和错误，还有许多薄弱环节，需要我们在今后工作中坚决加以纠正和克服”。他还在开幕词中提出：“这次会议要充分发扬民主，开展批评与自我批评，达到心情舒畅、团结一致，把充分发扬民主当作开好这次会议的标志；要加强相互学习，反对骄傲自满、固步自封，提倡谦虚谨慎、戒骄戒躁；要以革命干劲和科学态度相结合，扎扎实实地做好工作，做冷静的促进派，在革命化、科学化、战斗化的道路上阔步前进，更好地完成党所交给我们的光荣任务。”

王秉璋同志在5月23日的大会上作了党委工作报告。报告分三部分：第一部分，建院以来的基本情况；第二部分，工作中的体会；第三部分，今后任务。这个报告系统地总结了七年多来的艰辛创业道路和主要成绩，分析了党领导火箭事业的主要经验，提出了进一步发展火箭事业的任务。我国航天事业在毛泽东主席批准的建院方针的指引下，在周恩来总理的亲切关怀下，在聂帅等老一辈无产阶级革命家的具体领导下，从筹备创建、仿制为主发展到独立设计为主的阶段，广大科技人员、工人和干部发扬自力更生、奋发图强、解放思想、埋头苦干的精神，突破仿制迈上了第一步，开辟了独立设计的道路。经过大练兵、大发展、大建设，不仅导弹的研制工作取得显著成绩，而且初步形成一支又红又专的科技队伍，出了成果，出了人才。报告总结的加强党的建设和思想政治工作，坚持勤俭建院、勤俭办科研的方针，建立又红又专的科技工作队伍，认识科学技术工作规律、实现组织管理科学化等经验具有指导意义。报告还具体提出了加强思想政治工作、加强组织管理、做好保障、改进作风、改进工作方法的要求，号召科技人员要树立责任心、立大志，赶上世界先进水平。

代表们热烈讨论了五院党委工作报告，有58位代表作了大会发言（其中书面发言18人）。这些发言从党的建设、思想政治工作、培训队伍、科研设计、基本建设、科技管理、技术安全、器材保障、后勤服务等各个方面，总结了基层党组织发挥战斗堡垒作用的经验，提出了改进工作的建议和意见，表示要团结一心，振奋精神，圆满完成这次党代会决定的任务。

这次会议得到党中央、国务院、中央军委以及聂帅、罗瑞卿等领导同志的亲切关怀。会上讨论了聂帅对梁守槃同志一篇题为《关于技术工作中的几个问题》讲话的批示精神。聂帅的批示指出："这篇讲话很好，加强政治思想工作，单靠政治工作干部是很不够的。技术干部和其他各类干部也都应该从各个不同的角度去做政治思想工作。技术工作中许多思想问题和认识问题，除政治干部去抓以外，由技术领导干部同志去抓，一定会有更好的效果。"这一批示在会上引起强烈反响，对提高与会代表的认识产生了重要作用。

6月2日下午，时任中央书记处书记、国务院副总理、军委总参谋长的罗瑞卿同志莅临大会，代表党中央、国务院、中央军委向全体代表作了题为《一个革命的、有出息的专家和科技工作者应该到前线去》的重要讲话。他号召广大科技干部特别是党员科技干部，深入到科研生产第一线去，加强团结协作，更好地出人才、出成果。罗总参谋长阐述了发展我国的导弹和火箭事业，关系到实现国防现代化、建设社会主义强国的重要任务。因此，要求五院的广大干部和科技人员必须把革命化和科学化结合起来，把科研和生产结合起来，深入到科研试验生产的实践中，只有这样才能掌握科研生产规律，突破尖端，攀上高峰。五院是知识分子成堆的地方，但总的是热爱社会主义、热爱国防科研事业的。因此，他热切希望大家做一个革命的、有出息的科技专家，既要自力更生，又要继承已有成果；既要敢想敢说敢干，又要有科学态度；要深入前线，不要闭门造车；要实事求是，不要好高骛远。大家要走又红又专的道路，出成果，出人才。罗总参谋长在讲话结束时说："你们一定要拿出东西来，要报真喜。只要你们的东西上了天，我随时准备给你们发捷报。"这使参加大会的代表感到十分兴奋，备受鼓舞。

这次大会中最令人难忘的是5月31日下午，刘少奇主席、周恩来总理、朱德委员长、邓小平总书记等中央领导同志来到人民大会堂接见全体代表，参加接见的还有董必武、李富春、贺龙、陈毅、刘伯承、聂荣臻、彭真、薄一波、陆定一、罗瑞卿等党中央、国务院、中央军委的领导同志，并和五院党代会的代表合影，留下了一张永远值得纪念的照片。中央领导同志对航天事业十分关心，寄予殷切希望。我们感到无比幸福，增加了无穷力量。这次接见在航天事业的发展史上掀开了新的一页。大会号召不辜负中央的关怀和期望，要“政治思想过硬、技术业务过硬、组织管理过硬、作风过硬，一定要自力更生、奋发图强，拿出成果来”。

这次大会后不到一个月，1964 年 6 月 29 日，我国第一枚自行研制的东风二号中近程导弹发射取得圆满成功，为五院首届党代会开辟的攀登航天科技高峰之路举行了一个奠基礼。

（作者：原航天档案馆主任）

亲历长征三号火箭的3次发射

谭邦治

早在1965年，中央专委就已批准建立我国卫星通信系统，随即各有关部门开始进行卫星通信的单项课题的预先研究。1970年，中央军委决定将这一任务转入工程研制。1974年5月，周恩来总理针对卫星通信工程处于徘徊不定、进展缓慢的现状，指示国家计委、国防科委召集有关部门研究卫星通信工程的研制、协作和使用方针，做出规划，督促进行。为此，国家计委、国防科委赴有关部门进行了调查研究，于1974年9月30日联合起草了《关于发展我国卫星通信问题的报告》，几经修改完善，于1975年2月17日正式定稿上报，同年3月31日，中央军委第八次常委会讨论并通过了这个报告，呈报党中央，很快得到了毛泽东主席、周恩来总理的批准。据此，将我国试验卫星通信工程定名为“331”工程。

1977年9月18日，中央批准了国防科委提出的《关于1980年前我国战略核导弹和人造卫星及其运载工具研制安排的请示》，明确了三项重点任务：向太平洋预定海域发射液体远程弹道导弹，由潜艇水下发射固体弹道导弹，发射地球静止轨道试验通信卫星任务（“三抓”任务）。自此，“331”工程加快了研制的进程。这一工程从1970年转入工程研制起，经过广大科技人员、干部、工人十多年的艰苦奋斗，攻克了一系列的技术关键。“331”工程的长征三号运载火箭、东方红二号试验通信卫星的研制生产以及发射场系统、地面通信系统、测控与通信系统的研制建设，都取得了实质性进展。1983年9月和10月，东方红二号试验通信卫星和长征三号运载火箭先后出厂，运往西昌卫星发射中心，开始了为期七个多月的“331”工程的测试与发射工作。

我当时在航天部科技委办公室工作，亲随“331”工程总设计师任新民参加了“长征三号”的测试与发射工作。本文记述的是这三次在发射场测试与发射的实况。

一、第一次发射场测试中换发动机

广大参试人员历经千辛万苦，东方红二号卫星和长征三号运载火箭在技术厂房的水平测试按计划结束了。正在大家整理产品、设备，准备撤收，转往发射场区时，有人惊愕地向工程总设计师任新民报告，一级发动机运输时未装保护拉杆。任总旋即转头来到运载火箭的一级发动机前，果不其然，未装保护拉杆。当即，我按任总之意，请来了试验队队长、一院院长张镰斧，长征三号总设计师谢光选，副总设计师龚德泉及上海航天局负责一、二级火箭的科技人员，并找来了有关的技术文件，技术文件上明确规定，运输时需装保护拉杆。大家在现场彼此注目，一声不吭，任总不动声色地说：大家先回去吃饭，想想如何办？晚上开会研究。

晚上的会议在寂静中开始，首先听取了上海航天局有关情况的汇报，并进行了简短的讨论。任总斩钉截铁且朴实地说：“运输振动对发动机的影响，说有问题，或者说没问题，都没有检测数据的根据。按技术文件规定在运输时要装保护拉杆，而且以往都是装保护拉杆的。现在的情况，只有换发动机。”他接着动情地说：“一台发动机几百万元，换下来也不能就报废了。下一次进场时，由‘长三’的副总设计师孙敬良负责，组织测量运输振动对发动机的影响，记录有说服力的监测数据，对换下来的发动机能否再用提出意见。”会议还就更换一级液体火箭发动机的实施方案进行了讨论。

会后按会议确定的实施方案，请空军从湖北当阳调运输机至上海，装载发动机运抵西昌。当时确实是急事急办、特事特办，前后用了不到4天的时间就将新的一级发动机送达西昌卫星发射中心的技术厂房。参试的有关人员精心组织、精心操作，按计划完成了发动机的更换和测试工作，如期转场至发射场区。

事后，经过液体火箭发动机在铁路运输振动条件下的试验与检测证明，换下来的发动机经过检测修复后仍可使用。这台换下来的发动机后来也装箭执行了卫星发射任务。

二、在发射场区垂直状态下更换“长三”控制系统的平台

我国的“331”工程第一次转赴发射场区后，测试工作按计划进行。在其一、二级加注完偏二甲肼和四氧化二氮后，决定是否开始加注三级的液氢、液氧前，按操作规程规定，要进行控制系统最后一次总检查，就在此时出现了平台“倒台”现象，重复检查时，故障复现，现场十万火急。负责平台研制的上海仪表厂的同志们更是满头冒汗，不知所措。这台装箭平台是在技术厂房测试后选优的，没料到这个优者却出现了这么严重的问题。正在发射塔架平台上的工程总设计师任新民，看了看时间早已过晚饭的时间了，面对周围同事紧张而焦虑的面孔，他无奈而镇定地说：“大家清理一下现场，留下值班的，其余的人都回去吃饭，晚上召开主任设计师以上的人员会。”他还略带叮嘱的口气说：“不必再复测了，测试的数据没问题，是平台有问题，即使是偶然性的问题，也得更换，换下来的平台到技术厂房再认真测试，查找问题。”

整个试验场似乎显得很宁静，大家都不想多吭一声。返回驻地后，三口并作两口地吃完了晚饭，主任设计师以上人员的会议就在试验大队队部食堂召开，对于吊卸卫星整流罩和卫星，运回技术厂房，以及备份平台的选优，更换平台的责任单位和责任人等，很快形成了一致的意见。最为棘手的问题是已经加注到贮箱里的偏二甲肼、四氧化二氮是否泄出？会议对这一难题进行了重点讨论。会议开的很严肃，发表意见都很谨慎。偏二甲肼和四氧化二氮都是剧毒、易燃、易爆的物质，犹如两颗巨型炸弹停放在发射场坪上，一旦出问题，后果不堪设想。另则是发动机工作时对推进剂的温度是有严格要求的，尽管是在西昌，但毕竟是1月下旬，在海拔1800米的夜晚，裸露的贮箱里的推进剂温度也会下降，不仅影响发动机的正常工作，即使是能工作，推力偏差会增大，飞行轨道的精度将大大下降。会议取得了基本一致的意见，泄出偏二甲肼和四氧化二氮。会议最后议定整个更换平台的实施方案待次日指挥部会议上决定。

回到宿舍后，我看到任总无可奈何的样子，知道他心里还装着泄出推进剂这块石头，还没有最后下决心。我这时就将我在会议上不便讲出的意见说了出来：“推进剂不泄出来的问题和困难是显而易见的，安全问题可以增哨加岗，24 小时值守；推进剂温度下降问题，白天可以打开塔架，靠日照增温，晚上可用棉被、泡沫塑料等将贮箱包起来保温。可泄出推进剂带来的问题就复杂多了，有些可能是潜在性的和不可预测的，四氧化二氮一遇水气就变成硝酸，贮箱、活门、加泄连接器、管道在泄出中会出现什么问题更不好预测。”任总听后没吭声。根据我多年的经验，知道他这是认为提供意见人的意见有一定道理的反应。第二天早上一起床，他就让我给他请个假，晚些时间参加指挥部的会，先去上海航天局和 067 基地试验队的驻地。他同上海航天局、067 基地搞发动机的科技人员进行了反复的研究讨论，并察看了上海航天局在比规定的推进剂最低温度低 3℃的热试车数据，最后形成了推进剂不泄出的意见与建议。指挥部听了报告后，采纳了他的意见与建议，更换平台的工作 3 天顺利完成。

三、第一次发射受挫后决策组织第二次发射

1984 年 1 月 29 日晚 8 时 24 分，我国第一枚长征三号火箭托载着第一颗试验通信卫星东方红二号 0A 星拔地而起，一、二级发动机和三级发动机的第一次点火、滑行段工作都正常，可三级发动机二次点火后 3 秒钟，燃烧室压力开始下降，并迅速下降为零，东方红二号 0A 星未能进入预定的地球同步转移轨道，试验受挫。

1 月 30 日，聂荣臻元帅给“331”工程试验队全体参试人员发来了慰问信，充分肯定了成绩，给参试人员极大鼓励：“只要大家认真对待，从中分析原因，查明故障，得出经验，我国的同步卫星一定会发射成功的。”随后，便开始了紧张而千头万绪的故障分析及研究采取措施的工作。当时形势十分严峻。在西昌地区发射地球静止轨道的通信卫星的发射窗口只能到 4 月底，5 月份便开始进入雷雨季节，我们所研制的长征三号运载火箭是新型的，三级为氢氧发动机，且故障也出在氢氧发动机，短期内能否找出故障原因和完成改进工作没有把握。如果 1984 年 4 月底前不能实施发射就得拖到明年，到那时运载

火箭和卫星上的元器件有些就过期了，且有些领导干部、科技管理人员和科技人员将会离退休，这样，“331”工程将会拖延，会影响到整个“三抓”任务的完成。当时是前方（西昌试验队）和后方（北京）同步开展故障分析工作，前后方的意见大相径庭，一时间，“长征三号的关键技术并没有解决，应该补课”、“长征三号不能急于进行第二次发射”等意见由北京传到了西昌，更为激烈的是“长三”要推倒重来。1984 年 2 月 19 日，张镰斧副部长对我说：“北京（后方）对于第二颗卫星要不要今年发射意见很混乱，你得和任总讲一讲，你们得回去一趟，直接向张爱萍副秘书长汇报。”任总返回北京汇报的事很快定了下来，连夜会同有关人员修改和定稿《关于长征三号第一次发射的故障分析与改进措施的报告》。2 月 22 日，张爱萍主持汇报会，多谋善断的张将军开门见山地说：“方方面面的各种意见，我都知道了，都不讲了。今天，我就听从前方回来的工程总设计师任新民的意见。”任新民按照汇报提纲做了简要而明了的汇报，最后他坚定而充满自信地说：“长征三号第一次发射故障的原因和机理是清楚的，所采取的措施是可行而有效的。”他还略带请战的口气说：“我认为完全能继续组织第二次发射，而且能够在 4 月底以前完成。”张副秘书长批准了任总的汇报提纲，同意在 4 月底以前组织“331”工程的第二次发射。张将军还谆谆地告诫与会人员：“要加强集中统一，充分发挥技术民主，认真落实岗位责任制。要以科学的态度、科学的方法完成第二颗试验通信卫星的发射与定点任务。”

领到任务后，身处北京和西昌的广大科技人员、干部和工人群情激奋，乐此忘疲，以热烈而镇定的情绪，紧张而有序的工作，大力协同、日夜奋战，按期完成了有关的改进与试验工作，终于迎来了 1984 年 4 月 8 日东方红二号 OB 星的成功发射和 4 月 16 日的定点成功。

四、足智多谋，集智攻关，成功解决东方红二号 OB 星热失控问题

向科学技术进军绝无平坦的道路可走，只能在荆棘丛生的崎岖之路上登攀。就在东方红二号 OB 星的固体远地点发动机成功点火，进入地球准静止圆轨道，向定点位置漂移的过程中，卫星上的蓄电池组出现了可怕的热失控现

象。蓄电池组的温度与电压发生恶性循环，温度升高、电压降低，电压降低又充电，温度又继续升高，这样的恶性循环继续下去会导致蓄电池组的损坏，使卫星夭折。问题严重而紧迫。正在西安测控中心参试的任新民、宋健、孙家栋等，连夜召集卫星总体、控制及飞行测控组的有关人员研究故障的机理及应对措施。时不我待，经过认真分析、计算和试验，果断地决定采用调整卫星姿态改变太阳照射卫星方向，降低整星温度的方法。有关科技人员沉着应对，冷静操作，准确、细心而大胆地进行了十几次调姿，终于解决了蓄电池组的热失控问题，将卫星调整到长期运行的姿态，保证了卫星长期稳定的工作。

通过东方红二号 OB 星热失控故障的解决，我们深刻地体会到，从事航天研制试验工作应掌握三种本领的重要性，即正常情况下的正确操作的本领，预想到的故障情况下的挽救本领，意想不到的故障情况下的紧急应对本领。这些只能在实践中积累经验，增长才干。

五、东方红二号 OC 星改装成东方红二号甲，发射成功意义深远

东方红二号试验通信卫星研制时，受当时国内工业技术水平等诸多因素的制约，一颗卫星只装了两个通信转发器。在确定卫星技术方案时，又由于某种原因，采用了喇叭形的全球波束天线，天线波束的覆盖区大，但国内的覆盖区的天线增益相对小。“331”工程当时投产的是 3 枚长征三号火箭和 3 颗东方红二号卫星。第二颗东方红二号卫星定点投入使用后，还有 1 枚长征三号火箭和 1 颗东方红二号卫星，需要派上用场。剩下的第三颗东方红二号属于试验通信卫星，经反复研究讨论，决定将其改进设计，成为实用型通信卫星。主要的改进是：对东方红二号卫星定点、运行中暴露出来的问题进行改进；将全球波束的喇叭天线改为国内波束的抛物面天线；将星上通信转发器改为四个；其他适应性和完善性的修改，如提高太阳能电池组效率，提高姿态控制精度和定点精度，遥测系统增加备份设备，二次能源减轻负荷，改变固体远地点发动机尺寸，以增加装药量等。改进后的通信卫星命名为东方红二号甲实用通信卫星，整个工程命名为“331 甲”实用卫星通信工程。

在东方红二号甲卫星的改进研制中，通信转发器的接收机是改进研制工作

的短线。承担此任务的单位所提出的研制经费、研制进度、进口条件等，都是整个工程所不能承受的。当时任新民总师同宋健副部长商定，对该项目的研制引入竞争机制，即由原单位和另一单位同时研制，待模样设备完成后，进行专家评审，择优确定项目的承担单位。由于竞争的推动，两个单位都很积极努力，都按时拿出了模样。两个单位研制出的模样的技术性能指标及所需条件等大体相同。尽管多付出了一套模样的研制经费，但很快解决了几经协调均无效的研制经费、进度和进口件的难题，保证了“331 甲”工程的顺利完成，显示了竞争机制的效力。

第一颗实用通信卫星的发射正值关键时期，这颗卫星的成功发射、定点和运行，一定意义上讲，对我国卫星通信事业的发展具有举足轻重的作用。1985 年至 1986 年上半年，我国拟购买外国的通信卫星，并用外国的运载火箭发射，且与阿里安火箭公司签署了订座协议。此时此刻，正在西昌卫星发射中心进行测试和组织发射工作的任新民总师在一次参试人员的动员会上动情地讲：“现在有的单位正在购买外国通信卫星，并用外国的运载火箭发射。如果我们这次发射不成功，或卫星上天后不能正常工作，那我们就是自己取消自己的发言权。如果发射成功，且卫星正常投入运行和使用，我们就有理由向中央反映我们的意见。”他的一席话足可见这次发射的不同寻常的意义。功夫不负有心人，1986 年 2 月 1 日，东方红二号甲实用通信卫星被成功地送入地球同步转移轨道，并按计划定点投入运行和使用。

返京后，我按任总的指示，拟写了《关于发展我国卫星通信事业的意见》的报告，呈送党和国家有关领导人。中央有关领导相继作出批示，指示有关部门重新审议我国购买外国通信卫星及用外国火箭发射的事宜，最后做出了取消购买的决定，这对我国的运载火箭、通信卫星、卫星通信事业以及运载火箭的国际商业发射服务等，其意义都是十分重大而深远的。

（作者：原中国航天科工集团公司经贸部总工程师）

参加东风三号导弹的研制生产

尚　超

东风三号导弹是我国20世纪60年代第一个全新自行研制的液体中程导弹，它的技术方案、技术途径、管理方法不仅影响着后续型号的研制，也体现着一代人含辛茹苦、发愤图强的精神。

“东风三号”是个开创型的型号，如采用了四机并联动力装置，可贮存的推进剂；精巧壁板网络化铣焊接贮箱及桥梁铆接壳体结构；小巧玲珑的活门、导管、自动器、仪器支架（座）及核弹装置；捷联补偿控制加横偏校正方案；独立自主的遥测、外测设备等。这些都对后续型号的研制产生了长远的影响。长征系列运载火箭的很多方面仍采用它的成熟技术。

东风三号导弹研制时间短、技术状态先进、管理工作严谨、研制生产力量强。这个型号从研制到批生产，还没有形成现在的“两总”指挥线以及系列的技术职称和技术头衔，而是从时任一院副院长任新民，一部副主任孙家栋(后是谢光选、范士合)，室领导王觉先、王永志、侯朝衍、王德臣、范士合、朱桂芳等以及王树先、马作新、黄纬禄、郝复俭、吴德雨、姚桐斌、陈奇妙、刘元、徐兰如、徐乃明等专业厂所领导牵头组成的行政技术系统队伍，按任务各负其责，型号研制很快。在“文革”动乱年代，由于实行军事管制，研制队伍没有乱，研制工作没有停。

我出校门参加工作就被编入一院一部东风三号导弹研制队伍，工作岗位是导弹的设备安装和总装设计。从试样研制到配合总装厂主管批生产工作，一干就是13个年头，经历了工作上的艰难困苦和“文革”政治动荡带来的心灵上的痛楚，度过了风华正茂的年华。

一、满怀激情，心想奉献

我刚步入工作岗位时，思想很单纯。除了努力为国家多作贡献外，没有患得患失、私心杂念。当时国家困难时期刚过，物资匮乏，基本上是凭票证限量供应，粮、油、布、手表、自行车都要票证，衣食住行都很艰难。由于导弹研制还属初创时期，工作条件也比较艰苦。代步多是自行车，市内出差都乘公共汽车，多人远路出差可派卡车接送。办公用房一般是十几人挤在30多平方米一室中，要绘图和计算就要去绘图室和计算房。当时计算工具是手摇机械式计算机，这要比计算尺先进多了。这样的生活和工作条件，没有人有怨言，也没有什么可攀比的，大家都是一个心劲扑在型号的工作上。

1967~1969年是东风三号导弹研制从遥测试验弹过渡到定型战斗弹的时期，工作量很大。恰在这时，室里一半人下放“军垦”、“五七”干校，四五个人的总图出图工作量压在我一人身上。我去总装车间内的办公室，废寝忘食干了一个多月，别人下班，我不下班，多次被锁在车间内。最后，在工艺员的帮助下，才完成了6套图纸的出图工作。

在整个型号研制生产的过程中，虽然工作紧张而繁重，但心情是愉快的，因为要为国防建设多作贡献的理想鼓舞着我。

二、技术民主，和谐友爱

我们研制队伍成员之间是平等相处的，即使“文革”中两派之间，在处理技术问题、协调工作时，也是笑容相对，友善和好。物质生活上虽有职级之差，但差别不大，基本是平等的。如时任一部副主任的苗逢辰、一部政治部主任刘家声是高干，住房面积不比家庭人口多的室主任多。他们出差不乘公共汽车就乘部派卡车，坐在驾驶室内，算是优越的待遇了。我常参加院机关或总装厂组织的调度会，这些会充满了民主气氛。会议主持者针对某一问题，总是让第一线设计、生产工程技术人员或工人师傅发言，然后主管人员提出见解，最后由主持人阐明理由、决定问题，并在下次会上检查。这种形式使与会者口服心服，所作决定能顺畅地得到落实。

孙家栋、范士合、黄纬禄（接替任新民主管“东风三号”的工作）经常深入现场检查工作。他们对一些问题不现场表态，而是等到调度会上讨论处理，对一些工作上失误和设计差错，也从不沉下脸批评人。如有发遥测弹的发动机架与后壳发动机舱因工艺划线误差，使发动机装不上，孙家栋到了现场，询问情况后又看了看实物，拍着陆阿宏师傅的肩膀说：陆师傅，没事，你们再辛苦一下，锉修吧！又如，一次遥测弹在出厂到测试中通电，控制系统电线烧了，这是大事。黄纬禄到了现场，询问情况后，没批评操作工作的失误，反而笑着对12所和一部的同志说：这个部位要改进设计，让工人师傅不会插错插座。后来，我认识到这一问题，是没有考虑可靠性容错设计造成的。

提到黄纬禄同志，大家都很尊敬他。那时他是12所所长，经常骑自行车从永定路过丰台镇到南苑一院上班。这些老专家的民主作风和严以律己的精神，对我们来说是潜移默化的教育。

三、严肃认真，一丝不苟

这里要说的是一枚大头针的故事。1988年用长征三号火箭发射东方红二号甲卫星，在西昌卫星发射中心，火箭三级发动机舱失落了一个铅封头。国防科工委领导批示：要翻箱倒柜把它找到。停工找了两天也没找到，总设计师谢光选亲笔写了《专题质量报告》才放行。殊不知40年前，国防科委主任王秉璋也曾有过相似的批示，他要求一院军管会争取把一枚大头针找到，找不到，一院也要有个说法。

这事发生在1968年夏天。“东风三号”某遥测弹总装中，仪器舱工段别在工艺单上的一枚大头针失落不见了，总装严师傅十分沉痛地做了汇报。这件事一级一级反映到国防科委，王秉璋对此有了以上批示。

于是，院军管人员、军代表及主管型号的于龙淮处长等十多人到现场，大家围在仪器舱周围，舱里舱外、地面找，找呀，找呀，一个上午过去了，还未找到大头针。直到下午，一位工艺员拿来一块吸铁器，才从仪器舱旁导轨的缝隙中把这枚大头针找到。事后，严师傅、工艺员、检验员各自做了书面检讨。

这一教训后来被称做“大头针事件”。

四、遭遇车祸，抢救脱险

1970年5月下旬，某简易遥测弹总装时，后箱壁上一遥测电线接管嘴折断了，其后果可能引起燃料泄漏，是大的质量问题。任新民副院长召开现场调度会，让大家提出排除故障措施。我建议用玻璃带加固、环氧树脂胶封死的办法，后来经703所试件试验后被采纳了。

那时有个“举一联想”的做法，我就联想到20基地五工区（即现在的25基地）有同状态的一发弹要测试发射。任新民副院长要我去基地工区，到那里把质量问题给大家说清楚，同时协助工区排除故障。我当即乘火车出发，到站后又转乘班车（卡车）去工区。记得这天是1970年6月1日，班车进入基地安塘路口时，车暂停路右侧，年轻的女军医从车后左边下车瞬间，被基地工区修铁路的载重汽车撞倒，女军医死亡。我被摔出卡车，落在路边泥沟里，摔得左耳、两鼻孔三窍出血，开放性颅脑损伤，昏迷，经72小时抢救，才渐渐有了意识。住院期间，任副院长、军管会领导等不断前来探望，国防科委罗舜初副主任也很关心，安排我到兴城疗养院养伤，在医护人员的精心护理下，我能顺利走路了，口眼歪斜也基本恢复了。经我一再要求，重返“东风三号”工作岗位，边养伤、边做设计定型修改和配合批生产工作。后来院计划部常俊东同志对我说：“老弟，你醒来第一句话就对我说没完成任务。我说你完成任务了！”并告诉我排除故障后的这发弹精确命中了目标。

这次车祸对我身体有很大的损伤，如右耳聋、失去嗅觉、颅鸣等后遗症伴我终身，但我能回到“东风三号”的工作岗位，与之结下浓厚的感情，我是很幸运的，由此也时刻提醒着我要十分重视产品质量、重视安全生产和可靠性工作。

五、越野试验，搏击雨雪

“东风三号”研制过程中，约有11次大型试验，其中内蒙古海拉尔低温试验、安徽青阳淋雨试验、贮存弹发射试验是最使我难以忘怀的。

低温试验是在海拉尔做的，陆续做了 3 次都是在 -57℃ ~ -60℃左右的温度下进行的。试验期间，不断地了解天气预报，专找哪天寒风大、温度最低的天气越野操练。那时没有现今轻便的保暖服，大家穿着特制的空军皮衣皮裤和笨重的大头靴，操作起来非常困难。超低温工作最怕皮肤与金属设备接触后被粘合，如果粘合了就只能撕坏皮肤，由于大家细心谨慎地操作，这种事故没有发生，但冻手、冻脚、冻耳的情况是相当普遍的。"冻"换来了对东风三号导弹低温使用的考核。

淋雨试验（也叫"泡弹"）的野外条件不像低温试验那样艰苦，但也是要等中小雨天气才能进行。记得试验中最关注的是接插件顶不住雨淋，容易造成绝缘电阻不合格。当时还没有塑料袋，我们想尽办法，顺利完成了淋雨测试试验。

经过约五年贮存期的导弹在 25 基地作飞行试验，由二炮实际操作兼顾训练。到场演练的是两个基地的两个团，他们都想得到"点火"权，最后只好用抓阄儿的办法。可笑的是大家都哭了。首先是 7 团团长哭了，抓阄失败，失去了点火操作权；3 团团长是先笑后哭，笑是完成了"点火"发射操作，是难得的机会，哭的是意外车祸，牺牲了两名战士；我们试验队的人也哭了，试验失败了。这"三哭"充分说明一代人真挚的情感和对导弹事业的热爱，是用金钱、物质换不来的。

回忆东风三号导弹的研制生产过程，因它的设计先进、技术状态好，体现了独立自主，自力更生，依靠自己力量发展国防尖端科学的精神，给后续型号研制打开了一条创新之路；许多管理工作上的措施和技术管理模式、产品质量控制达到了较高的管理水平；同时造就了一批高素质的科技人才，实现了"出成果、出人才"的目标。

（作者：原航天工业总公司科研生产部总工程师）

研制“巨浪一号”的那个年代

张新斋

经国家批准，1967年立项研制潜射固体导弹，后来定名为“巨浪一号”。1977年“巨浪一号”列为“三抓”任务之一，代号为“9182”任务。我作为机关的技术管理人员，经历了巨浪一号固体导弹研制和发射的全过程。

一、“巨浪一号”研制背景

与液体导弹相比，固体导弹有许多独特的特点；而潜地导弹与地地导弹相比，又有更多的难点。其一，导弹装在潜艇上，势必要体积小、结构紧凑；弹头小、核装置小，弹上仪器设备小，器件要小，结构材料性能要高。其二，潜艇空间十分狭小，各种艇上设施与电子设备挤在一起，相互影响干扰的可能性大，要求导弹绝对安全可靠，不能发生误点火或不点火，必须保证人、艇的安全。其三，发射方式为弹射，水下点火、水中弹道、艇的摇晃、海浪与涌的影响等，这些都是地地导弹所没有的，是一个新的技术领域。

此外，在研制管理体制与协调的方式上有很大的变化。二院建制内只有总体部、控制系统所、地面设备所和一个弹上仪器设备厂。构成弹上重要分系统和关键设备的一、二级固体发动机、液浮陀螺惯性平台、计算机、两级伺服机构，甚至总装厂都不属二院建制，是平行的兄弟单位，而且分散在内蒙古、陕西、江苏等地。

“巨浪一号”起步研制时，正是“文化大革命”期间，生产、生活秩序混乱，规章制度被废弃，研制程序被打乱。预先研究不扎实、不充分，因此出现边研究、边设计、边试制试验、边生产、边应用的状况。确如张爱萍说的："'巨浪一号'生于乱世，先天不足。"

当时，研制手段、工作条件也欠缺、不够完备，尤其是处于三线地区和边疆地区的单位，人员的生活条件比较艰苦。

二、上下齐抓共管

巨浪一号在"文革"期间研制工作步履艰难。当时的四院是固体地地、潜地导弹和固体发动机研究院，1969 年对四院实行了军事管制，生产生活秩序有了较大的好转。为了清除派性、促进团结，搞好科研生产，1974 年陆平副部长到四院用十几天时间开了院领导班子谈心会，做了很多说服教育工作。粉碎"四人帮"后，1977 年"巨浪一号"调整研制布局，重整队伍，理顺关系，使研制生产工作步入正轨。这一年，"巨浪一号"确定为"三抓"任务。为了进一步动员研制队伍，落实措施，争取各方面支持，宋任穷部长 1979 年春节期间去四院，走遍各厂、所，与各级领导和群众见面，做思想工作。同时沟通与地方的关系，得到了内蒙古自治区党委和政府对四院工作和生活物资供应上的大力支持。这年 12 月，"巨浪一号"开始了 01 批的试制生产。

为了保证"9182"潜艇发射任务的实施，加强行政指挥系统和设计师系统的工作是十分必要的。部党组指定程连昌副部长和二院柴志院长为"巨浪一号"总负责人。程副部长坐镇二院，每周一次调度会，协助二院抓总。二院计划部调度室对照研制进度流程方框图，发现短线，找出关键，按日进行检查、督促。他们在组织协调和任务保障服务等方面做了大量的工作。对于短线与关键，上上下下都极为关注。郑天翔部长在科研生产局的报告上批示："钱维崧同志不要乱跑，要盯在四院抓发动机。"钱局长也经常感叹地说："我们抓'巨浪'是从螺钉螺帽抓起。"可见问题之多，工作之细。

"巨浪一号"总设计师黄纬禄，德高望重，技术水平高，有丰富的型号研制经验，为人又谦虚热情，深得各级设计师们的敬重。在同是平行的兄弟单位，没有隶属关系的情况下，技术协调成了大问题。因此产生了他所倡导的"有问题共同讨论，有困难共同克服，有余量共同掌握，有风险共同承担"的

“四共同”。这为技术协调奠定了思想基础，各单位较好地做到了相互交底不扯皮。两个系统相互配合，在技术指挥线技术协调后，再召开行政指挥线的调度会，落实措施，保证了计划进度。

三、齐心协力完成“9182”任务

在“乱世”环境下突破技术关键难上加难。当时科研生产和生活所必需的物质条件十分欠缺，特别是四院。以科研促基建，在内蒙古基地尚未建成的情况下，四院从四川迁往内蒙古。又由于形势变化的原因，基地规模被压缩，建设标准被降低，一些配套项目停止建设。再加上“先治坡后治窝”的思想影响，造成工作条件差，生活条件更差。固体发动机装药是“巨浪一号”发动机研制生产中最关键、最危险的一个环节。389 厂大型装药工房胶化机爆炸后，只能依靠较小的胶化机混合推进剂。两台胶化机要连续开机三天三夜，生产出的推进剂才能装一发一级发动机。装药时全厂动员，科室人员都去当辅助工、临时工。发动机研究所和推进剂研究所整个基建项目被砍掉，研究所只能挤占工厂的用房。研究所的设计员把不到 20 平方米的房间既当宿舍又当工作室。4 张上下铺，住七八个人，还要摆上两三张桌子，桌上放制图板。他们吃的是“钢丝面”（玉米面压制的面条）。已结婚的技术人员住到几公里外的农村。要买生活用品、洗个澡，还要凭班车票才能进趟城。春季的漫天风沙，夏日的干燥，冬天的严寒，使同志们很不适应。回想在泸州，住在长江边，听着流水声，吃着白米饭，呼吸着清新的空气，闻着桂圆林的清香……但他们是乐观的，有抱负的，要为国家搞出固体发动机。一位负责发动机设计的女工程组长开会谈心时感慨地说：“我们四院搬来搬去没有个落脚点，现在总算有了个窝。这个窝不怎么好，但总是自己的。”春节临近，有的人在考虑回家团圆。但作为研究所的党委书记想的不是返京与家人团聚，而是想到刚踏上工作岗位的一些小青年，如何让他们能愉快过春节、不想家。党委书记号召想回家的同志留下来过春节。事情虽小，但说明了一个领导者在想什么，体现了融合的干群关系。负责技术工作的杨南生副院长，绝大部分时间是在厂、所、研究室、车间、班组，研究技术问题，组织攻关。一位研究药柱强度与力学性能的青年技术人员说，与杨副院长讨论技术问题时，不经意提出一个相关的技术疑问，自己也没放在心上。过了几天，杨副院长找到他说，你提的问题我研究后认为是这样，并给出了完善的解答。类似情况，其他人也有同感。有这样认真、负责、善于钻研的技术领导，年轻的技术人员怎能不被感动、激励而奋发攻关呢。我们的研制队伍就是这样一批不怕苦、勇于拼搏、善于攻关的人。直到胜利完成“9182”任务后的若干年内，他们还工作在那几排低矮的平房里。这恐怕是我部最寒酸的研究所，但他们的工作业绩却是第一流的。

为了确保“9182”任务的完成，有一段令人难以忘怀的事。1981 年夏，一场特大暴雨引起山洪暴发，处于秦岭深山沟的 7171 厂遭受了严重的破坏。五十多公里的公路被冲刷“分割”成数十段，厂内三座桥梁被冲毁两座，两个车间和一个职工食堂被泥石流全部掩埋毁坏，通信、动力、交通全部断绝，一些住房倒塌，粮食、药品告急，全厂陷入困境。此时的宝成铁路秦岭段也遭到严重破坏，铁路、公路、通讯线路都已中断。部党组派出了李昌安副部长坐镇宝鸡，通过无线电台与沟内联系，组织抢险救灾。远在江苏的总装厂，急需平台装弹。这批导弹就是为 1982 年海上发射任务准备的。时间十分紧迫。郑天翔部长十分关心，也十分不放心，指示部机关派人进沟，看看 7171 厂到底怎么样，能不能按时交付平台。在这危难之时，党和国家紧急进行了救援。在灾害面前，7171 厂总动员进行自救。职工们水里爬泥里滚，抢救被掩埋的设备，积极恢复生产。同时又组织职工出沟背粮食、运生活用品。在这特大自然灾害的情况下，仍按原计划完成了 3 套供总装用的陀螺平台。在公路尚未完全修复好的情况下，技术人员怀抱平台主机，经受数小时的汽车颠簸，在汽车无法通行的路段，只好身背平台部件，翻山越岭，赶到邻近铁路线，登上火车，按时将平台交付总装。

“9182”任务完成了，党和国家发来了贺电，开了庆功会，“巨浪一号”又被授予了国家科技进步特等奖。这是荣誉，是鼓励，更是殷切的希望。时间过去了 26 年，回想起来，只有思想解放，大胆创新，走自己的路，才能搞出真正有中国特色的型号。

（作者：原航天工业总公司航天经济研究中心主任）

运用唯物辩证法指导科技决策

李　波

一个重大科技项目的成功开展和运行，取决于决策正确与否。要做到决策正确，运用马克思主义唯物辩证法作指导，很有必要。这里谈谈自己在从事航天科技工作中的一点亲身经历和感受。

1971 年 3 月，我从二院二部调到 207 所，主管科研技术工作。这是一个成立还不到一年的新所，称为目标识别技术研究所。研究所的人员来自四面八方，有科学院力学所和物理所的，有四机部电波所的，有七机部二院几个研究所的。这个新所一开始就承担了繁重的科研任务，要求解决的技术问题是从飞行的大量假目标中，识别出敌方来袭的战略弹道导弹真弹头。这是国际上还没有解决的技术难题。这个任务对我本人来说十分陌生和棘手，所里曾经做过一点目标识别技术工作的同志，也感到困难重重，不知道如何去开展。

面对这个困难，当时的所领导与大家有一个共同的信念，结合工作的实际运用马克思主义和毛泽东思想的基本原理和正确的立场、观点、方法来具体分析解决面临的问题。根据大庆“两论”起家的经验，我们认真学习了《实践论》和《矛盾论》两篇文章，得出的结论是：一定要从 207 所的特点及其与周围的实际出发，分析矛盾的特殊性，从诸多矛盾中找出主要矛盾，提出解决办法。经所领导研究，一致认为，最主要的问题还是要进一步解决科研方向和任务。原来，上级下达给所的任务虽然明确具体，实际上问题很多，难于下手，这是建所需要解决的主要矛盾。

根据所领导的分工，要求我负责研究提出所的科研方向任务和发展规划。我首先查阅了国内外有关开展目标识别技术工作的一些主要资料，阅读了建所过程的历史资料和上级下达任务及其变化发展的文件资料，随后，又和所机关的同志一道，深入到各研究室和工程组，或召开会议，进行座谈讨论，或个别交换意见，沟通认识。经过以上的深入工作，我和同志们终于逐步形成一些重要看法：

1. 国内的真假弹头目标识别技术研究工作，开始于20世纪60年代中期，主要分散在力学所、物理所、电波所，主要工作内容是研究真假目标的光电物理特性，称为飞行物理现象学研究，这和国外多年来研究目标识别技术的路子是一致的。207所组建后，国内从事这方面工作的技术队伍和科研条件虽然集中到了207所，但建所不久，任务内容就有了重大变化，急于要求为反导弹防区研制目标识别设备、识别系统、识别中心，目标特性还不清楚，就要求迅速研制出识别设备，确实无从做起。

2. 目标特性属于基础应用研究，其研究内容、研究手段、成果形式与工程设备研制相比较，性质有很大区别。目标特性的研究成果，可以为导弹突防和反导弹武器识别等多种型号使用，而目标识别设备则属于反导武器系统专用。从事目标特性研究，是207所主要科研技术队伍的长处，从事工程设备研制，则是其短处。而且大型光学和雷达测量设备，当时国内已有几个高水平的研究所研制，207所不宜从头另起炉灶，再做低水平的光电测量设备研制工作。因此，要求207所主要研制目标识别设备，实在是放弃了自身的相对长处，放弃了原来为多种型号所需的研究工作，而去从事并不擅长、长期难见效果的工作。

3. 当时，二院还有另一个研究所，负责导弹制导雷达系统的研制，和207所的分工界面是：207所研制的目标识别系统在完成目标识别后，将真弹头目标向制导雷达交班，再由雷达制导反导弹实施拦截。经过分析，我们认为如果制导雷达本身不具备目标识别能力，即使将真弹头目标交班给它，它仍然很可能在大量的假目标群中丢失真目标，从而失去原来识别系统的意义。因此，正确的认识是，制导雷达本身必须具备目标识别功能，正像抗干扰能力是制导雷达必须具备的关键技术性能一样。合理的分工应该是：207所通过目标的光电特性研究，寻求并提出正确的识别技术方法作为探测制导雷达关键性能之一，由雷达研制单位在研制的雷达中去统一实现。

基于以上认识，我们的结论是：原定要求 207 所研制识别设备、识别系统、识别中心的任务，实质上将是一个耗费大量人力、物力、财力、时间，而又难于实现、收效甚微的工作。显然，如果拘泥于原定的任务，不作调整，照此下去，不仅违背了国家下达任务的全局利益，也将把 207 所的建设拖入绝境。从以上认识出发，我们提出了调整 207 所科研方向任务的建议：以目标特性研究为基础，同时从事目标识别和反识别方法研究，既为战略导弹武器突防技术服务，又为反导武器识别技术服务，并为其他多种型号的需求服务。

以上认识和建议，得到了 207 所其他领导同志的赞同，形成共识，经过进一步发动群众反复讨论，形成全所一致的意见。前后经过了一年多的时间，于 1971 年 1 月 31 日，207 所上报了《关于开展目标识别研究工作和搞好 207 所科研建设的建议》。对于上送报告中的科研方向任务等主要内容，得到了国防科委、七机部、二院的采纳。1973 年 8 月，七机部对 207 所提出的目标特性科研内容，召开了专题协调会议，称为“738”会议；随后于 9 月下发了《目标特性研究工作协调会议纪要》。根据部下发的通知，207 所进行了科研方向任务调整，组建研究室，创造条件，开展工作。207 所沿着这一科研方向任务，为型号需要作出了重要贡献，也使 207 所承担的科研工作在国内具有自身的特色，为以后发展成为国防科研系统目标特性研究中心所、建立目标光学特征和目标电波特征两个国防重点实验室奠定了基础。

我是 1980 年 4 月调离 207 所到部科研局工作的。在 207 所工作的 9 年里，在我已做的一些工作中，我觉得对整个所的建设最有意义的一件事，就是和其他所领导同志一起，用唯物辩证法作指导，正确提出、果断调整 207 所的科研方向任务。

为我国航天事业作出了杰出贡献的科学家钱学森说过：“我们必须以马克思主义哲学来指导我们系统科学的工作，用马克思主义哲学来指导所有的科学工作。”愿从事中国航天事业的同志，特别是各级领导同志，能够努力实践之，它必将推动我国航天事业更好更快地发展。

（作者：原航天部预先研究局局长，部科学技术委员会常委）

我参加核效应试验工作

张有济

20 世纪 70 年代末，七机部一些单位成立了相应的核试验研究室或研究小组，本着实事求是的科学态度，从了解核爆炸产生的各种物理现象和效应入手，分析武器系统受到核攻击出现的薄弱环节，提出核效应试验的项目。

对此，我部核效应试验研究共列出 200 多项课题，其中，大部分课题完成了研究与鉴定，资料也存入技术档案，我部同时出版了多部抗核加固文集，记载了当时这一工作成果。

我参加了 21 基地的核效应试验，这是一项十分艰苦和复杂的组织工作，有如下四个难点。

一、21 基地的生活设施条件很差

试验队的米、面、蔬菜、油、肉等日常生活用品，全由各试验队自带；生活用水由基地用水车从 100 多里外拉来，实行定点、定量供应；试验场区与生活区之间没有道路，全是沙漠；试验时间大多是冬季，午饭用餐在野外露天，大多是咸菜和馒头，夹着罗布泊的大风沙，生活异常艰苦。

二、试验周期长

由于参试项目的试验安全要求高，全场需统一指挥控制，项目安装调试要经单位、区域和全场等多次联试，人员的安全教育和演练，也是必需项目。参加一次试验需三个月至五个月的周期，一些试验物辐射污染较严重还需等待数月，待其衰减到可以接近时才能取出，这时人员只好先撤场，数日后再重返回收。由于试验前的准备和试验后的数据处理和分析，大多数情况下，一年只能做一次现场试验。

三、运输设施简陋

参试项目和人员较多，人员有时多达二三万人，乘坐的专列大多是闷罐车厢，冬天车厢里面没有暖气、餐车和厕所，吃饭、洗漱靠兵站。从北京到吐鲁番通常要走 5 天至 7 天，然后再换自带汽车进入基地。那时大轿车很少，物资和人员大多是乘军用卡车进场。

四、试验常有核辐射的危险

为尽快回收试验设备和记录数据，防止辐射对记录数据产生影响，研制人员需在辐射剂量还比较高时，穿着防辐射服装，戴上防毒面具进行工作。在 21－712试验时，我和五六名工程技术人员一起参加了试验设备的回收。我们穿着防护服，戴着面具，乘车至地堡附近，冲击波推动浮沙将道路淹没，我们只能步行至地堡，大家用铁铲清理沙土，没干多久就喘不过气来，满身是汗水，最后只好掀开面具吸几口气。有的同志干脆摘下面具，直至把防护门前的浮沙和防护沙袋搬走，进入地堡取出记录数据和重要设备。每次试验回京后，我们都需做一次体检，体检结果显示每个同志的白血球都有不同程度的明显下降，有的甚至降至1500，需要半年多时间才能恢复正常。即使在这种情况，大家都毫无怨言，勤奋工作，每次都很好地完成了试验任务。

从 20 世纪 70 年代中后期至 80 年代末期，我部共组织参加了 8 次大型核效应试验，我 4 次带队，参试人员数量最多一次达五百多人，最少也有四五十人。在我国最大当量的核弹头定型和效应试验中，参试人员达三万多人，其中，我部参试人员有五百多人。试验时，我们撤离至爆点十几公里的山坡下，收听基地实时指挥信息。起爆时，我们都趴在山坡下，闪光过后，我们带着目镜慢慢抬头向前看，只见一个火球渐渐由低至高，越来越大，火球的颜色也由白色变为橘红、鲜红，非常艳丽，整个天空被火球占据了一大半，天空明亮辉煌，构成一幅十分壮丽的图画，人们站起来欢呼、跳跃。这一场景使我永远难忘。

（作者：原航天工业部科技司总工程师）

与航天教育工作结缘一辈子

夏长珍

1965年1月，我从一分院调到老五院科技部。不久，老五院转业，成立第七机械工业部。老五院科技部下的一个教育处扩编成立为教育局，教育局下设四个处：学校处、半工半读学校处、职工教育处、财务处，我被分到半工半读教育处。虽历经无数风风雨雨，机构、编制多次调整变更，我的工作却一直在教育管理岗位上。印象深刻的几件往事，仍历历在目。

一、举办半工半读学校和中等专业技术学校

七机部刚成立，急需补充大量科技力量。1965年，在刘少奇同志关于开展半工半读学校教育讲话的指引下，局里及时组织我们去天津参观示范学校。回来后，就在部里掀起了举办半工半读学校的高潮。一时间，首都机械厂、699厂、111厂、139厂、701所、771所等京内外厂、所，共举办了26所半工半读学校。学校招收初中毕业生，学制为3年。毕业后，这些学员既能当工人，也能当技术员，待遇同中技生。在校学生最多达到五六千人。这对建部初期急需一大批中等专业技术人才，起到了很大的补充和推动作用。

与此同时，在其他工业部的支援下，我部共接收了西安无线电工业学校、辽宁航空工业学校、桂林电子工业学校、大同工业技术学校等6所中等专业技术学校的学生。这些学校在师资、规模、教学设施以及培养质量方面，在当时国内堪称数一数二，在校生共达6000余人。与半工半读学校一样，这个举措在解决我部中等专业技术人才方面，也发挥了重要作用。

二、举办短期培训班

十一届三中全会以后，航天工业急需发展，新型人才不能及时、大量地补充进来。最切实的办法，就是给现有人员“充电”，给他们补充新知识。教育局适时举办了三个短期培训班。第一是举办厂、所长培训班。共办三期，每期30~40人，轮训120人左右，将在岗的各院、直属厂所的一二把手进行普遍轮训。引进教材，系统地学习一些新的管理理念，讨论、研究我部在工业管理上存在的问题。找与国外先进管理的差距。学习后打开了各厂所领导人的眼界，增强了他们的信心。第二是举办计算机培训班。20世纪70年代末，国外计算机的发展与应用已经很普遍，而对我部大多数科技人员来说，计算机却还是盲区。由此，我们抽调了厂、所技术骨干，从计算机的二进制学起，三个月达到掌握、使用计算机，然后回单位作为“种子”，再向广大科技人员传授，弥补了我部科技人员在计算机技术上的空白。这个班的作用，在当时是不容低估的。第三是举办科技英语培训班。这个班主要是针对科技人员学习国外先进科学技术而设。60年代毕业的大学生，由于历史原因，外语水平大多不是很高，他们阅读外文资料速度慢，较吃力。根据这个情况，我们把重点放在了提高学员的阅读水平上。这些学员都是各单位的技术骨干，我们请二院副院长、老专家吴朔平同志亲自任教，吴老讲课深入浅出，把复杂的语句分析得简单明了、通俗易懂，深受学员们的喜爱。学完后，大家普遍感到收效好而快，有如虎添翼之感。吴老总结、编撰的《科技英语》在当时更是一本不可多得的教材。

培训班开办那几年，正值粉碎“四人帮”不久，教学设施奇缺，课桌椅就是有钱也买不到。行政部门跑遍了北京城，都没有现货供应，只好由培训班出面，行政局配合，从拉木头做起。运输处调来大吊车，帮助起运；管理处到河北木器厂联系加工制作。为了培训班早日开课，大家齐心协力，全力支持，充分体现了航天人团队协作的精神。

三、进行人才预测工程

1983年7月，教育部等三部委联合下发了《关于进行全国专门人才现状调查和需求预测的通知》。这项工作涉及当时我部八万名干部，这是一项庞大、多元、复杂的系统工程，单靠一个部门是难以完成的。为此，我部成立了"专门人才预测"规划办公室，统一组织、筹划、部署和实施这一工程，确定由710所负责建立数学模型、预测计算，502所负责人才信息软件程序设计，教育局负责工程总体。我在其中承担具体的组织协调任务。

按照工程要求，首先建立我部专门人才信息库。八万名干部，每人填写一份卡片，每张卡片含有14项信息。工作人员近1500人，用了近3000个机时，历时一年半才全部结束。1984年4月，我部上报了《专门人才汇总表》。通过预测分析，发现专门人才队伍存在两个主要问题：一是同步老化，57.3%的技术骨干力量到1993年前后将全部进入老化期，退出工作岗位；二是将出现年龄和素质上的两个断层，年轻的科技力量，由于历史原因，所学的专业和基础知识不扎实，与前一拨人接不上档，形成断层。还存在专门人才职称层次和学历层次结构不合理，在人才总体结构上需做些调整。基于此，从优化我部专门人才结构、改变不合理专业配置、弥补潜在断层危机出发，我们提供了1983~2000年三套专门人才总输入方案。

四、发展研究生教育

人才预测工程表明专门人才潜在的两个断层危机，必须在短期内大量补充高级专门人才。当时每年从院校分来的研究生，不过一二百人，远远满足不了优化专门人才队伍结构的需要。为此，部里决定大力发展研究生教育，动员部内各研究机构创造条件，招收研究生。截至1990年，我部科研机构经国家学位委员会批准共获得近50个硕士学位专业授权点，15个博士学位专业授权点，3个博士后流动站。在学研究生达到五百多人。每年毕业研究生250人左右。由哈工大、北航等院校分来的研究生达200人至300人。这样，在1990年后，每年可补充研究生500人至600人，大大改善了科技队伍青黄不接的状况，为航天事业后继有人发挥了重大作用。

30年来，教育工作给了我辛酸，也给了我快乐。这是我工作的起步，也是我工作的终结。我努力了，收获了。我珍惜这份机遇，这份难得的情缘。

（作者：原航天工业部教育局处长）

回忆我国早期空间科技情报工作

廖春发

1968年7月，我从厦门大学分配到刚刚成立的中国空间技术研究院情报室工作。当年一起分配到情报室的还有来自北京大学、北京外贸学院、四川外语学院的14名大学生，我们全都是学外语专业的，这其中包括英语、法语、德语和俄语。2008年，既是中国空间技术研究院创建40周年，又是我在空间技术院工作40年。回首40年，我作为航天五院一名科技情报工作者，亲身经历和耳闻目睹了中国空间技术从无到有、由小变大的发展过程，也深刻体会到了早期空间科技情报工作的艰难处境，以及它在整个决策、规划、科研中所起的参谋咨询和尖兵作用。

一、领导重视，情报人员受尊重

中国空间技术的发展经历了严酷的国内和国际环境。它既没有苏联“老大哥”的早期援助，也没有任何可资利用的设计图纸，而是在国内“文革”动乱和美苏严密封锁的条件下秘密发展、艰难起步的。空间技术是一项多学科、多领域、高度集成和高度创新的高新技术，学习和吸收国外的经验对我国空间技术起步阶段非常重要。但当时参与我国第一颗人造卫星、第一颗返回式卫星和第一颗通信卫星研制的空间科技人员都很年轻，他们平均年龄30多岁，而且多数人只学过俄语，英语水平较差，因此，专业空间科技情报工作成为当时科研生产、空间规划和决策体系的重要组成部分，受到各级领导和科研人员的普遍重视。

早期的五院情报室规模小，主要由情报组、图书馆和印刷厂组成，其中情报和图书科技情报人员约20名。工作条件非常艰苦，最早是借用中关村科学院内的一个库房作为临时办公地点，后又转到当年的北京农业大学学生宿舍楼办公。五院组建时是国防科委下属18个研究院之一，对外名称是总字815部队。因此在当年的五院内部，既有穿军装的官兵，也有一大部分未穿军装的科技人员，大家都过着准军事部队的艰苦生活。当时的各级领导，从情报室的李玉芳、王献、张彦朴和郭桂林主任到院政委常勇等院一级领导，虽然大家都是“外行”，但他们作风正派，决策果断，深入基层，尊重知识，善用人才。

钱学森是中国空间技术研究院第一任院长。他不仅非常重视科技情报工作，要求对国外空间科技发展动态开展跟踪研究，而且经常亲自听取汇报，指导工作，还亲自为当时比较重要的名词术语给予明确定义，如“航空”、“航天”和“航宇”等。对国外一些新出现的重要航天器译名提供重要指导，如space shuttle，境内外华人圈内曾有用“太空穿梭机”、“太空渡船”和“往返空间运输工具”等多种不同译名，经过深入研究与思考，钱学森力主用“航天飞机”取代各种不同译名，受到全国同行的一致认可。

常勇是中国空间技术研究院的首任政委，也是久经沙场考验的老将军。他经常深入基层调研，关注美苏航天争霸动态，多次到情报室指导工作，直接下达应急任务。我至今难以忘怀的是他对我们这批未穿军装的“老九”的那份真诚与尊重，那种平易近人的作风和虚怀若谷的军人风度。此后继任的孙家栋和闵桂荣院长等领导也很重视航天科技情报与国内科研生产相结合，特别强调此项工作的针对性和前瞻性。

二、艰苦创业，服务决策

我国的空间事业是在基础工业比较薄弱，科技水平相对落后和国外严密封锁、国内经济比较困难的艰苦条件下独立自主发展起来的。空间科技情报工作也不例外。20世纪70年代至80年代初期，科技情报室甚至都没有真正固定的办公地点，更没有电脑、复印机和互联网等便捷的信息获取与查询手段。当时我们获取信息的渠道只有两个：一是通过图书馆经国家外文进出口公司采购国外公开发行的航天科技报告、图书和报刊杂志；二是通过新华社每天采集的国外通讯社发布的电讯稿。前者信息比较丰富但时效性差，后者虽快但可信度和技术含量低。我和我的同事们为了紧密跟踪各主要空间大国的发展动向、重要政策、关键技术突破和重大空间事件，每天都要翻译、采编和分析整理外文资料，编写各种专题情报研究报告。由于坚持长期跟踪，积累了大量基础数据，因此在我国第一颗人造卫星、第一颗返回式卫星和第一颗通信卫星发射之前甚至在方案确定时，我们就能向决策层提供我国卫星的总体技术水平、能力及其与国外同类同期卫星性能的比较。在遇到国外重大空间发射事件或突发灾难性事故时，如美国阿波罗 13 号登月失败、航天飞机首次试飞成功和挑战者号航天飞机发射后爆炸，空间科技情报人员及时、准确提供的分析报告往往成为向部委乃至中央领导上报的基础信息，并作为事后分析经验教训及启示的重要参考。我们编辑出版的《国外空间动态》和《情况反映》等内部刊物，成为院长、各级领导和专家案头必备的重要内参。

每当遇到上述国内外重大空间事件，也是空间科技情报人员最苦最累、作用凸显之时。当时住在城里的同志，每天到农大上班，只能坐着一辆带有帆布篷的卡车充作班车，夏天闷热难忍，冬天寒风刺骨。工作条件艰苦、人员少、任务重、待遇低，既无奖金，也没稿酬，甚至没有署名权，加班加点成常态。然而大家都以空间事业为重，以为中国航天献身为荣，很少怨言，干群关系融洽。老一代曾经为中国空间事业献了青春献子孙的开拓者们，至今仍然无怨无悔。

三、面向基层，为科研服务

空间科技情报工作不仅是决策者的咨询参谋，更是科研第一线的专家和研发人员的重要助手和尖兵、耳目。为更好地为科研生产服务，航天系统各研究院情报机构之间均有合理的分工，院、所、厂、站两级情报系统间既有紧密合作，也有相互协调的机制。在部、院和情报室各级领导的组织协调下，五院各厂、所、站的情报人员始终坚持为型号研制和科研管理提供两类不同的信息：一是为科研管理、制定规划等提供宏观的情报分析和研究报告；二是与型号研制人员相结合，针对科研生产和关键技术攻关活动中遇到的各种难题，搜索国外同类卫星的科技文献研究报告，翻译有价值的资料，为科研人员寻找适合我国的创新解决方案或思路。这类信息采集，若用现在的网络技术手段并不难，但在当时的条件下，却需要大量翻阅图书馆馆藏图书和过期期刊，以“沙里淘金”的精神寻找有价值的数据、图片和信息。这项工作虽然很辛苦，但从中淘出“金子”时，那种感觉真的难以言表。在第一颗返回式卫星研制过程中，我和该型号研制人员中的许多人密切合作，经历了许多“淘宝”的喜悦。

最让我感动的是一些老专家经常到我们图书馆查找资料，借阅图书。“两弹一星”元勋之一的钱骥先生便是当年的常客。我和他合作翻译出版了《国际通信卫星－Ⅲ》一书，对当年我国正在研制的第一颗试验通信卫星有重要的参考价值。该书也是国防工业出版社“文革”中正式出版的首批科技图书之一。

四、一份耕耘，一份收获

在我从事空间科技情报工作生涯 40 年中，至今最难以忘怀的还是编辑出版和情报研究工作。1971 年，我参加了由总参二部下达的《空间秘密哨兵》的翻译任务，并首次承担全书校对、编辑出版工作。这本书首次详细描述了冷战时期美国照相侦察卫星的发展历程及其对美苏争霸、古巴导弹危机和战略武器发展的深刻影响。书中披露的大量技术信息和照片，包括美国照相侦察卫星首次成功回收之前经历的 12 次失败的经验教训和胶卷回收舱实物照片等，这些珍贵资料十分难得，它对当时我国正在研制的返回式卫星具有重要的参考价值。该书内部发行，供军队和航天科研部门的主要领导参阅，产生了较好影响，也使我第一次认识到航天科技情报的价值。

我和我的同事们在李玉芳、王献和张彦朴等室领导的大力组织和支持下，在建院头 10 年先后创办了《国外空间动态》、《国外空间技术》和《情况反映》等内部期刊，我还兼任了《国外空间动态》和《情况反映》的编辑出版工作。在当时信息交流相对闭塞的条件下，上述期刊是国内及时追踪各国空间发展动态和空间技术发展动向的“内参”，深受航天界各级领导和专家的关注。为办好这些期刊，我们重点跟踪了国外几种重要期刊，如美国的《航空周刊与航天技术》，一旦发生重大空间事件，每天派人去新华社索取电讯稿，精心选题，组织翻译，以确保准确及时地将国外发生的重大空间事件报告给读者。一分耕耘，一分收获，我们的辛勤劳动不仅得到各级领导和专家的好评，也受到了同行们的尊重与赞许。

（作者：原中国空间技术研究院512所研究员）

单身赴沈阳送铂金

贾乃华

“文化大革命”开始后一年，我所在的二院六支队上班的人寥寥无几。当时我做为器材科长仍按时上下班，没有间断过。外界与本单位的来往信件，我总是第一个打开阅读，然后转给有关人员。

一封沈阳冶炼厂的来函，函中催促我单位速送铂金原材料。按正常程序，应找我单位某科的经办人，但却一时找不着人。由于时间紧迫，工厂郑重声明过期将不负责为我单位加工。这是上级下达给该厂的重点任务，为我单位加工50公斤铂金接触点，供运载与卫星的自动控制系统里的继电器使用。计划原材料由我单位提供，并负责运送到该厂。加工成品后，再由该厂负责运送到我单位。这封信函在我手里辗转有一周时间，仍找不到经办人。出于责任感，我决定亲自去办理此事，为的是不给单位造成损失。

根据规定，运送如此贵重的金属必须有两人共同负责，并有解放军战士持枪护送。

经过多方努力，没有一个人愿意与我合作，因他们认为闹革命最重要。当时的领导都已被批斗，不管工作了，我无处求援。开出介绍信后到警卫营，请求派两名战士，带枪保卫贵重金属去沈阳。营长不敢派战士去执行这项任务。他明确地说：“现在两派争斗，你是哪派，我不知道，万一造反派说我们军队支持一派压一派，那我可受不了，请不要让我犯错误。”就这样，护运的战士也派不出来，最后期限还有5天就到了，怎么办？

当时一心想完成任务，别的问题没有考虑，就决定独自一人去完成这项运送工作。知道的人都劝阻我，认为这样太冒险，万一出事，损失很大；若被人抢走，我一人无法交代……各种说法都有，总之，没有赞成的。

别人反对，我更是坚定要去做。我先是按照调拨单与某特种仓库联系，经同意后去领取。那个时候想派公车去拉，根本找不到人。我跑到食堂，借了一个又旧又脏的麻袋，拎着它乘公交车，换了3次车才到达郊区的仓库。保管员惊奇地问我："你就这样背着走?"我轻松地回答道："50公斤，不重。"这样的伪装，谁能想到麻袋里面是铂金呢！我很自信地将它背了回来。

我设想着运送计划：购晚8点的火车上铺票，第二天早上8点到沈阳；上车前少吃饭，少喝水，争取在车上的12小时不上卫生间，人不离开麻袋一步。当我进入火车车箱后，用两手把麻袋从肩上取下，举到我所在的上铺床位，脱鞋蹬梯子，上到铺位，把麻袋推到靠窗一侧，再把枕头压在上面，和衣而卧。

我躺在上铺，不时地左右观察，时不时伸头向下望，以防不测。伴随着火车的晃动，好几次我都快入睡，但硬是挺了过来，一直保持清醒状态。每到一站，我就数着还差几站到沈阳。大约到夜里3点，我实在困得不行，不由自主地睡着了。一场恶梦把我惊醒，我赶紧用手摸摸麻袋，再看看手表，刚6点，还有两小时到达目的地，得耐着性子等着。

到达沈阳，不巧火车站直达冶炼厂的公共汽车停开，听说是因上午开全市批斗大会。我只好绕着坐车，最终总算找到了工厂。我请大门警卫叫保卫科的人员，那位值班干部看我的样子，向我发问："就你一个人送来，你胆子可够大的"。寒暄后，他收下了我送来的铂金，过了磅秤，在回执单上签了名。我如释负重，全身轻松了下来。

"文化大革命"给了我这样一次冒险的机会，事后想起此举，还是很后怕，要是铂金真在路上被抢走，那我是跳进黄河也洗不清啊！

（作者：原航天研究生部处长、研究员）

死里逃生赴遵义开会

贾乃华

1968年8月，我所在的地处娄山关下的三线工厂已被军管，各项工作逐步开始恢复，我的器材科长职务也得到承认。一天，军代表交给我一份指挥部的通知，让我准备，3天后与他一道去遵义参加清仓核资紧急会议。

由于军管的进驻，把我从合伙住房调到干打垒式的二层楼房内一人居住。这是最后盖的楼，位于山腰处，居高临下，桐梓县的绿色平原和流淌的河水，一览无余。

为了次日去开会，我把开会用的文件、资料装进背包，晚上10点左右就上床睡着了。几天的劳累，这夜睡意浓浓，但还是被半夜隆隆的雷电声惊醒。打开电灯，环顾四周，发现一侧的墙湿了。惊惶中起身用手摸墙壁，只见白石灰的涂料被改变了颜色而且墙壁潮湿，外面的雨有如此之大，能将砖都浸透？我问自己。打开后窗一个缝，果然壁上都是雨水，马上又关闭窗户。在这雷雨交加又漏雨的黑夜里，根本无法入睡，索性关上灯躺在床上，等待着天明。

夏季的早晨4点，天色已开始明亮。我起身打开窗子向外瞭望，雨已经停了，怎么远处的绿色田野不见了，全变成一片汪洋的水面，真是不可思议！我不敢相信这一切，可能是眼睛看错了。我急忙穿上衣服，直奔山下的厂门口。过去从厂门口走下台阶，沿着田间小路就可以走到河边，一大片绿色的稻田，还伴有蛙鸣声。如今，台阶下面全是水，远处望去，一直到对面山脚下，水连成一片，变成了一个大湖泊。水面上还飘浮着大木柜、树木、死猪和一些不明物。早起锻炼的职工都被这突然降临的大洪水吓呆了。

早饭时，军代表对我说，这个会议很重要，我们一定要想办法赶到遵义，并约定10分钟后在厂门口见面。

我背着装有文件的包与军代表沿着没有被淹没的小路向火车站方向走去。在一个十字路口，前方的路被水冲垮，周围很多人都被困在这里。一片喧哗声，仔细一听，还真有许多惊人灾情发生：

——桐梓县城北面山上的一座楼房昨夜被洪水冲垮。

——一位连长把全连战士集合起来，准备抢救被冲走的物资，结果洪水把战士也冲走了。

——百货公司仓库里的物资全被洪水冲走了。

——昨晚没有卸车的邮包，全被洪水冲走了。

……

正当大家都很恐慌时，一辆解放军驾驶的冲锋舟开了过来。为首的一位干部自报他们是上级派来救援的，请大家后退，以便上岸了解情况。

军代表与那位干部接头，请求用冲锋舟把我们两人送到火车站。那位干部登上舟，招手让我们两人上去。军代表第一个跳上去，我跟随着向舟上迈出右脚，就在这一刹那，岸边等待急切的群众误认为他们也能上舟，便一拥而上，把停靠着的冲锋舟推开了。结果我的右脚踏空，紧接着全身落入洪水里，呛了几口水。不知是出于本能还是巧合，我的双手举出水面，被军代表看见了，他立刻伸手将我抓住，还叫了一位战士帮忙，两人用力把我拖到舟上，并迅速帮我倒出胃里的水，并进行人工呼吸，这才把我从死亡中救了回来。我醒来以后，背上的包放在了身边，里面的文件资料全都被浸泡湿透了。

时间紧迫，不容多想。我挣扎着爬了起来，在军代表的搀扶下，谢过救我的解放军战士，穿着湿衣服，背着湿透的包，乘舟到达火车站。

火车站十分忙碌，站台站满了列队的解放军，一位首长在大声地布置任务。随后又开进一列火车，装的还是解放军与物资，军代表通过交涉，我俩被允许搭乘返程的火车头去遵义。

一位司机和两位司炉轮流操作火车。一个老式的蒸气机车驾驶室里，多了一位解放军和一个全身淋湿的我。在这不大的空间里，我俩显然找不到合适的位置呆，十分尴尬。然而，我却得到了烘干湿衣服的好机会，身上的凉意也被赶走。这个火车头就像是我们的专列，它急速地飞驰，沿途小站都没有停，直奔遵义，为的是还要运输救援的物资与人员。

到了遵义，我住进招待所，脱去衣服，军代表将衣服拿到锅炉房烘烤，我躺在被子里回味上午从死里逃生的经历。假如当时我的两手没有举出水面，而是随我的身体一起沉入水里，在那惊慌的时候，军代表到哪里去找我，就是从水里把我打捞上来，我也是死尸一具了。

（作者：原航天研究生部处长、研究员）

难忘的“450”工程办公室

王桂喜

1975 年 6 月，我从 704 所科技处借调到“450”工程办公室工作。“450”工程是中央下达的“331”任务的重要组成部分，是我部研制的大型、高难度的静止轨道通信卫星地面测控设备，其作用距离达 45000 公里。我部为了加速这项工程的研制，决定于 1974 年 2 月成立“450”工程办公室。这项工程的总体研制单位，由部直接领导，人员由一、二、五院抽调。“450”工程办公室的组建，是我部卫星测控系统总体研制队伍发展的一件大事。

我来到“450”办的时候，其总人数还不足 20 人（含 26 基地 6 位军人）。初创时期，面临许多困难：首先是少量的借调人员，却要承担这么庞大复杂的尖端工程，负责一个总体的科研工作，任务十分繁重；其次是人员住地分散，许多同志上下班要多花很多时间；最后是全部人员要挤在一间房里办公。“450”办在当时虽是个无人（无编制）、无房、无权的单位，但却很有名气：任新民副部长兼主任，知名测控专家陈芳允任副主任。1979 年、1980 年，张履谦、童铠两同志也先后调来担任第二主任和副主任。借调来的科研人员，也是按部里规定的政治、业务条件挑选出来的。十几个人分为三个组：450 - 1 组，组长柳东升；450 - 2 组，组长蒋振生；天、伺、馈为三组，组长张云龙。我是业务组组长，并管 450 稳压电源的研制、生产和一些科技管理业务。由于人少事多，一些无人干的工作，只要工程需要，我都承担。

“450”办公室成立时是个临时单位。6 年之后，即 1979 年 12 月，部将“450”办定为正式单位，借调人员可正式调入。1980 年后，“450”办陆续调入一些政工、行政干部和工人，成立了党支部。席长林、张履谦为正、副支部书记，刘铁昌、柳东升和我为委员。1983 年建立党委，我仍为委员，具体负责行政办、党办的工作。1986 年，“450”办划归五院，成立 503 所。我于 1987 年 10 月在 503 所离休。

“450”工程设备复杂、技术难度大、协作面广、综合性强。“450”各分系统单位有 9 个所、厂，另有不少协作单位。在研制过程中，为了协调一致，共同完成“450”工程，共开了 12 次大型专业会议，共商方案、计划、测试等大事。我除了分管的业务要参加讨论外，还有大量的资料打印、晒图等工作。“450”办公室长期不能自己打字、晒图，全靠到处求援。

为了对 450－1 进行全系统联试，1976 年，部决定在北京建立测试场（含标校塔）。场址环境要求很高，建场的时间也很紧迫。为此，我们到京郊多处地方勘探选址。经多方比较，最后把场址选定在云岗 701 库北边的山坡上。这里视野开阔、无微波干扰，有火车支线可运输大型天线；库的西北戒台寺的山上可建标校塔。场址选好后，需要精确测定天线基座坐标和标校塔的高程、方位角以及它们之间的距离。我是测绘学院毕业的，自然就分管这项工作。我先后向三家测量单位求援，组织测量队多次进场，购置测绘器材，配合他们作业。建场的任务很艰巨，“450”办没有懂土建施工的技术人员，我们向七院借来李鸿召同志。他首先为找施工单位奔波，因“450”办是临时单位，地点偏僻，谁都不肯承担这项工程，最后找到建委一局，才落实了施工力量，于 1977 年 8 月开了工。为了赶时间，施工一直在紧张地进行，我们也参加了浇筑基座混凝土的劳动。经过 3 年的艰苦奋斗，日夜施工，终于建成了 450－1 测试场（当时称天线场，后改称监测站）及标校塔，安装了 10 米口径的 520 天线，建成了 450－1 天线座。同时，还建成了 500 平方米的二层楼机房和供 100 余名联试人员食宿的食堂、招待所及办公用房，这些均为顺利完成 450－1 初样联试和正样测角系统校飞试验提供了条件。

1979 年，部调张履谦同志来“450”办担任第二主任、总设计师和总指挥。在他的主持下，进行了微波统一系统初样联试，审查修改了技术方案，下达了正样研制任务书，制定了工艺生产、元件优选、例行试验、出厂检验等一系列技术文件，并逐项落实技术措施，以确保设备在闽西高温、高湿、多雨的环境下可靠工作。

1981 年 10 月 30 日，在北京监测站完成了 450 - 1 初样全系统联试和正样测角系统校飞试验后，用专列将 450 - 1 天线及电子设备运往闽西站进行总装联调。赴闽西站试验队人员经过两年的紧张工作，完成了“450”工程的总装联调、有线联试、无线联试以及 26 基地组织的精度校飞验收试验。1984 年 4 月我国成功发射第一颗通信卫星，450 - 1、450 - 2 丙圆满完成了跟踪、测量、控制任务，系统各项指标均达到了任务书的要求，获得了国防科工委和航天部领导的好评。留在北京的人员在监测站对 450 - 1 初样设备和 520 天线进行了技术改造，使其能接收通信卫星的遥测数据，监视卫星的工作情况。我同时积极做支前工作，常到赴闽西执行任务同志的家中看望，做家属的思想工作，关心他们的生活，帮助一些参试人员解决其家庭困难，有时还帮参试人员家中送代购的食品。这些工作受到了部“331”支前办公室的表扬。

从 1984 年 1 月 29 日开始，我国共发射 3 颗通信卫星，云岗 450 - 1 监测系统都对此进行了跟踪监测。

概括起来，“450”工程办公室取得了很大的成就，主要有如下几点。

1. 研制成功“450”工程。其中，450 - 1 微波测控系统装备在 26 基地闽西站；450 - 2 丙微波引导仪在闽西站和渭南站各装备 1 套；450 - 2 甲车载微波遥测接收系统（5 套）装备在 20 基地。450 - 1 微波测控系统与 450 - 2 丙微波引导仪在闽西站圆满完成了“331”工程各颗通信卫星的测控任务，同时在渭南站 450 - 2 丙与“155”微波测控系统也完成了各颗通信卫星的测控任务。450 - 2 甲完成了“东五”全程发射试验的主动段遥测任务。

2. 建成航天部第一个同步轨道卫星跟踪遥测接收站（云岗监测站），能对通信卫星主动段、转移轨道、准同步轨道和同步轨道进行跟踪和遥测信号接收处理，并把处理结果通过远程数据传输系统传送到部卫星监测中心和五院卫星监测室，供部、院领导和专家掌握分析卫星工作情况。

3. “450”工程办公室还致力于卫星电视单收站的开发和推广，开发了 3.2 米、3.5 米、4.5 米等多种型号的卫星天线，推动了卫星应用的起步和发展。

4. 1982 年以来，开展了“风云二号”CSAS 站的预研工作，为 CDAS 站研制中标创造了技术条件。

5. 至1986年8月组建503所时，“450”工程办公室增加到110人。1982年、1984年招收的一批大学生，已在实践中成长为技术骨干，建立起一支通信卫星地面测控总体技术队伍。

“450”工程的成功，原因是多方面的，主要表现为以下几点。

1. 科技人员勇于克服困难，无私奉献。在1979年前，“450”办一直是临时单位。那时工资福利、住房分配、职称评定都受名额限制，在“450”办工作的同志长期脱离原单位，这些问题难以解决。为了使我国的测控技术跃上一个新台阶，保证“331”任务的完成，大家不计较个人得失，安心地在“450”办工作。担负繁重科研任务的邱贤佐同志家住南苑，到“450”办上班每天要多花八个小时。在此期间，他爱人由病重到去世，小孩才三个月，多大的困难啊！如果不是事业的驱使，不是坚强意志的支撑，又怎能不影响工作！

1979年，450-1将进入天线场联试，各分系统要来人参试，吃、住在现场，共100多人。需要的床板、铺盖、桌椅、粮票、汽车、炊事员……什么都缺。这对尚未配备行政后勤人员的临时单位来说，是一件十分忙乱的事情。因为是试验急需，不得不派人到河北、河南等地筹措各种物资和车辆。一切为了试验。正因为有了这种胸怀全局、不怕困难、无私奉献的精神，“450”办这盘棋才活了起来。

2. 团结协作好。“450”办成立时，“文革”还没有结束，派性随处可见。可是，这里只有为国争光的党性和全局性；“450”办与各分系统、协作单位的关系也很协调；“450”办的人来自好几个单位，测控事业将他们连在了一起，这里互相切磋、互相支持的空气很浓，有困难相互之间都热情相助。例如：柳东升同志因肺瘤做了两次大手术，大家争着去护理，非常感人。这种相互支持、真心助人的思想，是我们“450”人完成“抓总”任务的精神武器。凭着这种精神，“450”人与各分系统通力合作，胜利完成了总体任务。

3. 有好的带头人。“450”办初期的各种困难，似乎都在常务副主任刘铁昌同志的身上聚焦。他勇挑重担，带领大家克服困难。作为领导，他带头克服了家庭的巨大困难。

陈芳允院士在方案论证、总体设计等重大决策上作出了很大的贡献。他深入分系统了解情况，抓设备接口协调，受到了大家的尊敬。

张履谦院士身患心脏病，带着氧气包，坚持到闽西主持设备测试、一线指挥，严把质量关。

在“450”工程进入关键时期，童铠院士来担任副总设计师。为保证设备万无一失，他十分细致地查验了大量的技术文件和设备的各个部分，解决了许多技术关键问题。他日以继夜地工作，劳累到吐血。

“450”办不仅有数位这样学术带头人，同时他们也是艰苦奋斗、刻苦攻关的模范领导者，这是“450”办取得巨大成就的关键。

4. 部领导重视，职能部门大力支持。任新民副部长一直兼主任，自不待言；张钧部长曾亲临现场指导工作、听取汇报。部机关各部门做了很多工作，解决了很多问题。

“450”人艰苦创业、团结奋斗所体现的航天精神，令我深受教育、终身难忘！

（作者：原中国空间技术研究院503所纪委副书记）

一首小诗引发的回忆

王春河

翻检自己20多年前的一首小诗，引发了漫漫的回忆。这是一首刊登在1984年秋太原卫星发射中心试验队所办的《快报》上的即兴之作。

巨龙跃起芦芽峰

——誌巨浪一号2y-1发射成功

巨龙跃起芦芽峰，挟雷长啸入九重。
欢声阵阵殷殷意，喜泪点点切切情。
千思百虑设计巧，千雕万琢匠艺工。
且待二龙腾飞日，流觞飞羽双庆功。

重读这首小诗，不由使我回想起那些难忘的日日夜夜。诗中记载了这次试验首飞成功的喜悦，也蕴含着与试验队的战友们共同砥砺、做好后续工作，迎接第二发火箭成功发射的期待。它使我忆起不少试验队员忙碌的身影。他们为试验成功、为航天事业的发展、为国防现代化建设无私奉献的精神，时时激励着我；在试验一线做思想和后勤保障工作的经历，为我做好思想政治工作打下了坚实的基础。

早在1977年9月，中央就把研制潜艇发射固体火箭列入航天领域一个时期中的“三抓”任务之一。1982年固体潜射火箭在我国渤海海域发射成功后，该型号就进入了定型试验阶段。在那几年中，这个型号按照“台、筒、艇”

（陆上发射台、发射筒和潜艇）的研制、试验步骤，做过多次试验。其中，我作为思想政治工作者，多次随队参试。1984 年 7 月初至 8 月底在太原卫星发射中心的试验，既是研制过程中的一次例行飞行试验，也是该型号进入定型阶段的一次重要的飞行试验。

当时，大型外场试验中的思想政治工作比较好地继承了老五院的好传统，在试验队中坚持建立临时党团组织，派政工干部担任政治委员兼临时党委书记（很长时间还沿用老五院时的传统做法，在试验队设政治委员），组建政工组，设组长、宣传、保卫、保密等岗位。在各分队组建临时党团组织，设指导员兼临时党支部书记。这次试验队队长由二院副院长王兆麒担任，政委由二院副院长杨仁中担任，副政委是二院组织处处长任万志，我作为四部政治部副主任担任政工组组长，组员有四部宣传科李荫萍等同志。

对这次试验期间的思想政治工作，印象较深的有以下三个方面。

一、有针对性地开展“五大讲”活动

试验队组成后，在进场前两周，杨仁中政委就召集政工组的同志们，熟悉这次试验的特点，分析人员组成情况，制定工作计划。我们分析，这次试验有四个特点：一是意义大、影响深。贯彻上级提出的“固体为主，液体过渡”的方针，这次试验为定型打好基础，推进型号早日交付使用；二是时间紧、任务重。过去一般是一个试验队两个月左右发射一发火箭，这次是一个试验队在不到两个月的时间内发射两发火箭；三是要求高、难度大。02 批较之 01 批技术状态改变多达 60 余项，既要全面考核方案又要打精度；四是单位多、协作广。全队 300 余人，来自航天部内、外 36 个单位，而且前方后方、上下左右、军队地方协作关系复杂。针对这四个特点，我们决定提出“首发成功、发发成功”的奋斗口号，在全队开展“五大讲”活动：大讲质量可靠性；大讲岗位责任制；大讲团结协作；大讲安全保密；大讲严明纪律。

比如大讲质量可靠性工作，进场前，国防科工委、航天部和二院领导反复强调，这次试验一定要以质量可靠性为中心，为定型打好基础，为最终拿出全优产品创造条件。我们进场后在及时传达上级领导同志指示的同时，分析了队员的思想倾向：在300余名队员中，60%以上是经过了01批磨练的技术骨干，他们经历了该型号开始研制以来十几年失败与成功的考验，对型号技术状态熟悉，对过去发生过和这次可能发生的质量问题底数比较清楚。但同时也带来了不利的心理因素，即“大风大浪都闯过来了，不会再出影响成败的质量问题”，从而产生麻痹大意的思想倾向。对此，我们明确提出“三反对”、“三提倡”：反对工作马虎、大意、轻视质量问题，提倡对每一项工作都要严格、精密、细致。在进场动员会上，强调质量是生命、质量第一的指导思想。在后续进场的队员中，由大队或分队领导进行补充动员，使每一个队员都明确“三反对”、“三提倡”的内容。试验队建立了各级质量管理小组和质量汇报三表制（检查出的问题要填表、采取的措施要填表、遗留的问题要填表），开展了三次较全面的“双想”活动（质量问题回想、采取措施预想）。我和李荫萍经常和大队质量管理组的同志一起到各分队参加、检查这些活动，通过各种会议和《快报》、《简报》反映这些活动的情况，宣传好的做法，表彰典型个人和集体。通过技术、行政、政工三条线的共同努力，在全队形成了以优良的工作质量确保产品质量的精益求精的严谨作风。17所在某设备测试中，发现输入小信号时放大倍数偏低，在699厂等单位的配合下，穷追不舍，终于排除了干扰，解决了自合练以来就存在的超差问题。7171厂的同志为满足飞试精度要求，对惯性器件增加了测试项目，对1000多个原始数据进行了详尽的分析和计算。307厂为确保火箭箭体进场后的分解再装质量，严密组织，在现场设置了质量控制和工艺流程图表，便于工艺员和装配工人随时查看。“三反对”、“三提倡”变成全体队员的自觉行动，收到了好的效果。据统计，01批y－1、y－2发射试验时，现场质量问题为214个，整机更换率6.4%。而这次y－1、y－2发射后统计，质量问题减少为45个，整机更换率降为2.9%。

再比如大讲团结协作，这也是针对以往型号研制过程特别是外场试验中出现的协调问题提出的。因为参试单位多、人员多、协作面广，加上时间紧、任务重、责任大，团结协作是一个突出的问题，尤其是在碰到工作界面交错、文件规定不明确和发生质量问题等情况时，往往会出现讲客观困难多、讲自己优点多、过分计较责任甚至互相推脱责任的情况。我们在试验队大力宣传和提倡该型号总师黄纬禄总结的“四共同”原则：“有问题共同商量，有困难共同克服，有余量共同掌握，有风险共同承担”。在碰到难以协调的问题或在试验出现故障时，不是先追究责任，而是引导大家勇于把问题和情况如实反映出来，多从自己方面着眼进行分析。试验队党政领导和总师与各分队领导、各分系统的技术骨干谈心，交流思想，一起分析情况，查找原因，寻求解决问题的途径。通过各种形式，反复强调所有参试单位和每一个试验队员，必须紧密团结、共同奋战，形成一盘棋、一条心，大力提倡顾全大局、服从需要，互相尊重、互相支持，勇挑重担、勇担责任的良好风尚。由于黄总的崇高威望，更由于大家感受到“四共同”的确是解决问题的灵丹妙药，因此，它深入人心，全队上下出现大讲团结协作、争挑重担的好风气，出现问题不埋怨，出现困难不气馁，出现矛盾不扯皮，出现风险不退缩。在第一发火箭分解再装过程中，出现了接管嘴拆装困难和喷射活门座密封面精度问题，四院、四部、307 厂等单位不深究历史原因，不推卸责任，主动协商、相互协作，很快解决了问题。二分队在承担临时附加给他们的配合外侧系统开展干扰试验任务时，冒着风险从自己方面做了 5 种类型的试验，累计 11 次 35 小时。试验中现场急需平台紧固件，地处陕西的 7171 厂恰遇洪水阻塞交通，他们硬是连夜用推土机推出一条道路，把技术人员和紧固件送到火车站。技术人员买站票把紧固件按时送到了基地。试验后期，各分队在总结工作时普遍认为，这次试验方方面面关系比较融洽，工作比较顺当，心情比较舒畅。黄总也深有感触地说：过去出来搞试验，许多精力是消耗在扯皮上，有时候搞得筋疲力尽。这次大家都尊重别人的意见，顾大局、讲风格，团结协作把工作做好。

二、分阶段做好一人一事的思想工作

把握试验各阶段不同系统、不同个人的工作忙闲情况，适时做一人一事的思想工作，在试验队显得特别重要。我们把整个试验期间的思想工作大体按三个阶段确定重点内容：进场初期“安定放心”；试验中期“加油鼓劲”；试验后期“防松防躁”。

在进场初期，把工作重点放在“安定放心”上。试验队里绝大多数是中年人，上有老，下有小。年轻人虽然少，但也面临恋爱、结婚、孩子小更需要自己照顾的现实问题。试验队员中，四部的同志占了很大比例，而在 1984 年前后，正是四部由南苑搬迁到永定路地区的时候。这些同志面临分房、装修、小孩转学、迁移户口等牵扯精力的事情。试验队中还有不少来自上海、南京、四川等地的同志，他们对晋西北的气候、伙食等也有一个适应过程。我们主要靠各分队的临时党团组织和指导员掌握队员的思想情绪，了解他们的家庭困难，及时谈心疏导。

在那个年代，试验队员的生活条件还是比较艰苦的。宿舍三四个人同住一间不大的屋子，上下铺，很不方便。记得在进场伊始，有两位中年技术人员在分配宿舍床位时，因为谁住上铺、下铺而发生了激烈的争吵。我闻声而去，好言相劝也无济于事，只好强拉硬拽地把他们分开了。事后我想，都是四十多岁的人了，怎么还会为了谁住上、下铺这点小事计较呢？通过分别与他们谈心才知道，他们两人都要经常坐个小凳子，趴在床沿上在床铺摊开图纸分析问题、写技术文件，如果住上铺，就没有这样方便。于是，经过协调，把他俩都安排在了下铺，把其他不需要看图纸、写文件的较年轻的同志调到上铺。这两个同志之后都做了自我批评。年轻同志说，我们身体好、上下利索，还乐得住上铺无人干扰。女同志住在顶层 4 楼，一下雨就多处漏雨。有一个雨天，我到四楼找李荫萍同志商量工作，只见她们的床铺上铺着旧报纸，报纸上摆着盆盆碗碗，屋顶上漏下夹杂着沥青味儿的黑浑的雨水滴到盆、碗里，溅到报纸、被子上，滴答作响。李荫萍等同志互相谦让，要技术骨干住到漏雨少的床位。这怎么行呢！我们连夜给基地后勤部门打电话，第二天又专程找他们反映，基地派人维修后，情况好多了。据不完全统计，进场后有两名同志的亲人去世，他们没有回去料理；两名青年人为试验推迟婚期；51 名同志家有病人或孩子升学、就业无法回去照应。四部一位中年女同志，单身带两个孩子，为参加试验把在外地的老父母接到北京照料孩子，她自己则在基地兢兢业业地工作。我们在会议上、《快报》里表扬了这些风格高的同志，大家看后很受感动。同时，我们把这些同志的困难反馈给他们所在的原单位，请求帮助照料。有参试人员的单位都成立了服务保障小组，尽最大可能地协助解决一些问题。后方再把帮助解决问题的情况反馈到基地试验队，使大家安心、放心搞试验。

在试验中期，我们把工作重点放在“加油鼓劲”上。时间过半，任务过半，需要给队员们加油鼓劲。配合“双想”活动，深入进行思想动员，引导大家解除思想顾虑，深入查找、大胆暴露问题，大力表扬好人好事好风尚。为活跃文化生活，与基地宣传部门联系，放露天电影；组织排球、足球比赛和太极拳辅导；协助团支部利用工作间隙开展“做好事”活动，组织青年人爬芦芽山等；进场一个月后，大家头发长了，组织“义务理发”活动，连部队官兵、家属都来理发。

试验队里党员比例较高，我们对党员提出了在试验工作和日常生活中发挥先锋模范作用的“五项要求”。还有不少要求入党的积极分子，各党支部结合试验工作对他们提要求，适时谈心，鼓励他们在艰苦、繁重的工作中经受考验，还把他们的表现以表格的形式向所在单位党组织反馈，进一步调动了他们争取进步的积极性。在试验队能否讲党课？最初我们担心会激起一些同志的思想波澜，影响试验工作，因此非常慎重。经过和行政、技术领导反复、认真研究，我们在试验中期，抓住试验工作两个小阶段的过渡时间，组织了一次党课。副政委任万志主动承担主讲任务，我和李荫萍协助准备讲课内容。讲课那天，竟然有40余名要求入党的积极分子参加，真是我们始料不及的。讲课中，结合本型号和这次试验的重要性、进场以来党员的先进事迹，讲解了党章对党员的要求；结合各分队党支部提供的情况，表扬了一些积极分子，鼓励他们再接再厉，争取早日加入党组织；讲解了怎样写入党申请书、怎样发现和克服自己的缺点，怎样向党组织写思想汇报等。因为讲得贴近实际、简短精炼，在1个多小时的时间内，大家静静地听课、记录。有一位中年技术骨干，多年来想提出入党要求又有种种顾虑，一直犹豫不决。这次听过党课后，很快写了入党申请书。他写道：在基地首次听党课，又点燃了我申请加入党组织、为共产主义事业奋斗终身的信念和勇气。

在试验后期，我们把工作重点放在“防松防躁”上。因为大部分工作都做完了，许多人也不用天天上岗，人们的思想往往会松懈下来。尤其是在工作顺利、质量问题和故障少的情况下，更容易产生松懈、浮躁情绪。同时，离家时间长了，参试人员家里积累的问题也会增加，想孩子、惦念老人等问题愈加突出。为了解决大家思亲心切的问题，我们在四部等单位组织以入户采访录像的形式，录下他们家庭生活的场景，并请他们的爱人、老人、小孩对前方的亲人讲几句话，经过编辑后，带到基地播放。晚上会议室播放录像时，人都挤得满满当当。当大家看到自己孩子甜蜜的笑容，听到老人和爱人的谆谆嘱咐时，有的忘情大笑，有的眼里噙着泪花。放完一遍，大家仍要求再放一遍、再放一遍……看到亲人的音容笑貌，知道家里情况都好，这无异于给他们吃了一剂“定心丸”，使他们在试验后期更放心地坚守岗位。

由于临近发射，这次进场以后出现的质量问题又比较少，客观上使人们产生了盲目自满、求快求胜心切的情绪。我们结合进场后出现过的质量问题，不厌其烦地讲反对“马、大、轻”，提倡“严、精、细”。为了敲响忽视质量的警钟，还把01批出现过的典型质量问题案例拿出来，使大家在回忆惨痛的教训中提高认识。如01批的一次发射试验，因为控制系统的陀螺帽盖卡死，导致火箭起飞后姿态失稳无法纠偏，火箭凌空爆炸。后查明，原因是陀螺帽盖加厚后，在地面试验时因为没扣帽盖，所以卡死的问题没有出现，而一旦扣上帽盖真实飞行，帽盖卡死的问题就暴露出来了。我们经常宣传警惕“帽盖式”问题，在试验后期提倡把自己的系统与其他系统联系起来分析，能做的地面试验要尽量按真实飞行条件去做，对任何可疑的现象都不放过。

临近第一发火箭发射时，出现了一个意外的情况：队员中好多人患了晋西北高原容易得的秋季腹泻。在一次总检查测试时，我眼看着一些同志在发射井内爬3层铁梯上下测试、核对数据、协调工作，有的人双腿在梯子上直打颤，心里很受感动。我们对这些同志逐个了解情况，与行政、技术领导一起调整岗位和上岗时间，又从卫生、伙食等方面采取一些措施，但还有一些同志腹泻不止，劝他们休息，谁也不肯下火线，硬是用少吃、少喝、少上厕所的办法，坚守岗位。正是由于全体队员心里装着试验，把“严、精、细”的要求坚持到发射前的最后一分钟，为了事业肯于奉献自己的一切，才取得了“首发成功、发发成功”的好成绩。

三、办好试验队队刊《快报》

试验期间，我们政工组不但办起了侧重思想政治工作的、不定期的《快报》，还承担了行政领导交办的反映试验进度和重大问题的《简报》。在《快报》中，凡上级指示精神，试验队领导讲话，各分队开展“双想”，QC小组活动，对工作“严、精、细”的典型事例，团结协作的精神风貌和党团活动的情况，都有所反映。说是政工组办两刊，实际上只有我和李荫萍两人。我们一起或分别深入现场，采写、编辑、印发，少则一两天、多则三五天1期，共编印了16期，发到分队。因为反映的都是大家的工作、生活情况，大家争相传看。

第一发火箭的发射是在1984年8月12日的夜间。我们集结在基地的六号山上，等待那激动人心的时刻。那天傍晚还是阴云密布、雷声隆隆，但临近发射窗口时，却是云开雾散，明月和繁星都露出了笑脸。我们兴奋地在山坡上交谈。大家说，这次进场一个多月，各方面的工作都很扎实，发射肯定成功。有的同志对我说，你组织一下，号召大家写一些诗歌，等发射成功后在试验队的《快报》上刊登出来，庆贺成功，鼓舞斗志，大家心气儿更足，努力把第二发打好。于是，望着明月，由任万志同志带头，你一句我一句地凑了四句：“皎月东山露，西陲雷电隆。满天繁星笑，彩龙飞长空。”广播里传来“准备发射!”的口令，在倒计时的报数和“点火”声中，只见火光闪处，“轰隆隆”一阵巨响，火箭腾空而起，直刺苍穹。欢呼声、鼓掌声响彻山顶。有的同志激动地相互握手、拥抱，有的则哽咽流泪。是啊，几十个日日夜夜的不懈努力，用自己的双手把火箭送上天，迎来了首发成功，每个人心里都奔涌出喜悦的热流，此刻，用不同的形式表达了出来。在组织大家下山回撤的同时，我也在想着用几句诗词记录这难忘的时刻，形成了本文开头这首诗的腹稿。

记不清是当晚还是第二天晚上，试验队举办庆祝晚宴。队长、书记、总师等先后祝酒。轮到我时，就把这首诗“喊”了出去。我重点强调最后两句：首飞成功了，大家付出了心血，固然不易，但已成过去。我们一定要再接再厉，把后续工作做细，确保第二条“巨龙”发射圆满成功。到那时，我们再举杯，来个“双庆功”。

第二天，政工组竟然收到十余首诗词。我和李荫萍同志赶忙帮助修改，下午就刊印出《快报》的《祝贺2y－1发射成功诗文增刊》。任万志同志把发射当晚在山上的四句诗又加上四句：“首发传捷报，军民智慧溶。鼓角齐奋战，发发建奇功。”有的同志写道：“虽无香炉生紫烟，恰似瀑布挂前川。巨浪划破长空时，岢岚风光胜名山。”有的写道：“晋原跃银箭，蓦地登天，百尺彩焰与天连。首发成功实现，谁不欣然！奋战几经年，振兴中华，神州四化谱新篇。峰峦共情今又是，乐在其间。”增刊发到各分队，又陆续引来一些同志的诗词，我们都在《快报》上发表了。这些诗文的作者，有领导同志，有技术人员，有政工、质量、档案工作者，充分显现了这支队伍的文化素养和对工作、生活的激情。

8 月 22 日，第二发火箭按计划发射，圆满成功，实现了进场时我们制定的“首发成功，发发成功”的目标。全体队员别提多高兴了。

参加这次试验的经历使我再次感受到，科研、生产、试验的第一线需要思想政治工作，而思想政治工作只有紧紧贴近实际、贴近一线人员、贴近人们的思想脉搏，才会被大家接受、被大家欢迎、被大家支持，从而才有不竭的生命力。

（作者：原中国航天科技集团公司政工部部长）

推动新“一箭三星”上马

赵冠庭

自1979年起，我在航天工业部计划司规划处工作。1986年3月31日，国务院下发了《国务院批转航天工业部关于加速发展航天技术报告的通知》，国家决定开展新的“一箭三星”（指长征三号甲运载火箭和东方红三号通信卫星、风云二号气象卫星、资源一号卫星）的研制和载人航天的论证与预研。

这项决定解决了航天发展面临的困难，为中国航天持续发展起到了奠基铺路的作用。当时，航天科技工业正处在一个重要的历史发展时期，面临着第一代向第二代转变、试验阶段向产业化阶段转变、科技人员新老交替，抓预研、创条件，为今后发展上水平、打基础的关键阶段。

1985年4月3日，屠守锷等6位专家提出了《建议成立领导小组，大力发展航天技术，为国民经济建设服务》的报告，由郑天翔同志转送给小平同志。小平同志批示：“我认为这是一件重要的事情。”6月，计划司司长委派我起草1份《贯彻落实小平、总理批示，大力开发航天技术的报告》。

8月底，李绪鄂部长让我起草一份材料，供参加中央和国家有关会议时宣传航天之用，我们编撰了1本两万多字的《大力发展航天技术具有重大而深远的战略意义》的文稿，阐明了航天技术对政治、军事、经济、科技和社会发展的重大意义，形成了“请进来、走出去，宣传航天、服务航天”的新思路、新方案。部领导决定采取“请进来，宣传航天”的办法，推动航天事业的发展。

1985年9月23日召开“请进来参观座谈会”。座谈会共进行了4天，程连昌副部长、科技委梁守槃副主任等参加会议。会上宣讲、介绍了航天情况，并组织参会人员到一、二、三、五院参观，然后座谈。应邀参加“参观座谈会”

的单位和领导、专家有原中国社会科学院副院长、知名经济学家许涤新，国务院国际问题研究中心副总干事长徐达深，国务院经济技术发展研究中心常务干事李伯溪、王慧钧等15人。

会上，规划处张宏显处长介绍了航天部的有关情况，由我汇报了《大力发展航天技术具有重大而深远的战略意义暨我国航天面临的挑战和对策设想》。内容主要包括五个方面的问题：(1)“星球大战”计划是航天技术发展的新飞跃。(2)发展航天技术具有重大的直接经济效益，对国民经济和社会发展带来深刻的影响，对于增强我国综合国力、军事实力和国际地位具有政治军事战略意义。(3)我国航天工业正面临着空间军备竞赛、争夺太空资源、打入国际市场、四化建设需求四大挑战。(4)我国航天技术的发展战略、目标和对策设想，建议发展有效的战略核威慑力量、反卫力量和电子对抗力量，着手开展载人航天论证预研。(5)两点建议。其一是成立国家振兴航天领导小组，对中国航天进行领导、决策和协调，其二是“七五”增加航天的投资，用于发展民用航天、空间技术和载人航天的论证预研，否则，国家急需的东方红三号通信卫星、风云二号同步地球轨道气象卫星、资源卫星和长征三号甲运载火箭，要拖5~6年才能投入使用，载人航天将拖延发射进度10~15年，这样就会进一步拉大与国际航天大国的差距。

9月26日，与会专家、领导、学者进行座谈讨论，许多知名专家发言。有的说，现在是空间时代的开始，我们是社会主义国家，不应无所作为，不然的话，到下个世纪，我们在科学技术方面就会落后，就会处于被动挨打的地位。航天部现在遇到经费困难，科技人员不能连续地开展研制工作，国家应解决航天发展的经费问题。有的说，要把航天技术的发展作为带动我国国民经济发展的突破口，这样比单纯的电子技术发展要快一些。有的说，在新的技术革命中到底哪个是领头的？要发展国民经济，就要有领头科学、领头产业，既要一边抓航天工业，又要一边抓机械工业。有的说，中国航天要在市场经济的潮流中求发展、求生存，国家要解决武器装备发展和民用航天的启动资金问题，同时又要逐步按照市场经济运作，提高航天发展的活力、动力。这些发言，一是对中国航天取得的成就欢欣鼓舞；二是为航天部遇到的困难和问题着急、焦虑和不安；三是为中国航天发展献计献策，希望通过各自渠道宣传航天，反映航天存在的困难和问题，争取早日解决。

在座谈会之后的当天，新华社《国际内参》编发了题为《从美国的“星球大战”计划看我国的航天工业》的长篇专题报道，内容包括：（1）对航天工业在新技术革命中的地位和作用正在重新认识。（2）我国航天工业正面临四个挑战。（3）在面临五大转变中我国航天工业的困难。世界经济导报记者对《航天技术是带动高新技术发展的龙头》，作了连续的报道。经济学周报记者对航天的地位、作用和情况也作了专题报道。我与郭孝宽同志联名提供了一篇题为《航天技术与星球大战》的文章，刊登在中国社科院世界经济与政治研究所编辑的《星球大战》一书中。同时在《世界经济》杂志上刊登了由我整理的一篇有关航天技术的经济效益和社会效益的长篇文章。一时间，国内媒体有关航天的文章报道接二连三，掀起了一股宣传航天的热潮。

1985 年 10 月 16 日，新华通讯社《内参清样》刊载了《从美国的“星球大战”计划看我国的航天工业》一文，国务院总理批示，请宋健同志找有关方面研究提出意见。宋健同志召开座谈会，经航天部与一、五院研究、论证，提出了开展新的“一箭三星”研制和载人航天论证预研的方案。1986 年 2 月 28 日，航天部向国务院报送了《关于加速发展航天技术，为国民经济建设服务的报告》。3 月下旬，国务院批转航天部的报告。1986 年 3 月 31 日，下发了《国务院批转航天工业部关于加速发展航天技术报告的通知》。国家决定在“七五”期间投资研制新的“一箭三星”和开展载人航天的论证与预研。这个决定极大地推动了我国航天事业的持续发展，加快了载人航天工程的进展，并使航天进一步突破了卫星通信、气象预报、资源勘测和对外发射服务的技术难题，我国航天技术又迈上了一个新的台阶。

在组织这一活动中我体会到，一是突破、创新、奋斗，来源于航天人的事业心和责任感。航天人在事业遇到困难的时期，群策群力，上下一心，冲破阻力，大力协同，不达到目的，誓不罢休。二是连续性也是生产力。航天的发展是一条奔流不息的历史长河，既要传承，也要创新，不能割断历史。现在要为后来的长远发展奠基铺路，目前取得的成果也是过去长期铺垫的结果。

（作者：原航天经济研究中心研究员）

飞向太平洋

戚永亮

1980年5月18日，我国向太平洋发射运载火箭获得圆满成功，在世界上引起了极大的震动。对于我国科技工作者、对于全国人民来说，这一天都是一个永远难忘的日子。时任中共中央总书记的胡耀邦同志在庆祝我国向太平洋发射运载火箭成功大会上指出："我们的这次试验，规模之大，范围之广，要求之高，技术之复杂，组织之严密，在我国都是创纪录的……这些新一代的英雄，将同老一辈的革命家一样，受人民歌颂爱戴，因为他们给我们的现代化事业导演出许多新的有声有色的、威武雄壮的戏剧，为我们的子孙后代留下新的永垂不朽的纪念碑！"对这次试验，外国通讯社进行了大量的报导和评论。合众国际社报导指出："中国今天发射了一枚能打到莫斯科和美国西部海岸的远程导弹，并击中了在南太平洋的一个试验目标，这一行动，证明了它的远程导弹的效能，从而朝着加入核国家的行列迈出了一大步。"共同社记者认为："中国试验洲际弹道导弹，具有划时代的意义。"我国向太平洋发射运载火箭试验至今将近30年了，这次试验的成功，对我国航天事业的发展、国防现代化的推进和国际地位的提高，都起到了极大的推动作用，具有里程碑的意义。

20世纪70年代上半期，七机部是"四人帮"干扰破坏的重灾区，处于瘫痪半瘫痪状态。党中央从国家利益和国家安全考虑，下决心克服千难万险，也要进行运载火箭全程试验。这次试验的成功和随后30年的实践，证明了党中央的英明决策。我当时任七机部办公厅秘书，分管程连昌副部长的工作。程副部长负责这次试验的生产调度工作，因此，我也有幸参加了这项重大试验任务，亲身感受到中央为了实现这项决策，采取了一系列行之有效的举措，最终描绘出一幅波澜壮阔的历史画卷。

党中央在1975年就决定于1977年进行运载火箭的全程试验，由于“四人帮”的严重干扰破坏，计划未能实现。粉碎“四人帮”后，中央于1977年批准了国防科委《关于1980年前战略核导弹和人造卫星及其运载火箭工具研制安排的请示》，尽管时间紧，困难很多，中央还是采取了一系列措施，确保了这项任务的圆满完成。其中，有些措施至今让人记忆犹新。

一、下发中央14号文件，彻底解决七机部的问题

1975年上半年，七机部仍是“老大难”单位，不少厂、所处于瘫痪半瘫痪状态。针对这种不正常状况，国防科委临时党委向毛主席、党中央呈报了《关于解决七机部问题的报告》，毛主席、党中央于1975年6月30日，以中发（1975）14号文件批准了这个报告，要求坚决贯彻执行，其中包括消除资产阶级派性，整顿组织，建立正常的科研管理部门和工作秩序。1977年2月，中央又从北京、河北、山东、山西和总参、北京军区、海军、空军抽调382人的工作队派驻七机部，决心改变七机部“老大难”的面貌。

二、不断充实加强七机部领导班子

1975年7月1日，中央任命汪洋为七机部部长，李光军、强晓初、王星、陆平、程连昌、张怀忠、张钧、任新民为七机部副部长。

1977年10月20日，任命宋任穷为七机部部长。

1978年5月29日，任命原北京市委常务书记郑天翔为七机部党组副书记、七机部第一副部长。

1978年12月25日，任命郑天翔为七机部部长，党组书记。

三、中央专委召开多次会议，研究、解决全程飞行试验中的有关问题

为了保证全程飞行试验任务的完成，中央向全国各部门、各地区发了绝密

文件，还向各驻外使馆发了通报，这是过去从未有过的。

在中央的正确领导下，国防科委、七机部在具体领导、组织实施“580”任务时，为保证任务按时高质量地完成，狠抓以下几个关键环节。

1. 召开“7710”会议，形成高度集中的统一计划。国防科委和七机部于1977年10月14~27日在北京召开了“7710”会议，所有参与洲际导弹、通信卫星和潜地导弹即“三抓”任务的单位和有关省市国防工办的领导同志都参加了会议，与会人员围绕如何完成中央批准的“三抓”任务，广开思路、畅所欲言，最后形成了高度集中统一的安排计划。会议决定1980年前完成洲际导弹全程飞行试验的一切准备工作，1980年5月进行全程飞行试验，这项飞行试验任务被称为“580”任务。这次会议还明确了一、四、五机部，铁道部，石化部和中国科学院等部门的研制任务。

2. 各部委积极行动，认真落实“三抓”任务。“7710”会议后，国防科委认真贯彻、落实会议计划。国防科委张爱萍主任和陈彬、马捷、钱学森等领导同志，亲临各条战线第一线，检查、落实各项任务的计划，哪里最紧张、最困难，他们就出现在哪里。他们要求各单位完成任务，既要保证进度，又要保证质量。国防科委是“三抓”任务强有力的领导者和组织者。

七机部于1977年12月4~24日召开了1978年计划会议，具体落实“三抓”任务计划。七机部还召开党组会、办公会，解决“三抓”任务中的一个个具体问题。对于科研生产中的短线问题，除了部机关及时调度处理外，部领导也到现场处理问题。负责“580”任务生产调度的程连昌副部长，除参加有关重要会议外，全下到科研生产第一线，每年在京外时间在2/3以上。

一机部承担“580”任务有1975项，不论是标准、非标准设备，还是量刃具，有现货的取现货，没有现货的，组织紧急生产，需要进口的，专批专办。

四机部承担的元器件、测量仪器任务比较重，1977年底分别在河南安阳、江苏徐州召开元器件预拨会，七机部共申请758.1万只元器件，会上即分配704.8万只指标，具体落实了655.8万只，没有落实的，四机部组织调度生产。1978年5月在廊坊再次召开“三抓”任务专项产品会，王诤部长批示：“与‘三抓’任务有矛盾，为‘三抓’任务让路。”会上又解决了七机部提出的298.6万只元器件、819台仪器、465台微电机、1749公里的电缆导线。

冶金部承担“三抓”任务中的金属材料，其特点是数量少、品种多、要求高、用的急、变化大。七机部共提出金属材料4377项，计5166.3吨。冶金部会同国家物资总局、国防科委、二机部和中国科学院，于1978年在廊坊召开“三抓”任务冶金材料专项安排会议，全面落实“三抓”任务所需的冶金材料。

石化部承担“三抓”任务中的产品大都是正在试制的项目或新产品，这些产品中的配套材料也有很多困难，新产品还需要增加试验、扩大生产等程序，时间紧，难度也大。石化部会同国家计委、商业部、国家物资总局等，联合召开会议，落实“三抓”任务所需的石化产品，七机部提出的各种油漆有614.5吨，其他非金属材料也给予了安排。

3. 落实“七专”产品质量。全程飞行试验弹需要使用大量元器件，一发弹即有12万多只元器件，为了保证全程试验，国防科委和四机部于1978年12月25~30日在北京召开了电子元器件可靠性“七专”质量控制与反馈措施计划会议。“七专”就是专批、专料、专人、专机、专检、专筛、专管。具体说来即专批次生产，使用专门的原材料，专人负责设计、工艺、生产、调度，使用专门设备、仪器生产，制定专门的检验标准和专人检验，按照专门的筛选要求进行筛选，建立专门的生产流程记录卡。实践证明，使用“七专”产品对保证试验圆满成功至关重要。

4. “718”工程抢进度。“718”工程包括远望号测量船、打捞船等，是进行全程飞行试验必不可少的组成部分。远望号测量船负责全程飞行试验末区的测量跟踪任务，打捞船负责打捞数据舱。“718”工程设计采用许多新技术、新设备，生产周期长，时间紧。1978年只完成主体工程，有的主体工程还未完成。为了抢进度，国防科委于1978年6月1~6日在上海召开了“786-1”会议，王震副总理和三、四、五、六机部部长，七机部副部长以及有关省市领导参加了会议。会上决定，分别成立测量控制、通信、气象设备协调组，研究单位计划落实到人，所需外协件、外配件、电力供应，由有关部委和省市负责，要求研制单位保质按时地完成任务。国防科委也多次召开现场会，及时调度，日夜兼程，拼抢时间。

国防科委、七机部在组织实施“580”任务时，还采取了其他一系列管理和技术方面的有力措施，使我国向太平洋发射运载火箭的任务按计划完成，并获得一次成功。在实施“580”任务的全过程中，七机部始终把周总理提出的“严肃认真、周到细致、稳妥可靠、万无一失”的指示，作为完成任务的座右铭。

“580”任务圆满完成已过去近30年，大家众志成城、拼搏奋战的感人场景，仍依然历历在目。回顾这段充满航天人热血与奋斗的历史，我深深地体会到，只要是国家利益和安全的需要，有中央的英明决策加之全国人民的大力支持，再大的困难也能克服，我们的目标一定能够实现。这是航天人的骄傲，更是中国人的骄傲。近三十年来，我国航天事业不断取得新的成就，从一个高峰走向又一个高峰。我们航天人要永远牢记航天精神，时刻不忘发扬航天精神，为我国从航天大国向航天强国迈进，为中华民族屹立于世界强国之林而奋斗。

（作者：原中国航天工业总公司法制办主任）

载人航天工程管理的几点体会

王鑫泉

1981~2003 年间，我先后在七机部、航天部、航空航天部的规划处，航天工业总公司科研局和航天科技集团公司宇航部 921 工程处工作，参加型号发展规划、型号立项、研制分工和型号研制的管理，特别是有幸参与了载人航天工程的前期论证、立项以及飞船、火箭的研制分工和组织实施的管理工作，从中体会党中央发展载人航天的英明决策以及民主决策是飞船、火箭研制顺利进行的基础，载人航天科学技术发展前景光明。

一、载人航天工程，中央慎重决策

根据邓小平 1986 年 3 月 5 日对王大珩、王淦昌、杨嘉墀、陈芳允联合提出的《关于跟踪研究外国战略性高技术发展的建议》的批示，中共中央、国务院组织 200 多位专家，经过三轮论证，批准了《高技术研究发展计划纲要》。这个国家高科技战略计划，代号为“863 计划”，该计划内容十分丰富。航天技术是“863 计划”中第二个重要的高技术领域（简称为 863－2），其主题项目有两个：一是大型运载火箭和天地往返系统（204 主题）；二是空间站系统及其应用（205 主题）。863－2 由国防科工委牵头组织论证，1987 年 2 月，组建了以屠善澄为首席科学家的专家委员会，204 主题专家组由钱振业任组长，205 主题专家组由韦德森任组长。

近 6 年的论证中，在要不要发展载人航天，载人航天应走什么样的技术途径，存在着不同的意见。论证工作进展缓慢，有两个原因：一是当时有一些领导和专家，对要不要发展载人航天还有不少疑虑。有的人认为，搞载人航天投资大，风险也很大。效益如何，一时还看不太清楚；还有人认为，载人航天一旦启动，就要源源不断地投入巨额经费，如果中途停止，前期的投入将化为泡影。二是载人航天应走什么样的技术途径。参与论证的不同部门意见分歧，连部内几个论证组的观点也不一样。一院论证组主张搞小型航天飞机，1989 年 8 月向国防科工委丁衡高主任写信反映，载人飞船已处于衰退阶段，航天飞机可重复使用，中国载人航天应当有一个高起点。搞飞船却是做一个扔一个。五院、八院论证组力推载人飞船，虽然技术不是很先进，但我国已有返回式卫星的研制基础，技术上易于实现，经费投入少，研制周期短。还有主张搞空天飞机，但国外尚处于论证阶段，国内技术基础更差，短期内难以取得成果。

为了促进我国航天技术的发展和推动载人航天工程早日上马，历任部领导都做了不少工作。1985 年前后，李绪鄂部长主持工作期间，由计划司张成玉总工程师组织制定“七五”航天技术发展规划，为新“一箭三星”及飞船与空间站研究的立项，举办了多次研讨，并积极向上级部门汇报，以取得国家的支持。1988 年 8 月，林宗棠部长和部其他领导一起到北戴河向中央领导汇报工作，建议载人航天是否先从载人飞船入手，争取 2000 年前后研制发射试验性载人飞船。1991 年 1 月 7 日，航空航天部成立了载人航天工程领导小组，组织了 19 名技术人员，侧重开展载人飞船技术经济的可行性论证。1991 年 1 月底，航空航天部刘纪原副部长写信给邓小平同志，反映载人航天论证进展缓慢，其中特别提到上不上载人航天，是政治决策，不是纯科技问题，恳请中央尽快决策。邓小平同志十分重视这件事。

1991 年 3 月 15 日，李鹏总理听取了任新民、钱振业和黄祖蔚的汇报，倾向从飞船搞起。1991 年 3 月 20 日，航空航天部收到了中央办公厅秘书局转来的《航空航天重大情况》上中央领导的批示，“江泽民总书记 3 月 9 日已阅。”李鹏总理批示：“此事由专委讨论后报中央。”军委副主席刘华清批示：“最近几年来，许多专家都希望中央尽快下决心搞载人航天，建议中央下决心干起来，似不要再拖延。经济是个大问题，但 20 多年时间，每年分担出来也是可行的，实在当前财政困难，动用国库存的金子每年出一点也干。”从此，关于载人航天的争论已经由上不上的问题，转到了上什么的问题。

1992 年 1 月 8 日，中央专委专门研究我国载人航天发展问题，决定以载人飞船起步，进一步就载人飞船的技术经济可行性进行论证。

1992年8月1日，李鹏总理主持中央专委会议，建议第一艘试验性飞船争取1998年、确保1999年首飞。会议要求14位专委成员都在会议纪要上签字，以示对历史负责，并报中央决策。

1992年9月21日，江泽民总书记主持召开中央政治局常委扩大会议，会议决定，要像当年抓"两弹一星"一样抓载人航天。会议还确定了载人航天发展的初期目标，即在本世纪末至下世纪初，建成初步配套的试验性载人航天工程，完成四项基本任务：其一是突破载人航天基本技术；其二是进行空间对地观察、空间科学及技术实验；其三是提供初期的天地往返运输器；其四是为后续的载人空间站工程积累经验。在当时国家经济不太富裕的情况下，党中央下决心搞载人航天工程，并为工程提供了较为宽松的研制经费和保障条件。

二、充分发扬民主，确定实施方案

在发展载人航天的前期论证以及在确定载人飞船和运载火箭总体和主要分系统的技术方案、关键技术攻关、转阶段评审和试验重大决策的过程中，航天工业总公司高级技术顾问任新民院士，载人飞船和运载火箭总体方案评审组长庄逢甘院士，历任科技委领导、常委和顾问的梁思礼、陆元九、谢光选、杨嘉墀、王希季、屠善澄、闵桂荣、孙敬良等院士以及机关的有关领导，投入了很多精力，为载人航天工程立项和之后工程的顺利实施作出了贡献。对飞船控制分系统方案，包括惯性器件的选择，梁思礼、陆元九院士做了认真的研究，提出了很好的建议。飞船推进分系统是研制中的短线，在发动机、贮箱和管路密封接头研制中，任新民、张贵田、孙敬良和钱维崧等专家跟踪各个关键节点，出点子，指导研制工作的进行。在飞船测控通信分系统和设备的研制中，张履谦院士和史长捷常委等专家亲临第一线，进行技术把关。运载火箭逃逸分系统的技术难度大，研制周期紧，由崔国良、钱维崧等专家把关和指导。火箭和飞船返回舱气动力和气动热问题，以庄逢甘院士为首，组织国内专家和当时的701所、国防科工委29基地和中科院力学所等单位合力攻关。谌潜为组长的软件专家组对保证飞船和火箭的软件质量，推进型号软件工程化做了大量工作。曹中俄、曹长顺等领导和一批专家长驻莫斯科等地，牵线搭桥，为组织调研、培训学生、引进技术等方面做了大量工作，为载人飞船和运载火箭逃逸系统的技术攻关打下了良好的基础。

载人飞船采用哪种方案？其争论的激烈程度比1965年七机部制定“八年四弹”规划采用何种推进剂、“东风二号”要不要改为惯性制导等争论，有过之而无不及。第一种方案是采用返回舱在前，一旦火箭出现故障，组织航天员逃逸救生比较方便，但却没有专供航天员休息的轨道舱。第二种方案是采用轨道舱在前，返回舱位于轨道舱和推进舱之间。返回舱与轨道舱之间有个舱门，航天员需要休息时要打开舱门，才可进入轨道舱。一旦火箭出现故障，要依靠专门设计的逃逸火箭，将轨道舱和返回舱一起带走逃逸。这种方案，需要设计一套逃逸火箭系统，方案要复杂一些。除了前两种方案外，论证中还提出了返回舱在前、推进舱居中、轨道舱在后的方案，在返回舱和轨道舱之间，架设一个外通道，航天员由返回舱出舱，要经过一个较长的路径，再进入轨道舱。为了验证其可行性，研制人员还制作了1:1的模型，并做了人员从返回舱到轨道舱的进出实验。经过反复论证，综合利弊，专家评审，最终确定了第二种方案。

载人飞船的研制由谁承担？根据载人飞船的特点以及五院已有的返回式卫星的基础，载人飞船应该由五院承担。但是，有两方面因素使这个决策一时难以定下来。一是“七五”由国家批准的“一箭三星”任务，即由一院承担的“长征三号甲”，特别是五院负责的“资源一号”、“东方红三号”和“风云二号”任务，分别计划于1990年、1991年和1992年发射，由于技术难度大，多型号并进，工作量较大，特别是卫星的研制进度不断推迟。五院再承担此项任务，能否实现载人航天“争8保9”的目标，大家有些担心。二是与一院、八院相比，由于历史原因，五院在型号工程组织管理方面，能力相对弱一些。为了做到科学决策，由张汝谋司长、张新侠副司长和张宏显总工程师等领导组织，在有关司局周晓飞等同志的积极配合下，进行反复研究，并采用有限竞争的办法，即类似招标的方式，由一院、五院、八院根据载人飞船的技术要求、计划安排，提出各自的实施方案，包括总体方案、关键技术与解决途径、计划进度、研制分工、研制经费、保障条件和需请上级部门解决的问题。一院、五院、八院积极参与竞标，都想为载人航天工程多作贡献。经过近半年时间的酝酿、调研、论证、讨论和上下统一思想等工作，1991年11月，部党组按照“确保战略，加强应用卫星，合理分工”的原则，在确保既定任务与载人飞船任务圆满完成的前提下，确定由五院负责载人飞船的总体、返回舱、轨道舱，制导导航与控制、热控、测控与通信、数据管理、回收着陆等分系统，八院承担推进舱、推进和电源分系统及测控与通信设备的研制。

有关逃逸救生分系统的研制分工，由五院负责抓总，还是由一院承担？逃逸系统的固体发动机由四院研制，还是由八院做？同样采用了以上做法，经过认真的研究后，确定逃逸系统由一院承担，固体发动机由四院研制。

首发火箭能发射试验飞船吗？按照常规安排，发射飞船前，应先做火箭的飞行试验，以验证火箭的性能。首发火箭试验有几种方案：一是发射探月卫星；二是打个“配重”，进行亚轨道飞行，只验证火箭性能；三是发射试验飞船，即将初样阶段的电性船改为满足正样阶段要求的试验飞船，但在有些分系统做相应简化。经过反复论证，上下意见一致，同意最后一种方案。

实施第三种方案，短线在哪里？改装工作中，八院承担的电源和推进分系统的修改工作量最大，其中对推进分系统最没有把握。截至 1997 年 4 月，主发动机只参加过一次 930 秒的高空试车，按照国外要求，参加飞行试验前需试车 10 万秒，我国其他型号也需几万秒。当时有两种意见，一种意见认为时间太紧张，试验难以完成。另一种意见说加把劲，可以参加试验。最后八院表示，采取合理安排，可以完成任务。

经过载人航天工程各大系统的努力，1999 年 11 月 20 日，神舟一号飞船发射成功，11 月 21 日成功着陆返回，实现了“争 8 保 9”的目标，标志着我国载人航天工程迈出了重大的一步。

载人飞船和运载火箭是载人航天工程的重要组成部分，广大科技人员、生产一线工人和管理队伍，解放思想，尊重科学、尊重客观规律，善于借鉴前人经验，大胆探索创新，埋头苦干、顽强拼搏、合力攻关，克服各种困难，突破多个技术难关，培养和造就了一支高素质、年轻化的科技和管理队伍，建起了一批具有国际先进水平的航天基础设施，积累了大型航天工程的管理经验，这些都为我国航天事业后续发展奠定了坚实的基础。

（作者：原中国航天工业总公司科研局 921 工程处处长）

难忘的一段工作历程

刘树明

1984 年至 1988 年国家重大科研项目——北京正负电子对撞机（代号“8312”工程）正式建成。其全部工程由中国科学院承担，高能物理研究所负责具体实施，中央各部委几十家参与，国务院重大办牵头主管。航天部承担了其中 20 余项高难非标准设备的加工制造任务。

工程从 1984 年 10 月奠基到 1988 年 10 月初步建成，受到了党中央、国务院和国家领导人的高度重视和关怀。邓小平等中央领导同志参加了工程奠基典礼并与全体工程人员合影留念。1989 年工程通过国家鉴定，1990 年 7 月国家正式验收并给予高度评价。结论是工程的总体性能达到 20 世纪 80 年代国际先进水平。北京正负电子对撞机工程获得国家科技进步特等奖。1991 年 5 月 24 日在中南海怀仁堂，国务院总理李鹏接见并表彰了有功人员，在紫光阁与大家合影留念。颁发给我的证书上写着“刘树明同志在荣获国家科技进步特等奖的北京正负电子对撞机建设中作出重大贡献，特发此证予以嘉奖。”

参加该项工程的同志们，每人都兢兢业业，不怕苦、不怕累，一丝不苟，真抓实干。我部承担加工任务的工厂、学校、研究所，都由主要领导亲自抓。程连昌副部长、王恒昌司长总负责。除此之外，各单位还将军工科研技术用到了此工程项目上。如风华厂制造的铝真空盒，就用到了军工的焊接技术。我在民品司主管国家重大工程项目被指定为该工程领导小组的联络员。几年中，我昼夜值班调度，为工程解决了器材、资金等多项问题。为掌握具体情况，我还 6 次去贵州三线，3 次去哈尔滨，为国家重大工程贡献了一份力量，为科研成果添上了一点光彩。

（作者：原中国航天地面设备总公司处长）

我参加“一箭三星”的发射工作

汤起国

我作为政治部保卫部一处的干部，担负着科研生产的安全保卫工作。在参加“一箭三星”发射试验队的过程中，直接感受到了航天科技人员热爱航天、忠诚事业、无私奉献的精神风采和严肃认真、勇于攀登的职业情操。

1981年9月，“一箭三星”发射试验取得圆满成功。在这次任务的全部过程中，航天科技人员始终展现了融人生、事业于一体，圆价值和成功于一曲的智者潜质，深深地印在我的脑海中。

当试验队由南苑出发时，211厂院内的铁路站台上人头攒动，欢声笑语，人们相拥握别，互道“等着你们的好消息!”“一定!”前后方人员一致表达着坚定的决心与信心。

专列缓缓开动，自燕山脚下向西，沿着中华民族古老文明的象征——“长城”、“丝绸之路”驶去，载着试验产品，载着航天科技人员的欢乐、信心与责任。随着车轮的快速滚动，科技人员们目视着窗外瞬间掠去的景物，感受着车体的微弱震动和日行千里的惬意，往日繁忙而紧张的工作、生活骤然缓解，一种轻松一下的欲望油然而生。他们有的玩牌，下棋，唱歌；有的聊天，叙叙工作和家常；有的喝着清茶，凭窗眺望远处的云岗石窟，纵目“风吹草低见牛羊”的茫茫草原，数着眼前洁白晶莹的雪山冰峰，感叹多娇的江山，谈古论今。各级领导和技术指挥人员，在放松中不忘操劳和责任。他们乐中偷闲，在车上召集各种小型会议，或切磋问题，或研讨布置工作。

列车几度日夜，经过风沙洗礼，终于抵达了戈壁深处。这里遍地无土，有山不青，有河无水，天空无飞鸟，地上无走兽，行人无路径，俨然一片干涸的海底。为振兴中华，国家在这里建设导弹、卫星发射试验基地。这里条件艰苦，不少站点间尚无像样的路，有的站点间没有路，彼此来往全循印在戈壁表面的车辙；参试人员的住处尚是多人一间的砖瓦平房；业余文化生活，只有不定期的露天电影；工作条件更是无法和大城市相比。然而，航天科技人员却没有计较这些，工作热情未受到丝毫影响。

为保证任务顺利完成，试验队协同基地认真贯彻周总理“严肃认真，周到细致，稳妥可靠，万无一失”的16字方针，全面细致地部署了各项工作，提出任务，明确责任，保证安全，规定操作，测试严格实行“双岗”制。航天科技人员认真值岗，聚精汇神地工作，及时发现问题，跟踪到底，责任到底，对出现的可疑现象和问题，及时会商分析，原因不明或隐患尚存决不罢休。有的同志为排除故障，连续工作几十个小时，忘却用膳，放弃睡眠；有的同志因连续工作，饥渴劳累过度，晕倒在工作岗位上。老专家、老领导亲临现场，把关保驾，为大家鼓劲。任新民副部长不顾年高劳累，忍受乘吉普车在“搓板路”上的颠簸之苦，白天连续深入厂房、场地察看情况，深入观测、动力、气象等各站号检查工作，予以指示。晚上出席协调会，听取汇报，指示工作。更在临射前不顾安危，亲自登上几十米高的塔架作最后检查。其情其景令所有在场人为之感动。

待检查、测试、模拟程序等所有工作完结后，产品进入到发射状态。随着发射口令和轰然一声巨响，研制人员的心也随着火箭缓缓起动攀升，一起飞向了天空。大家像欢送亲人一样目送火箭升空飞行、火箭隐入高空，静听着各处传来“飞行正常”、“发现目标”、“星箭分离”等口令，直至最后听到“卫星准确入轨”的喜悦消息。顷刻间，发射场地到处是一片欢腾的景象，兴奋和欢乐代替了航天科技人员日积月累的疲劳与紧张。他们欢呼、跳跃，互相拥抱，忍不住喜泪外流。因为他们的辛勤付出得到了最好的回报，他们的人生价值再次得到完美体现。

（作者：原航天供销总公司党委办公室主任）

航天民品工作回忆

王恒昌

我原在八机部计划司工作，1981 年 10 月八机部和七机部合并，我调到了七机部。

一天，部办公厅通知我去参加一个会议。我准时到会，郑天翔部长，陆平、张钧副部长以及部机关一些司局领导都出席了会议。会后，郑部长说："七机部科研生产任务很重、很急，'军民结合，以军为主，以民养军'的方针贯彻得晚。在抓好航天科研生产任务的同时，也要抓好民品科研生产。部决定成立专门机构即民品司来管民品科研、生产工作。调你（指我）到民品司任司长，把民品工作好好抓一下，开个好头。"当时我没有思想准备，但我是一名党员，应当听党的话，党组织的决定是对我的信任和期盼。因此，我当即表示：服从党的安排，感谢部领导对我的信任，到任后，我一定千方百计，努力工作，促进民品科研生产的发展，不辜负部领导的信任和希望。从此开始，我在民品司的岗位上一干就是 8 年。

为了将工作干好，会后，我找冀绍凯副部长请示办法，又找一些同志商量如何开展工作，如何把民品司机构建立起来。我自己也查找了一些文件和资料学习，找一些理论上、方针上的依据作为行动指南。

1958 年 1 月，中央决定将一机部（民用机械工业）、二机部（国防工业）合并，召开了一次干部大会。朱总司令在大会上重点讲了"军民结合"的方针，实质上讲的是在和平时期如何正确处理好经济建设和国防建设的关系。他引用了毛主席讲的一句话"只有经济建设发展得更快了，国防建设才能有更大的进步"，并强调说："经济建设是国防建设的物质基础。国防建设的发展依赖于经济建设的发展，这是马克思主义的一个基本原理。”十一届三中全会以后，党中央、国务院、中央军委总结了国防工业的历史经验，进一步提出“军民结合，平战结合、军品优先，以民养军”的方针。张爱萍同志后来强调：“国防工业科研要进一步向国民经济方面转移，在优先保证军用的前提下，服从于、服务于国民经济的大局。”通过学习使我认识到军民结合方针具有很重要的长远战略意义。

工作完成中，我反复考虑并和有关同志商量，大家一致认为一开始机构不宜大，人不宜多。据此，我提出了民品司暂设计划、生产、技术三个处，20个人，待局面打开后，再作调整的方案。部党组批准了这个方案，干部也陆续配备起来，接着又建立了党支部，组织落实以后即开展工作。虽然人员来自不同单位，又是新工作，大家没有经验，又没有现成的模式可供借鉴，靠大家自己去探索开拓。但大家均齐心协力，有着敬业、乐业、创业的精神，以饱满的热情投入到工作中。首先到在京的各院、所、厂搞调查研究，了解情况，向工程技术人员、工人、基层领导学习，听取他们的意见和建议。在调研中发现不少所、厂都在开发、生产一些民品，也积累了一些经验。我们从中受到了鼓舞，增强了信心，也开阔了思路。

此外，每当京外的基地、院、所、厂领导来京出差，我们便抓紧机会，约请他们谈民品开发、生产和销售等情况，同时也请他们谈经验、问题和建议。如民品在全国行业的归口、销路问题，取得了解决这些问题的经验和办法。一年一度的全部计划工作会议，也是调研民品情况的好机会。张钧、李绪鄂两位部长在会议上，总是把军品、民品结合在一起总结工作，部署新一年的任务。我们则利用这个机会，组织各单位开民品专题讨论会，大家共同讨论民品工作的情况、经验、问题以及今后的开发计划。张部长、李部长专门找到一些单位来讨论民品开发、生产和销售等问题，所谈的经验正是我们需要学习和推广的，所谈的问题正是我们民品司需要解决的，所谈的未来规划、设想，也正是民品司今后要纳入部里民品开发计划中的。这些都是民品司要做的工作。

部计划会议结束后，我们将这些情况进行了综合分析。有些部内能解决的，部内自行解决；有些需要请国防工办、国家计委、经委解决的，需要一机部、轻工部等行业部门解决的，我们就去拜访相关部门的业务局。如我们拜访了国防工办希望帮助解决民品开发经费问题；找国家计委解决电视机显像管、电冰箱制冷压缩机等进口批准及外汇问题；找国家经委解决汽车生产行业归口以及改装车所需要的汽车底盘指标问题；找一机部解决包装机械行业归口问题；找煤炭部解决我部长治厂生产的煤矿开采所需的安全支架问题等。同时我们与轻工部、纺织部等也建立了业务来往关系。通过与各部委的联系，给了我们为国民经济服务的机会，得到了不少开发民品的项目，也了解到不少市场需要的信息。

我们还利用院、所、厂开发成功的新产品技术鉴定会的机会，组织到会单位汇报民品开发情况，以及新产品投入生产的情况和销售情况，交流经验，不断促进民品的开发和生产。

根据我部技术优势和人才优势的实际情况，我们提出了起步的工作方案。我向张钧部长做了汇报，他仔细听后表示同意并指示："能促进民品开发、生产、销售，就放手干。"这给了我大力支持。

我们当时提出的方案是：

1. 根据市场需要特别是长远性需要抓紧研制新产品。如当时国内电视机只有9英寸，但国外已生产出14英寸，又是彩色的电视机。上海广播器材厂提出干彩电，首先干14英寸的，我们马上同意并给予支持。

2. 开发成功的新品要抓紧技术鉴定，定型后抓紧投入批生产，抢先占领市场，注意提高质量，创出名牌，并不断地进行技术改进，升级换代。如上海牌电视机、收录机、传真机等。

3. 对于已批生产、质量好、销路好的产品要扩大批量以满足市场需要。如哈尔滨349厂生产的双排座轻型卡车、南京307厂生产的改装车、沈阳111厂生产的汽车发动机等。

4. 为打开民品销路，开拓出口渠道，我们配合长城公司组织院、所、厂选择可供出口的优质产品。一年两次的广交会，每次都签订了很多合同。

5. 组织民品全国展览会，扩展销售渠道，采集市场行情、技术信息。我们参加北京市组织的展览会，参展了上百种民品，收获很大。原八机部部长后任北京市市长的焦若愚到展览会参观，我陪他看了一个多小时，当他看到航天部展出的产品时十分高兴，并大加赞扬。

在历届部党组的领导下，经过各院、基地、所、厂广大职工的共同努力以及民品司同志的刻苦工作，民品开发、生产取得了可喜的成绩，民品生产产值、产量不断增长。1987 年，产值达 20 亿元，销售额 13.5 亿元，比上年增长 67%，预算内企业利润比上年同期增长 20%，民品出口外汇 1400 万美元，创历史最好水平。其中，有些产品质量好，全国评选获得了国家银质奖。由于部对民品生产采取了一些优惠措施，进一步促进了新产品开发，陆续涌现出新的产品。如五院 504 所的开路电视传输系统，二院二部的港口闭路电视调度系统，710 所的中文图形信息处理系统，061 基地 2177 厂的机床数控系统，一院的卫星地面接收站，061 基地 3655 厂的挖壕机，066 基地万山厂的面包车，三院的大理石开采、加工设备，211 厂的真空淬火炉等。属国内领先的 25 所电视机用声表面滤波器，501 部的热管换热器，8511 所的除氧保鲜剂，骊山公司的铬板，307 厂开发的煤矿用掘进机，211 厂开发的瓦楞纸生产线，206 所开发的医用压片机等，做到以国产顶替进口，满足了国内市场的需求。

总之，为了适应市场竞争的需要，我部院、所、厂等单位本着“人无我有、人有我优、人优我新”的做法，不断创新，积极组织技术力量开发新产品，使民品不断推陈出新，满足了市场需求和出口需要。

另外，我们还利用航天系统的优势，参与了国家重大项目和出口项目的科研与生产。如先后参加国内联合研制的医疗器械制药装备，组织横向联合承包了北京旅行车厂的自动喷涂生产线、北京五星啤酒厂的成套生产线，1986 年至 1989 年还承担了建造中国科学院高能物理研究所正负电子对撞机工程的设备制造任务。

航天系统的院、所、厂组织力量参加上述重大工程的建设，充分说明了在保证航天军品科研、生产任务的同时，为发展国民经济服务是必要的，可能的，大有作为的，也是可以为国民经济的发展作出贡献的。

（作者：原航天工业部民品司司长）

80 年代初期航天科技的国际交流与合作

张继庆

1982 年，我调任航天部外事司司长，从此，我就在张钧部长、宋健副部长（后来是李绪鄂部长、孙家栋副部长）的直接领导下，着手开拓航天部与欧美诸国和日本的国际交流与合作。

当时，由于美国、苏联、西欧诸国一直对我国进行技术封锁，我国与诸国在航天技术上基本没有接触，这对我国航天技术的提高和发展极为不利，部首长指示要我想尽办法，开辟国际交流与合作的渠道。考虑到当时航天实力最强大的美、苏两国对我国的态度极不友好，我们就避开美、苏，确定以西欧几个航天大国为突破口，先进行对它们的工作。

我们首先与各国驻华使馆接触，阐明我国愿与它们开展航天技术交流与合作的意向，接着通过我驻各国使馆的科技参赞与各国的宇航部门接触，探询对方的态度。同时在北京，我部在五院组织了盛大的招待会，邀请各国驻华使馆人员、各大通讯社驻华记者、中央和北京市有关部门和媒体记者参加。会上，张钧部长和五院孙家栋院长向与会者介绍了我部宇航技术取得的成就，并放映了录像，使大家（特别是外宾）对我国航天技术的现状有了广泛的了解，激发了浓厚的兴趣。此后，在这一基础上进行一系列的努力，我们终于与西德、意大利、法国、英国四国的宇航部门先后达成了两国宇航（科技）部长的互访，洽谈两国开展航天技术的交流与合作问题。

1983~1984 年间，一院李伯勇院长、五院孙家栋院长和我等随张钧部长分别访问了上述四国，与各国航天部门签订了政府级的航天科学技术合作协议，这说明西欧几个宇航大国都很看重我国的航天技术。为此，我部也分别邀请四国的宇航代表团来华访问，由部长亲自出面接待并组织他们参观我有关设施，双方建立了友好的联系。随后，我部派出一批技术骨干分别去诸国学习、工作或考察，诸国也派技术专家来我国访问讲学，加强了彼此的联系，双方互有收获。

其间，我们邀请了我部的老朋友、国际知名宇航专家吉布森博士 3 次来华访问、参观和讲学，担任我部的非正式顾问。吉布森博士根据欧空局的经验提出的建议，对我国运载火箭进入国际卫星发射服务市场颇有帮助。吉布森是英国人，曾任英国国家空间研究中心主任，后任国际宇航联合会主席和欧洲空间局第一任局长。几十年来，他一直致力于各国宇航界的交流与合作，为国际宇航事业的发展作出了重要贡献，获得了宇航界的最高奖——爱弥尔奖。由于他在国际宇航界的崇高地位和威望，在他的帮助和努力下，国际宇航联终于取消了台湾宇航学会为有投票权的宇航联会员国，而接纳我中国宇航学会为有投票权的会员国，恢复了我国在国际宇航界的合法地位。

吉布森与我部建立了深厚的友谊。1984 年，当我代表团访法时，他亲自开车接李绪鄂部长、孙家栋院长和我去他在巴黎郊外的别墅作客，他的夫人英加女士亲自掌厨，做精美的午餐招待我们，宾主共饮共话，极为融洽。

后来，我受命组织接待了美国国家航空航天局应邀来华访问的宇航代表团，其成员有航天飞机航天员洛斯马（指令长）、富勒尔登（驾驶员）和宇航局官员。在北京，张钧部长亲切接见了代表团一行，我部在五院举行了盛大的欢迎会。我司专人陪同他们到北京、西安、昆明、上海访问讲学。我们还接待了应邀来华访问讲学的美国第一位华人航天员、科学家王赣骏博士和宇航科学家李杰信博士。他们所到之处，都受到人民群众、媒体特别是航天科技人员的热烈欢迎。我国给予代表团以很高的礼遇，国务院总理在中南海亲切接见了代表团一行，给他们以很大的荣誉和鼓舞。

作为回报，1984 年，美国国家航空航天局邀请我部代表团访美，程连昌副部长率领我们一行出访。他们的接待也很热情周到，贝格斯局长亲自陪同我团去佛罗里达州发射基地参观航天飞机的发射，随后又去休斯敦宇航中心参观航天飞机的返回，安排我们与多位航天飞机航天员见面晤谈。接待虽然热情，但贝格斯自恃美国航天技术先进，不大看重我们中国的航天技术，不愿与我们航天代表团洽谈双方合作问题。直到后来当我们成功发射了东方红二号卫星后，他才一反常态，亲自给张钧部长写信，表示“对贵国航天事业取得的伟大成就表示热烈祝贺”，“希望开展双方航天技术的交流与合作”。我们一行还应日本外务省的邀请访问了日本，该国宇宙事业开发团的科技人员对我代表团接待热情，也愿与我国进行交流合作，但由于日本政府态度消极，最终未与我达成任何协议。

1984年起，我国开始角逐国际卫星发射服务市场。我们在巴黎首次用书面资料和录像向来法国出席国际宇航联合会的各国代表展示我国航天技术的成就和能力，引起各国宇航界人士的轰动，因为他们多年想摸我国航天技术的水平而不可得。我们还承诺代他们发射卫星的一些优惠条款（主要是发射服务好，收费低），引起不少人士的兴趣和关切。

我曾奉派带领一个技术小组去美国、加拿大招揽卫星发射服务，洽谈用中国的长征系列运载火箭发射外国的各种应用卫星。

1985年，我又奉派去巴黎，代表李绪鄂部长出席国际宇航技术论坛会，在会上宣讲了我国航天技术的成就和为各国提供卫星发射服务的优惠政策，使国际宇航界对我国的航天技术有了更多的了解和认识。以后我部人员又陆续到各国招揽业务，取得了进展。从1990年起，我们用长征系列运载火箭为欧、美、亚洲多国发射了28颗美国、法国、瑞典等国制造的卫星，我国在国际卫星发射服务市场上，争得了一席之地，为我部以后的工作创造了良好的条件。

（作者：原航天工业部外事司司长）

打开国际商业发射市场点滴

冯云祥

20世纪80年代中期，长征系列火箭技术日臻成熟。为不断推进技术的改进和创新，争取必需的资金，出路之一是打开国际市场，参与竞争。我参加了该项工作的筹划工作。

一、长征火箭走向世界的机遇

当时，我参加了航天部组织赴美等国的国际市场调研团，回国后提出了可行性论证方案，并以国家计委、国防科工委和航天工业部的名义，联合向中央提出用中国的运载火箭发射国外卫星的报告。此报告于1986年9月得到了中央的批准。

中国的对外发射服务在刘纪原副部长的领导下，早已紧锣密鼓地展开了各项研制工作，其任务代号是“867工程”。

1985年10月26日，航天部代表中国政府郑重宣布：中国将用自行研制的长征系列运载火箭投入世界航天发射市场。这一举动是中国航天工业进入市场、特别是国际大市场的重要信号，此时，立刻引起了美国的反应，美国使馆科技处、武官处多次找到当时航天部外事司交涉，以核不扩散为由，企图阻止中国的运载火箭进入国际市场。但我们告知对方说，我们做的只是对世界航天发射市场的一个补充。

机遇有时会不期而至。在中国宣布投入国际发射市场的第二年，1986年1月28日，发生了震惊世界的美国挑战者号航天飞机机毁人亡事件，紧接着急于填补运载工具空白的马丁·玛丽埃塔公司为美国空军制造的大力神火箭爆炸，麦道公司的德尔它火箭由于过早熄火而自毁，已经赢得世界半数以上卫星发射合同的阿里安火箭也发射失败。因此，1986 年被称作世界航天史上的"黑色灾难"年，一系列的事故让世界商业发射市场几乎瘫痪，运载火箭市场出现了用户需排队等待发射卫星的局面。一时间，世界上几乎所有的卫星厂家和用户都着急起来，天上运行的卫星寿命将尽，地上准备好的卫星排成长队等待发射，此时俄罗斯的运载火箭还没有介入国际市场竞争。卫星的制造商们想起了一年前曾被他们冷遇的中国火箭，各大卫星公司的老板纷纷将目光移向世界的东方。

中国长征火箭的表现在世界几种运载火箭中是出类拔萃的，到 1988 年 12 月，长征火箭完成了 20 多次发射任务，成功率高达 90% 以上，这就使得国际卫星界把目光投向了价廉物美的长征系列运载火箭。

二、中美两国政府间的较量

我从 1988 年中美两国政府第一次洽谈商业发射协议开始，就一直随同孙家栋副部长参加中美两国政府间商业发射有关协议的谈判工作。

在挺进国际商业发射的筹划中，最为棘手的是中美两国政府间在发放美制卫星出口许可证的相关协议谈判中的较量。1988 年 9 月初，美国里根政府通过其驻华大使洛德向中方提出，按照美国商业法律中的相关程序，只有中美两国政府之间完成了相关协定的谈判之后，美国才能同意发放美制卫星运到中国发射的许可证。美方提出两国政府间要完成下述三个协议：一是卫星技术安全保障协议；二是卫星发射事故责任协议；三是国际商业发射贸易协议。

与此同时，中国的商业发射服务公司——中国长城工业总公司经与美国休斯公司、香港亚洲卫星公司正洽谈用长征二号捆绑火箭发射澳大利亚两颗通信卫星和用长征三号火箭发射亚洲一号卫星，美国公司也明确告诉中方，只有美国政府发放美制卫星的出口许可证后，才能履行合同。

为此，经国务院批准，由外交部、航天部等部委组成了中国政府代表团，孙家栋任团长。美国政府代表团由专门负责签署政府间协议的总统贸易谈判代表处和商务部人员组成。我们深知，美国代表团成员都是有着多年外交经验的老手，在欧美享有盛名，绝对不能掉以轻心。

针对上述要达成的三个协议，1988 年 10 月 18 日，在北京举行了中美两国政府间商业发射协议的第一轮谈判。3 天艰苦的谈判，中美双方在《卫星技术安全》和《卫星发射责任》两个协议备忘录取得了一致意见，但在国际商业卫星贸易问题协议上却存在严重分歧而未达成协议，双方商定于 11 月移至华盛顿进行第二轮谈判。11 月下旬在穿越太平洋的飞行中，我们代表团中的每个成员都逐字逐句地反复推敲美方在我们起飞前刚送来的协议稿。从美方提供的协议稿中看出其气势咄咄逼人，满篇都是“不准中国发射外星扰乱国际商业发射市场”、“不准中国用诱导的做法”等刺眼词句，我作为具体工作人员，当然也准备了一份中方的协议稿，交到代表团每个成员的手中。在谈判中，孙家栋团长毫不示弱，并巧妙地引导美方同意用中方稿进行谈判。十多天的艰苦谈判，协议中的难点被一个个化解，美国官员也实在感到有点累了，但双方在一个问题上还是僵持不下，各不相让。这个问题即是在此后 6 年内中国可为外国客户发射几颗商业卫星。美方坚持为 6 颗，私下告知最多松动到 7 颗，我方则要求再适当增加。经过我们在谈判桌上苦口婆心的解释和说服及会下磋商之后，中美双方终于在 1988 年 12 月 16 日在华盛顿就国际商业发射贸易问题达成一致，美方官员最终也同意了中方提出的在 6 年内发射 9 颗外国卫星的限额。至此，国际航天商业发射市场正式向中国人敞开了大门。

三、长征火箭走向世界

1988 年 12 月 14 日，我参加了在中南海举行的国务院专题办公会，李鹏总理听取了长征二号捆绑火箭进入国际市场的汇报。

此时，中国长城工业总公司与美国休斯公司也正式签署了“澳星”发射服务合同。休斯公司要求中方必须在发射“澳星”前有一次成功的飞行试验，并商定只要他们认为中方不能发射或没有充分论据证明中方能够按时发射，用户有权终止合同并罚款 100 万美元。中国航天确实面临着一次残酷的挑战。李鹏总理听完汇报后对研制长征二号捆绑火箭非常赞同，最后问刘纪原副部长：

“研制长征二号捆绑火箭经费怎么解决?”刘纪原回答:“我们贷款吧!”我深深感到这一回答实际代表了全体航天人的决心。后来,在有关部门的支持下,中国运载火箭技术研究院贷款4亿元,正式启动了长征二号捆绑火箭的研制工作。此时,作为一名机关普通工作人员的我也深感肩负的重任。经过上上下下的努力奋战,18个月后,奇迹真的出现了,昔日仅仅是草图一张的长征二号捆绑火箭,比合同规定的时间提前一天屹立在西昌卫星发射中心97米高的发射塔架上。1990年7月16日10时40分,我在西昌卫星发射中心目睹了随着“点火”口令的下达,凝聚着广大航天人心血的长征二号捆绑火箭的成功首飞。三个月前,1990年4月7日,也是在这里,我目睹了亚洲一号卫星的成功发射,亚洲一号卫星的精确入轨令世人刮目相看。这向世界表明,长征火箭的技术性能是国际水准的,中国有能力进入国际商业发射市场。1992年8月14日,中国长征火箭成功发射“澳星”B1,使长征火箭的国际声誉达到了顶峰。

自此,中国陆续为法国、巴基斯坦、德国、巴西等提供火箭、卫星服务,中国终于打开了商业卫星发射服务的国际市场。

(作者:原航空航天部办公厅副主任)

回忆国防部五院的思想政治工作

程荣之

国防部五院成立不久，我被分配到五院一分院第二设计部二室任政治委员，二部的主要任务是承担地空导弹的总体设计和弹上各分系统的研制。

1957 年反右，三年自然灾害，赫鲁晓夫片面撕毁合同、撤退专家，给当时工作造成了严重影响。但是，五院的导弹事业在那几年仍然蒸蒸日上，研制成果捷报频传，“543”地空导弹不到 4 年的时间即仿制成功。

究竟是什么原因使我们的导弹事业能在特别困难的条件下，呈现出一派兴旺发达的喜人景象呢？当然最根本的因素是党中央、毛主席对发展我国导弹事业的战略决策英明正确，并为五院制定了一条正确的建院方针，以周总理和聂帅为代表的老一辈无产阶级革命家对我国导弹事业呕心沥血、精心指导以及全国人民的大力协同。同时，我认为那时党的思想政治工作起到了重要作用，感受最深的有以下两个方面。

一、对知识分子的政策正确

五院成立不久，全国就开展起反右派斗争，虽然五院搞得还比较稳妥，波及面不算大，但还是受到了“左”的影响，对知识分子存在着“左”的倾向。1959 年、1960 年两年从全国高等院校、中等专业学校调了几千名青年学生来五院工作，这批同志多少都经受过反右派的冲击和影响。对这批人如何看，采取什么样的政策，思想政治工作如何做，是当时摆在我们面前急待解决的重大问题。不把知识分子的积极性和聪明才智充分调动起来，不给广大知识分子以充分的信任，五院的导弹事业就会寸步难行。在这关键时刻，聂帅根据党中央、毛主席的指示，亲自拟定并经党中央批准的《关于自然科学研究机构当前工作的十四条意见》，全面系统地解决了这方面的问题。聂帅还亲自在五院干部大会上对十四条进行了详细阐述。当时五院的大学生全部参加了会议，后被称之为“万人大会报告”。十四条和聂帅的报告，实质上是我们党在建国后端正对待知识分子看法的第一次拨乱反正。五院党委对贯彻十四条和聂帅报告的态度是坚决、认真的，并把聂帅的报告印成小册子，人手一份，作为政治学习教材。科技十四条和聂帅报告对五院导弹事业的起步和发展确实起了重大的历史作用，对我们这些刚来科研单位做党的工作的同志也确确实实起了“指路明灯”、“及时雨”的作用，不仅使我们在认识上有很大的提高，在具体工作中也有法可依，有章可循。

我当时所在的研究室，有二百多名同志，几乎都是刚从学校中出来的，对红专关系的认识存在着许多混乱、糊涂的看法，如认为谁钻研业务，谁就有走“白专”道路的嫌疑，谁向党组织勤汇报、多参加社会活动，就被认为是“红”的表现。这样在客观上就形成了一种无形的“标签”。当时聂帅对红专标准的解释是：热爱党、热爱社会主义，用自己的专门知识为社会主义服务。从而澄清了方方面面对知识分子的某些偏见，使广大知识分子欢欣鼓舞。当时我们根据聂帅报告的精神和知识分子的具体情况，提出了“两个保护、两个加强，相互学习、取长补短”的要求。“两个保护”就是钻研业务技术的积极性和积极参加各项政治活动、靠拢党组织的积极性都要保护而且都要加强，这样就把“红专”关系有机地统一起来了，从而也就消除了实际上存在着的无形“标签”，这对增强知识分子内部团结和调动他们的积极性起了良好的作用。

后来在广州会议上，周总理更明确地提出，知识分子绝大多数是劳动人民的知识分子，陈毅副总理的“脱帽加冕”对知识分子的属性问题做了更进一步的明确。在政治立场上解决了对知识分子的信任之后，对他们的培养使用问题也就比较容易解决了。比如培养选拔干部问题，那时研究室刚成立不久，都是一批新同志，室和组的领导都要在这些同志中产生，其中技术业务水平是重要的条件之一，选拔“尖子”当长。如果不是选拔一些政治上好、技术业务水平比较拔尖的同志来担任各级领导，整个研制工作顺利开展和率领大家进行技术关键攻克就是不可能的。而其中不首先解决政治上的信任问题，则“尖子”又是根本不可能当长的。再如对人员的培养问题，聂帅在报告中强调，对有发展前途、技术基础较好的同志要重点培养，反对在人员培养使用中的平均主义。这在当时来讲，既有很强的针对性，也有深远的意义。我们根据这些指示选调了一批同志与苏联专家跟班学习，同时采取一些其他途径重点培养，所谓“吃小灶”。后来这些同志中的许多人都成为各方面的技术骨干，他们不仅顺利完成了工作任务，而且带动了整个队伍业务技术水平的提高。

在党的建设方面，开始研究室的党员数量很少，特别是在技术骨干当中数量更少。如我们研究室正副组长中，只有一名党员，这显然是党的建设工作受到“左”的影响的结果。因此，我们在技术骨干中对基本具备党员条件的同志逐个地进行考核审查，并在党员中进行正确对待党员标准的教育，然后订出培养发展计划，分工专人有针对性地对他们进行教育帮助，待条件成熟后再个别履行入党手续，吸收到党的队伍中来。这样做既保证了党员数量的不断增加，也保证了党员质量的不断提高。许多新发展的党员同志，在群众中有很好的影响，在各项工作中都能起模范带头作用，因而对加强党的战斗堡垒作用，促进科研生产任务的完成是强有力的组织保证。

现在，回过头看看我们当时根据聂帅报告精神所选拔培养的一批技术骨干，他们不仅一直是所在单位科研工作中的带头人，而且经历了“文革”的严峻考验，他们中的绝大多数同志不愧是我们党培养起来的一批又红又专的专家。在祖国的“四化”大业中，按照干部四化的标准，不少同志已经成为各条战线上的领导骨干。饮水思源，不能不深深感到党对知识分子政策的重要性。科技十四条和聂帅报告为解决这个重大原则问题奠定了基础。这在当前仍有着十分重要的现实意义。

二、关心人和教育人

在确定了对待知识分子的正确政策之后，思想政治工作关心人、围绕人做好保证服务的工作也就容易解决了。聂帅在“万人大会报告”中把自己称为为科研人员服务的大勤务员，并身体力行地为我们做出了榜样。现在我们有许多同志在回顾这段历史时，总是以感激的心情谈论三年自然灾害期间聂帅给我们调拨的“科技鱼”、“科技豆”。“科技鱼”、“科技豆”对当时解决许多同志生活上的困难确实起了增加营养、保持体力、减少浮肿病发生的重要作用，体现了党的关怀和温暖，体现了聂帅对我们广大科技人员的深厚感情。

聂帅都自称是科研人员的大勤务员，而且身体力行。我们这些人应该把自己摆在什么位置上？这实质上告诉我们，科研单位做党的工作的同志要摆正同工作对象（主要是知识分子）之间的关系。党的干部是勤务员而不是教师爷，是公仆而不是主人。这既是一个世界观的问题，也是做好思想政治工作的前提和基础。

关心人、教育人是思想政治工作大量的经常性的工作内容，而且二者之间有着紧密的内在联系。关心人的工作首先是要关心每个同志业务技术水平的提高，为科研人员创造和保证刻苦钻研技术顺利完成工作任务的条件，否则思想政治工作就会脱离群众，脱离实际。当时由于受到“左”的影响，特别是林彪提出的所谓“突出政治”，开展“四好连队”、“五好个人”运动等，造成研究室非业务活动时间太多。为此，在聂帅提议下，国防部还专门为五院下达了科技人员工作学习时间的硬性规定：每周 5/6 的时间用于工作和学习业务，1/6 的时间用于党团活动和政治学习，要创造一个安安静静、干干净净的工作环境，业余时间由科技人员自由支配。聂帅还明确指示，五院不搞“四好连队、五好个人”运动，这既是针对当时一些“左”的做法最有力的批判，也是完全符合科研工作的特点和规律的，因而获得广大科技人员的衷心拥护。我们在贯彻执行中也是坚决有效的，科研人员工作学习时间任何人都不得随意侵占，这在客观上已经成为人人必须遵守的一条“法律”。办公大楼里每晚都是灯火辉煌，要逐个动员科研人员回宿舍休息的事例是很经常的。这对迅速提高科技人员的业务技术水平，养成良好的学习钻研风气起了很好的作用。

科技人员的工作学习时间不得随意侵占，党的工作怎么办？五院党委和政治部及时提出了变 1/6 为 6/6。这就要求做党的工作的同志要深入到科研生产第一线和科技人员同学习，同工作。这样做好处很多。

1. 可以向科研人员学习业务技术知识，逐步改变当时做党的工作的同志完全不懂技术业务的“科盲”状况。久而久之就能和科技工作者在工作、学习问题上有共同的语言，同时，可以增强和科研人员之间感情上的联系，想科研人员所想，急科研人员所急，特别是在一些攻关项目和危险岗位，真正做到甘苦与共，心心相印，从而建立起深厚的同志友情。还可以为科研工作者做些后勤保证服务性的工作，如端盆水，递个毛巾擦擦汗，为加班加点的同志送送饭，对生病的同志问寒问暖，帮助搬搬工具箱，整理环境卫生等，这些虽然都是很平凡的工作，但在当时当地来说是很有效用的。总之，做党的工作的同志能够真正地深入到科研活动中去，深入到群众中去，是有大量的工作可以做的，而且能把在实际生活中所看到的问题加以理论上概括、抽象，再回到群众中去，这样就会使思想政治工作做得生动活泼，并且具有鲜明的思想性和很强的说服力。那种把思想政治工作仅局限在 1/6 时间里，而且主要是上大课的方式，必然会限制思想政治工作作用的发挥，而且容易流于形式或者形成空泛的说教。

2. 关心每个同志政治上的进步。除经常进行马列主义、毛泽东思想的基本原理和党的方针政策教育外，在当时的情况，科技人员政治上进步的集中表现是在对入党的要求上。从旧社会过来的知识分子有新旧社会对比的亲身经历，而新中国培养出来的青年知识分子，他们许多都出身于劳动人民家庭，更直接感受到党的哺育培养。因此，他们中的绝大多数对我们党是热爱的，对党的事业是崇敬的，并把能够参加到党的行列作为毕生的光荣。作为党的政治工作干部，应该真诚地关心他们这种要求。当然，对要求入党的同志要作具体的分析，要进行党纲党章和党员标准的教育，要进行严格的审查，区别本质主流和生活琐事之间的界限，区别内在和善于表露的不同表现，区别历史家庭出身和现实表现之间的关系。求全责备、高不可攀是不对的，降低标准、草率从事也是错误的。总之，要本着严肃慎重的方针，成熟一个发展一个，对暂时尚不具备条件的同志要进行耐心细致的帮助，赤诚相待，推心置腹，不躲躲闪闪。这样既能够保证新发展党员的质量，又不挫伤要求入党同志的积极性，使他们感受到党组织的关怀和温暖，从而激发出强烈的政治进取心。

3. 关心每个同志生活、家庭方面的问题。我们回忆聂帅在物质条件十分困难的情况下，关心科技人员的饥寒温饱的事例，毛主席也把关心群众的柴米油盐和完成革命任务联系起来看待。作为在基层单位做党的工作的同志，应该将工作做得更具体更细致周到。在科技人员生病的时候要注意看望，有家属来队时要热情照顾，外出出差时要帮助解决后顾之忧。领导干部去外地出差时，应尽可能地到所在地区同志家中去看看。对科技人员在生活、工作、思想上遇到的具体困难和苦恼，包括婚姻恋爱等问题，都应体贴入微，或者给予精神上的慰问，或者给予物质上的帮助等。这样就能使每个同志都能感受到生活在大家庭的温暖，感受到同志之间的互助和友谊，这对创造出一种人人心情舒畅、团结和谐、生动活泼的政治局面和全身心投入到科研事业中去，会起着良好的促进作用。

当然，做好关心人、教育人的工作还不仅仅是上述几个方面，我只是对聂帅报告中印象最深的几点予以回顾和叙述。而要做好这几个方面的工作，必须要求党的干部本身在各个方面有一个表率的作用，必须是真心实意为科研人员服务。我们第二设计部的政治委员程祖光同志，在战争年代已经职务很高，身上还留有敌人子弹的痕迹，是我们设计部中年龄最长者，当时已年近半百。他平易近人，和群众打成一片，熟知近千人的名字、籍贯、特点等，经常和同志们谈心，循循善诱，一同和大家做早操，参加各种公益活动，深入车间班组，走遍家家户户。在到112厂参加仿制工作期间，他和大家一起睡通铺，同吃同工作。所有设计部下厂的单位，无论是处在繁华的城市，还是分散在穷山僻野的山沟，他都去探望，问寒问暖，促膝谈心，因而在群众中有很高的威望，堪称师表。迄今许多同志在谈论时或见面时都还亲切地称他为老政委。

在新时期、新任务面前，如何加强和改善党的领导，如何使我们党有一个好的党风，如何发挥思想政治工作的作用，如何尊重知识、尊重人才，充分发挥知识分子的积极性和创造才能等，仍是具有普遍意义的问题。我们应紧密结合新的任务和新的情况，探索出一套新经验。我们做党的工作和思想政治工作的同志们，一定会作出无愧于时代要求的新贡献。

（作者：原航天工业部二院党委书记）

把思想政治工作做得有声有色

任志尧

自国防部五院建立以来，我国航天事业从艰难起步到取得举世公认的辉煌成就，其根本原因在于党中央集体领导的英明决策，聂帅的直接领导与支持，以钱学森为代表的众多科技专家的特殊贡献以及一代又一代航天人不断奋斗的结果。一个重要因素是老五院从建院开始即非常重视思想政治工作，建立了一支强有力的政治工作队伍，对各项工作起到了重要的作用。我们这些在航天思想政治工作战线奋斗了一生的人，对此有亲身的体验与感受。

老五院初建时，我国正处在一个国际、国内环境错综复杂的历史时期。特别是三年自然灾害、苏联中断援助，给我们造成了许多困难。20 世纪 60 年代初，由于发展航天事业的需要，大批科技人员和新毕业的大中专生以及技术工人调入老五院所属各单位，航天队伍急剧扩大。在这种情况下，如果没有强有力的思想政治工作，要稳定思想、稳住队伍，完成科研、试制、试验和生产任务，培养一支又红又专的科技队伍，那是难以想象的。

在老五院时期，院长刘亚楼、政委刘有光（最初还有谷景生）、副院长王秉璋（后接任院长）等领导同志，对加强党的建设和思想政治工作采取了许多重要措施。由于他们长期担任中国人民解放军的高级领导职务，直接继承了部队的光荣传统，深深懂得加强思想政治工作在发展航天事业中的作用，因而对加强政工队伍建设特别重视。在中央的支持和关怀下，从解放军各总部、各部队和军事院校调来一批高级干部担任从老五院到各分院政治工作的领导职务。如五院副政委兼政治部主任王文轩、院政治部副主任刘佩荣（后任政治部主任），院政治部组织部部长苏虹（后任政治部副主任）、宣传部部长李乘风、干部部部长林康、保卫部部长陈信（后任政治部副主任），稍后又调来曹光琳任五院副政委，鲁之洙任政治部副主任。还有一分院政委张钧、政治部主任杨亚中；二分院政委董启强、政治部主任薛伟民；三分院政委郁文、副政委严文祥、政治部主任安春华等。这些曾经在部队长期担任政治工作领导职务的同志，他们对于加强五院党的建设和思想政治工作发挥了重要作用。

这些政治工作领导干部，善于从老五院这个航天科技领域的实际出发，组织做好科技人员的思想政治工作，强调五院是科技专家和知识分子集中的地方，在工作作风和工作方法上要深入细致地开展工作。他们以身作则，要求各级政治机关和政工干部，一定要和广大科技人员交朋友，通过亲密接触、亲切交流，做科技人员的贴心人。强调老五院的思想政治工作要在保证“出成果、出人才”中发挥应有的作用。强调政工人员要经常深入基层，调查研究，了解情况，积极主动地为科学技术工作服务，为广大科技人员服务。当时有的政工人员一度对这样的要求想不通，说：“为科技工作服务我们能接受，能做到，可为科技人员服务则不好理解。”为此，刘有光政委亲自做工作。他根据聂帅的指示精神，除要求广大政工干部扎扎实实地做好本职工作外，还身体力行地表示：“我本人就是要老老实实当好科技人员的后勤部长。”由于老五院的思想政治工作从实际出发做得有声有色，受到了广大知识分子的赞扬。

许多同志记得，从建院到60年代初期，五院的中心工作是做好仿制和自行研制我国国防特别急需的导弹型号任务。当时确定的“1059”、“543”和“东风二号”等型号是全院研制工作的中心任务。刘有光政委和五院政治部领导在大小会议上强调，政治工作主要应紧紧围绕全院的科研生产任务来进行，安排一切工作、一切活动都要有利于完成全院的中心任务，有利于调动广大科技人员的积极性，有利于“出成果、出人才”。虽然五院政治部在工作内容和工作范围上有组织、宣传、干部和保卫等部门的分工，但只要是下基层了解情况，就不能只是抓自己部门的工作，而要从做好思想政治工作的整体出发，了解掌握下面特别是研究室、生产车间的第一手情况，为保证科研生产任务的完成做到“一盘棋”。要求“下去一把抓、回来再分家”。老五院政治部这样做，各分院和各研究所、设计部政治机关和政工干部也要这样做。很多下到基层“蹲点”的同志与科研人员同吃同住，因而交了不少朋友，了解掌握的情况既真实又具体，对于下面发生的一些与科研生产有关的问题，政工干部有时比业务部门反映得还快、还具体。这对于老五院时期实施正确的决策起到了很好的作用。

通过培养先进典型推动工作，也是老五院时期政治工作的一大特点。如1961年通过深入基层了解到二分院第二设计部三室主任张履谦同志在科研设计工作中表现很出色，于是，五院政治部专门组织宣传部、青年部、政工调研室等部门的同志，蹲点到三室与张履谦同志一同工作生活，掌握了很多生动具体的情况，从而写出了真实反映这位典型人物先进事迹的文章，在广大科研人员中引起强烈反响。后来，在聂帅的倡导下，老五院乃至整个国防科技系统掀起了学习张履谦同志的高潮。

老五院时期，贯彻《科技十四条》，基层研究室实行“两改”是一项带有全局性的工作。根据科技十四条精神，进一步改进工作作风和工作方法，是当时思想政治工作的一项重大变革。老五院建院之初，基层单位是研究室，编制级别定为团级，除配备相当于团级职务的主任外，还配备了政治委员，政委兼任党委（党支部）书记，对全室的工作实行领导。60年代初，聂荣臻元帅通过深入调查研究，认为这种体制需要改变，因而提出了要实行“两改”。“两改”就是把党的基层组织的领导作用改为保证作用，把原配备的政委职务改为指导员。对前一项改革，虽然有些阻力但不大，经过做工作，认识比较好统一。因为研究室的技术业务，一般由技术负责人决定，不需党组织通过决定。而对后一项改革，由于涉及到不少从部队调来的团级干部的职务安排问题，不少人一时想不通。但这项改革必须落实好。为此，老五院各级政治机关召开各种会议，统一思想认识，反复说明这两项改革的积极意义在于做好思想政治工作必须从科研单位的实际出发，必须进一步密切同科技人员的关系，改进工作作风与工作方法，调动广大科技人员的积极性。经过广泛讨论，最终在政工干部和科技人员中统一了认识，并根据不同研究室政工干部的实际情况，从工作安排和指导员配备上作了一些调整，从而较好地完成了“两改”工作。实践证明，这两项改革是成功的，在密切政工干部和科技人员的关系，改进党的工作和思想政治工作，调动广大知识分子的工作积极性方面起到了重要作用。

老五院政治部还会同院科技部等有关单位，对参加科研生产作出贡献的有功人员进行奖励晋升工作和选拔培养技术尖子以及要让技术尖子当“长”方面，做了大量调查研究与专门培训工作，使一大批年轻技术人才脱颖而出，走上了重要技术岗位，其中不少人逐渐成为航天事业的技术骨干和技术负责人，为航天事业的发展打下了坚实的基础。如1960年“1059”型号仿制成功后，院政治部干部部即参与组织了“1059”工程师的奖励晋升工作，有一百多名在完成任务中表现出色的技术员被提升为工程师，进一步调动了广大科技人员的积极性。

1965年，经党中央、国务院批准，国防部第五研究院改建为中华人民共和国第七机械工业部，因此面临“三大转变”——机构由军队建制改为国家机关和企事业单位；任务由科研（试制）改为批量生产；人员（主要是各级机关和科研人员）由军人改为国家机关干部或职工。五院党委和各级政治机关、政工人员带头开展了宣讲活动，讲转变的意义，讲集体主义精神，讲国家的需要，讲全体人员应有的思想准备和面临的光荣任务。通过宣讲、讨论，大家较快地统一了认识，做好了准备，并于这一年的6月1日，全院各级机关干部和科研人员脱下了军装，完成了这一历史性和战略性的转变任务。

总之，老五院时期的各级政治机关和广大政工干部，通过自身的努力，出色地完成了航天系统党的建设和思想政治工作所担负的各项重大任务，有力地保证了“出成果、出人才”的落实，推动了航天事业不断取得新的胜利。

（作者：原中国航天思想政治工作研究会常务理事、副秘书长）

中央领导一次亲切的接见

王陈俊

1958年8月我从抗美援朝前线回国，然后又去青海玉树地区参加平叛战役。1960年初的某一天，我突然接到通知，要我一周内到北京一个保密单位报到，报到后才知道是国防部第五研究院，我被分配在院政治部工作。

1964年5月21日至6月3日，第五研究院召开首届党代表大会，大会会场在空军招待所礼堂，代表则住在前门饭店。5月31日上午接到通知说中央领导下午要在人民大会堂接见全体代表。我当时在大会秘书处简报组工作，因此也参加了接见。

我和全体代表一样，心中有说不出的激动，大家互诉由衷的喜悦，穿着新军装，挂好领章，擦亮皮鞋，整理仪容。下午两点多钟，大家乘车去人民大会堂，到宴会厅。厅里已作好了接见准备，摆好了坐椅和顺次渐高的站凳，坐椅上贴着姓名，大北照相馆的摄影师忙碌着。大家按要求站好，静静地等待中央首长的到来。我站在后排，位置最高，可以看到厅内的一切。

过了一会儿，大概3点钟左右，我听到后面两扇电梯开门声，回头一看，只见刘少奇主席、朱德委员长从电梯里稳步走出，我惊喜地轻轻说："来了。"不知谁问："谁来了?"我答："中央首长来了。"经这么一说，大家不约而同地将头转向后方。由于站的位置前后高低不同，不一定所有人都能看见，但站在后两排高处的同志，能看得清清楚楚，大家一齐热烈鼓掌欢迎，雷鸣般的掌声响彻整个大厅。依次走出电梯的有刘少奇主席、朱德委员长、周恩来总理、邓小平总书记、董必武副主席、彭真副委员长、李富春副总理、薄一波副总理、陆定一副总理、刘伯承元帅、贺龙元帅、陈毅元帅、聂荣臻元帅等。陪同接见的还有罗瑞卿总长等。他们都穿着灰色的中山装，陈毅元帅还拄着一根手杖。中央首长们微笑着向我们招手，缓步从后面右边绕向前面，站着招手与我们见面。之后又与站在前排的同志握手，然后入座。我们个个精神抖擞，满心喜悦，那个高兴劲简直无法形容。摄影师发出口令，摄影机来回转了两次，宣布摄影完成。之后，中央首长们站起来向我们挥手告别，大厅里再次响起热烈的掌声。我们目送着首长们缓缓走出大厅，直到看不见他们的背影，掌声才慢慢静下来。

这次亲切接见，确实不同寻常，对我来说，外加一种意义，就是多年的心愿实现了。这么多中央首长，在京的所有元帅都来了，除了我党的代表大会、全国人民代表大会、全国政协会议，对一个单位来说是空前的。这充分体现了党中央、国务院、中央军委对国防部第五研究院及导弹事业的关怀、重视和支持，极大地振奋了我们自力更生、奋发图强的精神，有力地推动了我国导弹事业的发展，鞭策我们热爱国防科技事业，终身为航天事业贡献全部力量。

这次中央领导接见的合影，由于保密原因，照片只发到单位，不发个人。直到 1992 年，我才从档案馆得到一张原版的接见照片，我把它装在一个精致的镜框里珍藏起来。

中央首长亲切接见之事已过去四十多年。当时的情景，历历在目，记忆犹新。每当看到这张照片，对中央首长的尊敬和缅怀之情便油然而生。在这张合影照片中还有我熟悉的老领导、朝夕相处的老战友，他们为航天事业的崛起作出了自己的贡献。其中有的同志已经过世，我会想念和纪念他们；还健在的同志，我总是通过各种方式表达思念心情。我祝愿我们奋斗一生的航天事业。我将把这张照片留给两个女儿，作为一件珍贵的传家宝！

（作者：原 066 基地党委纪委书记）

老五院思想政治工作二三事

王剑颖

我是1961年到国防部五院工作的，一直到离休，近三十年基本没有离开政治工作岗位。刚到五院时，给曹光琳副政委当秘书，经常参加政治部的活动，后来调到政治部从事思想政治工作。近三十年的实践，我感到老五院和后来的七机部、航天部的思想政治工作，把解放军政治工作的优良传统和国防科研单位的实际结合起来，在保证科研生产和提高人员素质中发挥了积极作用，有很多好的传统是值得记忆和继承的。我印象深刻、对我工作影响最大的有这么几件事。

深入基层，到第一线、群众中去了解情况。老五院主管政治工作的领导特别重视深入基层。五院政治部有一百多人，经常有几十人在下面。记得我刚来不久，就跟随政治部的工作组到211厂去蹲点，一去就是半个多月。下去的不仅有干事，也有各部部长。1964年军队正大搞“四好连队”运动，而聂帅却指示科研单位不准搞运动。究竟怎么办？五院领导就派组织部长和宣传部长带队下去蹲点。我跟随工作组到二院第四设计部。我们几个人分别下到工程组，与科研人员同吃同住，研究如何开展“四好”工作。前后一两个月，中间几次回来汇报，最后写出书面报告，明确提出采用搞“四好”的工作形式，不搞“四好连队”运动。由于经常深入基层，深入群众，所以了解的情况及时而且具体。因此当时有些领导说，下面发生的问题，有时政治机关反映得比业务部门还快。那时分院的政委汇报工作，对第一线的科研工作情况都很熟悉，连一些工程组长的名字都叫得出来。由于各级领导、机关经常深入第一线，因而所掌握的情况比坐在办公室听汇报要及时得多，而且真实具体。据此能够有效地作出正确的决策，实施正确的领导。我想这是老五院思想政治工作能够发挥有力保障作用的重要条件，而且对于工作人员的锻炼提高也有很好的促进作用。记得我随政治部工作组到211厂蹲点那一次，当时工人的生活条件很艰苦，住房条件很差，有的老工人一家几口仅住在不到9平米的小屋里。尽管这样，他们工作起来仍然干劲十足，一丝不苟，保证了导弹试制任务的完成。

深入基层必须“一分为二”地了解掌握情况。那时工作组深入基层，经常要回来向政委和政治部领导汇报。汇报时，常常暴露出机关人员容易犯的一个通病，就是习惯于按照条条框框去套下面的实际，多是指出下面的缺点和不足。每当这时，刘有光政委就打断汇报，要求先讲下面有什么优点和经验，不要总是先看下面的缺点和不足，而且要求发现了问题要明白地告诉人家，不要先向上级报告了人家还不知道。我觉得这种要求对于机关作风建设很重要。这种要求强调了机关人员尊重基层干部的劳动，能客观地反映基层工作的实际，而且发现问题的目的是为了改正，不是仅仅汇报了就算了事。这样，基层的同志也会感到机关是为了帮助自己。所以后来我到下面调查研究结束前，总是把了解到的情况全面地向该单位领导交待，并且告诉他们我回去向领导也是这样汇报。当然其中也有一些只能向领导汇报的问题。我觉得这样做对于改善机关和基层的关系很有好处。

运用先进典型教育群众，推动工作。从老五院到七机部、航天部，都很重视宣传先进典型。1961年就在全老五院宣传二分院第二设计部三室主任张履谦倾尽全力、钻研技术、攀登科学技术高峰的先进事迹，表彰他在解决红与专、政治与技术、理论与实践、领导与群众等关系方面作出的成绩，为技术人员和技术骨干树立了榜样。1964年，聂荣臻元帅指示将张履谦的事迹在国防科研系统广泛宣传，对于推动科研人员走又红又专的道路起到了很好的作用。20世纪80年代又广泛宣传了罗健夫、黄纬禄、王振华、杨敏达以及307厂及其党委书记曹克明等个人和单位的先进典型。采取报告团、报纸、影像等多种手段，使更多的人受到了教育。老五院在宣传先进典型时特别注意事迹的真实性，防止片面和过头。宣传先进典型事迹前，都要派人到他们所在单位广泛深入地调查了解情况，认真听取各方面的意见。我就曾经带人先后在771所（罗健夫所在单位）和307厂蹲过点。

老五院思想政治工作好的传统和经验有很多，我这里提到的仅仅是只言片语，是我个人感受比较深的几件事，挂一漏万在所难免。

我觉得这些好的经验和传统在今天仍具有借鉴的意义。虽然今天的情况与过去相比已发生了很大的变化，比如政治机关没有那么多人了，不可能采用过去那种工作方法，但其基本精神还是有用的。再如由于科学技术的发展，现代化的工具代替了过去许多只能靠人力才能完成的工作，运用互联网就可以坐在办公室了解到许多方面的情况。但我仍认为，直接到基层，到第一线，和群众直接接触，依然是领导机关了解情况的最基本、最可靠的途径，也是改进机关作风所必须的。

（作者：原航天工业部政治部宣传部部长）

忆基层党组织建设的一段经历

尹开民

1960年6月，我从解放军政治学院毕业后，和路忱等7位同志被选调到国防部第五研究院工作。报到的当天，我们受到院政治部主任王文轩同志和干部部长林康同志的接见。王主任向我们讲了五院的中心任务、组织机构和人员组成等情况，希望我们将学到的理论知识结合单位实际，做好本职工作。我被分配在五院政治部组织部，组织部部长是苏虹同志。组织部下设组织、党务和青年三个组。党务组有6位同志，由我担任组长，不久成立党务科，我任科长，1965年组建七机部时，党务科改为处，我任处长。组织部的工作主要是围绕院的中心任务开展。具体说来，有如下几点。

一、发展新党员，加强和健全基层党组织

我们按照苏虹部长的布置，首先到一分院和二分院调查了解研究室党组织建设和党员分布情况。通过调查，了解到当时存在的主要问题是，研究室党员数量少和党组织不够健全以及新建的研究室没有建立党支部，或研究室虽有党支部但有的工程组还没有建立党小组或没有党员。同时，还了解到，研究室都配有政委，这些政委都是从部队选调来的团级政工干部，有丰富的部队政治工作经验，来五院后能发扬解放军政治工作的优良传统，重视党的建设和发挥党支部及党员的作用，做好思想工作，关心科技人员的生活，保证仿制和自行设计任务的完成。但有些同志在工作方式、方法上还存在不太适应科研技术单位的新特点，在工作中习惯于采取命令式的方法等，这些不足之处都亟待改进。

我记得，1960年7月，院政治部领导传达了经毛主席和中央军委批准的五院党委《关于研制任务和工作安排的意见》，主要内容是自力更生，奋发图强，急起直追，埋头苦干，高速度地发展我国的火箭技术，又红又专地发展壮大五院的科技队伍。同时，还传达了王秉璋同志（当时任常务副院长、院党委副书记）有关当前科研生产工作安排的讲话。他特别强调五院的工作重点要实现由仿制到自行设计的转变，要求各级领导深入第一线，分片包干，层层负责，加强思想政治工作，抓好基础性工作，健全党团支部，加强基层建设。

我们根据王秉璋同志的讲话精神和初步了解到的基层党组织的现状，首先把积极慎重发展新党员、健全基层党组织当作头等重要任务来抓。

发展新党员的工作，重点放在技术骨干和技术工人中，对涉及到家庭出身和个人成分等历史和社会关系方面的问题，强调主要看本人表现，要在表现好的同志中进行培养，成熟一个发展一个。为了有计划地做好发展党员的工作，从1961年开始，我们要求各分院组织处拟定每年发展党员的计划（包括培养对象、发展对象的数量等），上报下发，做到年年有计划，中间有检查，年终有总结。我们还确定一位同志分工专管这项工作。实践证明，这样做的效果很好，基层党员数量少、党组织不够健全的状况逐步有了改变。到1964年5月，老五院召开首届党代表大会时，所有研究室和试验车间都建立了党支部，大的工程组和车间班组也都建立了党小组（小的专业组也有党员）。党员人数占到基层在职人员的30%左右。这对贯彻落实党的科技工作的方针政策，做好思想工作，团结带领广大群众完成研制任务，起到了重要的保证作用。

二、建立联系点，以点带面推动党支部建设

五院政委刘有光曾讲过，五院政治部行使的是大军区级政治部的权力，但我们要采取团政治处的工作方法，要经常下研究室了解情况，指导帮助工作。刘有光政委要求政治部成员每年要有2/3的时间深入基层。据此，我们在二院一部一室和一院三部一室开展了联系党支部的工作。这两个室分别承担着导弹控制系统和导弹发动机设计试制的任务。当时我们经常联系的是二院一部一室

党支部，该室政委（党支部书记）是张树培同志，室主任为陈德仁同志（后来为中国工程院院士，2007 年病逝），还有两位技术副主任，一位行政副主任。下设方案、迴路、模拟三个工程组，各工程组都有党小组。那时的研究室党支部对全室各项工作起领导作用（但对技术业务工作的领导则采取较为超然的做法）。室党支部对中央的精神和上级党委的决定，都能认真贯彻执行，特别是在 1960 年 8 月苏联决定撤销援助、撤走专家后，五院党委决定要实现两个转变，即由“自力更生为主，力争外援为辅”到“自力更生、发奋图强”的转变，由“仿制学习为主”到“自行设计为主”的转变。同时强调要缩短战线，保证重点，加强思想政治工作，充分发挥科技人员的自主攻关作用。当时党支部都较好地领导和保证了这些任务的完成。令人难忘的是，我参加并聆听了聂帅在宴请五院九级以上工程技术专家座谈会上的重要讲话。他着重讲了党中央和毛主席以及中央军委对五院的事业很重视，希望大家尽快地把我们自己的导弹搞出来，一定要尽快建立强大的导弹技术基础和研制队伍。他还强调完成导弹研制任务一定要依靠自己的力量。他语重心长地说五院是个最机密的单位，党把大家放在这个岗位上，就是对各位的最大信任，五院就是大家的家，五院的工作就是大家的终身事业，希望同志们下定决心在这个岗位干上一辈子，为我国的国防事业献出自己的一生。聂帅还勉励大家要做一个高尚、全心全意为人民服务，朝气蓬勃的红色专家。

张树培政委认真及时地向党员和全室科技人员做了传达，并组织大家学习讨论，全室同志深受鼓舞，一致表示，一定要努力学习，钻研技术业务，做好本职工作，把控制系统的设计任务完成好，早日把自行设计研制的导弹搞出来。张树培同志还利用星期六下午党团员活动的时间，认真组织选学毛主席著作《为人民服务》、《纪念白求恩》和刘少奇同志的《论共产党员修养》，树立共产主义的理想和为人民服务的思想。组织室领导认真学习《矛盾论》和《实践论》，端正自己的思想方法，提高自己的领导水平。该室党支部坚持每月过一次组织生活，每位党员都要汇报自己的学习和工作情况，进行批评和自我批评，同时强调要做好群众工作。由于党支部重视对党员的管理教育，党员在钻研技术业务、完成设计工作方面都能发挥模范带头作用。在党员的带动下，全室科技人员学习钻研技术业务的热情很高，涌现出不少积极分子，许多人后来成为了技术骨干。当时，二分院政治部曾召开基层党支部书记会议，对该室党支部工作的经验作了介绍推广。

三、贯彻《科技工作十四条》，落实“两改”

1962年上半年，根据“科技工作十四条”和聂帅的讲话精神以及总政治部的决定，五院对研究室实施了两项主要改革，即研究室党支部由领导作用改为保证作用，研究室政委改为政治指导员。这两项改革在党政干部中反映强烈。当时有些同志一时想不通，误认为这是“削弱党的领导和思想政治工作”，也有的同志提出这样那样的问题，如“研究室党支部与团支部是什么关系？对团支部还要不要领导？”“本来技术工作就是技术领导干部说了算，党支部只是讨论政治工作和行政管理工作如何配合保证完成任务，没有必要改”等。为了统一思想认识，落实“两改”，五院召开了全院政治工作会议，王秉璋同志就“两改”的必要性作了讲话。他强调一定要按照中央和国防科委以及聂帅的要求，做好这项工作。同时，五院和分院两级领导还多次研究，做了大量思想工作，并且对研究室的政工干部进行了适当的调整，对团级室政委做了适当的安排，配备一些营级政工干部担任室指导员。根据《科技工作十四条》和聂帅有关指示精神以及基层支部的实际情况，五院政治部、组织部起草了《改进研究室党支部工作意见》，重点落实“一做好，两保证”，即党支部要认真做好思想政治工作，要保证党的方针政策的贯彻执行，保证出成果出人才。经广泛征求意见和修改之后，由五院政治部下发试行。从此研究室党支部不再讨论技术工作，而是集中精神做好思想政治工作。这样一来既充分调动了科技人员的积极性，加强了技术责任制，也有利于畅通技术指挥线和建立健全设计师制度。后来在《国防部第五研究院暂行工作条例》、《研究室党支部工作试行方案》中对研究室党支部的地位和作用又进一步作出了具体规定，从而使党支部工作更加适合科研单位的特点，这对基层党支部集中精力做好党的组织建设和思想政治工作，起到了重要的推动作用。

四、参加联合工作组，保证“东二”研制任务顺利进行

为了贯彻落实《科技工作十四条》和聂帅的有关重要讲话，理顺思想政治工作与科技工作以及行政管理工作的关系，使之相互密切协调配合，保证“东风二号”研制任务的顺利进行，经五院领导决定，由院政治部和科技部、院务部抽调干部组成联合工作组，到二院一部（后改为一院十二所）蹲点指导帮助工作。工作组由院政治部陈信副主任带队，成员有曾迎球、陶家渠、杨林生和我。陈信同志有事不在时由我负责。二院一部是承担“东二”控制系统主要任务的单位，研制任务正处在关键阶段，我们把重点放在了第一研究室，因为该室负责控制系统的总体设计任务。室主任陈德仁同志主要精力抓技术业务，技术问题由他和另外两位技术副主任研究处理。新任指导员（党支部书记）马士斌同志主要负责思想工作，并与行政副主任一起做好生活保障工作。经过室内三个工程组的密切协作，终于攻克了技术关键，克服了困难，一丝不苟按时保质地完成了控制系统的研制任务。由于各工程组设计试制工作任务紧张，我们工作组的同志就帮他们跑协作，为他们做些生活服务工作。

当“东风二号”第一枚导弹首次试射失败后，许多同志感到压力很大，广大科技人员更感到心情沉重。聂帅及时指示：“既然是试验，就有失败的可能，吃一堑长一智，要认真查找原因，总结经验，以利再战。”王秉璋同志根据聂帅的指示，主持召开院党委会，专门研究如何针对这次试射失败的结果，分析各系统的工作现状，并确定这项工作要以总设计师系统为主进行。要求政治工作深入到技术工作中去，做到实事求是，畅所欲言，找出原因，继续前进。我们工作组的同志参加了由技术领导黄纬禄同志和梁思礼同志主持召开的控制系统设计的分析会议。陈信同志传达了聂帅和五院党委关于总结经验、分析原因的指示精神，他还特别强调对试射结果要认真分析原因，首先是从本系统分析，不追究个人责任，希望大家打消顾虑，实事求是，畅所欲言，找出原因和提出解决的办法。经过全体科技人员的努力，最终找出“东风二号”首次试射失败的原因，据此提出了由总体设计部修改设计，提供数据给控制系

统，完善设计和保证稳定飞行等要求，从而使科技人员放下包袱，轻装前进，从中受到教育，增强了继续前进的动力。在新研制的东风二号导弹进行全弹试车时，梁思礼同志还邀请我们一起观看。导弹各系统、各部件在全程大推力强烈振动的条件下，经受住了可靠性检验，取得了试验的成功。

1964 年 6 月 29 日，我国自行研制的东风二号中近程导弹发射成功。这是继“1059”近程导弹上天后，我国从仿制到自主研制迈开的重要一步。全院人员受到极大鼓舞，进一步增强了为发展国防尖端科技事业的光荣感和责任感。

（作者：原中国空间技术研究院党委纪委书记）

难忘的一段往事

李进贤

1960年国防部第五研究院处于大发展时期。从全国各大专院校和国外回国的留学生中选调了一大批人员以加强科技力量，同时从军队抽调一批军政干部充实行政管理和思想政治工作。我就是在这个时候由长春解放军第二政治干部学校学习结业，被调到五院政治部任政治协理员。

当时政治部分秘书处、组织部、宣传部、干部部和保卫部，约60多人，王文轩任主任，刘佩荣任副主任。各部部长和工作人员配备较强，许多都是校以上军官，所以，全院政治思想工作开展起来很得力。

当时，国内正处在三年困难时期，各种物资短缺，人民生活困难。国际上，欧美等西方国家一直对我国实行封锁。中苏关系破裂，苏联撕毁协议，撤走专家。在这困难情况下，所有五院的同志都憋着一股劲，坚持自力更生、奋发图强。为了调动广大群众的积极性，力争早日拿出我们自己的尖端武器，政治部的同志在各部领导的带领下，不断深入基层，宣传艰苦奋斗的思想，帮助群众解决工作和生活上的困难。

那时很多基层单位，特别是研究所的办公大楼，每天彻夜灯火通明，多数科技人员总是在领导同志的劝说、催促下才回宿舍休息，这充分体现了他们为早出科研成果的拼搏精神。

聂荣臻元帅对五院同志的工作严格要求，对生活无微不至的关怀。为了保证科技人员的身体健康，特别从各大军区抽调部分大豆和鱼等副食品支援五院，人们将它们称之为“科技豆”、“科技鱼”。广大政工人员坚决贯彻聂帅指示，自觉不拿、不吃“科技豆”、“科技鱼”，全部让给科技人员食用，保证他们的身体健康。

为了适应五院事业的大发展，各类人员迅速增加，虽然他们来自四面八方，互不熟悉，但大家团结一致，一心一意干工作。这个良好局面，靠的就是一个信念：早日把我们自己的导弹搞出来。1960 年 11 月 5 日，我国仿制的“1059”导弹发射成功。1964 年 6 月，我国自行研制的中近程弹道导弹发射成功。就这样，五院走出了一条全靠自力更生搞出导弹的路子来。这条路对以后我国航天事业发展起到了坚实的奠基作用。

1965 年以五院为基础，组建第七机械工业部（以下简称七机部）。五院原是一个研究为主的机构，生产能力不足。为了加快发展，1965 年中央军委、国务院决定，五院集体转业，由军队序列改变为国务院序列，由五院改成七机部。这是五院的一次大变革。要脱军装了，由军队调来的同志长期在军队工作，对军队很有感情，又听说工资也要减少，思想有些想不通。同时，由大专院校分配来研究机构工作的同志也觉得穿军装光荣，有一种荣誉感。总之，许多人都不愿意脱军装。为了做好转业和组建七机部的工作，五院政治委员刘有光同志亲自到政治部搞试点，首先解决政治部同志的思想问题。他说：“转业组建国务院一个部，入阁了，怎么不好！我们要从大局出发，树立全局观念。要认识到转业是党的需要，是国防建设的需要。”刘政委讲话之后，我协助政治部领导组织全体同志学习讨论了两三天，解决了同志们的思想问题。在政治部试点完了之后，又组织政治部同志下到基层宣传这项改革，帮助基层单位工作。在各级领导和政工干部的努力下，转业工作和组建七机部的工作进行得都很顺利。

我离休快二十年了。近二十年来我亲眼目睹了我国航天事业的进步，特别是近几年的飞速发展，“神五”、“神六”发射成功，“嫦娥一号”圆满完成任务，“神七”升空，航天员首次胜利出舱。这些都充分反映了我国综合国力的强大，提高了我国的国际威望。相信我国航天事业的明天一定会更加兴旺，更加辉煌。

（作者：原航天工业部政治部组织部副部长）

上好社会实践这一课

王学臣

1964年初冬，一列载着一千多名青年的军用列车，迎着塞北的寒风向西北方向奔驰。这是国防部第五研究院当年接收的大中专毕业生，去参加张家口地区社会实践活动。我是当时由五院派出的总队的工作人员，亲身经历了这一段实践活动。

1964年6月8日，毛主席在中央常委会上讲话提出“三门”（即指出家门进校门，出校门进机关门）不能很好地培养干部。五院党委遵照毛主席的指示，决定组织刚分配来五院工作的大中专毕业生到社会参加实践活动，提高他们的政治觉悟和思想水平。恰逢全国广大农村开展“社会主义教育运动”，到农村去参加社会实践，接受锻炼，是个很好的机会。张家口专区农村是第一批开展“社教”的地区，距离北京又近，于是，选择把张家口专区作为五院年轻毕业生社会实践的场所。

五院各单位在1964年接收大中专毕业生一千多人，1965年接收二千多人。社会实践地区明确后，分院和研究所、试验站都进行了精心组织和动员，并选派得力干部带队，五院选派了总负责人，配备了工作人员和医生。

第一批毕业生参加“社教”试点是在怀安县，第二批分别在怀来县、宣化区、涿鹿县、蔚县。到达“社教”县后，首先进行培训和编队。我们五院的人和地方工作队干部及炮兵学院参加社教的干部混合编队，按开展运动的生产大队编排工作组，地方干部任工作组组长。培训内容有：中共中央发布的《关于厉行增产节约和反对贪污盗窃、反对投机倒把、反对铺张浪费、反对分散主义、反对官僚主义运动的指示》，《关于目前农村工作中若干问题的决定（草案）》（简称《前十条》），《关于农村社会主义教育运动中一些具体政策

（草案）》（即《后十条》），《关于一个大队的社会主义教育运动的经验总结》（简称“桃园经验”）。后来又学习了《农村社会主义教育运动中目前提出的一些问题》（简称《二十三条》）等文件。工作组组成后，还由地方干部介绍了将要进驻的生产队的社情民情及生产队的干部情况，并明确了纪律要求。

张家口地区是我国比较贫困的地区之一，土地贫瘠，雨水少，交通不便，文化落后。很多山区人没有到过县城，没看过电影，没见过汽车。工作组进村后，同社员“三同”（同吃、同住、同劳动）。吃饭采取派饭方式，轮流到不同的社员家吃饭，一家吃一天到两天，付饭钱和粮票。社员非常热情，都设法改善伙食。由于条件限制，玉米面、油麦面制做的主食是好饭，吃的最多的是高粱米饭、带壳的黍子面糕，菜以腌咸菜为主，炒土豆丝、萝卜丝算是好菜。对城市来的人来说，最难吃的要属毛糕。这种带谷壳做的黏糕，吃起来刺的嗓子痛，而且不好消化，加上没有什么“油水”，患便秘、生痔疮的人很多。住处是社员腾出来的房子，多数房子年久失修，四面透风，几个人挤在一个炕上，臭虫、虱子咬的大家浑身刺痒，睡不好觉。冬天风吹窗纸响，冷风从墙缝往屋里钻，毛巾冻得梆梆硬。夏天空气干燥，热得似火烤，能遮阳的树几乎见不到。平日，同社员一起，起早摸黑，积肥、下地干农活。皮肤晒黑了，手脚冻裂了，手磨出了一层厚厚老茧。面对这样的艰苦生活环境，大家没有叫苦、没有退却、没有被困难吓倒，决心上好社会实践这一课。

通过这次社会实践，磨练了意志，了解了社会，增进了同农民的感情。在半年多的活动中，没有一个逃兵，绝大多数人善始善终地完成了社会实践这一课。有的单位还力所能及地帮助农村进行农田基本建设。比如，五院机关帮助宣化区上八里大队建成了大口井，引水上山，解决了当地山坡地灌田用水。

五院参加社会实践的年轻人，从“社教”中学到了课本上没有的东西，对农村面貌有了更深刻的了解，对农村建设的迫切性和长期性有了更理性的认识。他们对农民困苦深感同情，农民勤劳、刻苦、朴实的品德给他们留下了深刻的印象，并同农村干部和社员结下了友谊。工作组撤出后，很长时间许多人与当地农民仍然保持着联系。参加社会实践这段经历终生难忘，它影响着我们每个人的成长。

（作者：原航天供销总公司党委书记）

拨乱反正迎来航天事业发展新的春天

吕若平

在“文革”那个非常年代，第七机械工业部是个长期动乱不止的老大难单位。周恩来总理几十次出面、开会也未彻底解决问题，其根本原因是江青反革命集团插手，严重影响了航天科研生产的进程。

1976年“四人帮”被粉碎四个月后，为消除派性，恢复科研生产秩序，当时的中央领导同志下决心整顿七机部。党中央、国务院、中央军委从部队和北京、河北、山东、山西等省市抽调县（团）级以上领导干部380余名，组成中央工作队，分别进驻七机部部直机关和一、二、五院进行拨乱反正、落实党的政策，整顿各级领导班子。经过 年两个月的艰苦工作，恢复了科研生产秩序，全部上下出现了团结奋进的新局面。作为当时的中央工作队成员，我担任部直工作队秘书长，直接参与了这项重要任务。

一、服从命令，进驻七机部开展工作

1977年1月，我任解放军通信兵司令部政治处主任，有一天接到上级命令，调我参加中央派驻七机部工作队，军人以服从命令为天职，我愉快地接受了任务。2月13日，我与被抽调的其他同志到北京西山北京军区招待所报到。

来到报到处，接待我们的是王安国同志（原七机部干部部处长），下午两点在二楼大会议室开会，全体工作队员及七机部有关干部参加，会议由七机部副部长王星同志主持。他首先传达了中央批准的1月27日七机部党组写的《关于迅速解决七机部问题的报告》，接着宣布了工作队人员组成名单。他说：

“工作队共382人，来自9个大单位，编成4个队，即部直队，队长贺伯升（通信兵后勤部政委）；一院队，队长王纯（北京市副市长）；二院队，队长段毅（山东省副省长）；五院队，队长李锋（河北省副省长），下设若干个小组。七机部党的核心小组组长汪洋同志和四个队的队长组成领导集体，由汪洋同志牵头，统一领导工作队的工作。”

会上，汪洋同志简要说明了当前七机部的严重情况，并介绍了粉碎“四人帮”之后，党中央对七机部的关心和急迫的心情，中央派工作队就是对七机部的巨大支持和帮助，他热烈欢迎和感谢大家对这项艰巨任务的支持。他指出，七机部是国家重要尖端部门，从小到大都是在毛主席、周总理的关怀与支持下发展起来的。“文革”以来，七机部变成一个有名的老大难单位，是林彪、“四人帮”不断插手破坏，把思想、科研生产秩序都搞乱了。中央这次采取果断措施，派工作队进驻，就是解决问题的决定性措施，相信通过工作队同志们的努力，一定会尽快扭转当前的不利局面。

会后，我们部直工作队又分别听取了部直有关同志的介绍。在严峻的形势面前，我深深感到中央领导同志特别是我们敬爱的周总理对七机部的关心和关怀，可以说费尽了苦心。

国家如此重要的部门被“四人帮”搞得如此混乱，使人震惊，我们工作队的同志深深感到责任重大。部机关是全部的“龙头”，尖端武器的研制生产、卫星上天都要靠它运筹规划、计划调度，当前局面必须迅速彻底的扭转。

1977年3月7日，进驻当天在首都体育馆召开了欢迎工作队的万人大会，在京单位都派人参加了会议。会上传达了中央领导同志的指示，介绍了中央工作队的任务与人员组成。这个大会声势浩大，对广大群众是个鼓舞。

3月8日，各工作队正式进点，部直工作队38人，进驻后稍加准备，下午便召开了干部职工大会，工作队员与群众见面，传达了中央领导的指示精神，说明工作队来意和任务，号召全体干部职工积极行动起来，参加揭、批、查活动。从9日起，工作队员深入到各单位充分动员，领导群众进行揭批“四人帮”的罪行。

二、划清界限，整顿党的组织，为群众撑腰

工作队进点后不久，宣布了一条重要政策，即宣布各单位领导班子中的“双突”干部（突击入党、突击提干），一律回原岗位，本人所享受的政治待遇、物质待遇一律作废。突击入党的人停止过党的生活，在未来的整党过程中，经过党员评议，够党员条件的留在党内，不够条件的一律除名。

这项政策公布之后，广大职工热烈拥护，揭批“四人帮”的积极性一下子被激发出来，预计两三个月完成的任务一个多月就完成了。

清查工作是艰巨、复杂的，斗争是激烈的。“四人帮”在七机部的党羽舒龙山，1977 年 1 月 9 日潜逃，转入地下活动，暗地里指挥他的“亲信”抵制揭批“四人帮”罪行，同工作队对抗，散布反动言论，扰乱人心。在这关键时刻，经报请中央同意，由公安机关将舒龙山通缉并捉拿归案，宣布他的性质属于敌我矛盾，号召所有干部职工特别是那些知情人员要划清界限，揭露其罪行。

工作队针对上述情况，一方面，发动干部群众进行“三大讲”活动（大讲“四人帮”对国家的危害，大讲“四人帮”对本单位的危害，大讲“四人帮”对自己的危害），进一步提高认识。另一方面，经过认真、细致的核实材料，对不同情况进行分析，采取灵活的处理方式，划清触犯刑律的和党内犯错误的，对于那些说错话、办错事的人，只要讲清楚了，群众谅解了，予以解脱。通过进一步整顿党的组织，把颠倒的是非扳正过来，把颠倒的党风纠正过来。

三、正本清源，为科研生产创造良好的工作环境

建设好各级领导班子是工作队的最终目的，前边所做的工作都要落实到班子建设上。1977 年 10 月，汪洋同志因工作需要调离七机部，宋任穷同志调来任新的部长。宋部长是我党德高望重的老干部，非常懂得干部工作的重要性。他上任伊始就紧抓干部队伍建设，抓各级领导班子配备，他多次同我们工作队

员开会，多次强调领导班子建设的重要意义，一定要作为头等大事来抓。

“四人帮”为了篡党夺权，在“文革”中，大肆污蔑原来的领导干部，陷害打击老同志，他们利用“清查组”、“大批判组”、“配班子组”、“发展党员督促检查组”、“会战指挥部”等临时机构，篡夺了领导机关大部分职权。对这样一些临时机构，我们果断地宣布解散，其任务原本属机关司局的交返有关司局，其人员原来是机关的回原单位，从下边调来的先集中学习一段后返回原单位工作。

落实老干部政策是工作队面临的一项特别重要的工作，在中央的支持下，对因反对“四人帮”而受迫害的老同志彻底平反；对多年“靠边站”不予结论的人做出正确结论；对结论有错误的同志坚决把错误部分纠正过来；原历史结论是正确的，而在“四人帮”横行时被推翻的人和事重新恢复过来。特别是在“文革”期间被打成什么“俱乐部”，什么“小集团”等诬蔑不实之词，坚决地给以“一风吹”。很快，部直机关的干部问题解决了，如何配好领导班子成为工作队下一步工作的当务之急。配领导班子工作是先从部机关各司局、后直属单位的顺序展开的。遵照宋部长的要求，我们将机关各司局处以上领导干部列出一个长长的名单，逐个研究，逐个排队，对于每个人的政治态度、道德品质、工作能力，并结合一年来在揭批“四人帮”活动中的表现，详细分析，反复考虑，大约用了一个月的时间，提出了一个干部配备方案，并呈报部党组审定。当我们把机关及直属各单位领导班子配备完成时，已是 1977 年的年底了。

新的一年，七机部的各级领导和工作秩序步入了正轨，科研生产和业务工作也顺利开展，全部上下干部职工的精神面貌也发生了巨大变化，人心安定，团结奋进，科研生产秩序全面恢复，许多型号任务开工、上马，科研人员也迸发出少有的工作热情，积极地投入到中央交给的“三抓”任务之中。

四、完成使命，中央领导同志给予高度赞扬

1978 年 3 月 8 日，是工作队进驻七机部一周年的日子。四个工作队长向宋任穷部长建议，结束工作队的使命。几天后，以国防科委、北京市委和七机部

党组三家名义联合（当时，曾一度把一、二、五院党的关系交北京市管理）向党中央写了报告，说明进驻七机部的中央工作队任务已经完成，建议工作队撤出七机部。4 月 5 日，当时任党中央主席的华国锋批示：“中央派驻七机部的工作队，一年来依靠本单位的干部、群众做了很多工作，使这个老大难单位改变了面貌，初见成效。在工作队撤出时请原来主持派出的中央领导同志同他们见面，加以表扬鼓励。并希望七机部再接再厉，为发展国防尖端武器作出更大成绩。”之后，华国锋、叶剑英、李先念等中央领导同志，还在人民大会堂接见了中央工作队全体同志，并合影留念。

4 月 10 日下午，在北京西黄城根 9 号院会议室，纪登奎、陈锡联、陈永贵、吴德等领导同志接见了工作队的领导成员并进行了座谈，我也在被邀请之列。座谈过程中，始终充满着欢乐、愉快的气氛，特别是纪登奎非常高兴。他说：“去年送你们进驻七机部的时候，我们十分担心，能不能很快把这个老大难单位扭转过来，现在看来，我们这个担心是多余的了。”4 月 11 日，在北京展览馆剧场召开了欢送中央工作队大会。4 月 12 日，我们部直工作队全体队员，在部直干部职工群众的夹道欢送中，缓缓走出了七机部大院的北大门。中央工作队肩负着党中央重托而来，一年后，带着完成任务的喜悦而归，我作为一名队员感到十分欣慰，同时感到能为国家航天事业贡献一点力量十分荣耀与自豪。

（作者：原七机部政治部副主任、机关党委书记）

三上秦岭

董修敏

1979年至1981年间，我三上秦岭。因为在秦岭深处有我们的067基地，它是我们航天系统三线基地之一。

1979年春，我和田宪琴、智峥同志第一次到067基地。此行目的明确，就是要把165站的先进事迹，拍成一部新闻报道式的电影纪录片。我们到基地指挥部放下行装，说明来意后就进入了165站。虽然我们预先看过他们的先进事迹材料，但仍觉得还需实地察看和体验，以使我们对他们的认识更丰富、更生动，而且更亲切。我们首先访问了站党委书记马迎春，他向我们介绍了站里的情况。接着，我们访问了党委其他主要成员和一些技术人员、工人，甚至家属。从他们简单朴素的话语中，我们感到该站所有人员那种英雄群体的浓郁芳馥的气味仿佛迎面扑来。尤其是站党委能成为站的核心和带头人，是他们用自己的模范行为打造出来的。遇大事由集体决定，日常工作各负其责。马书记说：“我们这一班人很合得来，工作起来很顺手。”党委一班人领导大家一心一意将身心扑在科研试验上。上上下下的团结协作用“铁板一块”来形容也不为过。

这段时间中，正好有发动机的试车任务，我们参观了试车前的准备工作，试车时的忙碌和试车后的清理维修，都是那么紧张有序。试验人员说：“试车任务一来，工作一忙，别的事全忘了。”是的，他们忘记了工作上的艰苦，忘记了生活中的困难。

站党委这个班子也是生活中的带头人。他们住的房子是临时建的，质量很差，类似城里的贫民窝棚，“夏天热，冬天冷，不遮雨，不挡风，苍蝇蚊子闹哄哄”。这里的主副食采购运输也很困难，汽车出去拉一趟食物回来吃几天，也没有什么选择，更讲不得口味爱好了。

即使在这样的条件下，全站人个个都是好汉。我们深受感动和激励，编写、拍摄一鼓作气，拍成了 15 分钟的《山花》新闻片。他们个个是开放在秦岭上的山花，是风吹雨打也决不凋萎的山野之花。

1980 年夏秋之间，秦岭发生了大水灾。我第二次去 067 基地。灾情发生 10 多天后，我与樊长江等人奉部领导之命，去基地了解和宣传好人好事。可当我们到达陕西宝鸡市，铁路却被洪水冲断，我们再不能前行了。部救灾办事处派汽车将我们送到地处红花铺的 165 厂。这个厂没有受灾，我们还要往前走。汽车到 5 公里远的黄牛铺，便进入灾区，20 公里的路程，我们下了汽车，沿着铁路线走，一脚水一脚泥，过隧洞时要在黑暗中摸着墙壁当向导。经过一座铁路桥是踏着枕木渡过的，桥身有一段已经被洪水冲垮了，而洪水仍在继续冲击着剩余的桥身。067 总部和所属 3 个厂所的对外联络运输基本中断。我们一路走来都感觉又苦又累，067 基地的人们在这一时期的工作和生活景况自然可想而知。

从 067 指挥部出来又是步行，处于山窝里 3 个单位唯一的一条通外的汽车路 80% 以上被洪水冲毁，不用说走汽车，连自行车都不能骑了。我们首先进入 103 厂。一进厂便见厂区内一片狼藉。职工们正忙着清理车间内外的杂物，一棵树干直径约 30 多厘米的核桃树连根带干从窗口撞破玻璃插入车间，树冠因太大而被窗框挡住留在外边。因树太大，职工们只好将它锯断分解才拖出车间。车间里的泥水积有 1 米多厚，几乎所有的工作间都是如此。职工们在清理完车间大片的树枝杂草乱石泥水之后靠近机床，用手和抹布一点一点地将机床上的泥水抠出来，为的是不损伤机床。有人看到机床受损心疼得哭了。有人干活太猛受了伤，轻伤重伤都有，泪水、汗水、血水流在一起，工人苦笑着戏谑自己："人家打墙三合土，我们干活三合水。"此时此刻已没有正常上下班，大家都在昼夜奋战，争分夺秒。

在建设基地之初有一条顺口溜式的原则叫"先治坡，后治窝"，就是说要先建好厂房，后考虑住房。所以，在这次水灾中厂房没有倒塌的，住房却很惨。临建窝棚式的住房全部漏雨，到处积水，有些已经倒塌。大家无处住，就只好暂时移住办公室避难。大家忍受了生活上的困难，奋起与老天抗争，为的是尽快消除水灾造成的创伤，早日恢复生产。

在水灾中，11 所不仅损失了财物，还牺牲了两位同志。所里一位负责行政管理的领导干部，在山洪暴发时指挥大家抢运物资，不料洪水将他踩踏的地面掏空，他瞬时跌进洪水顺流而下，再也没有起来。另一位车间负责同志，在夜间冒雨疏通水沟，竟被山洪卷走。他们牺牲了，但却给活着的人留下了宝贵的精神和力量。

1981年8月，秦岭山洪又一次暴发，这一次主要受灾单位是067基地的7171厂。我第三次赴067基地，为“三抓”任务之一的“巨浪一号”陀螺平台的总装做促进工作。

7171厂地处秦岭腹地的一条山沟里。传说这里叫“回马岭”，唐僧取经回国走到这山沟尽头被高山挡住，只好返回另寻出路。唐僧师徒这样有能耐的神仙中人都对它无可奈何，7171厂的人在这里工作和生活能不困难吗，加上水灾，就成了天大的困难。

水灾后7171厂通向外边的主路毁损严重，汽车已无法通行，人走也很艰难。据说组装陀螺平台的零组件还是由人抱着爬山越岭运进厂的。我们从067指挥部进厂，显然不可能从主路走，只能乘吉普车轧着冰雪，既不敢开快，也不敢停住，三拐两转好不容易进了厂。我在路上想，就这样的环境条件，吃用都成了大问题，他们将是怎样的一种状态。然而当我们走进厂区，留给我们的第一印象却是这里很安静，工作和生活井然有序，好像这里并没有发生过水灾，或水灾早已过去。但实际上，7171厂的物资损失了不少，建在河滩上的一个物资仓库被水冲走，粮菜购运都很困难。在总装车间，工人们在车间工作很紧张，但表情却很安详，静悄悄的，偶而有相互间工作中的低声问答，或悄悄议论。工人们的手像粘在了产品上，眼睛紧盯着产品。从他们身上，可以真正体会到什么叫聚精会神搞科研，什么叫科研生产任务高于一切。除了厂领导和招待所服务员向我们讲过灾情，车间工人没有一人向我们讲过。他们已顾不上这些，两个月，他们完成了总装任务，才松了口气。

067基地的同志们在艰苦的环境和条件下，长期建设三线，坚持科研生产，踏踏实实地完成一个又一个科研生产任务，为航天事业作出了巨大贡献，这种精神是很了不起的。老实说，他们有勇气一脚踏进三线，本身就很伟大，就是英雄行为。三次上秦岭令我永远难忘。

（作者：原航天档案馆主任）

从事老干部工作10年

李永平

航天部老干部局成立于1982年6月6日，当时是由政治部干部部的老干部处改制为局，开始时叫老干部办公室，后改为老干部局，下设3个处，工作人员11人，直接管理、服务部机关老干部60多人，对院、局、基地、直属厂所老干部机构筹建和对离休干部管理服务工作进行指导。

我是随当时机构改制和高玉田、张炳华、潘中权、薛国华5人一同到老干部局工作的，高玉田、史庚午任副局长。1982年7月，我任处长并负责航天系统老干部工作的宏观管理，从事老干部工作整10年，尽管离开工作岗位已经15年了，但回忆起从事老干部工作的日日夜夜，至今还记忆犹新。

1982年，航天系统建国前参加革命的老干部有5770人，其中不少同志因年老体弱不能担负繁重的工作。为了实行干部制度改革，进行新老干部适当交替，废除领导干部终身制，根据1982年2月20日中发［1982］13号《中共中央关于建立老干部退休制度的决定》中关于“为了统筹解决老干部离退休方面的问题，各级党委的组织部门应建立健全老干部机构，专司其事”的精神，我部于1983年7月27日，以航老字第0995号文下发了《航天工业部贯彻执行中央、国务院关于老干部离职休养规定的实施细则》，要求各院、局、基地及直属厂所建立老干部处（科），设立老干部活动场所。做到组织机构落实，工作人员落实，这是做好老干部工作的组织保证。

据1992年统计，航天系统老干部工作机构130个处（科），工作人员400多人，老干部活动站（室）152个，全系统共有离退休干部7857人，其中离休干部5349人，退休干部2508人。此时老干部局下设5个处，工作人员达22

人，管理服务部机关的老同志160多人，设有离退休干部活动站，使老同志离退休后有个学习娱乐的好去处。当初还请张爱萍同志为“航天部老干部活动站”书写了站牌名。

为了贯彻好中发［1982］13号文件关于“老干部离退休以后，一定要很好地安排照顾，基本政治待遇不变，生活待遇还要略为从优，并注意很好地发挥他们的作用，这应当成为我们党和国家的坚定不移的政策原则之一”的精神，部里还专门下发文件，要求各单位都要有一名领导分管老干部工作。党委要把老干部工作列入重要的议事日程，定期研究老干部工作中的问题，同时要求老干部离休以后主要任务是健康长寿，保持革命晚节，继续写好自己的光荣历史。

航天部于1984年、1987年召开了两次老干部工作会议，总结交流了老干部工作经验，表彰了航天部老干部工作先进单位31个、先进个人48名和老干部先进个人39名，进一步促进了老干部工作的开展，为“老有所为、老有所学、老有所乐”创造了有利条件。不少有条件的单位，为发挥老干部的作用，坚持自愿和量力而行的原则，在政策规定的范围内，开展创收活动，补充老干部活动经费之不足，在京区老干部工作座谈会上曾推广了211厂组织老干部进行生产自助的经验。

1988年，我部评出“老有所为精英奖”6人和“敬老好儿女金榜奖”4人，我们是严格按照全国“两奖”评选条件进行评审，及时推荐给全国“两奖”评选委员会均获批准和表彰。通过开展此项评比活动，进一步推动了我部尊老敬老工作的开展，更好地发扬了中华民族的优良传统。

老干部工作是党的干部工作一个重要组成部分。老干部机构建立初期的工作人员主要从干部部门和对老干部有感情、热爱老干部工作的同志调入各级老干部部门的。他们认真学习贯彻中央、国务院有关老干部工作方针、政策，热情为老干部服务，认真抓好老同志“两个待遇”的落实，建立老干部学习、娱乐场所等，为老干部工作作出了自己应有的贡献。航天部老干部活动站在当时来说，设备条件比较好，曾受到中央组织部的表扬，并推荐为国家各部委学习的样板，各部委老干部局纷纷组织工作人员来参观学习，航天部老干部活动站受到了参观者的一致好评。

经验充分证明，做好老干部工作离不开各级领导的重视和机关各部门的支持，实际上老干部工作是人事干部工作的延续，尤其是人事、组织、行政等部门主动参与共同做好老干部工作有着不可替代的作用。

（作者：原航天工业部老干局副局级巡视员）

故地重游忆当年

吕若平

2005年9月，我参加离退休干部工作部组织的参观团，到酒泉卫星发射中心参观。9月20日，乘飞机到达发射中心14号机场，入住航天员居住过的“问天阁”。第二天天刚亮就到2号发射阵地观看导弹发射试验，一声巨响，发射获得圆满成功。

酒泉卫星发射中心原是一片荒无人烟的戈壁滩，如今已变成一座漂亮的航天城。这里的一景一物，我既熟悉又陌生，不由回想起47年前我同战友们在这里艰苦战斗的难忘岁月。

一、加快导弹靶场的工程建设

1958年3月，我所在的志愿军19兵团司令部，从朝鲜战场回到北京。不久，19兵团司令部改编为特种工程指挥部（代号为7169部队），开赴大西北建设导弹靶场。5月15日由北京出发奔赴甘肃酒泉，然后乘卡车向北进发，过金塔、穿沙漠，太阳西下时才到达目的地——内蒙古额济纳旗。

当时军委要求加快导弹靶场的工程建设，一切为了争时间，抢速度，尽快保证导弹试验。为此，军委迅速调来大批施工部队，各方面的人员大约10万人。国家有关部委成立对口管理机构或指定专人负责，把此项工程视为“天字第一号”任务，只要需要，全力支持，优先保证，很快，三大材（钢材、木材、水泥）及其他主要材料准备就绪。黄文明政委到职后召开了一系列会议，提出施工方针以及如何保证施工质量和进度、如何保障部队生活和安全等。各部队根据指挥部的决议，决定层层动员、级级表态，把施工部队的士气鼓得足足的。

从1959年春天起，大规模施工开始了。在“鼓足干劲，力争上游，多快好省，安全保密”的施工方针指导下，在全国人民“大跃进”的鼓舞下，广阔的戈壁滩上到处是人欢马叫，机器轰鸣，2555个建设物的场地上，昼夜能看到施工人员的身影。为保质保量地完成工程任务，许多单位提出“寒霜风沙当好天，月亮底下当白天，不冷不热拼命干。”不少超期服役的战士一再申请继续服役，决心不完成施工任务不回家。各部队领导吃住在工地，深入到各个现场，与战士同甘苦、共劳动，上下一致，同心协力，为早日完成艰巨而光荣的建设任务而奋斗。

同施工部队捣乱的最大祸害是恶劣的气候。冬季时气温在摄氏零下二三十度，“黄毛风”一刮，寒冷刺骨，露天里穿不好皮大衣、戴不好皮帽子就会冻伤。春季虽不太冷但风大，狂风刮起，飞沙走石，尘土蔽日，天昏地暗，帐篷会被刮倒，汽车会被吹翻。到了夏天，一望无际的戈壁滩是另外一种情景，毒而光亮的太阳照得大地像个巨大的蒸笼，远远望去，沙滩表面上好像一片汪洋，哗哗流动，又好像万马奔腾的洪水，一泻千里，有趣的景致只有在广袤的戈壁滩上才能看到。当我在室外干活时，上面晒得皮肤痛，下面烫得脚丫疼，强烈的紫外线照得两眼发黑，皮肤由红变黑。我曾把温度计放在室外测量，水银柱竟然超过50℃。秋天是施工的黄金季节，不冷不热，风也不大，但使人意想不到的是不知道从哪儿产生了许多蚊虫，特别是到了晚上，照明灯一亮，成群结队的蚊子扑向人脸，咬得人叫苦不迭。为加快工程进度，指挥部决定，机关工作人员轮流到施工一线参加劳动。从司令员、政委到机关所有人员，每周抽两天去工地参加施工。我所在的司令部办公室被分配去修路。在技术人员的指导下，先是堆路基，然后夯实，再铺石、灌水泥。修路的活比较累人，腰酸腿疼已不算什么，主要是风吹日晒难以忍受，特别是大风天气，被吹起的砂子加上施工扬起的尘土，砂与土阵阵扑面，连呼吸都十分困难。一天下来人完全变成一个泥土人，回来洗两三遍，水仍是黄泥汤子。

二、同连队战士一起打筑路面

1959 年 5 月，军委发出指示，号召全军将军们下连当兵 1 个月。这个指示发到后，指挥部首长坚决响应。黄文明政委带头下连，因我跟他当秘书，也随他到了连队。我被编在三排七班，负责打筑路面。分配我撮石子（往手推车上装碎石），因打筑路面是连续作业，一旦开始，昼夜不停，直到将准备好的料用完。搅拌机轰响不停，手推车来回不断，我们几个装碎石的人连续往车里撮装，走了一辆，又来一辆，刚走一车，又来一车，不一会儿，就感到腰酸腿累、胳膊痛。开始一天还能扛得住，虽累，睡一觉就过来了。但三四天后，就有些顶不住了，腰直起来弯不下去，弯下去又直不起来，两只胳膊开始疼痛，走起路来腿酸脚重。但看到连队干部、战士辛勤劳动，没有一人喊累叫痛的，对自己是个鼓舞和冲击，心想再累再痛也要顶住，决不能给领导机关丢人。

一天三餐管饱，我们下来当兵的人按机关人员定量交钱、交粮票。使人难过的是，不管米饭或馒头都是重度牙碜。吃到嘴里的饭，牙齿不能对头，只能狼吞虎咽。睡觉特别香，从不失眠。同战士们挤在帐篷里的地铺上，头几天闻到汗味、脚臭感到难受，后来自己也很臭，也就不管那些了，躺下说不了几句话就进入梦乡。戈壁滩上的夜风很厉害，睡觉前如果不把帐篷固定好，夜间就会吹进砂子、尘土，使人呼吸困难，甚至房倒屋塌。有一次睡到半夜，一阵狂风把帐篷吹倒，全班压在里边，待大家醒来，一个个都动弹不得。后来大家吵吵嚷嚷拼命往外钻，我比较笨，差不多最后才爬出来。

在指挥部首长下连当兵期间，《工程战士》报上不断刊登有关消息，对各施工单位领导是个激励，对广大指战员也是个鼓舞，进一步激发了全体人员的斗志。加上同在一块戈壁滩上施工，互相了解、互相观摩的机会较多，无形中形成了互相竞赛、互相竞争的局面。所以，施工高潮不断兴起，施工进度一再提前，施工质量不断提高。

三、撤走苏联专家

施工至 1960 年上半年，各工号主体工程基本完成，通往各场地道路已经贯通，通信线路已经架好，飞机场已能起降大型飞机，水源已能供水，电厂一个机组已能发电，居民区里许多楼房已经完工，招待所已能接待客人，当时最急办的事是等待苏联专家速来安装各种设备。

1960年6月，60名苏联安装专家飞来工地。这些人技术熟练，操作规范，在安装过程中认真负责，一丝不苟。为了学到他们的技术，指挥部指示各部队抽调精兵强将紧跟这些专家一对一或二对一跟着他们学习，想方设法把技术学到手。工作中多数专家让中国技术人员观看他们操作并边做边讲解设备性能、作用，教中国技术人员操作。但也有个别专家在安装设备时把中国技术人员赶走，不让中国人在场，说中国技术人员在旁边学习是“干扰他的工作”，向中国技术人员发脾气。

8月，苏联军事总顾问巴托夫大将来现场看望，他看了各工号的修建情况，听取他们专家的汇报，在当天即对他们的专家组长宣布：“你们的任务已经完成，明天就要回国了。”专家进场不足两个月，安装任务才完成一半，怎么能说已经完成任务了呢？所有在场的人都无法理解。然而，两三天后，军委发来电报说赫鲁晓夫已撕毁中苏协议，要撤退在华专家，要求做好欢送专家的工作和专家撤退后的善后工作，尽量减少损失。

苏联专家要走了，不少对我方友好的专家说：“苏中人民是友好的，苏联领导是错误的，苏中人民永远是好兄弟。”当他们准备上飞机离开现场时，有不少人遥望远方，迟迟不愿意登机，有的与中方人员长时间拥抱。尤其是施工专家尼基金与我们几个秘书非常熟悉，他同我们一起生活，一起研究问题，晚饭后伴着和风同我们聊天、打羽毛球。他是苏联工程兵上校，懂建筑、施工，会计算，许多技术难题提到他那里都能得到解决。临上飞机前他对我们说：“我今年52岁了，回去后可能要退休了，领导不会让我这个在中国工作过的人再工作，请你们记住，不管谁有机会到莫斯科，一定去看我，一定！一定！”当他讲到这里时，两只眼圈都红了，非常激动。

苏联专家撤走后，全场安装完全停摆。为了给中国人争气，保证完成工程任务，指挥部首长及有关部门同志分别下到关键部位与部队的技术人员共同研究苏联专家未完成的工作。由于有些技术我们不懂，不敢贸然去干，以致不得不停下来待技术吃透、情况判明再继续动手摸索前进。特别是那些技术复杂、工程量大的工号，指挥部组织设计、施工和使用单位三家的技术人员现场研究，现场操作，一次不行两次，两次不行三次，一而再、再而三琢磨攻关。经过20多天的时间，终于攻克了技术难关，把苏联专家留给我们的难题一个个解决了。

9月10日，在1号发射阵地试射了第一发苏制P-2近程导弹。11月5日，1号阵地又竖起一枚黑乎乎的庞然大物，大约上午11时许，轰隆隆，一声巨响，一股巨大烟雾托起庞然大物，在明媚的阳光下，向天上窜去，不一会儿就变成了一个红点，直奔远方，我国第一次仿制的导弹飞行试验获得成功。

四、特殊的工程部队立新功

我们部队在中央军委关怀下，所肩负的工程建设速度非常快。从1958年至1960年底，建成了营房48万平方米、2×6000千瓦电厂一座，还有技术阵地、发射阵地、燃料仓库、观测站、遥控站、气象站等各种场地41个，大型机场一个，铁路294公里，打水井354眼，各种水泥场坪、路面150万余平方米，架设各种电缆990公里，高低压输电线272.8公里，通信线路5000多公里，仅用去土石方就达632万立方米，还有与之配套的变电站、高压线、泵房、通信站等，保证了使用单位的需要。

为了搞好收尾工作，指挥部发出通知，要求各单位一定善始善终，做到边收尾、边清场，工完场清，保证建好、交好、走好。实际上各施工单位做的比指挥部要求的还好，他们想的是早完、早清、早交、早走。他们进入工地以来，没有睡过一天安稳觉，没有吃过一顿没有砂子的米饭，没有出过一次工地“大门”，没有见过一次自己的亲人，默默地承受着异常辛苦的日子。在大批部队离场之前，指挥部召开了一次总结表彰大会，各团以上单位都派代表参加，大会开得隆重而热烈，共表彰了520个先进单位，540名官兵受到奖励。

1961年初，进行了工程总移交，移交会在10号居住区招待所会议室进行。主持会议的是副总参谋长张爱萍，0029部队参加会议的有孙继先司令员，栗在山政委，李福泽、张贻祥副司令员及有关的工程负责人，7169部队参加会议的有陈士榘司令员，黄文明政委，曾旭清、赵东寰副司令员及有关的工程负责人。我作为移交方的工作人员参加了会议。

会上，两个部队的领导同志交换了有关工程上的意见，并确定组建一个小型工程团，划归0029部队建制，负责今后的维护修理和遗留问题的解决。移交会开完，部队即行撤离。就这样，1961年1月底前，这支大军离开了戈壁沙漠，我随着最后撤离的司令部机关离开了这里。

40多年过去了，这段历史至今外界很少有人知道，但毛主席对这支特殊的工程部队不仅知道，而且对它的伟绩还作了明确的肯定。陈士榘将军生前有一段回忆是这样说的：1965年元旦之夜，毛泽东主席健步走上天安门城楼，来到一片金星闪烁的解放军高级将领中间。将军们或敬礼或鼓掌，争着向自己的统帅拜年祝贺。毛主席走到陈士榘和张爱萍面前时停了好久，他一只手握住陈士榘的手，一只手指着张爱萍，笑着说，祝贺你，你们（指工程兵）立了功，他们（指国防科委）出了名，你们做窝（建成两弹基地），他们下蛋（导弹、原子弹），我们中国人说话开始算数了，你们都立了大功。毛主席对我们这支特种工程部队的高度赞扬与评价，使我们感到无尚光荣，无比自豪。

（作者：原航天工业部机关党委书记）

赴陕讲师团见闻

张景玉

1985年，中央决定向各省、市派讲师团，支援经济贫困、教育条件差的地区的中小学教育。航天部承担了陕西省的任务。离京时，胡耀邦总书记在人民大会堂为讲师团送行。

由我带领的航天部赴陕讲师团，共135名大中专生，其中大多是参加工作时间不太长的年轻学生，有的是航天部的职工子弟，从幼儿园到大学直至参加工作，就没离开过航天大院，对社会了解很少。他们参加讲师团，家长非常不放心，临行前一再嘱咐，下去后话要少说，事要多干，千万别惹事，平平安安去，平平安安回。有的家长怕孩子在下面吃不了苦，饼干、糖果拿了一大包，还定时往讲师团驻地寄。

我们讲师团分赴到陕西省渭南、咸阳、西安、延安、汉中、宝鸡六个地区。

讲师团初到学校，地方同志介绍教育情况时，我们常会听到一些从未听过的用语，如“土台子”、“泥孩子”、“三有”……意思是有的学校没有课桌，就用土坯垒个台子；孩子趴在“土台子”上写字、看书，弄了一身土就成了“泥孩子”；“三有”就是争取做到有课桌、有课本、有老师。

讲师团下去时，有的校舍还是土改时地主的仓库，或是破庙，有的是旧窑洞。偏远地区的基础教育更困难了。为了孩子能读几年书、识几个字，家长往往要跑出几十里地找个能寄宿的学校。学生在学校开不起伙，就一两个星期回一次家，背点米，带上两瓶咸菜。学校帮助学生蒸米饭，瓶里的咸菜就是仅有的副食。咸菜吃完了，就往瓶里倒点热水，吃口米饭，蘸点有咸味的水。许多学校餐厅没有饭桌，学生就蹲在地上吃饭。睡觉的床是竹帘子上面铺块床单。

贫困地区、偏远山区的学生学习特别刻苦，斗志顽强。这些学生看到自己脸朝黄土背朝天的父母东借西挪，卖鸡、卖蛋给自己凑集学费真是太难了。当他们进入校门，都痛下决心回报父母、回报家乡。他们把课本读得烂熟，从不放过任何学习机会。学校图书馆少得可怜的几本书，他们都借遍了。某个同学偶尔得到一本好书，大家便争相传看。有的学生仅凭一个小收音机学外语，就能讲一口流利的英语。

就是这样的教育环境，就是这样一批批朴朴实实的学生，当你看到他们那骄人的学习成绩，那一双双渴求知识、企盼美好的眼睛，年轻的讲师团员怎能不受到感染、震撼。有的讲师团员讲："我们虽是来支援教育的，但这里的教育环境，这里朴实、勤奋的学生深深教育了我们，给我们上了一堂生动的社会课。支教生活使我们终身难忘，它成了我们人生的拐点。"还有的讲师团员讲："支教不但使我终身受益，而且让我知道了怎样教育我的孩子。"

经过一个学期支教实践活动，我们这支队伍在总结半年工作时，个个激动地说："了解了国情，知道了社会，经受了锻炼，净化了心灵，回单位一定要刻苦学习，拼搏工作，报效祖国。"

从第二学期开始，团员们都像换了个人似的，工作抢着干，生活找苦吃，多人带病坚持上课。为了上好一堂课，讲好一节课文，大家经常备课到深夜。初从北京出发时，有些团员一再提出要增加生活补助费，经过一学期支教，此方面要求再没人提了。相反，许多团员还拿出自己的工资补助困难学生，给学生买本、买笔，交伙食费。来团探亲的家长高兴地说："孩子好像一下子长大了，懂事了，知道关心别人了。"一大批团员回来后积极要求入党，讲师团一共发展了十几名党员，如今他们都成了航天战线的骨干，有的成了业务尖子，有的走上了领导岗位。

讲师团离开陕西已二十多年了，如今，陕西的基础教育早已大变样，现在村里最好的房子是学校，最受尊敬的人是老师。当年的学生，有的已加入航天队伍，他们把当年学习时的那种刻苦学习的精神带到了航天各条战线；当年的讲师团员，有的至今还和支教的学校老师保持联系，互相探望，互相鼓励。

（作者：原航天工业部教育司副司长）

回忆航天机关的一段干部培训工作

张振福

1982年元月，我从北航调入航天部机关从事职工培训工作，参与了航天部机关从1982年至1993年12年间的干部培训活动。具体说来，有如下几项主要工作。

建立培训基地，充实工作人员。1982年，搞干部培训工作的只有我和王永礼两人。活动场所就是一间约七八平方米的办公室。面对承担的任务，我们首先感到场地缺乏、人手不够。在教育司的大力支持和行政司张寿清副司长、机关党委吕若平书记等领导下，培训基地很快定了下来，即利用原露天电影场东边的一排平房和空地，新盖和翻修改建房屋。经过四个多月的努力，包括教室、办公室、机房总面积约300平方米的培训基地修建起来了。1983年、1984年分配来了王利生、王莹、卢晓萍、张良瑞4名大学生，又从机关调来了商树林，并聘请了一位工友辛连元。培训基地有了，人员充实了，工作很快便开展起来。1983年5月，宋健副部长在一份关于培训中心工作已展开的内部通报上批示祝贺，极大地鼓舞了培训中心的工作人员。

实施初、高中生文化补课。初、高中生文化补课，是一项与“文革”年代密切相连的特殊任务。“文革”中，大批在读的初、高中学生，下放农村，插队边疆，到部队锻炼。1978年十一届三中全会后，他们陆续返城，由工厂、机关、学校接纳参加工作。至1981年，部机关共接收90余人，他们文化基础差，难以胜任工作。培训中心建立后，首先接受的就是对这批人员的培训任务。这次培训从1982年10月开始至1984年上半年，历时近两年。通过补课，学员们的知识水平、工作能力都得到了提高，后来都担负起机关各部门的工作，有的人还担任了领导职务，为航天事业的发展作出了贡献。

组织干部参加业余自学考试。1982 年 11 月，北京市决定在高等教育自学考试中开考党政干部基础课。1982 年底，培训中心组织局、处、科级 50 多名各类人员报名。考试课程主要靠学员业余自学，选择政治经济学、哲学、中国革命史等十几门课程进行面授辅导，组织党政干部参加每年的两次考试。经过几年的努力，至 1986 年，共有 8 人十二门课程考试全部通过，取得了大专毕业证书，25 人获得五门以上的合格证书。参加考试的同志普遍反映通过学习，学识增长了，知识面拓宽了，理论水平提高了，工作起来效率高了。由于培训中心组织干部自学考试起步早、行动快，工作细致、踏实，学员考试合格率高于北京市的平均水平，受到了中央国家机关党委的表彰。

开办中央党校函授班。1984 年底，中央党校决定开办经济专业函授大专班、本科班。培训中心分别在 1986 年、1987 年办了经济专业大专函授班，由各单位与干部本人协商，根据工作及个人条件报名，做到工作、学习两不误。经过学员们近四年的刻苦学习，1989 年、1990 年，部机关两届大专函授班的学员如期毕业，部分学员继续读本科。至 1992 年，部机关共有 62 人大专毕业，24 人本科毕业。后来，这些人大多成为单位里的骨干，有 10 名同志还担任了司局领导职务。

举办各类短期培训班。培训中心在组织自学考试、函授班的同时，还针对干部的不同要求，采取缺什么、补什么，走出去、请进来的办法，多渠道、多层次、多形式办学，几年来共计举办计算机、现代企业管理、公文写作等十多项业务培训班，约有近千人次参加。

组织应届大、中专毕业生“入门”教育。根据中央及部有关文件精神，1989 年 8 月底至 9 月底，培训中心对进入机关及京区直属单位共 85 名应届大、中专毕业生集中进行了“入门”教育。其主要内容为：学习文件，请部领导和航天老专家讲述我国航天事业的发展历程；观看《航天事业三十年》、《飞向太平洋》、《中国卫星通信》等录像；参观导弹、卫星总装车间；与部机关老干部座谈联欢；去亚运村工地劳动等。一个月的集训，使学员们深受教育，他们纷纷表示要接好老一辈航天人传下的接力棒，牢记使命，努力工作。基于

1989 年对进入航天队伍的大学生培训取得的经验，1990 年、1991 年、1992 年对进入航天部门的大学生也都进行了类似的培训，取得了良好的效果。

时间，斗转星移；事物，变化万端。当年培训中心的形象，培训中心所做的种种工作，相信会长久地留在部机关人员的记忆中。

（作者：原航天经济研究中心办公室主任）

艰辛经历是我服务航天的动力

孙民强

1960 年 10 月，我从广州军区 47 军 140 师政治部调到北京 0038 部队马神庙这个神秘的大院。一进大院，我便从进进出出、衣着各异——有穿军装戴军衔从部队来的、有穿学生装从大学毕业分配来的、有西装革履刚从国外留学归来的人群中发现，这是一个“添人进口”的单位。至于这个单位究竟是干什么的，当时确实有点纳闷。

干部部门通知我们十几个从部队调来的同志，到一幢楼房的二层房间里听候工作分配。大家进屋以后，有人立刻将门窗关上、窗帘拉严。尽管如此，开会前，主持会议的同志仍一再用眼睛扫描四周，深怕这里的动静会通过门窗缝隙走漏出去。会议开始，他低声慢语：点名，宣布每个人将去的单位。我被分配到 0038 部队下属的空气动力研究所。在这个同志的讲话中，至今让我难忘的，有这样几句直白的话：“我们单位叫国防部第五研究院。”“我们是搞导弹的！”“你们调进这个单位，今后就不能出去啦！活着，就在北京；死了，就上八宝山！”“这个单位的情况不准向外讲。”

“我们是搞导弹的！”这句话，对我这个来自步兵只见过手枪、步枪、冲锋枪、轻重机枪，最大不过是榴弹炮的小小尉官来说，一听便兴奋！好奇！激动！能调到这个单位来，深感党和部队领导对我的信任。顿时，勾起了我对自己一生中“两段”艰辛经历的回忆：

第一段是我童年经历。我是重庆人，1938 年四五岁时，就开始遭受日本帝国主义飞机轰炸的痛苦。亲眼看见了 1941 年“五·三”、“五·四”震撼中外的“重庆大轰炸”，几万同胞被炸死和闷死在防空洞里的惨状；亲身经历了漫长的8年抗战，为躲避日本飞机轰炸，不分昼夜跑警报、钻防空洞的苦难。

第二段是抗美援朝的经历。美帝国主义入侵朝鲜，主要是凭借它的武器装备优势。1951年3月，我所在部队一跨过鸭绿江，就感到美军飞机的猖狂：全天24小时不断地在天上穿梭巡逻，飞行高度有时是紧贴树枝和房顶，发现一个活动目标，就跟踪不舍，轰炸扫射；从鸭绿江通往“三八线”的公路两旁，随处可见我志愿军被炸毁的运输车辆；前方后方，很多志愿军战友牺牲在美军飞机的机翼之下。朝鲜战争第五次战役之后的1951年6月，我部队首次进入“三八线”西线阻击敌人，美军凭着装备优势，竟把坦克开到我阵地前沿两三百米的地方扬威逞凶，用坦克炮平射我交通沟和堑壕。在向我阵地发动进攻时，动辄就是飞机、大炮、坦克轮番轰袭。最后，美军在朝鲜被迫停战，除主要是由于我志愿军英勇善战、指挥英明之外，我军武器装备不断改进也是一个重要因素。

通过对自己一生艰辛经历的回忆，我没有忘记帝国主义的侵略本质和凶残本性，认识我们国家加强国防建设，迅速研制出先进武器，保卫国家主权独立，保卫世界和平的重要性，同时，激励我服务航天的迫切心情。

因此，自我进入老五院以及后来在七机部、航天部工作的时间里，总是责问自己：“我干了些什么?”“称职吗?”说实在话，我的回答，多是否定的。因为我总感到自己所干的工作没法考核、量化。

1985年，我被调到航天部政治部宣传部，负责航天部的对外宣传报道，首先派往在军事博物馆举办的“航天部科技成果展览交易会”。我愉快地接受了这一任务。我认为，这是一项服务航天的工作，航天部科技成果展览是在航天部改革开放以后，向全国人民汇报航天科技成就的机会，同时可以力度更大地宣传航天科技人员发扬“自力更生，艰苦奋斗，大力协同，无私奉献，严谨务实，勇于攀登”航天精神的事例，借此激励航天员工的荣誉感和积极性。会展期间，我积极与首都新闻单位联系，争取支持，也亲自大量采写新闻稿件。一个半月的展览交易会，《人民日报》、新华社等15家新闻单位共报道我会展消息95条，其中由我写的有30多条。展览会结束后，宣传部长王剑颖亲自把部机关党委印发的荣立三等功的《立功证书》颁发到我手里，并说张钧部长在展览总结会上表扬了对外宣传工作。

同年年底，我被调到当时属政治部、刚成立的航天报社，主要负责航天部的对外宣传报道。自我负责航天部的对外宣传报道工作以后，我深感部的历届领导对对外宣传都非常重视，他们亲自给我交待任务，作批示，审稿件。孙家栋副部长亲自担任对外宣传领导小组组长，直接领导我工作，从而使我工作更有方向，勇于挑起工作重担——积极报道“壮国威、振民心”的内容。

1986 年，首都共有 16 家新闻单位报道了航天部重大活动、主要科技成果的新闻消息共 200 多条，其中我采写了 98 条。在《人民日报》刊载的有《长征三号将为美发射卫星》、《我国探测卫星进入为经济建设服务的实用阶段》、《我国卫星发射服务走向国际市场》、《我国将研制新型广播电视通信卫星》、《一项新的世界之最——二十六米青铜大佛将屹立香港》等。

1987 年，首都 23 家新闻单位共报道了航天部的新闻消息 300 条，其中由我和我与《人民日报》、新华社记者共同采写的 105 条，如，《我将为美发射一颗卫星正式合同已在北京签订》、《我第一颗试验通信卫星圆满运行三年》、《和平利用外层空间资源我国步入先进行列》、《我国航天飞机空间站研制提上日程》、《我返回式卫星将为联邦德国提供搭载服务》、《我国将为瑞典发射卫星》等。

1988 年，与航天部联系密切、经常为我发消息的新闻单位扩大到 27 家。这一年，航空部与航天部合并组成航空航天部，在政策法规司下成立了新闻处。从此，除部领导直接交待我完成专项任务——航天事业创建 35 周年、组织首都大报记者采访 067 基地创建 25 周年、香港天坛大佛、701 所气垫船和双体快船、航天工业机器人研制成功等报道之外，我就较少参加对外宣传报道了。从 1988 年到 1996 年，由我组织采写的新闻共约 300 条，其中我采写了约 100 条左右，在《人民日报》上刊载的有《我国租星时代将结束》、《卫星行空可坐地遥看》、《聂荣臻元帅写信祝贺——我飞航式导弹事业胜利发展 30 年》、《中国资源卫星应用中心成立》、《献身航天事业的人们》、《李鹏、聂荣臻等分别题词祝贺我国航天事业创业 35 周年》、《空间技术广泛应用于国民经济领域》、《国产机器人上岗》等。

我负责航天部对外宣传报道期间，正是航天部贯彻“军民结合”方针并取得突破性进展时期。因此，我还把军转民技术和民品开发的宣传报道作为我服务航天重要任务之一，其对外报道的数量占一半左右。凡军转民的重要活动，如《航天部江苏省开展经济技术合作》、《航天部农牧渔业部开展部际合作》等均作了报道；民用产品方面，凡属发明、国内首创、填补国家空白、接近或达到世界水平、走向国际市场的产品均作了及时的报道。其中有的报道达到了意想不到的效果，如三院159厂《金刚石框锯研制成功》的消息在《人民日报》、《工人日报》登出以后，西欧某国家在中国销售的同类产品，每台从人民币34万元一下跌到17万元。

为了配合部机关各司、局、公司的工作开展，我力争宣传报道尽量做到有求必应。我先后组织报道过技术司、人劳司、民品司、质量司、长城公司、咨询公司、测控公司等部门的消息。记得1986年质量司召开“航天部开展全面质量整顿会”，向我提出要求，会议消息要上中央电视台。通过与707所负责拍摄电视片的同志认真研究、策划，加之我认真地撰写解说词，果然，会议新闻片被送到中央电视台，很快在新闻联播节目中播出了。播出后的第二天，质量司王彩林处长见到我，高兴地说：“你称职，你称职。”虽是不以为然的话，对我来说，却感到很亲切，很满足！

1995年，我受部领导指示，为纪念航天创业40周年，参加策划制作了电视剧《问鼎长天》，与《人民画报》社合作出版了《飞向太空》画册之后，1997年我就正式退休了。

服务航天三十多年，欣慰的是，亲眼看到了我国航天事业的飞跃发展，从成功研制出各种导弹、发射各种卫星，到神舟载人飞船遨游太空、嫦娥一号卫星绕月飞行。同时也感到，我国航天事业如此快速发展，帝国主义、霸权主义就别再妄想侵略、欺侮我们了！我们老一代人曾遭遇过的痛苦，再也不会重演了！

（作者：原《中国航天报》社副总编）

我参加的一次先进事迹报告会

朱立奇

我们航天系统历来有重视思想政治工作和精神文明建设的光荣传统，形成了具有自身特色的航天精神。1984 年 2 月 1 日、3 日，航天部政治部在京举行先进事迹报告会。我作为贵州 061 基地三线支内大军中的一员，有幸赴京参加这次盛会，感到非常荣幸，毕生难忘。

大会由程连昌副部长主持。在京的部领导，中宣部宣传局领导，全国总工会及《工人日报》、中央人民广播电台、中央电视台等新闻单位及部属各单位均派专人到会，济济一堂，诚盛事也。

在大会介绍经验、体会并谈人生理想的有一身正气、两袖清风、带头端正党风、为企业领导树立学习榜样的 307 厂厂长兼党委书记曹克明同志，有身怀绝技、婉言谢绝外界高薪聘请，一心为航天事业无私奉献的三院 159 厂工程师程志华同志，有努力发扬父辈光荣传统，艰苦奋斗，坚持在崇高理想指引下开拓人生道路，而不依靠父辈的名望去伸手谋求索取的 067 基地 7107 厂技术员薛云生同志，还有作为先进集体代表发言为后勤服务部门树立学习榜样的哈工大伙食科副科长。我以《我在天涯育英才》为题，在大会上也作了发言，讲了我到三线支内前后的情况。

我于 1951 年在华东革大上海外专（今上海外国语大学）提前毕业后留校任教。1952 年调华东纺织工学院（今东华大学）负责外语教研室的工作。1966 年“文革”到来，高校首当其冲，顿时成了重灾区。我不愿在这场混战中蹉跎岁月，便于 60 年代末和我爱人一起参加上海支内大军的行列，历时两天一夜，奔赴我爱人的支内单位——七机部贵州 061 基地 3534 厂报到。就这样，我从大学讲坛走进了三线，从此我一直奋战在三线，与祖国航天事业结下了不解之缘。

那时，工厂职工子弟学校正好没有英语教师，于是就分配我去教英语。有人认为我干这行是“大材小用”，但我认为，教书育人本来就是我的天职，所以，我很热爱我的工作，对工作一丝不苟。从军管组领导、厂部领导一直到学生家长，对我都很信任器重，使我深为感动。那时三线职工生活很艰苦，生活设施跟不上，举炊不易。每到星期日，我和我爱人都忙得不亦乐乎。我们不是去煤场敲煤块再两人扛回家，便是持卡轮流排队去买10来斤定量的配给米，每个月不定时地排长队买1斤猪肉，逢年过节，厂里“五七”干校配给的一点豆制品也舍不得一下子吃完。尽管那时三线的生活非常艰苦，但我们始终精神振奋，把工作看得重于一切。

后来，厂领导支持我为本厂及邻近兄弟厂办科技英语培训班，让科技骨干有一个学习英语的机会。061领导得知此事后，决定扩大办学规模，增强师资力量，由基地出面，要求基地厂、所广大科技骨干都轮流脱产学习，每期约一年，要求大家在科技英语方面都能过关。基地责成我负责其事。我们前后共办了十多期，在山沟沟里共培养了千余名学员。

“四人帮”垮台后，知识分子又迎来了春天。我原来的老领导连续发电信给单位领导，希望让我重返高校负责外语教学，一片盛情，但都被我婉言谢绝了。“我的事业在三线”——这就是我的指导思想。1980年，061基地调我到机关，筹办出版《凯山译丛》，由我任主编。后来，《凯山译丛》通过改革，改为《贵州航天》，仍由我负责。随着基地事业的发展，各种代号的汉译英资料愈来愈多，字数往往以百万计。基地科技骨干发扬自力更生的精神，勇担翻译任务，而全部审校工作，则基本上由我负责。我兢兢业业，从来没有出过差错，受到上级领导的嘉奖表彰。1982年，我由机关转到贵州航天职工大学（今贵州航天职业技术学院）负责基础部的工作，同时仍在教学第一线任教，原来我所担任的基地的工作，仍由我兼任，基地创办的科技英语培训班，仍照常办下去，由我任教。在“职大”，我还担任了学报主编和贵州省《外语学报》主编，其间我利用业余时间写了《英译汉和汉译英》一书，约二十多万字，获贵州省人民政府优秀成果奖。我几乎把所有的时间都用于工作。

再回到2月1日、3日的先进事迹报告会。这次报告会开得很成功，很有特色。大会不摆设鲜花，不颁发奖章、奖状，不发纪念品。大会自始至终洋溢着航天人讲理想，讲艰苦奋斗、无私奉献和热爱祖国航天事业的庄重气氛，给大家留下了极为深刻的印象。

2月25日，《航天报》在第4期3版，以“学先进、讲理想，爱航天、比贡献，部在京举行先进事迹报告会”为题，用整版对大会作了详细的报道。

这次大会开过后，部政治部立即将录音、录像发至部下属各单位，要求组织广大职工很好学习。同志们在学习后说，这次大会开得及时，对在新时期进一步推进我国航天事业的发展，提高航天人的素质，意义极为重大。大家一致认为，要把大会精神，作为宝贵的精神财富继承发扬下去，要树立崇高理想，抵制各种不良思想的侵袭，为祖国航天事业无私奉献，奋斗终生。

这次大会，对我的一生产生了深刻的影响。古话说：靡不有初，鲜克有终(《诗经·大雅荡》)。我一直深自惕励，不敢稍有懈怠。这一年“七一”，我被评为贵州省优秀共产党员，在庆祝我们党成立65周年大会上，中共贵州省委为29名获奖同志颁发了荣誉册。会上，我们怀着崇敬的心情，聆听了当时任贵州省委书记的胡锦涛同志热情洋溢的讲话，当我迅步走到台上，双手接过胡锦涛同志颁发给我的荣誉册时，心中感到无比幸福。此后，我又被评为全国优秀教师和航空航天部有突出贡献的老专家及国家级享受政府特殊津贴的专家。饮水思源，这一切，全靠党的教育、培养和引导，对此我常感恩于心。

光阴荏苒，岁月峥嵘。我在三线一再“超期服役”，工作到近70岁才告老还乡。我的心，与航天事业形成了情结。衷心祝愿祖国航天事业欣欣向荣，蒸蒸日上。

（作者：原061基地航天职工大学基础部主任、教授）

航天卫生工作的创建和发展

陈　蕃

一、初创时期（1956年10月至1959年10月）

1956年10月，随着航天科研机构的诞生，卫生机构也同时建立。当时由5人组成的医务室，负责局（国防部五局）职工的门诊医疗和卫生防病工作。1957年，医务室发展成为国防部第五研究院的卫生所。1958年11月，正式成立卫生处，已故温志林同志任第一任处长，并着手计划和筹建各级医疗卫生机构，组织和开展各项医疗卫生防病工作。

随着航天事业的发展和各分院的建立与职工队伍的壮大，医疗卫生机构由简单的医务室、卫生所发展到具有一定分科能力的门诊部。1958年秋，一分院211厂职工医院正式建成。二、三分院一面积极加强门诊部、保健站的领导，一面也积极着手筹建医院。

初创时期的医药卫生工作很艰难，单位分散，机构不健全，人员少，设备缺，条件差，一切从零开始。但因从上到下都有献身新兴国防科研事业的荣誉感，所以，同志之间、上下之间，真诚相待，同心协力，团结共事。医护人员既看病、拿药，又打针、护理病人，既要在诊室作诊治，还要背上药箱深入到办公室、食堂、工地、住宅，挨门挨户进行巡诊，开展家庭病床。每年都要给全体职工进行健康体检，及时宣传卫生防病知识。医护人员工作主动、细致、认真、负责，深受领导和群众的好评。

1958年夏，云岗地区肠道传染病发生较严重，五院卫生所迅速组织院内外力量，与行政部门密切配合，大搞卫生运动，人手一拍消灭苍蝇，食具消毒，清理环境卫生，提倡饭前便后洗手，并派卫生人员深入蹲点，进行大便化验，对有慢性病史的同志进行窥肛检查。同时，还检验水质，开展卫生宣传活动。经过半个多月的工作，很快扑灭了疫情。同年冬，二分院地区发生流感，卫生处的同志马上与该分院门诊部一起，全力以赴，开设隔离病房，收治数以百计的病人，一周左右就控制了流感蔓延，病人健康得到了恢复。

二、大发展时期（1959 年 11 月至 1965 年 6 月）

由于科研事业的发展，各类人员大批调进，五院卫生处也随之得到扩大与加强。相继建立了组织计划、卫生防疫、医疗预防、训练和药材 5 个专业组，并成立了药材仓库，经管全院药材供应和医药经费管理等事宜。

1960 年初，一分院在原 211 厂职工医院的基础上，与从中国人民解放军 542、204、205 医院调来的 250 余人正式组建成 311 医院。1961 年 6 月，成立一分院卫生处，并另设三个门诊部。一分院整个卫生处工作有了较大的充实和加强。

1960 年 9 月，47 预备医院由四川自贡市奉命调到三分院。1961 年 9 月，二分院、三分院同时成立卫生处。1963 年 11 月，272 野战医院从洛阳迁京，划归二分院建制。至此，整个二分院的医疗卫生体系基本形成。医疗预防、卫生防疫、干部保健等工作已初具规模，走上了轨道。

1964 年四分院正式建立，7 月成立卫生科，1965 年 6 月改为卫生处。先在内蒙古呼和浩特市，后迁西安兰田。

到 1965 年 6 月，整个五院系统下属 5 个卫生处、3 座医院、近二千多卫生人员，初步形成了卫生指挥系统和防治网。

这个时期既是大发展时期，又是三线选点定点时期。考虑到卫生人员来自四面八方，业务技术水平不能适应工作的需要，因此全院开展了技术练兵、技术表演、推广无痛注射法活动。为了适应形势发展的需要，二、三分院分别开办了 50 人左右的护士学校，以解决护理人员的不足。同时开办了 30 多人的在职医训班和 20 人的药剂班。1965 年前后，山西大同技校一度发生肝炎和肠伤寒病，部、院卫生处及时组织技术人员前去调查、了解，在大同市卫生防疫站的大力配合和支持下，采取有力措施，经过两个多月的努力，控制了肝炎、肠伤寒病的蔓延。

三、大变动时期（1965年6月至1976年10月）

1965年6月1日，国务院正式命令，成立第七机械工业部。原院务部卫生处改为行政司卫生处。北京三个医院分别命名为711、721、731医院。三线建设虽遇到很大困难，但随着各单位的发展，卫生机构却在逐步增加，先后建立了417、427、712、713、714、741、328、722、红星等医院和各厂所属职工医院以及上百个门诊部，数十个卫生所、保健站、医务室等基层卫生医疗机构，卫生人员增加到6000余名。

“文化大革命”十年，是大动荡的十年。部内卫生单位的各级领导有的被罢官，有的被解职下放，工作秩序混乱，严重影响了卫生防病和医疗质量。但广大卫生人员在党的长期培养教育下，绝大多数同志始终坚守工作岗位，卫生防病、门诊、医疗从没有中断。在工作上没有发生重大问题，基本保证了广大职工、家属的就诊。

1969年，部卫生处全体人员下放劳动。1971年4月，我由“五七”干校回京，重建七机部卫生处，与吴宗贤同志一起着手建立和恢复必要的工作制度。1972年3月，在南京召开七机部首次卫生工作会议，着重研究如何加强医疗、防病工作。

1973年秋，怀疑067基地有人患职业性中毒，部指示一院院务部副部长吕坚、部卫生处处长陈蕃，先后两次组织军事医学科学院、302医院、北医三院等专家教授亲临现场，进行长达半年的调查、测定，取得了满意的成果。

1975年10月在部西安卫生工作会议上，首次拟订了《医药卫生工作两年规划》、《医药卫生工作部分规章制度》以及《门诊部（所）的基本任务》，这对原七机部的整个医疗卫生工作起到了积极有效的推动作用。1975年10月，经国家计委批准，正式成立了《第七机械工业部卫生学校》，学制3年，在校学生300名左右。校部与一队设在711医院，二、三队分设在721、731医院。

在抓规划、制度的同时，还认真抓了在职医药卫生人员的培训工作。部于1972年开办1期医训队，80名学员，期限一年半。接着举办了3期西学中医班，3期正骨学习班，1期检验学习班。这对促进工作，活跃学术空气，提高医疗业务技术水平，起到了良好的作用。

四、调整整顿时期（1977年至1986年）

粉碎“四人帮”之后，摆在我们面前的主要任务是清算极“左”路线在我部卫生战线上的影响，恢复优良传统，迅速使我部的卫生工作沿着正确的方向发展。

1977年9月，在西安召开了部分卫生领导干部座谈会，认真研究了新形势下的调整整顿等问题。11月，在湖南召开了部卫生工作会议，讨论并统一认识了“文革”对我部卫生工作的破坏和影响，制定了《医药卫生工作三年规划》，进一步建立健全以岗位责任制为中心的各项规章制度，通过《部分卫生人员岗位责任制》（试行）草案。1981年3月，在重庆召开了卫生工作会议，明确提出医院工作的总目标是“多收、快治、治好，安全、节约、服务好。”这为医院管理指出了方向。

1981年9月，中央决定七、八机部合并，改名为航天工业部。同年11月召开了原七、八机部卫生领导干部会议，交流情况，统一思想，团结战斗，继续前进。由此，卫生队伍得到充实，技术力量得到加强，范围遍及大半个中国。

1982年、1983年，提出医疗体制改革的要求，并分三批组织京内外18所医院进行了对口检查。1984年3月，部卫生工作会议通过了《医药卫生工作两年规划和五年设想》。总的指导思想是进一步抓整顿、促改革。与此同时，还认真抓了业务培训和学术活动。自1980年以来，先后举办了各种学习班22期，有1100多人参加学习，并送375名工农兵大学生分别到6个医学院校复训一年，使之基本达到高等医学院校毕业水平。

为加强医学科学的技术领导和活跃学术空气，经部批准，于1985年4月成立了《医药卫生汇编》编辑委员会，第一期《汇编》于1986年1月1日出版，颇受欢迎和好评。1985 年 10 月在重庆召开了航天部医药卫生首届学术年会。

在我亲身经历的从 1956 年至 1986 年间，我部的医药卫生工作，在部、院、局、基地党组织和行政后勤首长的领导下，在各省、市、自治区，各军兵种卫生单位的大力支援下，我部卫生战线上的全体同志，为我部科研生产、全体职工的健康和社会主义建设，贡献了自己的力量。全部的卫生防病、医疗预防、临床护理、干部保健、职业病防治、妇幼卫生、医学教育、中医中药、药材供应、新技术开展和现代化管理等方面，都取得了比较好的成绩。

（作者：原航天工业部行政局副局长）

忆往昔峥嵘岁月稠

刘造利

1958 年 3 月 30 日开始，军委陆续下达了调集部队的命令。九个工兵团，两个陆军师，一个铁道兵师，一个空军建筑分部，一个工程技术大队，两个汽车团，一个通信工程团，北京和兰州建筑公司，三个野战医院，近十万大军，在大西北荒凉的戈壁滩，从事我国重要的国防工程建设。1958 年 12 月，新组建的解放军 272 医院（航天中心医院的前身）驻扎在酒泉北大桥。一时间，酒泉变成了一座大军营，变成了一座神秘的城市。在这里，到底要建设什么国防工程？这项工程的具体地点又在什么地方？由于当时严格保密，我们这些医院的医生、护士，包括部队那些中下级官兵都闷在鼓里。

为更好地为施工部队广大官兵健康服务，272 医院抽调了一部分精干力量组建成 272 医院分院赴远离酒泉的“施工前方”十号工区，也称和平里。其内部名称是解放军 272 医院和平里分院，番号是中国人民解放军 7169 部队新生部 10 中队。分院设了 50 张床位，有医护和后勤人员 50 余人，病房设在刚建成的基地警卫团营房里。

我当时是医院的护士，后来是护士长。建院初期，条件异常艰苦。272 医院在施工前方的和平里分院，在党支部和范秀忠主任的带领下，团结一心，以饱满的革命热情，克服种种困难，迅速完成了建院和收治任务。没有自来水，工、休人员的用水，要到距营房数百米远的深坑里提水；没有厕所，工作人员自己动手在野外搭建了 3 个工、休人员简易厕所，还要自己清除粪便。当风沙袭来，病房内外沙尘弥漫使人睁不开眼睛。为了不耽误病人的诊治，医护人员极力保护病人及无菌药品和器械，用包布或床单紧紧裹住输液瓶为病人输液。1960 年夏天，部队流行痢疾，50 张床位的分院收容了 200 多号病人。那时正是经济暂时困难时期，药品奇缺，治疗痢疾的用药只有黄连素、黄柏片之类，更有甚者，慢性痢疾只能用大蒜汁做保留灌肠，痛得病人喊天叫地。为了贯彻勤俭办院的方针，解决当时医院药品供应不足的困难，医院组织采集中药小组，到和平里几十里以外采集中药麻黄草，5天时间采集到2500多斤，再用这些原药到地方换回一批我们所需要的成药。当时的《工程战士报》以“新生部5天采集中药2500斤”为题对此进行了报道。

由于运输困难，煤炭供应不上，工作人员、休养员两个食堂没法做饭，我们医护和后勤人员便轮流到100多公里外的原始森林捡干枯的树枝，以解决无煤之急。

1959年9月的一天晚上，十一号工区发生了火车相撞事故，和平里分院的工作人员正在兄弟单位看电影。闻讯后我们不顾一切跑步3公里，穿过满是沙丘荆棘的荒野赶到事故现场，从沙石和煤堆里救出6名伤员拉回分院紧急抢救。无论是医护人员还是后勤人员都投入到了这场抢救伤员的战斗中，炊事员提来温水，医护人员为伤员剪除衣裤，清洗身上的泥沙、煤渣，检查伤情，打破伤风疫苗，包扎处理缝合伤口。为了方便抢救，药房的同志把所需的药品、绷带、纱布、脱脂棉全部搬到现场。消毒员在门外架起高压消毒锅，点起劈柴紧急消毒敷料。分院主任范秀忠和外科医生林启亮为骨折和重伤员施行紧急手术。经过全院同志一夜的紧张战斗，6名伤员均得到及时、妥善的救治，两名重伤员脱离了危险，转送到酒泉272总院。

1959年10月15日下午，和平里分院接受了一名在施工中被砸伤的战士，因其内脏损伤出血，出现了严重的休克，血压迅速下降，呼吸微弱几乎停止，情况万分危急。全院医护人员立即进行抢救，连续为病人输血、输液、止血、强心。由于药品器械的缺乏，影响到抢救工作，许多兄弟单位知道后马上赶来支援。东风部药材处送来了血浆，南海部送来了氧气瓶，汉江部来了几十位官兵为病人输血。经过一夜紧张的抢救，伤员暂时脱离了危险，但还必须进行剖腹探查手术，清除淤血，缝合损伤的内脏。在设备条件极其简陋的情况下做这种手术有许多困难和风险，但为了抢救这位同志的生命，大家克服困难、不顾疲劳、连续作战，为伤员手术。经过一天两夜的紧张抢救，伤员终于脱离了危险。

尽管生活环境和工作条件异常艰苦，但我们个个不怕苦、不怕累，精神饱满，始终保持着旺盛的革命斗志。为了充实我们的业余文化生活，除了有象棋、跳棋、扑克活动之外，俱乐部还时不时地自己或和兄弟单位联合组织舞会，联欢晚会。晚饭后，我们三五成群地到兄弟单位看露天电影。那时，战斗在戈壁滩上的工程兵部队，都是一顺儿的秃光瓢，根本看不到女同志的身影。272 和平里分院到十号工区以后，女同志较多，友邻部队演电影总是邀请分院去看，部队同志也总是把最好的座位留给我们，其醉翁之意不在酒，他们是为了目睹久违的女同胞的容颜，当然我们男士也跟着沾光。

1959 年国庆节前夕，0029 部队张副司令员因发烧住进我院。他说，“你们为基地的建设是有贡献的，咱们的基地建好了，建国 10 周年大庆，毛主席站在天安门上检阅，心里就踏实了。”虽然那时严格的保密制度，大家不知道自己所从事的是什么工程，但听说我们所建的这项工程，毛主席还挂在心上，更增添了我们的斗志和战胜困难的决心。

大约是 1960 年夏天，我们分院的男护士汪钧科下了夜班，正在宿舍里洗衣服，突然进来一位穿便服的中年男子，后面还跟随一位年轻的军人。那中年男子非常亲切地问：“你在医院干什么工作呀？”汪答：“护士。”又问：“哪里人？”“湖北武汉人。”“什么时候到工区呀？”“快一年了。”“你们辛苦了！”“不辛苦。”中年男子在宿舍里转了一圈走了。事后才知道，这位中年男子是副总参谋长张爱萍将军，他来工区视察，抽空走访医院。

1960 年春节，我院与北京建筑公司召开了一场联欢晚会。我和另一个男护士自编自演了一段相声，叫“扎根”，其中有一段台词还记忆犹新。

甲：上级号召我们在戈壁滩扎根，口号是“死在戈壁滩，埋在青石山。”

乙：对呀！为了国防建设嘛。

甲：但我扎根有一个条件。

乙：什么条件？

甲：楼上楼下电灯电话，马路平直汽车跑，山清水秀环境美，这个根才能扎下去。

乙：你是做梦吧！戈壁滩上哪有这样的地方？

甲：我们在大西北战天斗地，改造环境，把我们的十号建设成戈壁的江南。那时候我们的根就扎的牢固了，再大的风沙也刮不倒、刮不跑了。

不想当年一段小相声的幻想，现在竟变成了现实。马苏政等所著《西部之光》一书中是这样描述十号工区的：“1993 年 6 月的一天，我们乘坐的越野车在一望无际的戈壁滩上行驶，目的地是当年的额济纳旗旗政府所在地绿园。当年将各个工程编为有序的号，基地这片地方称‘十号’，所以至今仍有人称十号。现在的十号，已经是一座美丽壮观的航天城。马路两旁的树木郁郁葱葱，错落有序，穿天的白杨在微风中沙沙作响。这是一座美丽的军营，壮观的礼堂，整齐的办公楼，宿舍、电影院、邮局、商店、学校、医院，都是 30 年前那场奋战的硕果。30 年过去了，这里发生了翻天覆地的变化。”

1960 年 11 月，分院接到撤离十号工区的命令。当时我是分院的护士长，我在工作日记中查到这样的记载：从 1959 年 7 月到 1960 年 11 月，272 医院和平里分院共收治 7169 部队和 0029 部队伤病员 1365 人，抢救危重伤病员 89 人，转送酒泉 272 总院 68 人。

忆往昔峥嵘岁月稠。那时的十号工区，如今已成为中国乃至世界有名的航天城，数十颗卫星、四艘无人和三艘载人宇宙飞船从这里腾空。我们曾为酒泉航天城的建设贡献过自己的一份力量，内心感到无比的光荣和自豪。

（作者：原 721 医院科主任）

为航天保健医疗奉献

谢德仁

在历届部领导关心和机关各部门的帮助下，门诊部的建设和发展从小到大，设施从不完善到完善，人员的配备从不齐全到齐全，逐步发展成为一个综合性门诊部。门诊部历任领导认为，航天机关门诊部既不同于地方医院的门诊部，也不同于社区的保健站。为此，我们对医护人员的要求是做好“三个服务”。

其一，是为科研生产、科技工作者服务。航天是国防高科技尖端事业，研制生产尖端武器靠的是广大科技人员，保障他们的身体健康是我们应尽的责任。为科研生产服务是我们的宗旨和义务。从老五院以来，凡有大型试验、发射，我们都亲赴现场，为发射、试验人员做保健医疗，确保参试人员的健康。从发射卫星到发射飞船，我们的足迹踏遍了酒泉、西昌、太原等发射基地，圆满完成了试验、发射服务任务。

其二，是为机关服务。机关各司局是航天系统的组织领导者和指挥中枢，机关人员的身体健康与否影响科研生产的发展。为保障机关人员的身体健康，我们定期到办公室巡诊医疗，送医送药，使机关人员做到有病早治，无病早防。为了增强他们的免疫力和对疾病的抵抗力，我们做到了在冬春季为他们发放防治流感的药品，夏季为他们送防暑降温药，一直坚持多年。通过全面的体检，掌握机关人员的健康情况，对体检发现疾病的都及时采取了有效的治疗。为使高干和高级职称科技人员保健、看病、体检方便，门诊部设立了保健科，在721医院设体检中心，为他们看病、体检施行一条龙服务。

为机关大院服务。机关大院住户集中，人口密集，职工的小孩相对较多。我们认为把大院的卫生、防治工作做好了，就是直接支持了机关工作人员的工作。在老五院和七机部时期，我们坚持定期到家属区巡诊治疗，送医送药。60年代初大院患浮肿病的较多，我们自制小球藻给浮肿病人服用，对浮肿病人的治疗起到了相当大的作用。同时建立家庭病床，因为有的老年病人长期在家卧床，有的病人行动不便，我们就派人到家观察治疗。对患有传染病的病人，我们还派医务人员到患者家中进行消毒。

开设定期往返航天中心医院的班车。为解决大院和机关人员到航天中心医院就诊方便，经和机关汽车队协商，主管部门批准，开设了定期免费班车，一直延续至今。

其三，是为三线基地服务。1981 年 8 月，067 基地遭洪水灾害，卫生处指示我们派人参加部组织的医疗队，到灾区防治疾病的发生和传染病的流行。用新医正骨疗法到三线基地为职工治疗常见的颈肩、腰腿痛和软组织损伤上万人次，取得了良好的效果，同时还为基地培养数十名正骨人员。1965 年大同技校发生传染性肝炎，我们遵照部卫生处的指示，即刻组成医疗队赴大同技校，检查隔离病人，切断传染源和传染途径，防止疾病的扩大流行。对已生病的患者协助学校及时进行治疗。

通过“三个服务”实践活动，一方面提高了医护人员的医术水平，另一方面提高了医护人员的思想觉悟水平，大家普遍感到自己能为航天事业尽心尽力地做些贡献，十分高兴与自豪。

几十年过去了，许多从老五院时期调来的医务人员已经退休，有的已故去，但他们医学理论扎实，工作责任心强，具有很好的医德、医风和敬业精神，值得后人学习。

（作者：原航天工业部机关门诊部主任）

后勤为科研生产服务

朱顺泉　梁　勇

我们是1960年调到国防部第五研究院的，被分配到院务部供给处。供给处主要负责全院车辆和油料供应、人员被服装具以及粮食给养。1961年初供给处撤销，改设军需处、运输处、农副业生产处。军需处内设被装组、给养组和食堂管理组。那时老五院正处在大发展时期，人员大量增加，住房、食堂都遇到很大困难。有的只能在临时搭建的简易食堂内就餐。加之国家又遇到罕见的三年自然灾害，食品供应奇缺，人们普遍缺乏营养，不少人得了浮肿病，我们五院也不例外。在这种困难的情况下，如何使全院广大干部和科技人员度过灾荒，不仅关系到科研生产队伍的稳定，而且关系到科研生产能否如期完成。在院党委、院首长的关心下，在院务部领导侯青久、刘大祥、潘国良等同志的领导下，采取了几项重要措施，上下通力协作，团结艰苦奋斗，较好地完成了后勤生活保障任务，平稳地度过了三年困难时期。时间虽已过去四十多年，但往事仍历历在目。

大力开展农副业生产，兴办农场、牧场，组织打渔队，冬季组织打黄羊等，尽量为科技人员创造更多的物质生活条件。我们的处长郝丁臣是王震部长的老部下，也是南泥湾大生产运动中模范连队指导员。1960年9月，国庆节前，他去拜访王震部长，同时要求帮助解决一些副食品。王部长很爽快地表示，给一点解决不了什么问题。解决的办法有两条：一是我们投点资，签个长期协议，为我们提供需要的农副产品；二是支持我们到东北自己办农场，需要的土地从黑龙江农垦总局划给。郝丁臣同志从王震部长处回来后，将此情况向院务部反映，研究提出意见后，正式报告给了院领导，得到领导的大力支持，一致同意院和一、二分院去东北办农场。由潘国良同志带着各分院院务部的领导，带着王震部长的信函，到哈尔滨黑龙江农垦总局。黑龙江农垦总局根据王部长的指示，从已经办的农场里，分别划出 20000 余亩土地。五院院务部北安农场是从 53 农场划出 4000 余亩，一、二分院分别从其他农场划出 17000 余亩土地，主要种植大豆、小麦，收获的大豆分配各单位。院直管理处和各分院还在北京附近办起了小农场，主要是养猪、养鸡、养鸭和种植蔬菜以及办小作坊等，对当时改善物质生活起到了积极的作用。

1960 年 8 月中旬，院务部副部长刘大祥带着梁辅国等同志，亲自去呼和浩特找老战友、内蒙古自治区副主席王伦同志。他向王副主席汇报来意后，即得到坚决的支持，王副主席当即同意从内蒙古最好的锡林郭勒盟阿巴嘎旗草原划出一大片草原办牧场，主要养羊，最多时饲羊达 34000 只。1965 年冬移交总后前，还拉回院机关两汽车羊肉，盈利十几万元。同时，以牧场为基地，每年进入冬季，组织各分院去牧场周边打黄羊。院直每年由军务处参谋冯志斌同志负责带队，每年打两三车黄羊回来，以改善机关生活。

此外，还组织了海上打渔队，共有 7 条船。其中以营口为基地，有 4 条机帆船，主要在渤海湾内作业，将打的鱼送到天津塘沽港上岸。还有 3 条渔轮以舟山为基地，在东海区域内打鱼，捕获的鱼主要分给各院。

为抓好农副业生产，院和各分院院务部均设立了农副业生产处，并配备了强有力的领导干部。院务部缺一位农副业生产处长，就选调器材部东北办事处主任胡之正担任。那时，胡之正同志已确定任上海华东办事处主任，确定调任当天，胡之正已到了北京站，准备去上海赴任。正式确认后，院务部立即派人到火车站把胡之正追了回来，告诉他任命有变化，同时还选调了有一定组织领导能力、懂生产技术和能吃苦耐劳的刘放、郭祥、赵明玉、王文生、孙宝富和杨洪序等同志担任农、牧场和打渔队领导，使农副业生产顺利开展。

聂荣臻元帅对五院科研人员生活极为关心，指示广州、南京军区支援五院，将一大批猪牛羊肉和鱼送到五院。聂帅规定必须把这些副食品分配给科技人员。1961 年冬，支援来的肉类到西直门火车站，院务部连夜组织人员运回，及时将它们分配到各分院。有一次分配黄花鱼，因考虑到上级给的鱼较多，五院科技部也有知识分子，也应该算是科技人员，便分配给了五院管理处几百斤。当院领导得知此事，令我们坚决执行上级指示，即使已将鱼泡在水池子里，也一定要把鱼捞起来，分给分院才算完事。

（作者：朱顺泉，原航空航天部服务中心主任；
梁勇，原航空航天部服务中心工会副主席）

关心改善三线职工生活纪事

史庚午　朱顺泉

根据中央提出“备战、备荒、为人民”的指示，1964 年五院开始着手选点建设三线。当时受“左”的思想影响，认为山沟钻得越深，就越是安全。因此，067 基地建在陕西省秦岭深处的凤县，062 基地建在四川省大巴山区的万源县。当地农业生产十分落后，只会种玉米、辣椒，职工家属生活十分艰苦，吃蔬菜要靠单位派车到汉中、达县、重庆等地采购。特别是 067 基地副食品靠在北京采购，每两个月从南苑发一生活车皮维持供应，另靠个人到大城市出差采购，大包小包往山沟里背扛解决。

为使三线尽快形成科研生产能力，特别是两个基地担负重要的“三抓”任务，改善职工生活供应条件是一项十分迫切的要求。部领导和机关对改善三线职工生活也十分关心，决定成立三线办公室，由张凡副部长牵头，政治部副主任苏虹、行政局副局长张维乃等组成，并有若干具体工作人员参加。我们两人均参加了这一工作，先后办了四件实事。

一是请当地政府解决三线职工生活困难。20 世纪 80 年代，政治部副主任苏虹，行政局长雷立德、副局长张维乃等到 062、067 等基地了解情况，并与当地政府商讨解决职工蔬菜等副食品供应问题。同时参观学习其他工业部在江津、广元、汉中的三线基地解决职工生活供应和管理方面的经验。苏虹同志还在 062 基地所在地万源县，请县和县各业务局领导同志帮助解决三线职工生活上的困难问题。

二是请商业部解决三线职工副食品和生活用品困难。行政局积极向商业部特需局反映三线职工生活供应存在的问题。经多次汇报，引起了商业部领导重视，该部两次组织特需局张惠兰局长和食品局李根来局长带队，由我部张维乃同志陪同，分别到062、067等基地了解供应情况，帮助疏通与当地商业部门的供应关系。商业部司局领导同志去三线后，与张维乃同志相互交换看法时说，你们职工每月2斤猪肉，当地商业部门已经尽了全力保证，全国都是这个标准。其他商品是存在一些问题。你们反复强调你们单位的重要性，而我们光看到你们厂房、科研楼，你们到底搞什么？为什么需要特殊照顾？张钧副部长了解了这一情况后，亲自安排并陪同商业部领导同志和有关司局长到211厂7车间参观。当他们看到各种运载火箭，特别是看到要向太平洋发射的“东风五号”时，非常惊喜，立即答应帮助解决三线短缺商品，并答应每年单独从上海二级批发站拨给一批凭票的日用品。另给外出执行试验专列的参试人员免粮票，解决了粮油和肉类等各种副食品的供应，每年还单独拨给一些指标等。

三是自力更生自办农工生产基地。商业部虽然帮助解决了短缺商品，但三线广大职工主副食品供应没有得到改善。如何办？当时国家大力提倡企业办农副业生产，部党组作出决定，由陆平、张钧同志负责，把一、二院“五七”干校改为豫南农工生产基地，部机关“五七”干校改为695厂。陆平、张钧两位副部长曾两次主持全部性农副业生产会议，亲自出面解决生产资金和农机具问题，推动全部农副业生产开展。很快，全部拥有土地12000余亩，豫南农工生产基地一年能生产小麦120万余斤，每年调拨给部三线单位和南京、沈阳工厂60余万斤，解决了职工加班粮和来队家属吃饭困难。

四是通过部领导同志请国家有关部门和省解决三线职工特殊商品困难。有一次，当我们向张凡副部长反映三线职工过年过节海鱼供应困难时，张副部长立即写信，让我们去找全国供销合作总社牛荫冠主任。牛主任见到张凡同志的信后，立即批给了国家水产供销公司，从机动指标内确定每年给带鱼100吨，后增加到150吨。海鱼指标有了，运输是一个大问题，特别是过年、过节冷藏车皮更紧张。此事向陆平副部长作了汇报，他与铁道部运输局局长和上海铁路局局长进行了联系，由此，运输问题得到了较好的保障，保证了每年过年、过节广大三线职工能吃上带鱼，大大改善了职工生活。067基地向部提出要求解决大米和黄豆，我们向郑天翔部长作了汇报。郑部长给中共安徽省委书记张劲夫同志写信，请求帮助解决20万斤大米问题。张书记见信后当即批给省粮食厅解决。经与粮食厅协商，每年给067基地议价大米20万斤，解决了该基地职工家属大米供应问题。1982年张钧部长给中共吉林省委书记強晓初写信，说明067基地担负“三抓”重点任务，职工生活十分艰苦，请求帮助解决10万斤大豆。强书记见信后说：一，我是陕西人；二，我和汪洋同志曾在七机部工作几年，了解067基地情况，职工生活十分困难。他当即把省粮食厅厅长叫来，当面交待要给067基地10万斤大豆，运输问题也包下来，发往风州火车站，解决了职工家属常年吃不到豆制品的困难，对改善生活起到了积极作用。

（作者：史庚午，原七机部老干部局副局长；
朱顺泉，原航空航天部服务中心主任）

几件难忘的事

李　军

1958年我在南京军事学院装甲系学习时，团部突然通知调我到北京国防部第五研究院工作。我到北京后，租了一辆三轮从阜成门到黄带子坟7号，然后又到“124”的一座二层小楼。就这样，我进入了搞导弹研究的保密单位，被分到了五院作战研究处，开始了与“外界隔绝”的一项新的工作。

一、为导弹起名字

我的第一件工作是分配到长辛店0038部队四大队去学习“1059”导弹。当时五院已开始仿制“1059”导弹，作战研究处的任务是提出型号战术技术任务书，以指导设计部门的工作。我被分工搞前沿部分，首先绘制一个亚洲敌情设想图。关于设想图的名字，大家七嘴八舌的进行讨论，最后想到毛主席引用《红楼梦》中的一句话“不是东风压倒西风，就是西风压倒东风”，便决定起名为“东风一号设想图”。后来给设计部门下达的战术技术任务书中就使用了这个名字，后来我国生产的地地型号导弹一直沿用了“东风”这个名字。

二、导弹运输的特殊待遇

1961年11月的一天早晨，北京已进入冬天。一大早我们便赶往一院火箭总装厂，准备首枚东风二号合练弹的启运工作。东风二号导弹是我国首枚自行设计的中近程地地导弹，为了训练发射部队顺利完成发射任务，这枚合练弹要运往酒泉发射基地，进行实弹前的各种测试加注模拟演习。院科技部作战处领导指定我负责组织这枚合练导弹的专列运输工作。按保密规定，这枚导弹的运输被定为二级保卫。经过一个上午的紧张忙碌，我们按时将导弹装上了自备车，下午两点把地面发射设备装上平板敞车。根据编组图，和军代表协商开始编组车辆，一直忙到晚上才搞好。晚上 11 点，我返回作战处，接到国防科委打来的电话，问：“专列伪装了没有?”我说“没有。”“如果没有伪装，明天不准发车。”我一听急了，列车的运行点都排好了，要改就会误大事，没有请示的时间了。我马上报告东风二号导弹总设计师林爽，请他马上派人去伪装专列，除了自备车外，一律用篷布伪装，连夜派人去南苑火车站拉 50 个篷布。就这样，凡是参加试验的人员连夜都去专用线上伪装加固车辆，一直干到天亮，干完后没顾上回家，就直接上了专列。我作为专列的列车长，在发车前到达专用线，坐上火车直奔发射基地。总参谋部对这次合练弹的运输非常重视。为加强运输途中的安全，东风二号合练弹的运输享受特殊待遇。整个专列 250 米长，配备一个警卫排，随车24 小时执行警卫任务。4 个固定哨，停站后增加流动哨巡逻。沿途各大军区都派人到车站问询有什么需要帮助办的事情，我说没什么困难。由于必须保密，所问非所答。经过 5 天 5 夜的运行，专列安全抵达酒泉发射基地。

三、竹棚里的导弹学堂

国防部五院和炮兵部在长辛店马列学院大院成立了第一个导弹训练大队(称教导大队)，代号是“0038”部队 4 大队。这个特殊学堂培养了一大批总设计师和首批指挥员、教员、操作员。教导大队有两项任务：一是接收消化苏联提供的 P－2 地地导弹装备技术资料；二是向苏联专家学习导弹的构造、使用、操作工作原理、维修保养、大地测量，培养我国自己的技术干部。教导大队成立训练处和有关连队，对口学习。当时我分到训练处射击教研室当教员，分工编写对空射击教材，边工作边学习。为了保密，在大院里搭起一个竹席围成的大棚子，就在这里面学会了导弹加注、点火的实际操作。1959 年初，教导大队接收了一批地对空型号导弹，经训练后，在北京郊区成功地击落了美国

RB－57D 高空侦察机，保卫了祖国的安全。

四、失败是成功之母

经过 1 年的时间准备，我国自行研制的“东风二号”出厂，运到酒泉发射基地。经过测试准备，于 1962 年 3 月初待命发射。3 月 21 日，导弹起飞没几秒就发生故障，从空中掉下，离发射阵地仅几百米，触地爆炸，发射失败。当时场内一片静寂。参观这次发射的人员很多，有将军、技术人员，聂帅也在场。参试和保障人员压力很大，许多技术人员都哭了。之后，有的人去现场勘查，有的人对图纸找原因，吃不好睡不着，情绪低落。按聂帅要求，从国防科委、五院到分院、设计部的领导，层层动员，鼓励全体设计人员总结分析原因，吸取失败的教训，改进设计方案，采取多项措施保证今后飞行的安全。在我的记忆中，101 站首先建起发动机试车台，目的是检验发动机的工作状态，工作多少秒，有无故障，是否有停机现象，功率是否达到设计要求。建立全弹试车台，用捆绑的方法将全弹固定在试车台上，按照飞行的程序，从点火初级到主级，主动段全过程的飞行姿态试验，检验每个元器件是否正常，有无故障。总之，经过多项地面试验，弹上仪器元器件和地面控制仪器仪表协调一致，对不合理的设计进行改进。经过两年多的试验检验，把空中的故障解决在地面上，“东风二号”终于在 1964 年 6 月发射成功。

五、为“东风三号”保驾护航

为搞好“东风三号”的研制生产，广州机械厂生产了一个超大、超宽、超重的压力大罐，用汽车或火车运输都不行，只能用水运方式，从广州装船运至天津新港，再从天津运至北京。当时我是大件运输的主要负责人。我接到一院 703 所向部写的报告，并同来人面谈大罐的情况。根据国家交通部关于大件运输的规定，我提前三个月向北京市和天津市人民政府发函请大件运输办公室协助运输。1987 年 10 月 30 日向两市政府发去公函，并抄送交通部。两天后接到大件运输办的答复，按要求组建运输队伍，其中有公安、公路、铁路、水、电、气等单位组织联合办公室，主办单位分别在京津两地起运前联合召开办公会议，明确分工。我在会上提出了几项要求：做好保密工作，不准将大件运输消息外传；保证大罐的装运安全，不准有损伤；装运时要有严格的交接手续，到达目的地吊装到厂房才算完成任务；京津两市交接地点在河北省西大务，前段由天津市负责，后段由北京市负责；我部一次性付款，乙方从生活到起运、吊装、运输全过程负责，并交接清楚；京津两市春节前做好一切准备工作，3月份到达新港立即起运。为满足大罐运输的要求，大车的车头牵引力为120吨，用900个轮胎组成120个组的大拖车，起运前对通过的道路进行最后现场勘查，扫清障碍，加固桥梁，经过7天的运行到达了北京四营门。运行中由公安部门清道分段进行戒严，停止一切车辆通行，待运输队通过后方放行。这次大件运输前，首钢已进行过大件运行，基本上扫清了障碍，加固了桥梁，光是大兴东的路上就伐了许多棵树。

六、洪灾逼067基地搬迁

我部067基地建在陕西凤州地区的红光沟一带。1990年夏天，凤州地区连降大雨，洪水暴发，山体滑坡，大量泥沙冲毁了道路、桥梁，红光沟一片汪洋。这已是第二次水灾。洪灾使067基地的生产、生活无法正常进行，当时影响最大的有两件事：一是大量泥沙雨水冲进了办公室、生产车间、生活场所，车间的泥沙带水有半人高，机床泡在水和泥中；二是学生即将参加高考，无法从山沟走出去按时到达考场。在这种情况下，067基地的领导班子果断决定组织两支队伍：一支开展生产自救，抢修道路，清除车间、办公室、生产场地的泥沙，排水、清洗设备；另一支携带必要的工具如绳子等护送高考学生去高考。部接到报告后，一方面立即派人去陕西省高考办请求对凤州地区不能及时赶到考场的学生给予照顾，另一方面派出由总工程师栾恩杰组成的救灾小组，我是小组成员之一。部救灾小组很快赶到西安，和陕西省七机局的同志一同前往067基地，听取汇报、察看灾情，对危险地段进行几天的勘查、水情调查，并征得067领导班子的意见。回京后汇总了各方意见，将067基地的灾情及不适合继续留在凤州的情况上报国务院三线搬迁办公室。后经国家批准，067基地接到通知搬迁到陕西省西安市。部要求基地组成搬迁办公室，组织运输队伍做好安全工作，预防发生重大交通事故。新的067基地很快就建了起来。

七、紧急运输支援地方救灾

1991年夏，安徽省淮北地区连降大到暴雨，广大农村一片汪洋，灾情十分严重。国务院发出捐款捐物紧急救济灾区的行动号召。我部在京召开了各院直属单位动员大会，组织临时运输指挥部，布置捐献任务，号召在职职工捐棉被和衣物。我部在京单位共捐棉被、衣物计22万件。我当时担任部救灾指挥部副总指挥，负责救灾物资的运输工作。在会上我提出对车辆的技术要求，老旧解放车和其他老车不能参加这次运输，要用新型解放、日野和黄河车，并做好车辆的三级保养，防止中途抛锚，一车两个驾驶员。一切行动听指挥，车辆拉开距离，不能随便超车，有秩序地鱼贯而行。会后规定各单位9月25日前将救灾物资打包装车，准备随时出发，防止火灾。临时指挥部向国家民政部汇报运输工作已做好准备，定于10月5日启程。400多辆（我部150辆）满载救灾物资的车队从北京准时出发，车两边挂着“一方有难，八方支援”“天若无情人有情，还是共产党好”的标语。沿途经过村庄、城镇，老百姓跳起秧歌，鸣放鞭炮，夹道欢送，像解放战争年代欢送人民子弟兵上战场一样。车队浩浩荡荡，绵延20公里。经过3天的紧急运行，我部整个车队安全准时地到达安徽省长丰县，胜利完成了部领导交给的重大运输任务。车队到达时，县政府组织灾区群众锣鼓喧天、热情欢迎，欢呼声此起彼伏的情景，至今仍历历在目，令我永生难忘。

（作者：原航天工业部行政司正处级干部）

往事如歌

刘承山

在我从事航天事业数十年的经历中，有两件事使我至今难忘。

一、专机接送

1972 年，我到河南平顶山七机部“五七”干校劳动锻炼。12 月初的一天，正在“干校”的重庆 289 厂杨工程师突发车祸，被送到了平顶山人民医院。

由于伤势严重，当地抢救这样的病人实有困难。郑广謇校长和“干校”几位领导，决定急电北京，请求七机部领导设法把这位工程师送到北京进行抢救。很快，部里回电说，上级领导已经与部队联系，争取空运北京，请等候……

12 月 9 日深夜，干校值班室电话响个不停，当办公室人员得知是河南鲁山机场呼叫七机部平顶山干校时，急忙找寻领导。一位领导即刻赶到值班室，拿起电话，只听机场那边说：“我们刚接到北京的命令，决定将你们受伤患者，用专机送到北京西郊机场，请你们务必于 12 月 10 日上午 10 时之前，将患者送到鲁山机场，机场值班室有专人等候……”

经研究，校领导决定，由我负责陪同护送。10 日晨，由干校汽车引路，平顶山人民医院的救护车载着病人，在北风呼啸、尘土飞扬的中原大地上，向鲁山机场急驶。汽车在机场门口戛然而止，因为是军用机场，戒备森严，必需经过一些手续。确认无误后，一辆军用车直接把我们带到了一架飞机的登机架前，一位军官指挥部队工作人员，迅速将病人抬上飞机，然后对我说：“我们在执行上级命令，这架飞机的任务是将病人送到北京西郊机场。”又对身边的工作人员说：“请报告北京，飞机马上起飞。”我坐在病人身旁静候着……

三分钟后，飞机一声轰鸣，直上云霄。飞机平稳地飞行在河南至北京的航线上，不到两小时，降落在北京西郊机场。

部机关有关部门的同志此时早已在机场等候，做好了一切准备工作，随即把病人迅速安全地送到了北京积水潭医院。这位工程师由于得到了及时救治，康复得很好，后又重新走上工作岗位。

此事一晃36年过去了，上级有关部门和部队对航天工程技术人员的重视和关怀，使我至今难忘。

二、情洒江淮

1991年，安徽发生特大洪水灾害，到9月下旬，大批灾民仍无家可归，天气渐凉，急需过冬衣被等物资。

党中央、国务院向中央国家机关发出号召，要求大家捐献衣被，支援灾区。

当时我作为行政司司长具体负责这项工作。当我传达完上级精神后，航天干部、职工热情之高涨，行动之迅速，完全出乎我的预料。我亲眼看到，在南苑、永定路、长辛店、白石桥，航天一、二、三、五院的广大干部职工，把新购置的或尚好的衣被，积极送往捐赠点。只用了5天时间，航天系统在京单位就捐出衣被221517件，并严格按上级有关规定打包待运。

为了给灾区人民提供方便，国务院救灾指挥部决定，由各大单位用汽车直接送往灾区。

1991年9月25日，国家计委副主任刘江同志牵头在计委东配楼206会议室召开了协调会。国家计委、国务院生产办、侨办、侨联、港澳办、航空航天对口支援安徽灾区长丰县的人员均到会。在中央国家机关中，航天捐献的数量最大，当然所用的车辆也最多。

经公安部、民政部、安徽驻京办研究决定：航天运送车队于10月5日早5点半在北京左外大街集结完毕，6点车队准时出发，走104国道，由国务院救灾办和公安部发出交通管制的通知，车队所经各省市，一路绿灯。

我去开会接受任务回到部里，立即向有关领导做了汇报，部领导决定召开一次办公会专门研究布置这一任务。

办公会要求各司局大力支持，主管部门精心组织。会议决定由刘承山任总指挥，吴仁堂任政委，孙忠慧、李军、白玉满任副总指挥，分别负责安全保卫、车辆管理和行政管理，并要求各院成立相应组织妥善安排。

根据部办公会精神，迅速安排运输车 117 台、工作车 10 台，共计 127 台；驾驶员 224 人，工作人员 52 人，共计 276 人。

10 月 5 日早 3 点，一、二、三、五院和机关车队相继从南苑、永定路、长辛店、白石桥、马神庙开出，5 点提前在北京左外大街集结完毕。部领导和公安部、民政部有关领导前来送行。

按预定时间，开道车鸣枪，信号弹升起，一声令下，航天车队沿 104 国道一路南下。航天车队的排头车上，彩旗招展，车头横架上“情洒江淮”四个大字格外醒目。浩浩荡荡的航天车队像一条巨龙，在华北大平原上行进，途经北京、天津、河北、山东、江苏，于 10 月 7 日 12 点 30 分到达长丰县。

长丰县县委、县政府、政协、人大四大班子的领导，到县城 15 公里外迎接车队，沿途老百姓举着小旗有节奏地喊着“感谢党中央！感谢国务院！”车队到达影剧院广场时已是下午 1 点。县委书记黄同文、县长卢德超对我说：“你们走了这么长的路，现在已是下午 1 点，同志们这么辛苦，我看咱们先吃饭后交接？”我和吴仁堂同志看到这么多群众敲锣打鼓，这么多人站在那里等候，便回答说：“先交接。”

交接仪式热烈隆重，仪式完毕，我看了一下手表，指针指向下午 2 点。我们的司机和工作人员不顾疲劳，耐着饥饿，整齐地站起来向灾区人民致意。

县委书记深情地对我说，你们航天人真好，我们一定带领全县人民克服困难，重建家园。航天人不仅为航天事业作出了贡献，在社会公益事业上也展现出自己良好的素质和形象。我向他们敬礼！

（作者：原航空航天部行政司司长）

青春在067基地度过

许秀琴

1968年9月23日是我最难忘的日子，那天天气晴朗，蔚蓝的天空没有一丝白云，只有秋风阵阵掠过。这天早晨我和我们班的小班长夏桂君、李教荣，二班的王杰，四班的袁胜，还有其他班的王秀兰等共17位毕业于北京721医院护士学校的同学，由家人陪同先后来到北京站。我们要从这里出发，乘北京开往重庆方向的9次特快列车，到陕西凤县067基地工作。到此地才知，067基地是七机部第一研究院开发建设最早的一个三线单位，地处秦岭深山。我当时仅19岁，还有比我小的，18岁，大一点的也就是20岁，都正是花季年龄，我们当中有的还是独生子女，但大家都服从组织安排，毅然决然地告别亲人，远离北京，去迎接走出校门的第一个工作岗位。

报到后，我们并没有正式上班，而是接受工人阶级再教育。驻扎在陕西凤县红光沟内的北京第五建筑工程公司的任务是在最短的时间内将1号、2号试验台建成。我们也就跟工人师傅们一样，每天要走距工地3公里的路程，为试验台的建成添砖加瓦，尽自己一点微薄之力。想当初，我们17位同学可能干呢，别看我们是一群女孩子，干起活来一点也不示弱。我被分在木工班，肩扛大木方子，跟师傅学会了锯木头。有的同学被分在钢筋工班，也跟师傅一起扛钢筋，将这些材料送往工地。还有的同学被分到油漆工班。我那时胆子特大，居然敢蹬梯子爬上1号台最高点，学着工人师傅的样子，看试验台的外壁哪里有空隙，就拿铁榔头钉板条。我们与工人师傅们共同劳动了六个月，在师傅们的言传身教中，学会了如何做人和做事。工人师傅那种胸怀坦荡、性格豪爽、对人诚恳热情、对工作一丝不苟的精神时时感染着我们，激励着我们。短暂的六个月，为我们在今后成长的道路上打下了良好的基础。

067 基地 714 医院的前身是红光门诊部。门诊部的面积不到 300 平方米，算上我们 17 位刚参加工作的护士，总共有 30 名职工。因门诊部坐落在陕西凤县红光沟内，所以得名“红光门诊部”。这里医疗设备极其简陋，职工生活更是清苦，住的是简易房，没有暖气；吃的是芽麦面馍，又黑又黏。我们每月只有 27.5 元的工资收入，且没有加班费、夜班费、取暖费等最基本的补助。孝顺父母是中华儿女的传统美德，我们每月都省吃俭用留下点，攒上 3 个月或半年的钱寄往家中，以表我们的孝心。对于我们这些爱说爱动爱笑的年轻人来说，最要命的是没有业余文化生活。

但我们没有埋怨这些，而是很快以主人翁的姿态与老同志一道开始努力筹建新医院，开创美好未来。没有洗衣机，我们就用手洗用过的手术单，洗有脓血的辅料，洗病人用过的床单、被罩。山沟的水格外冰凉刺骨，我们没有退缩，不怕脏、不怕累，日复一日，不知磨平了多少个搓衣板，我们娇嫩的手也变得又红又糙。

为了让职工吃上新鲜蔬菜，我们还与老同志一起开荒种地。菜苗需要施肥，我们这些从北京来的姑娘们从未挑过担子，看到老同志挑着两桶大粪走得非常自如，心里又是羡慕又是着急。我想了一个办法，利用休息日先从挑水做起。开始由于掌握不好重心，挑起水来总是晃晃悠悠，特别是从山坡上往山下走的时候，桶里的水总会不时地溅到身上。“别人能够做到的事我也能做，非学会不可。”我暗自下决心，经反复练习，功夫不负有心人，我终于学会了挑水，后来挑粪也不在话下了。

加班加点抢救病人，是我们经常遇到的事儿。我们如同部队的战士随时听从召唤，无论是白天还是黑夜，只要工作需要就立即奔赴工作岗位而无任何怨言。当时，安排在手术室工作的有 3 位工作人员（不算外科医生），我和另外一名叫白辛玲的同学是手术室的护士，还有一位比我们年长的麻醉医师名叫史近生。一次，在连续完成两个大手术之后，我们 3 人正忙于洗器械、洗辅料，然后再进行消毒。当我们忙了一个白天和一个大半夜之后，来了两位急腹症病人，须立即进行手术。我们没有休息 1 分钟，又走进手术室，连续作战，一干就是 36 个小时。史大夫非常平易近人，没有一点架子，是他教会我硬膜外麻醉、全麻、局麻加基础麻醉等项技术。针灸麻醉时，为了减少病人痛苦，我们先在自己身上做试验。至今，我的右下腹还有一个两厘米长的小切口，就是在自己身上做试验而留下的痕迹。

基地建设初期，条件十分艰苦，门诊部没有血库。当我们看到因不同原因造成大出血休克的急诊病人，非常心痛。为了抢救兄弟姐妹，我们只有一个选择——那就是献自己的血。我们17位同学都为失血过多的病人献过血，有的不止一次献血，献血后从未休息过一天，只是喝一碗红糖水，又接着上班了。不是我们过于积极，而是工作人员实在太少。我们是“文革”发生前1965年9月入校的最后一批护校学员，之后由于“文化大革命”，所有护校都停止了招生。因此，医院医护人员也就出现了青黄不接的现象。以病人为重，救死扶伤是白衣天使的职责，在那个环境下，我们只能少考虑自己，多献一些爱心。

1970年，经红光门诊部全体职工的艰苦奋斗，有100张床位的新医院（714医院）建成了，所有职工那种高兴的心情难以言表。由于工作需要和职工的增加，医院购置了一些医疗设备、办公用具和职工需要的桌、椅、床等，同志们齐心协力，卸车皮、搬营具。我们17位同学也是争先恐后，不论个子大还是个子小，每人都身背一个单人床板，从距山坡下100米处背到山坡上的宿舍区，一位同学由于用力过猛，造成腰椎间盘脱出，至今还留下腰痛的后遗症。

逢年过节，是人们欢聚的日子，我们为了让已经成家的同志安心在家团圆，总是抢着值节假日的班，在岗位上过节。我的两位同学回北京探亲，距大年初一仅差两天，亲人们多么盼望她们能够留下，与父母过个难得的团圆年，但这两位同学都以工作为重，准时踏上了回山沟的列车，按期归队。

山沟里经常发大水，在抗洪救灾中，我们17位同学与老同志一道，站在齐腰的泥河中解救被洪水围困的同志。1981年，067基地再次发生特大洪水、泥石流。那时我和我的同学们都已经是孩子的妈妈了，但与洪水搏斗的劲头却丝毫不减当年。特大洪水冲垮了唯一能够行驶车辆的马路，交通中断。为解决医院面临断粮的困境，我们跟男同志一样踏着泥沙、石头子，到7103厂区粮店，每人肩扛一袋面步履艰难地扛到医院。在七机部领导和067基地党委、医院党委的领导下，我们以坚韧不拔的毅力战胜了自然灾害，又以饱满的热情投入到重建家园的战斗中。我们用辛勤的汗水换来了人们的赞誉和认可，老同志亲切地称我们为“17 勇士”。

1982 年，我因故回到北京工作，先是在 708 所政治部工作，后在航天总公司京区纪委、航天科工集团公司党群工作部工作共计二十余年，由原来护理专业转到政工专业。在前进的道路上难免遇到困难和挫折，但我还是能够迎着困难而上，继承和发扬航天传统精神，圆满地完成领导交给我的各项任务。这种战胜困难的力量来自各个方面，有党组织的培养、领导的教诲、同志们的帮助，还有重要的一点，那就是陕西凤县 067 基地红光沟，是那里艰苦的条件与环境锻炼了我，造就了我和我的同学们。

回首往事，我和同学们奉献了自己的青春年华，我们为自己所钟爱的、光荣而又神圣的航天事业而付出，无怨无悔，感到无比的欣慰与自豪。

（作者：原中国航天科工集团公司党群工作部副处级秘书）

抗洪·抢险·救灾58天纪实

陈　蕃

“紧急呼救：凤县、红光沟发生特大洪水灾害，067基地受洪水分隔包围，损失惨重。险情继续扩大，广大职工生命财产处在万分危急之中……”

1981年8月21日凌晨3时，067基地派人步行到宝鸡市，给部里打来长途电话，这是西安陕西七机局发到部里的传真电报。

1981年7月中旬，陕南地区飘飘洒洒地下了一个月的阴雨，持久干旱的山峦峡谷，早已喝够灌饱。

然而，自8月13日起，淅淅沥沥的小雨转为哗哗直下的大雨。顷时，天洪滔滔，从秦岭山脉一泻千丈朝四面八方涌去。原来涓涓细流、清澈见底的嘉陵江上游也呈现出“七月黄河砂石滚，汹涌澎湃入海流”那种横冲直撞疯狂咆哮的洪水，把江河沿岸冲得坑深地裂，近山傍水的村庄泡在黄泥浆里，整个凤县成了水乡泽国。

天公发难，大雨滂沱。8月20日傍晚，凤县地区山洪暴发，河水猛涨，山坡下塌，泥石巨流随着洪水猛兽吞噬着江河沟道两岸的一切。铁路、公路、水电、通讯等设施，全被冲毁、中断。村村寨寨，这栋房子与那栋房子之间，全浸泡在激流之中，067基地眼看就将被洪水吞没……

8月21日晚9点40分，张钧副部长把我叫到办公室，传达了郑天翔部长和部党组的决定：立即组织精干的抗洪抢险医疗队，由陈蕃任队长奔赴067基地抗洪、抢险、救灾，努力做好卫生保健和医疗救护工作。

我与部卫生处刘廷忠同志立即通知部直门诊部主任谢德仁、708所卫生所长米加昌、711医院儿科主任刘玉华、传染科主任申玄默等6位同志，带着抗洪抢险必须的药品器材，于8月22日下午出发。24日背着药材，冒着倾盆大雨，由宝鸡徒步往红光沟挺进。经过九个多小时的艰难跋涉，穿过一道道泥石流险境，闯过一个又一个伸手不见五指的涵洞。

所有秦岭隧道，淤泥漫过铁轨，深处超过膝盖以上。虽然每个人手里都有一根竹杆或树枝作手杖，但长时间走在枕木上，那种泥泞打滑，雨汗交融，身上还背了水壶、干粮和药箱，确实是够累人的。

然而，当大家想起数十万灾区人民和067基地广大职工生命财产正蒙受严重损失、健康得不到保障时，每个人又立即抖擞起精神。任凭风雨狂，义往勿迟留。到了秦岭顶上，云雾缭绕，天地混沌，群山掩隐，气势森森，一眼望去，田野空旷人烟少，大地一派洪流声。

只见那左径松柏刮倒，右边悬崖万仞，土黄瀑布飞溅，峡谷水复沟深，峭壁险境处处，泥石滚滚翻腾，山丹无意争艳，刺槐满山丛生。尽管大家脚上被划破好多口子，脚底磨起了血泡，但仍精神抖擞地一股劲儿往前冲！下午5点多，终于到达第一站——黄牛铺。

7107厂领导和数百名职工，听到部里派来医疗队，都群情激昂地冒雨走到沟口迎接我们。扩音器里口号声与掌声、风声、洪流声融合到一起，谱写成一首互相鼓励，团结抗洪、抢险救灾的进行曲。

放下行装，有的同志还未来得及脱下被雨水、汗水浸透成湿漉漉的衣服，便立即投入到紧张的防治工作中，连夜与7107厂的医务人员一道，淌水到坚持在厂房护厂的工作点和被洪水包围的宿舍区进行挨家挨户的巡诊，受到广大干部、群众的高度赞扬。扩音器里阵阵播出："感谢七机部党组、部首长派来医疗队！感谢医疗队的同志对我们的关怀！向一不怕苦、二不怕死的医疗队同志们学习！"

口号声响彻黄牛铺里里外外。许多受灾的当地群众听到北京来了医疗队，也爬山涉水来到7107厂驻地找医疗队看病。医疗队冒雨、涉水到驻地周围为群众义诊服务。医疗队在7107厂奋战两天三晚，于8月27日清晨向红光沟迈进。

雨，无休止地下，六七级的狂风在山坳里搅动。早饭后，医疗队员在067基地来人引导下，每人拄着竹杆，背上药包又上路了。

据介绍，宝鸡到黄牛铺一段行程难，由黄牛铺到凤州（龙口）就更艰辛。有好几处路基被冲塌，桥梁被冲走，只有腾空在嘉陵江上的两条光滑滑的铁轨，来往行人得从铁轨上爬过去，一不小心，即有掉进几十米深的激流之中的危险。为了鼓励大家，我在登程途中信口拈来一首五言绝句：莫道征途险，喜得险征途。有志事竟成，必为哥伦布。

正说着，脚底下突然发生上万立方米的大滑坡，洪水滔滔的嘉陵江水掀起屋脊般的浪峰，我们全体队员下滑十多米远，险些被泥石流埋到江心里，有的同志臀部以下已陷进砂石里。此时，有人建议将手里的竹杆当相互搀扶的绳索，一个拉一个赶快往山上爬。

一路上披荆斩棘，扶草攀登，蹚过一条条激流，穿过一道道涵洞。经历多少次悬崖断壁，越过数十个淤泥潭坑。从黄牛铺到红花铺只有六七公里远，竟走了三个来小时，其艰难险峻，是可想而知了。

靠近油房沟不远，横空 60 多米长的铁轨桥，在通天河上危颤颤地抖动。桥下洪水奔腾咆哮，流水震耳欲聩，水面离铁轨足有四层楼高，别说在上面走，看一眼就令人头昏目眩，四肢发冷，全身飘飘，确是够惊心动魄的！

我们站在峭壁的边缘，望着对岸呆若木鸡的人群，谁也不敢在这铁轨上冒险。大家面面相觑，伫立在凄风苦雨里，环顾茫茫的田野，一派空旷凋零的洪灾景况，免不了勾起阵阵心酸。我强打精神，把身上的物品重新整理好，准备先过，让米加昌同志最后压阵。

刘玉华看到我要先过铁桥，他喜盈盈地念道："莫道征途险，喜得险征途，有志事竟成，必为哥伦布。"说完即把竹杆插到背上的药包上，他小心翼翼地抢先蹭下去，双手扶住铁轨，两只脚在枕木上一档一档地往前移动，十几分钟，终于安全越过 60 多米长的铁轨桥，为大家作出了榜样。

后面的人，有的撑着手杖，像走钢丝绳似的踩着枕木一档一档往前移。人在空荡荡的铁轨枕木上，上下晃动，左右摆动，阵阵河风吹来，上下左右动的更为厉害。桥上与两岸的人，没有一个不为桥上的人提心吊胆，甚至心都要蹦出来。

我们为河两岸的人作出了榜样。通过第一道通天河，我们坐在桥头，一边吃点干粮，一边看看胆大的群众、干部试着过桥。有的人站着走，有的人爬着过，有的人走了几档枕木又折返回去。最使人心悸的是一位30多岁的小伙子爬到铁轨中央，望着桥下的滚滚洪流，吓得放声哭叫，呼喊“救命啊！”“救命啊！”的惨烈声，在荒野山谷回荡。

两岸的人除大声叫他“稳住，不要松手，要镇静，不要怕”等外，谁也不敢上桥营救，因为铁轨跨度太大，一人在上面都颤巍巍晃动得很厉害，如两个人在中间，则很可能会使铁轨折断。在桥外人的鼓励、指导下，经半个多小时的奋力搏斗，这位小伙子终于安全地到达彼岸。但就在他的后面，有一位50来岁的社队干部，走到铁轨中间时，被一阵风刮进轰轰作响的激流里……据说，在此落水丧生的已有十三四人。

过了油房沟不远，又遇到同样的铁轨桥，其跨度比刚才的还大，而且中间有许多枕木已掉，走起来更加危险。

我们站在灰蒙蒙桥头多时，议论着如何才能确保安全地走过去，把部党组的关怀送到067基地全体职工身边。最后决定从附近找来一些木板，在空隙大的地方铺上板子。

这次由米加昌同志先过，然后依次为谢德仁、陈蕃、刘玉华、申玄默和067指挥部派来引路的张仁富（刘廷忠同志已从宝鸡乘直升机到067指挥部）。过了铁轨桥后，大家坐在桥头啃着冷馒头，我顺手在笔记本上写下七绝一首：

铤险走完九十里，迎来艰辛去红光。
人间仅此鬼门路，天上地府觅无双。

我们从清晨出发，到中午时分，五个多小时才走了25里路，到凤州龙口还有39里地。在暴雨哗哗、涸水茫茫的艰难旅途中，每个人的双腿都像绑了铅砖似的沉重。讨厌的泥沙在鞋里既硌脚又打滑，每走一步都很艰辛，许多人脚上磨起了血泡。下午4点多钟，当大家透过朦胧的雨幛，隐隐约约望到龙口车站上高高的讯号标杆时，顿时个个振奋起精神，踏着黄滔滔的泥水，加大步伐前进。

从7107厂到凤县龙口几十里地，几乎无百米平地可走，全是在陡坡峭壁、沟深流激、峻岭峡谷的险恶崎岖路上连走带爬过来的。由于医疗队员心中装着灾区人民的疾苦，思想上不时映出党和首长的嘱托，大家无论越过3666米高的秦岭，涉过水漫齐腰的激流，还是穿过一个个漆黑黑的涵洞，爬过一座座悬空的铁轨桥，都如英勇的战士一样，义无反顾地朝着最终目标冲去。

当我们距离红光沟口还有半里地时，忽然发现前面来了数十人，穿着雨衣、撑着伞往这边快步走来，有的还不停地向我们招手、鼓掌。不用说，是欢迎医疗队的人群。交通与电讯早已中断，是谁，通过何种方法，知道我们今天下午六时半到呢？

医疗队到达灾区的信息，像春风般一下吹遍沟沟岭岭，尤其听说是北京来的，是部里派来的，是从宝鸡步行来的，虽则天已抹黑，风雨肆虐，仍有许多同志来问寒问暖。大家对我们像对战斗英雄那么敬重，像看菩萨下凡似的那样稀奇，弄得我们很不好意思，弄得双方激动得掉下了泪水。

医疗队到达红光沟后，便日以继夜地工作。我们虽然人数不多，但对全基地鼓励极大。第二天，我们在红光医院院长朱磊等同志的协同下，组成了几个抢救小组，沿着小安河向165站和11所进发，走到哪里就在哪里开展防治工作。

由于饮水困难，肠胃病、感冒、外伤、严重失眠引起神经性头痛者为多发病，总发病率高达58%左右。头10天，医疗队与各厂、所、站医务人员一共诊治了2800多人次，并积极配合行政管理进行饮水消毒工作，开展防病卫生宣传教育。我们最感棘手的问题是众多的人发生头昏、目眩、血压不稳、情绪烦躁、心律不齐、失眠等症状，很难确诊是什么病，我们把它叫做“洪灾症候群”或“洪灾综合症”。实际上，这种病是因长时间过度疲劳，蔬菜供应不上，受寒冷刺激，精神紧张，营养与体力过度耗损而引起的。经采用中西医结合，注意营养协调和生活上改善、精神上安慰等综合措施，“洪灾症候群”很快得到了控制。

由于灾情继续扩大，各个生活点被洪水包围，互相间联系十分困难，因此，发病率持续上升，现有医疗力量保证不了抗洪抢险、救灾的需要。我们向部里发出急电，请求立即派出由内、外、妇、儿、五官、神经、皮肤各科组成的后续医疗队。部里立即从711医院派出外科张玉祺、严逸华、任杰，721医院派出赵承寅、高跃国、李仕道、陈新春、李淑逊、裴杰、霍锦贞、张永和、万福泽等第二批共12人于9月16日由京出发，17日到宝鸡，18日抵7107厂。在队长的统一指挥下，五官科李淑逊、小儿科裴杰留在7107厂，内科高跃国、外科张永和、妇产科霍锦贞由北线庙儿岭直接去7171厂，其余的队员于9月20日全部到龙口指挥部接受任务。

9月21日，新来的队员淌着水，踩着泥石流分赴到各个点上。赵承寅、万福泽到7103厂，李仕道、陈新春到11所，张玉祺、严逸华、任杰到165站。后续医疗队来后，谢德仁、米加昌、刘玉华、申玄默等4位同志于9月21日胜利地完成了任务，离开红光沟返京。

为了有效地组织、鼓励大家努力工作，我与刘廷忠同志经常到各个点上巡视，及时了解情况，与红光医院一起，千方百计为他们解决实际困难。部里为067基地调拨了145种药品器材，以及海带、海鱼、粉丝、明矾、碱、盐、油、大米、干电池、蜡烛、火柴等大量生活用品，约40余吨，由军委派出三架直升机进行空投。

我们除在红光沟各点来回巡视、帮助大家工作外，还与指挥部、卫生处张凤梅、张仁富等同志于9月22日爬山涉水，步行到7171厂，全程38公里。从上午8点出发，一直走到下午5点半以后，蹚了4条河，脚上磨破好几处，受到7171厂全体职工和医疗队同志的盛情欢迎。7171厂灾情极为严重，发病率高达30%左右。我们与该厂医务人员一起，重点改造了厕所和帮助解决饮水消毒等问题，同时从部里解决了急需药材10多箱。

经过几天的辛勤努力，7171厂发病率明显呈下降趋势，我们遂于9月26日返回龙口指挥部。刘廷忠于9月30日步行到7107厂，一是代表医疗队领导看望大家，二是传达指挥部马云涛主任的指示，整个医疗队准备国庆节后撤出。

由于交通与电讯阻断，村村寨寨之间完全处于可望而不可达，安危济困各自为战。医疗队的全体同志发扬“一不怕苦，二不怕死”的革命精神，成天背着药包、消毒器，与067基地的医务人员一道冒雨、淌水、挺险到村村户户，为我部职工和驻地居民进行防病治病。医疗队为我部职工治病5800余人次，为当地居民治病900多人次，受到广大群众的高度赞扬。10月10日，以杨静仁副总理为首的中央慰问团到达红光沟进行视察慰问，杨副总理亲切接见了医疗队部分同志，对我们艰苦奋斗、全心全意为灾区人民防病治病，给予了高度赞扬。

阴雨连绵，洪涝成灾的凤县地区，在党中央、国务院、中央军委和卫生部以及省、地的亲切关怀下，经两个多月的日夜奋战，9月22日，宝鸡至双石铺段通电，10月28日，铁路恢复通车。这时的红光沟，金光灿灿照山谷，医疗队凯歌声声回北京。

我们于10月18日告别了067基地，受到各级领导和人民群众的热烈欢送。医疗队员乘着敞蓬大卡车，冒着0℃左右的寒风，往宝鸡进发。一路上，青山如黛，奇石峥嵘，苍松掩映，农田焦黄，一派洪灾后的景象和我们为抗洪救灾作出奉献的心情交织在一起，久久不能平静。

当车经过秦岭时，我们请司机把车停下，让大家按照来时原路步行走过去，看看两个月前的险峭峡谷究竟是个什么样子，我们又是怎么走过来的。车子一停，每人“飞步临绝顶，极目眺袅烟”。回想这段难忘的日日夜夜，就像阳光照耀着青峰那样，多么光辉灿烂啊！站在“秦岭”大石碑前，沐浴着阵阵清新的秋风，眺视着远方的青山瀑布、河流，我不禁自言地说道：“凤县，亲爱的凤县，再见了！我们要把这段十分有意义的时刻，看作是一生中的一片绿洲，使它在人生的道路上，永远生机盎然，翠碧常青。”

（作者：原航天工业部行政局副局长）

龙腾随咏

李明实

贺“尖兵”发射成功

1975 年 11 月 26 日，我国第一颗返回式卫星发射成功。“四人帮”狂喊“卫星上天，红旗落地”。航天人不为所动，具有坚定的信念和胜利的决心。

“长征”播火种，尖兵探太空。
万马奔腾急，我岂惧妖风。
千里来会战，小捷不言功。
前路多险阻，含笑自从容。

即席祝词

1998 年 4 月 24 日，中国长征火箭成功发射 50 次，于人民大会堂举行座谈会，见大红板上会标，即兴朗诵。

征途漫道险阻，斩棘飞越关山。
五十初试锋芒，宇宙霹雳惊天。

发射东方红一号卫星成功三十周年纪念日抒情

三十年前今日，长征送星腾空。
披荆斩棘会战，只靠自力更生。
再接再厉拼搏，传统更须继承。
尔后宏志远大，遨游宇宙苍穹。

2000 年 4 月 24 日

寄赠罗怀聪同志

2001 年 6 月，得悉罗同志荣获全国十大杰出青年岗位能手称号，贺之，励之。

五四青年节，举国齐高歌。
红峡一青工，怀聪姓氏罗。
入厂勤苦练，攻读如着魔。
掌握新技能，克服关键多。
迎着艰险上，屡出新操作。
不计名和利，为国来拼搏。
航天好后代，鼓掌同庆贺。

赠空间技术研制试验诸同志

久欲求得宇宙地[注]，心似大旱盼云霓。
数载拼搏农具备，太空收获定如期。

注：壬申冬澳星发射成功，我曾欢呼“赤县欲求宇宙土，好让子孙荡秋千”。昨看到载人飞船已制成，衷心祝愿试飞成功。

1998 年 11 月 12 日

贺神舟三号飞船发射成功
兼赠航天战士

先民遐想嫦娥月，诗人梦想九点烟[注]。
美好愿望多少载，飞天起舞不日观。
莫忘艰苦跋涉日，更思途中有险滩。
今日饮得酒泉酒，九州高歌待来年。

注：唐诗人李贺梦见自己游太空，有“遥望齐州九点烟”句。

2002 年 3 月 29 日

贺“神四”发射成功兼迎新年春节

瑞雪连日降，佳音频频传。
先遣探路者，冉冉上九天。
嫦娥倚门望，遥见一仙船。
人间有巨变，喜上眉梢间。
年节已临近，迎新共婵娟。

2002年12月30日

（作者：原七机部副部长）

诗 两 首

言乃昌

航天工业四十周年

狮醒龙腾易纪元，群英奋起干科研。
防魔喜有金箍棒，更爱巡天益大千。

1996年3月

热烈庆贺载人航天首发圆满成功

羊岁金秋喜欲狂，载人圆满太空航。
探天福地高科技，御霸精兵导国防。
抱愧嫦娥寻后羿，离愁织女会牛郎。
火星木卫能居日，浩瀚银河旅异乡。

2003年10月

（作者：原航天部技术司司长）

颂“神舟”

张　锋

神舟五号登天去，喜庆英雄广宇行。
揽月摘星收硕果，炎黄后裔尽归心。

（作者：原航天部物资局局长）

高歌航天 50 年

严　肃

耕　天

太空广袤处女地，耕耘惟我航天人。
辛勤播种五十载，岁岁都有好收成。

探　空

七夕匆匆鹊桥会，从此牛女不用愁。
今有仙槎嫦娥号，银河来往任自由。

2008 年 5 月

（作者：原五院政治部副主任）

词　四　首

陈　蕃

十六字令·“神舟五号”胜利返航（三首）

回，环球飞行壮国威。
功勋立，英杰沐朝晖。

回，喜报频传涌作堆。
神舟号，日夜放光辉。

回，星际风雷紧相催。
金星月，漫步更崔嵬。

鹧鸪天

五号神舟入九天，漫漫长路夜无眠。跻身星座银光灿，华夏腾龙舞翩跹。

情缱绻，意缠绵，发明创造擘钗钿。扬名四海齐来贺，科技新花放愈妍。

（作者：原航天部行政局副局长）

诗　二　首

王春河

观“遥一”飞行试验

金风爽，晨雨晴，哧啦脱弓射苍穹。
瓦蓝天幕银龙舞，忐忑翘盼报靶声。
欢潮起，鞭炮鸣，奔走相告喜成功。
两总夤夜布双想，队员个个细归零[注]。

注：双想，即对以往发生过的质量问题回想，对以后可能发生的质量问题预想；归零，即从技术、管理方面解决质量问题，达到归零。

2003 年 8 月 7 日

观“遥二”飞行试验

胆气壮，敢拍胸，平明瞄准再搭弓。
从严从细从零始，从慎从实劲无松。
神矢降，挟疾风，弹痕记记落范中。
将军当场深赞许，翘指百分记大功。

2003 年 8 月 15 日

（作者：原航天科技集团公司政工部部长）

诗词四首

任志尧

千年圆梦

巍巍航天城，浩瀚戈壁洲。
高高长征箭，轰鸣送神舟。

千年飞天梦，英雄今日酬。
茫茫宇宙间，遥遥望神州。

长长飞天路，环环绕地球。
系统工程学，检验大丰收。

代代航天人，悠悠五十秋。
青丝成白发，欢呼太空游。

回眸半世纪，艰难起步走。
航天精神在，步步不停留。

2003 年 10 月 15 日

满江红·再圆飞天梦

“神六”腾空，云天外，双雄远至。抬望眼，茫茫宇宙，浩无边际。三十五年探天路，十三亿众心相系。更深期，无畏宇航兵，开新纪！

全世界，翘首视。航天域，谱青史。送神舟又现，男儿壮志。勇士再圆飞天梦，雪花相伴如天意。看神州，高奏凯歌还，山河丽！

2005 年 10 月 12 日

老五院创建五十周年纪念

五十年前建五院，
决策英明有远见，
大壮国威星与箭。
喷烈焰，神州防卫铸利剑。
航天精神谱新传，
捷报频传笑灿烂，
神舟待会太空站。
举国望，嫦娥登月早如愿。

2006 年 10 月 8 日

贺绕月飞行圆满成功

嫦娥奔月，千百代，神话传说。
翘首望，天上婵娟，阴晴圆缺。
自古人间美好愿，路途迢迢空叹嗟！
喜今朝，恰逢盛世日，圆梦即。
发射塔，冲天立。薄云飞，众心切。
看“长征”怒吼，直指天阙。
“嫦娥”当空翩翩舞，万民欢腾雷声急。
待绕月，成功捷报传，举国乐。

2007年10月24日

（作者：原中国航天政研会常务理事、副秘书长）

词　三　首

胡　林

西江月·遵义

月下山林灯火，楼前椒桂兰松。环郊基地十年功，驯火新图又定。

慷慨三番起落，蔚然一代豪英。沧桑既历路途明，来日高天竞胜。

1979年7月

点绛唇·观卫星发射

漠上惊雷，箭飞星舞天河里。闪青眸子，细把山川纪。

卅载艰辛，络绎开新蕊。思无际，倚栏凝视，秋月明如水。

1990年10月

西江月·嫦娥一号登程

尾喷炽流文火，胸怀宝器金睛。为探月貌九霄行，千载一逢使命。

步步惊心动魄，招招化险为平。吴刚眉展玉阶迎，天上人间共庆。

2007年10月

（作者：原航天工业部审计室副主任）

诗词五首（外联一副）

刘春海

颂航天事业卅五周年

三十五年弹指间，航天史上谱新篇。
卫星匝地山河壮，神剑倚天牛斗寒。
一箭三星绽花蕊，九州百姓露欢颜。
为酬总理殷勤意[注]，再展宏图敢息肩。

注：周总理生前十分关心我国航天事业，曾多次亲临部里作重要指示。

1991年10月8日

贺我国长征三号火箭送亚太一号A卫星顺利升空入轨

“长三”再度创辉煌，捷报传来喜欲狂。
火箭腾空惊海内，“亚星”安步入天堂。
神针由我求新美[注]，宝剑随人论短长。
国际水平应超越，发扬成绩莫徜徉。

注：神针即定海神针，又名如意金箍棒，乃神话小说《西游记》中孙悟空伴随师傅唐僧西天取经，一路降妖伏魔之宝器。神针在此借指我国自行设计、研制生产的航天运载工具。

1996 年 7 月

谒金门·贺我国神舟五号载人飞船遨游太空

神舟号，凭赤胆精心造。十载同争分与秒，一朝传捷报。

揽月摘星探奥，织女牛郎称道。巧用制天功不小，喜开新面貌。

2003 年 10 月 16 日

虞美人·神舟六号飞船凯旋并寄望嫦娥探月工程

双雄联袂巡天去，喜步重霄路。神州处处起欢哗，计日归来华胄脸舒霞。

梦魂早在云天上，不负苍生望。嫦娥奔月待何时，启后承前勿失好时机。

2005 年 10 月 17 日

唐多令·庆祝神舟六号飞船飞行成功与内子同作

“神六”绕寰球，星空黯斗牛。梦千年，世代追求。神话终归成现实，山河丽，正金秋。

硕果满枝头，仙槎孰与俦。计日归，亿众歌讴。玉液盈瓯同一醉，指日待，月宫游。

2005 年 10 月 17 日

奉题高润公园学森亭联

梦圆华夏，两弹一星同不朽；

誉满乾坤，人间天上共光辉。

学森亭是为纪念钱学森同志归国五十周年而建。

（作者：原航天工业部财务司高级会计师）

沁园春·航天人

汤起国

立志航天，唯有精诚，怀守赤心。看呕心沥血，追求先进。严循科学，务必求成。瀚海深山，东西南北，历尽艰辛犹盛情。丹心慰，不贵名与利，唯国振兴。

航天产品高精，经天众星圆梦太空。保九州疆域，钟情玉宇；壮哉航天，魅力无穷。天路悠悠，求知不怠，代代传承科技新。酬壮志，续神州青史，频谱新声！

（作者：原航天供销总公司党委办公室主任）

贺“嫦娥”奔月成功

朱立奇

科学决策铸辉煌，“嫦娥”探月建新功。
航天儿女多奇志，揽月摘星自从容。

（作者：原061基地职工大学基础部主任、教授）

火箭，零位发射

张蓬云

多么迅急，指示器变换着，
鲜红的倒数：五、四、三、二、一——

多么漫长，到达这里的脚步，
如影似电的闪现：雪山、草地。

是仇恨已紧绷弦上，
红军战士静待出击。

大别山响起的声声牛角，
黎明前，人民的心已被红霞托起。

又是一个紧张的时刻，大会堂，
周总理正主持一个起飞的会议……

中国人的双脚走到发射台，
希冀终于跃入“零”的位置。

晨光拉开了莽原的夜幕，
多静呵，只听草虫弹落了露滴。

蓦地，一声“点火”，
大戈壁喷出一句激昂的诗。

信号弹传来了——“发射”，
苍穹下，火箭拖着火尾腾起。

多么壮观——惊天动地，
美国同行也露出真诚的敬意[注]。

多么广阔呵——振兴的事业，
宇宙为中华献出了应有的位置。

长城是弓，黄河是弦，
发射爱的执著，钢的正义。

注：1984 年 4 月 8 日，我国成功发射一颗通信卫星，美国航天局给中国航天部发来贺电，其中有“作为美国同行，热烈祝贺……”之语。

（作者：原《航天文艺》总编）

后　记

在集团公司领导同志的关心支持下，在离退休干部工作部的指导帮助下，在广大离退休干部的积极参与和努力下，我们编辑出版了这本《航天岁月》。现在把它作为纪念我国航天事业创建52周年的礼物，献给航天战线的职工和广大读者。

这里需要说明的是，由于时间仓促、地域广大带来联系上的困难，《航天岁月》主要收集了集团公司本部老同志和少数京内外单位老同志撰写的文章和诗词，涉及的范围不大，涵盖的内容有限，还不能反映整个航天发展的全貌，这个缺憾只好等待以后弥补了。令人十分欣喜的是李明实副部长为本书题写了书名，中国航天科技集团公司总经理马兴瑞、中国航天科工集团公司总经理许达哲分别为本书题词。好几位老领导和德高望重的老专家应邀送来了他们的作品，为本书丰富了内容，增添了色彩。我们特向所有参与和支持这次活动的老领导、老专家及航天各条战线上的离退休人员表示诚挚的谢意和敬意。

在本书编辑出版过程中，还得到中国宇航出版社、中国航天报社以及许多在职干部的指导帮助，离退休干部工作部、中国宇航出版社的同志们付出了许多辛劳，我们在此一并表示衷心的感谢。

由于我们的水平有限，编辑本书定会有所疏忽、错漏和不妥之处，祈望指正和谅解。

中国航天科技集团公司

机关离退休干部文化小组

2008年12月